50plus - Busenfreundinnen on tour

Die Autorin

Marion Schnackig wurde am 13.04.1957 in Aschaffenburg geboren. Seit 1995 ist sie wohnhaft in Kraiburg am Inn. Schon in jungen Jahren entdeckte sie ihr Talent für amüsante Geschichten. So war und ist sie als Büttenrednerin im Karneval sehr beliebt, und auch als Redenschreiberin für diverse Feierlichkeiten. Darüber hinaus war sie Mitglied einer Laientheatergruppe, als Schauspielerin und als Souffleuse. Sie verfasste bis zu ihrem Umzug nach Oberbayern Theaterkritiken für eine Heimatzeitung, und hatte mehrere Jahre das Presseressort bei der Freien Wählergemeinschaft Aschaffenburg inne.
Ihr vielgelesener, erster Roman „50plus - das letzte Gefecht" erschien 2013.

Der neue Roman „50plus - Busenfreundinnen on Tour" führt die Geschichte der Mare aus Kraiburg auf gewohnt amüsante Art und Weise fort. Dabei wird das Verhalten der zwei unterschiedlichen 50plus - Freundinnen aus verschiedenen Perspektiven beleuchtet und gibt so manches zum Nachdenken auf.

50plus - Busenfreundinnen on tour

von Marion Schnackig

Marion Schnackig
Selbstverlag
Silveriostraße 6
Kraiburg am Inn

ISBN 9783000526169

Kurzinhalt

Singlefrau Mare, knapp über Fünfzig, hat die Suche nach ihrem Mister Right erst einmal ad acta gelegt.

Mit ihrer „allerbesten Freundin" Chrissie plant sie eine längere Urlaubsreise. Ohne Männer, versteht sich.

Chrissie besitzt ein ganz anderes Naturell als sie, und hat daher auch eine völlig andere Einstellung zum Leben mit Fünfzigplus. Der von beiden favorisierte Pauschalurlaub nach Portugal zum Schnäppchenpreis ist bereits ausgebucht. Deshalb entscheiden sich die Freundinnen spontan für eine improvisierte Reise im Wohnmobil. Euphorisch treten sie die Fahrt ins Ungewisse an.

Ein humorvoller Frauenroman über und für „Busenfreundinnen" im besten Alter.

50plus – Busenfreundinnen on tour

1.

„Neue Chance, neues Glück - wer nicht wagt, der nicht gewinnt!" Wer kennt ihn nicht, diesen Spruch. Seit Jahren schon steht der alte Losverkäufer Ende Mai mit seiner Bude auf dem Kraiburger Volksfest. Und auch dieses Jahr versucht er mit monotoner Stimme Kunden anzulocken. Heute Abend ist es außergewöhnlich kalt und nass, und der Mann sitzt gelangweilt und fröstelnd auf seinem Klappstuhl. Er scheint nur noch darauf zu warten, endlich schließen zu können. Als ich an seiner „Glückshafen" Losbude vorbeikomme, schaut er auf und nickt mir zu. Ja, wir kennen uns nach all den Jahren.

Es sind nur noch wenige Leute auf dem vom Regen aufgeweichten Volksfestplatz unterwegs. Den meisten ist es einfach zu kalt. Sie sind bereits auf dem Heimweg oder feiern feuchtfröhlich im warmen Bierzelt. Alle Fahrgeschäfte haben schon ihren Betrieb eingestellt. Allein der Losverkäufer hat seine Bude noch nicht geschlossen. Auf dem sonst so belebten Platz herrscht eine Art Weltuntergangsstimmung.

Ich hatte am Nachmittag mehrere Singlefreundinnen angerufen und sie gefragt, ob sie Lust hätten, mit mir auf eine Maß ins Kraiburger Bierzelt zu gehen. Ich erhielt nur Absagen. Keine wollte mich begleiten. Meine Bierzeltlaune verging dann auch wieder. Ein Volksfestbesuch ohne Begleitung macht einfach keinen Spaß. Gegen Abend aber wurde es mir in meinen vier Wänden dann doch zu öde und langweilig. Also entschloss ich mich kurzerhand, alleine aufs Volksfest zu gehen. Nur für ein halbes Stündchen oder so.
Beim Aufbrezeln machte sich dann plötzlich ein spezieller Gedanke in meinem Kopf breit. Den hatte ich eigentlich schon lange in mein Unterbewusstsein verbannt. Er suggerierte mir, dass ich möglicherweise genau heute auf dem Volksfest den richtigen

Partner für den Rest meines Lebens treffen würde. Esoterisch angehaucht wie ich bin, sah ich in dieser Ankündigung eine Art vorausschauende Prophezeiung.

Die Fähigkeit zum Hellsehen habe ich wohl von meiner Großmutter geerbt. Sie war eine ganz einfache Frau, konnte aber zukünftige Ereignisse voraussagen. Mittlerweile glaube auch ich an meine Eingebungen, selbst wenn sie mir zunächst völlig abwegig erscheinen. So und so oft haben sie sich nämlich erfüllt. Doch nicht nur durch die Erfahrungen mit meiner Oma wuchs mein Glaube an Übersinnliches. Als ich fünfunddreißig Jahre alt war, hatte ich ein ganz besonders prägendes Erlebnis. Dieser Vorfall bestätigte mir, dass es Dinge zwischen Himmel und Erde gibt, die wir uns mit unserem menschlichen Verstand nicht erklären können.

Ich wollte damals mit dem Zug von Aschaffenburg nach München fahren. Als ich das Abteil betrat, in dem sich mein reservierter Platz befand, saß genau dort ein alter, gepflegter Herr. Ich bat ihn höflich meinen Platz frei zu geben.

Er entschuldigte sich sofort, und fügte dann lächelnd hinzu:

„Das ist jetzt kein Zufall, dass wir uns auf diese Art und Weise kennenlernen! Mich überrascht das nicht. Denn, wissen Sie, es gibt keine Zufälle. Zufall heißt, es fällt uns etwas zu."

Mit diesen Worten wechselte er auf den letzten freien Platz im Abteil. Ich war fasziniert von seiner Aussage und bat ihn zu erklären, was er mir damit sagen wolle.

„Wohin fahren Sie denn?", fragte er mich.

„Bis München."

„Das ist gut." Er blickte auf seine Uhr. „Da haben wir fünf Stunden Zeit, uns darüber auszutauschen."

Und so verbrachten wir die gesamte Zugfahrt mit intensiven Gesprächen über vorausschauende Prophezeiungen, Schutzgeister und übersinnliche Erfahrungen. Kurz vor Augsburg holte er dann noch ein Pendel aus seiner Jackentasche. Er fragte mich, ob er meine Zukunft auspendeln dürfe. Ich war einverstanden. Sein Pendel begann sofort auszuschlagen.

„Oh, Sie sind eine alte Seele," las er aus dem stetigen Hin und Her. „Sie sind das letzte Mal auf der Erde. Wie schön für Sie! Ich muss noch mindestens drei Mal wiederkommen."

Die übrigen Reisenden hatten nacheinander kopfschüttelnd das Abteil verlassen, um sich einen anderen Platz zu suchen. Sie hielten uns wohl für zwei Spinner. Ich jedoch war überzeugt davon, dass er die Wahrheit sagte.

Zuhause angekommen schaltete ich gewohnheitsgemäß mein Radio ein. Plötzlich hörte ich seine Stimme aus dem Lautsprecher tönen. Die Sprecherin stellte ihn dann als einen der bekanntesten Esoteriker und Zukunftsdeuter Deutschlands vor. Er wohne in Prien am Chiemsee, also ganz in meiner Nähe.
„Es gibt keine Zufälle, es fällt uns etwas zu," sagte er gerade.
Dass ich genau diesen einen Satz jetzt noch einmal hörte, war ganz sicher kein Zufall. Wie recht er doch hatte! Seitdem glaube ich fest an meine Eingebungen.

Ja, und auch heute, hier auf diesem matschigen Festplatz, beginnt mein Gedanke von vorhin wieder einmal Realität zu werden. Warum sonst hätte mich dieser alte Losverkäufer mit seinem, „Wer nicht wagt, der nicht gewinnt!", direkt dazu aufgefordert, heute mein Glück zu versuchen. Das ist der Wink des Schicksals, auf den ich gewartet habe. Ich werde mit diesem Satz auf meine letzte Chance hingewiesen, in einer dauerhaften Beziehung vor Anker zu gehen.

Oh ja, man kann sich schon viel einreden!

Obwohl ich kein Los kaufen will, stehe ich dann doch einige Minuten vor seiner Auslage und lasse meinen Blick über die vollgestopften Regale schweifen. Hier wartet der übliche Krimskrams auf seinen Gewinner. Ich wüsste wirklich nicht, was ich davon haben möchte.
„Ja, guter Mann, wenn der Hauptgewinn in deiner Losbude mein Idealpartner wäre, dann würde ich einige Euros in Lose investieren. Aber den gibt es leider nicht in deinem Sortiment", denke ich dabei. Wahrscheinlich würde ich die sechs geschmacklosen Trinkgläser mit aufgedruckten, bunten Blümchen dort oben gewinnen, oder nur einen Trostpreis für mickrige fünf Pünktlein, den pinkfarbenen, unspitzbaren Bleistift in der Schachtel vor mir. Nein, ich kaufe jetzt keine Lose, denn ich

brauche heute kein Glück im Spiel, sondern Glück in der Liebe. Dem Losverkäufer sage ich das natürlich nicht. Er würde mich sowieso nicht verstehen.

Der alte Mann schaut mich fragend an. Ich schüttele den Kopf. Er zuckt mit den Schultern, steht auf und klappt sein Stühlchen zusammen. Für ihn war's das heute. Für mich noch lange nicht! Ich gehe weiter.

Kurz darauf stehe ich am Eingang des Bierzeltes. Für eine Frau ohne Begleiter ist es gar nicht so einfach da hineinzugehen. Ich gebe mir einen Ruck. Kaum bin ich drinnen, werde ich schon von zahlreichen Bierbänken aus angestarrt. Die lederbehosten Oberbayern haben bereits hochrote Köpfe und Triefaugen vom übermäßigen Biergenuss. Doch da muss ich jetzt durch, denn irgendwo unter ihnen wartet schließlich mein Traummann. Und der hält sicher schon Ausschau nach mir. Wo er sitzt, weiß ich allerdings nicht. Ich gehe daher langsam durch die schmalen Gänge zwischen den Biertischen und mustere dabei die Besucher. Ich suche denjenigen, der vor Begeisterung von seinem Platz aufspringt, wenn er mich sieht. Aber da springt keiner.

Meine Hoffnung schwindet mehr und mehr.

Rechts und links von mir sitzen Gruppen mit fröhlichen Jugendlichen und stark angeheiterten, rotbackigen, älteren Bäuerlein. Ein attraktiver Mann ist nicht dabei. Ich habe leider kein Bild von ihm im Kopf, aber wenn ich ihn sehe, werde ich wissen, dass er es ist. Da bin ich mir ganz sicher. Nein, so schnell gebe ich nicht auf. Heute will ich Glück in der Liebe haben und wandere daher zielgerichtet weiter. Irgendwo muss mein Zukünftiger ja stecken.

Mein bisheriges Leben war geprägt von vielen positiven Erlebnissen, aber leider von noch mehr Enttäuschungen. Besonders in Hinblick auf meine Partnerschaften. Um beim Bild des „Glückshafens" zu bleiben: Einen solchen habe ich bis heute nicht für mich gefunden. In den Hafen der Ehe war ich zwar schon in jungen Jahren eingelaufen, hatte aber dort Schiffbruch erlitten. In den beiden Partnerschaften danach habe ich ihn glücklicherweise noch rechtzeitig umschifft. Auch sie endeten jäh. Und zwar dadurch, dass meine „Traummänner" plötzlich erkannten, dass *sie* noch nicht am Ende ihrer Reise angekommen waren. Ich hätte nie gedacht, dass ich einmal mit gut Fünfzig allein leben muss. Jede meiner zunächst glücklichen, dann gescheiterten Beziehungen sollte eigentlich die letzte gewesen sein. War sie aber nicht. Das lag aber auch an mir, denn ich lernte nichts dazu. Ich blieb nämlich meinem Schema Mann treu und wurde daher immer wieder belogen und betrogen. Diese Vertrauensbrüche haben mich massiv geprägt. Bei jeder neuen Bekanntschaft bin ich übervorsichtig und bremse mich dadurch selbst aus. Ja, jetzt habe ich ein Männertrauma, aber keinen Traummann.

Im vergangenen Mai, nach vier Jahren Singledasein, wurde ich direkt mutig und ließ ich mich doch noch einmal auf etwas Neues ein. Eine Freundin war der Meinung, ich sei lange genug allein durch die Welt gestolpert. In bester Absicht überredete sie mich dazu, in einer Internetpartnerbörse nach meinem Mister Right zu suchen. Aber auch diese Aktion endete kläglich.

Ich ahnungsloses Schaf ließ mich auf einer Internetbörsen-Wochenendreise, naiv wie ein Teenager, mit einem gewissen Michi ein. Was als „heiße Affäre" begann, endete in einem Fiasko. Erneut wurde ich bitter enttäuscht. Mein „Traummann" zog, hast du nicht gesehen, weiter, und ich blieb auf meinem Traum von der neuen, großen Liebe sitzen. Ja, dieser Michi suchte nur ein kurzes Abenteuer. Er gehörte wie so viele Neandertaler zum männlichen Typus des „Jägers und Sammlers". So war es damals, und so ist es heute: Keule über den Kopf, die Frau wird in die Höhle geschleift und erlegt. Danach verfolgt der Urmann bereits wieder die Spur eines neuen Opfers. Ja, dieser Michi, in den ich mich Hals über Kopf verliebt hatte, brachte mein Internetkartenhaus endgültig zum Einsturz.

Nach dieser Negativerfahrung mit dramatischem Ausgang verordnete ich mir erst einmal Abstinenz von Singlebörsen. Eine Zeit lang konnte ich der Versuchung widerstehen, das Internet erneut zu bemühen. Doch die Suche in einer Internetpartnerbörse hat Suchtpotential. Wer einmal damit begonnen hat, kommt nur schwer davon los. Mir erging es nicht anders. Wie von einem Magneten angezogen, ja, direkt wie eine Suchtabhängige loggte ich mich dann doch immer wieder in neue Partnerbörsen ein. Jedes Mal siegte mein Stolz rechtzeitig. Ich klickte die interessantesten Partnervorschläge eiskalt weg.

Als allerdings etwas Gras über Michi gewachsen war, verpasste ich eines Tages den Absprung. Ich brach meine Vorsätze. Innerlich bebend, so, als wenn ich etwas Verbotenes täte, verabredete ich mich in einer neuen Partnerbörse mit einem sehr interessanten Mann. Die Sucht hatte gesiegt.

Dieser neue Kontakt war anfangs sehr vielversprechend. Wir schwammen auf einer Wellenlänge, hatten die gleichen Interessen und die gleichen Vorstellungen von einer gemeinsamen Zukunft. Ich war mir so sicher: Mit ihm, ja, das könnte etwas werden. Doch eine Sucht bleibt nicht auf ein Suchtmittel beschränkt. Ich kontaktierte daher mehrere Börsen parallel, und entdeckte das Profil meines „Zukünftigen" auf einer weiteren Partnerbörsenseite. Hier hatte er einen anderen Namen gewählt und auch ein völlig anderes Profil erstellt.

So, und das war's dann erst einmal mit der Internetsuche. Mein letzter Versuch war gescheitert. Ich fand mich damit ab, Single zu sein und Single zu bleiben. Und ich hielt meinen Vorsatz bis zum heutigen Abend eisern durch. Doch an diesem 25. Mai 2014 kommt der Rückfall. Aufgrund einer zweifelhaften Prophezeiung werfe ich gerade alle Bedenken „über Bord" und bin wieder auf der Suche. Ich bin daran ganz unschuldig. Das Schicksal will es so! Und seinem Schicksal kann man nicht entgehen. Nur aus diesem Grund hat die Männerwelt mich gerade zurückgewonnen.

Wenige Minuten später sitze ich dann, immer noch allein, unter fröhlich Feiernden im Kraiburger Bierzelt. So oft ich auch meinen Kopf in alle Richtungen verdrehe, meinen angekündigten Traummann kann ich nirgendwo entdecken. Im Bierzelt ist er jedenfalls nicht, ich hätte ihn sicher gesehen.

Nach einer Radlermaß, zu hastig hinuntergekippt, überkommt mich Katzenjammer. Alkohol lässt mich immer so unkontrolliert emotional werden. Daher trinke ich ihn sehr selten und schon garnicht, wenn ich alleine bin. Im Normalzustand bin ich ja mit meinem Dasein zufrieden. Aber nach Alkoholgenuss bin ich total davon überzeugt, dass es mit mir so nicht weitergehen kann. Ja, ich bilde mir dann tatsächlich ein, dass ich ganz schnell einen Mann finden muss, durch den sich mein Leben zum Positiven wendet. Wie bei Aschenputtel und dem Königssohn.

„Und sie liebten sich bis ans Ende ihrer Tage," oh, wie schön, „und wenn sie nicht gestorben sind, dann leben sie noch heute ... Ende." Richtig, genau diesen Prinzen und dieses Happyend wünsche ich mir. Erst dann werde ich dauerhaft glücklich sein. Bisher kam es bei mir nämlich immer ganz anders: Ende ja, Happy End - Fehlanzeige. Und auch heute wird sich daran nichts ändern. Ganz egal, was das Schicksal mir heute prophezeit hatte, das, „und wenn sie nicht gestorben sind, dann leben sie noch heute ...," gibt es einfach nicht für mich.

Und auch keinen Märchenprinzen.

Schluchz.

Schon garnicht in diesem stickigen Bierzelt in Oberbayern.

Schluchz.

Wie komme ich denn nur auf die Idee, dass mich irgendeiner erlösen wird.

Schluchz.

Als mein Kopf dann allmählich wieder klarer wird, verwerfe ich diese doofen Wunschgedanken. Realistisch gesehen, wäre es doch gar nicht so erstrebenswert mein jetziges Leben aufzugeben. Warum sollte ich mir das Gedöns mit einem neuen Mann noch einmal antun? Im Endeffekt läuft es doch immer wieder gleich ab: Auf die Anbalzphase folgt der stinknormale Alltag. Und will ich den zurückhaben? Nein, will ich nicht!

Außerdem habe ich mir doch zwischenzeitlich mein Dasein als Singlefrau so angenehm wie nur eben möglich eingerichtet. Ich bin überhaupt nicht unglücklich, im Gegenteil. Ich war doch bis gerade eben total zufrieden. Dann kommt so eine übersinnliche Fehlmeldung, und ich werde zum heulenden Elend. Nein, das geht so nicht. Ich wäre doch bescheuert, wenn ich meinen positiven Singlestatus gegen eine negative Dauerlangeweile eintauschen würde. Wie komme ich denn nur auf so einen Gedanken. So glücklich und zufrieden, wie ich es seit einem Jahr wieder bin, war ich in keiner meiner verflossenen Beziehungen jemals.

Ja, und nach diesen Überlegungen trotte ich allein vom Volksfest nachhause. Meinen Traummann habe ich heute nicht gefunden. Manchmal erfüllen sich meine Prophezeiungen eben nicht. Aber ich habe ja zum Glück jede Menge Freundinnen, bei denen ich mich morgen ausheulen kann.

2.

Für engere Frauenfreundschaften ist es immer von Vorteil, wenn sich die anderen Frauen in einer ähnlichen Lebensphase befinden wie man selbst. Da sich diese ja immer wieder verändert, verändert sich auch der Freundeskreis. Anfangs ist man jugendlicher Single, dann Mutter und Hausfrau, vielleicht voll berufstätig, gut verheiratet oder glücklich geschieden. Ich habe die Erfahrung gemacht, dass sich einige meiner Freundinnen nach dem Übergang in eine neue Lebensphase von mir verabschiedet haben, und andere wiederum neu dazugekommen sind.

Nun befinde ich mich in der Zielgruppe 50plus und alleinstehend. Hier findet man heutzutage sehr leicht Gleichgesinnte. Es gibt so viele enttäuschte, einsame und traurige Frauen in meinem Alter und in meiner Lebenssituation. Und so besteht mein derzeitiger Freundinnenkreis hauptsächlich aus älteren Singlefrauen. Sie sind wie ich geschieden oder getrennt lebend. Wir haben in unseren gescheiterten Beziehungen ähnliche Erfahrungen gemacht, und haben daher immer großes Verständnis füreinander. Wenn eine Freundin wieder einmal Liebeskummer oder Stress in einer neuen Beziehung hat, dann wird sie von uns aufopferungsvoll umsorgt und getröstet.

Das gelingt leider nicht immer, denn einigen meiner Freundinnen ist nicht mehr zu helfen. Sie erleben eine Enttäuschung nach der anderen und stürzen sich trotzdem, oder gerade deshalb, immer wieder in neue Beziehungen. Unverständlicherweise bleiben sie, im Gegensatz zu mir, hochmotiviert und selbstlos. Für irgendeinen eigenartigen Typen geben sie sogar ihre liebgewonnene Freiheit und Selbständigkeit sofort auf. Wird es dann wieder einmal nichts mit der großen Liebe, dann ignorieren sie einfach, dass ihr Traummann ein absoluter Griff in die Kloschüssel war. Ja, und dann sie sind sofort wieder Tag und Nacht unterwegs, um endlich doch den Richtigen zu erwischen.. Diese Energie habe ich garnicht. Was mich aber immer wieder erschüttert ist, dass sie mir ein nicht erfolgtes Happyend sogar noch als „bereichernde, neue Lebenserfahrung" verkaufen wollen.

Sie können das gerne so sehen, aber ich bin da anderer Meinung. Ich habe schon genug dieser „Lebenserfahrungen" gesammelt. Mein Bedarf daran ist erst einmal gedeckt.

Diese oben geschilderten Frauen gehören nicht zu meinen allerbesten Freundinnen. Sie haben nämlich keine Zeit mehr für eine intensive Frauenfreundschaft. Üblicherweise hat eine Frau ja auch nur eine „allerbeste" Freundin.

Meine heißt Chrissie.

Ja, Chrissie war und ist eine besondere Freundin. Eine wie sie finde ich, trotz der großen Auswahl an gleichgesinnten Frauen, nicht noch einmal. Ihre Freundschaft ist mir viel, viel wert. Ich glaube, wir ergänzen uns optimal. Zu fünfzig Prozent ist unsere Gefühlswelt und unsere Denkweise absolut identisch, und die restlichen fünfzig Prozent werden durch unsere speziellen, persönlichen Eigenschaften ergänzt. Diese sind zwar ziemlich konträr, sie bestätigen aber gerade deshalb das Prinzip, dass Gegensätze sich anziehen. Jedenfalls hat diese besondere Mischung unsere intensive Freundschaft von der Schulzeit an bis heute am Leben erhalten. Auch Chrissie hat erst einmal abgeschlossen mit der Suche nach dem richtigen Partner, allerdings, und da sind wir verschieden, nicht mit dem Sex. Den genießt sie in vollen Zügen. Dass sie zur Zeit keine feste Beziehung hat, macht ihr nichts aus. Sie mag ihre momentane Lebenssituation. Eigentlich gibt es überhaupt nichts, was sie langfristig aus der Bahn wirft. Chrissie verfügt über einen unnachahmlichen Humor und einen unerschütterlichen Optimismus. Wenn wir uns treffen, schwappt ihre stets gute Laune angenehmerweise auch auf mich über. Und das tut mir „Intervallheulsuse" einfach gut.

Chrissie ist so ein richtiger Pfundskerl!

Sie stellt jeden der männlichen Spezies in den Schatten. Selbstbewusst und unbeirrt geht sie ihren Weg, egal in welche Richtung. War es wieder einmal die verkehrte, dann lacht sie ihren Irrtum einfach weg.

Ja, Pfundskerl passt am besten zu ihr: Sie ist groß, blond und mit ziemlich vielen Pfunden bepackt. Aber genau das macht sie so sympathisch. Eine Kriemhild der Neuzeit ist sie. Ihre Haare trägt sie nach wie vor schulterlang blondiert. Und sie erlaubt es sich, trotz ihrer fünfundfünfzig Lenze, jede Menge Make-up in ihr kantiges Gesicht zu pinseln. Um ihre langen, schlanken und wohlgeformten Beine habe ich sie schon immer beneidet. Sie ist eine der 50plus-Frauen, die immer noch Miniröckchen und enge

Jeans tragen können. Ihren Übergrößen-Oberkörper verhüllt sie geschickt mit Flatterblusen und weiten T-Shirts. Eine derart angelegte Figur nennen die Stilberater „Apfelform".

Wie nett!

Tja, ich dagegen bin der Typ „durchgängig kräftig gebaut". In meinem Fall ist es bedeutend schwieriger, die Pfunde geschickt zu kaschieren. Denn, wenn ich lange, weite Pullover anziehe, dann wirke ich oben herum voluminös, und unten schauen kurze, stämmige Beine heraus. Mein optischer Gesamteindruck ist dann eher „vollschlank". Chrissie hingegen sieht mit ihren dünnen Beinchen immer „voll schlank" aus. Oh, welch gelungenes Wortspiel!

Meine Figur wird übrigens unter „O-Typ", eingeordnet. Das „O" steht dabei für „Oval". Ich finde, dass „Oval" kein schmeichelhafter Begriff für einen Frauenkörper ist. Apfel, Birne, Banane, all diese Figurentypen gibt es. Allein diese Bezeichnungen erzeugen ein inneres Bild von attraktiven, süßen, begehrenswerten Frauen.

Aber ich bin oval.

Laut Figurenberatung sollte der O-Typ „Schlaghosen und vor allem Miniröcke unbedingt vermeiden". Sag ich doch! Aber mit höheren Schuhen, die meine Beine so um die acht Zentimeter verlängern, erziele auch ich ein ganz passables Ergebnis.

Chrissie jedenfalls findet mich toll.

Das macht eine beste Freundin auch aus. Sie spricht gerne von uns beiden als „Hinguckerfrauen". Früher hat dieser Begriff absolut gestimmt. Viele Männer haben interessiert zu uns beiden hingeschaut, wenn wir gemeinsam unterwegs waren. Aber mittlerweile gucken wir hin, wenn wir einen attraktiven Mann sehen.

Na gut, ab einem gewissen Alter ist das eben so.

„Wir machen unser Alter durch unseren umwerfenden Charme wieder wett", sagt Chrissie, wenn ich wieder einmal in Endzeitdepressionen verfalle. „und Charme ist alterslos."

Ja, auch damit hat sie recht. Neulich erst sagte sie zu mir: „Stell dein Licht nicht immer unter den Scheffel, Mare. Auch du verfügst über Sexappeal." Na ja, glauben kann ich ihr das zwar nicht so ganz, aber es tut mir gut. Kleine Lügen erhalten die Frauenfreundschaft. Charmant kann ich auch sein, doch, doch, aber sexy? Was Chrissie für Männer so anziehend macht, ist nicht nur ihr sexuelles Temperament, sie ist obendrein locker und unkompliziert. Nein, so leichtlebig wie Chrissie bin ich nicht. Sie bezeichnet mich immer liebevoll als ihre Dramaqueen, und ich bewundere sie dafür, dass sie die meiste Zeit vor guter Laune sprüht. Sie lässt sich nie unterkriegen und hat immer neue Ideen. Manches Mal auch ganz gewaltige Schnapsideen. Letztere enden bei ihr jedoch nie in einem Drama wie bei mir, sondern in einem prustenden Gelächter ihrerseits. Ihr Lachen ist ein richtiges Phänomen. Jeder, der sie lachen hört, muss mit einstimmen, ob er will oder nicht.

Chrissie hat es schon einmal fertig gebracht, ein ganzes Lokal mit gelangweilten und schweigend vor sich hin mampfenden Mitessern in heitere Mitlacher zu verwandeln. Sie schaffte das allein durch einen ihrer unnachahmlichen Heiterkeitsausbrüche. Und wenn sie lacht, dann laufen ihr auch immer dicke Lachtränen aus den Augen und über die Wangen. Ich habe noch nie einen Menschen gesehen, der so weint, wenn er lacht, wie sie.

Neulich bin ich beinahe abgebrochen.

Chrissie lachte wieder einmal herzlich, weinte dementsprechend und sagte dazu: „Uuhu, was ist das wieder einmal zum Heulen heute!" Dann schniefte sie geräuschvoll in ihr Taschentuch und ergänzte: „So was von traurig, dass es schon wieder lustig ist!"

Die anderen Gäste stutzten für einen Augenblick. Dann stimmten sie, Tisch für Tisch, in ihr Lachen mit ein. Wer da nicht mitlachen konnte oder wollte, der wurde zumindest aus seiner Lethargie herausgerissen und starrte fasziniert auf dieses Naturwunder. Ja, das ist meine Chrissie. Und von noch etwas ist sie total überzeugt.

„Humorvolle Frauen sind attraktiv, egal wie alt sie sind."

Mit dieser Feststellung liegt sie absolut richtig. Humorvoll bin ich auch, auch wenn ich keine langen, schlanken Beine habe. Und Schlaghosen sind sowieso out.

Der Dienstag ist unser allwöchentlicher Bummeltag. Chrissie und ich arbeiten am Dienstag nur halbtags. Daher haben wir uns diesen Nachmittag für unsere gemeinsamen Vergnügungstouren reserviert. Genau heute ist es wieder soweit. Dieser Shoppingnachmittag wird sich jedoch extrem von den üblichen

unterscheiden, denn heute gerät etwas ins Rollen, dass erst in einigen Wochen wieder zum Stillstand kommen wird.
Aber alles der Reihe nach.

Das Tiefdruckgebiet ist gottlob mittlerweile weitergezogen. Und mein total verkorkste Wochenende ist auch Geschichte. Es ist richtig warm geworden. Ich stehe wie jeden Dienstag an unserem „Meetingpoint" in der Stadtmitte von Waldkraiburg. Heute unter blühenden Robinien. Auf die habe ich jahrzehntelang extrem allergisch reagiert. Mit Niesattacken und Erstickungsanfällen. Manchmal ist das Älterwerden direkt segensreich. Die Anzahl meiner Lebensjahre nimmt zu, und diese unangenehme Allergie mit jedem Jahr ab. Seit letztem Jahr kann ich direkt unter diesen Bäumen mit den wunderschönen, weißen Blütenkaskaden stehen und deren betörenden Duft inhalieren. Das war bis dato nie möglich. Doch jetzt machen mir diese Blütenpollen nichts mehr aus. Hurra! Und so warte ich heute entspannt und frohgemut, und ohne rote Schniefnase und juckende Glupschaugen auf meine Chrissie. Wie angenehm!

Der sonnige Maiennachmittag hat nun sogar die letzten eingemotteten Mitmenschen aus ihren verstaubten Winterquartieren gelockt. Nebenan, im gut besuchten Biergarten, sehe ich mehrere Frauengruppen. Sie nippen albern kichernd an ihrem ersten Hugo des Jahres. Am Nachbartisch prosten sich angeheiterte „Fasslbauchmänner" mit ihren kühlen Märzen im Steinbierkrug zu. Warum ich die so nenne, hat natürlich seinen Grund. Diesen Begriff haben wir der Kreativität meiner besten Freundin zu verdanken. Sie war es nämlich, die vergangene Woche in ihrer unnachahmlichen Art einen zu kurz geratenen Bayer in Karohemd und Lederhose damit tituliert hat. Der arme Mann hatte am letzten Dienstagnachmittag unseren Weg gekreuzt. Sein gewaltiger Bierbauch wölbte sich wie eine halbierte Trommel über den viel zu engen Lederhosenbund. Und diese Wampe wurde auch noch rechts und links von typisch bayrischen, mit Edelweiß und Enzian verzierten Hosenträgern eingerahmt.
Wir starrten zunächst wie hypnotisiert auf diese auffällige Gestalt. Dann kicherte Chrissie los, und zwischen zwei darauf folgenden

Lachsalven prustete sie heraus: „Zu was brauche ich 'nen Sixpack, wenn ich doch a ganzes Fassl haben kann."
Der Begriff „Fasslbauchmänner" war geboren.
Chrissie scheint sich heute wie gewohnt zu verspäten. Sie lässt mir dadurch Zeit zu weiteren Beobachtungen. Was doch wärmende Sonnenstrahlen auf blasser Winterhaut bewirken können. Sie kurbeln nicht nur den Stoffwechsel, sondern gleichzeitig natürlich auch den Hormonspiegel an. Während Männlein und Weiblein im Winter unbeachtet aneinander vorbeistoffeln, treffen sich bei steigenden Temperaturen wieder sehnsüchtige Blicke. Oja, jetzt im Frühling geht's wieder los mit dem Jagen und Sammeln.

Sei doch mal ehrlich! Auch du fühlst dich doch viel hübscher und begehrenswerter, stehst du bei warmen Temperaturen unter Frühlingsbäumen. Im Winter bist du eingepackt in einen dicken Mantel, der deine sowieso schon füllige Silhouette noch unförmiger erscheinen lässt. Wenn Du mit plumpen Stiefeln an den Füßen durch den Matsch trampelst, denkst Du da an einen heißen Flirt? Eher nicht, oder? In Eiseskälte machst Du doch auch nur die notwendigsten Besorgungen und sehnst Dich währenddessen nach einem heißen Tee in der warmen Wohnung. Habe ich recht?

Auffällig ist, dass nicht nur Pflanzen im Frühling austreiben. Auch bei uns Menschen, besonders natürlich bei den Männern, sind es die primitiven Triebe, die jetzt wieder in Bewegung geraten. Sie sind es, die uns unserer biologischen Bestimmung folgend aufeinander zusteuern lassen. Wobei sich ja das mit den Trieben laut wissenschaftlicher Untersuchungen bei uns Frauen im Alter verändern soll. Das wäre bei uns erwiesenermaßen anders als bei den Männern. Unsere biologische Bestimmung Kinder zu gebären endet mit dem Wechsel, und ab da hätten wir Frauen auch keine Libido mehr. Soso. Ich glaube eher, aber das ist nicht wissenschaftlich fundiert, dass die Libido dann verschwindet, wenn der „Liebespartner" schnarchend und grunzend im karierten Baumwollpyjama im Nebenbett liegt.
Und so geht es in dem wissenschaftlichen Bericht weiter:
Die Männer müssen ihren Samen, so gut es ihnen dann noch möglich ist, auch im Alter weiter verstreuen. Zwecks Erhaltung

der menschlichen Spezies. Und zwar an junge Frauen im gebärfreudigen Alter, sonst wird das ja nichts mit der Fortpflanzung. Die älteren Männer können also gar nichts dafür, wenn sie sich eine junge Geliebte suchen. Sie sind völlig triebgesteuert, die Armen.

Ich persönlich empfinde mich trotz meines Alters und der wissenschaftlichen Diagnose noch nicht als sexuelles Neutrum. Ich verspüre keine Veränderung im Lustbereich. Das widerspricht der oben angeführten These. Die Frau kann folglich auch nicht nur zum Kinderkriegen geschaffen worden sein. Mein Problem sind auch nicht die Wechseljahre, sondern mir fehlt ganz einfach der passende Flirtpartner. Um beim Thema Flirt zu bleiben:

Ich stelle gerade erfreut fest, dass das angenehme Frühlingslicht mit seiner Weichzeichnerfunktion scheinbar gerade auch meine Fältchen softer macht. Sonst hätte mir dieser attraktive Mittvierziger doch nicht im Vorbeigehen solch ein erotisches Frühlingslächeln geschenkt.

Ich habe gestern erst in einer Frauenzeitschrift gelesen, dass es zwei Möglichkeiten des Flirtens gibt: die Unnahbare mimen, oder fröhlich aufgeschlossen auf den Mann zugehen. Eine der beiden Techniken probier ich jetzt einfach mal aus.

So, und schon steigt der Entscheidungsdruck:

Locke ich ihn durch scheinbares Desinteresse an, oder entscheide ich mich für die fröhliche Kumpeline und verwickle ihn geschickt in ein Gespräch. Ich denke, ich sollte die erste Variante wählen, denn sie kommt meinem Temperament mehr entgegen.

Ich reiße mich also sofort von unserem intensiven Augenkontakt los, und lenke meinen Blick über ihn hinweg auf die hässliche Sparkassenuhr gegenüber. Ich versuche dabei so selbstbewusst und desinteressiert wie nur möglich zu wirken. So, als hätte ich seine Charmeoffensive garnicht bemerkt. Solch ein Verhalten macht eine Frau nämlich noch begehrenswerter, weil es erst recht den Jagdtrieb im Manne weckt. So stand es jedenfalls in dem Artikel.

Und, hat es funktioniert?

Nein, hat es nicht. Er geht weiter, ohne mich angesprochen zu haben. Na, das war ja mal wieder ein Supertipp. Ich stelle fest, dass ich mich für *irre-dämlich* entschieden habe. Diese Möglichkeit war allerdings in der Zeitschrift nicht aufgeführt.

Ach herrje, es ist bereits fünf nach drei. Chrissie wird wohl wie immer die übliche halbe Stunde zu spät kommen. Daran habe ich mich gewöhnt, denn auch diese gutgemeinte Unpünktlichkeit gehört einfach zu ihr dazu.

3.

„Hi, du bist schon da? Wie lange wartest du denn schon?" Chrissie quetscht sich gerade durch die vor mir parkende Autoreihe. Oh, heute doch fast pünktlich? Zeitgleich beantwortet sie sehr professionell das Lächeln genau des Traummannes, den ich gerade eben durch mein bescheuertes Verhalten verprellt habe. Und wie sie sich anschmachten. Hallo, das war meiner! Doch auch Chrissie kann ihn nicht halten. Fort ist er.
Nichtsdestotrotz drückt sie mich schwungvoll an ihre immense Oberweitenbrust. Küsschen rechts, Küsschen links. Und schon ist alles wieder gut. Zwischen Chrissie und mir gibt es nämlich keinen Neid und keine Eifersüchteleien. Nein, iwo! Egal, was auch kommt, wir gönnen einander jeden Flirt. Das muss auch so sein. Denn wenn, wie in letzter Zeit so oft, aus unseren Andockversuchen nichts wird, dann haben wir schlussendlich immer noch uns. Schon als Kinder hatten Chrissie und ich Blutsschwesternschaft geschlossen. Nach der Pubertät wurden wir „Busen"freundinnen. Ewige Treue inbegriffen.
„Du, Mare, ich habe eine Superidee!"
Chrissie freut sich offensichtlich schon einmal sehr darüber.
„Wie wäre es, wenn wir in unserem geplanten Pfingsturlaub ...", kleine Pause, die wohl meine Spannung steigern soll, „... zum Angeln ans Meer fahren?"
Waas?
Warum um alles in der Welt will sie in unserem gemeinsamen Urlaub Angeln gehen? Alles kann ich mir vorstellen. Aber in einem alten Boot bei heftigem Wellengang übers Wasser schaukeln? Allein die Vorstellung ist Horror für mich. Und dabei soll ich noch stumm und konzentriert auf eine dünne Schnur starren, die vor meiner Nase baumelt und im Nass verschwindet? Stundenlang. In der Hoffnung, dass sie irgendwann zuckt, weil ein Fisch angebissen hat?

Nein, das ist überhaupt kein idealer Urlaubsspaß für mich. Wie kommt sie denn auf so etwas?

Schon hat sie sich bei mir untergehakt und zieht mich die Straße entlang. Ich stolpere neben ihr her. Dabei entschuldige ich mich permanent bei den entgegenkommenden Fußgängern, denen ich leider nicht mehr rechtzeitig ausweichen kann. Chrissies Weg endet vor dem kunterbunt und geschmacklos dekorierten Schaufenster des Reisebüros „Hinterforsthuber". Das liegt am Ende der Hauptstraße. Sie lässt meinen Arm los und zeigt begeistert auf ein großes Plakat. Ich muss etwas näher an die Scheibe herantreten. Aus dieser Entfernung sehe ich nichts. Grund dafür ist, dass ich in dieser Frühlingsanbalzzeit mein Gesicht nicht durch eine Brille entstellen will.

Das mit der Brille wird jetzt übrigens auch wieder einfacher. Beinahe jeder hat seit den ersten zaghaften Frühlingssonnenstrahlen nämlich eine Sonnenbrille auf. Und da kann das Gegenüber nicht mehr unterscheiden, ob man diese trägt weil man fehlsichtig ist, oder der Sonne wegen.

Sehr praktisch so eine Sonnenbrille.

Sie bietet neben dem Sonnenschutz auch noch die Möglichkeit als Haarreif zweckentfremdet zu werden. So halte ich mit ihr auch gerne meine langen, schwarz gefärbten und (noch) dichten Haare elegant zurück. Ich finde, dass mich so eine in die Haare geschobene Sonnenbrille jünger macht. Wenn man eine Sonnenbrille nur in die Haare stecken will, dann muss es auch keine teure vom Optiker sein. Eine billige vom Discounter tut es auch. Sie ist sowieso nicht für den Augenschutz bestimmt, und somit ist auch der Lichtschutzfaktor egal. Ich habe eine Auswahl peppiger Sonnenbrillen in den verschiedensten Farben daheim in der Schublade. Die Farbe der Brille wähle ich immer passend zu meiner jeweiligen Kleidung und dem gegebenen Anlass.

Nun bin ich nahe genug vor der Auslage, dass ich auch ohne Brille Einzelheiten auf dem Reklameposter erkennen kann. Es zeigt eine alte Galeere mit drei großen, naturfarbenen Leinensegeln. Sie treibt auf einem blitzblauen Meeresspiegel, unter einer gleißend weißen Sonne, vor sandfarbenen, hohen Klippen dahin.

Darunter steht:

„Bom dia, Portugal! Gönnen Sie sich einen Traumurlaub unter südlicher Sonne. Unser Spezialangebot im Mai: Außergewöhnlicher Segeltörn auf einer antiken Galeere. Natürlich mit der Möglichkeit zum Haifischfang. Im Zeitraum vom 1. bis 31. Mai gewähren wir Ihnen Top- Sonderkonditionen. Lassen Sie sich von unseren bestens dafür geschulten Reisekaufleuten kompetent beraten!"

„Das ist es doch, wonach wir die ganze Zeit gesucht haben!", zwitschert Chrissie in mein Ohr. Habe ich nach so etwas gesucht? Nicht, dass ich wüsste. Aber Chrissie weiß es für mich mit:

„Doch, doch, Mare, das ist es!"

„Oh ne, Chrissie! Wir wollten uns doch in einem hübschen, kleinen Hotel entspannen. Wir haben nie darüber gesprochen, einen Segeltörn zu machen!"

Dieser Wechsel von Wellnessurlaub zu Fischfang kommt für mich einfach zu abrupt. Na ja, eigentlich bin ich diese Spontanentscheidungen von Chrissie ja gewohnt. Und bisher waren sie auch immer sehr bereichernd für mein Leben. Aber allein der Gedanke zum Fischen nach Portugal zu fliegen, um meine kostbare Urlaubszeit auf dem Meer zu verbringen, der ist schon sehr abwegig für mich.

Chrissie lässt mir gerade nur eine kurze Bedenkzeit. Aber die reicht ihr aus, um für uns beide die Entscheidung zu treffen. Sie ist sich sicher, dass ich genug Zeit zum Überlegen hatte. Das ist mir schon klar. So ist das nämlich immer. Chrissie und ich kennen einander so gut, dass sie jede meiner Hirnwindungen nachverfolgen kann. Und jeden meiner Gesichtsausdrücke deutet sie richtig. Sie weiß, dass ich mich wie immer fügen werde. Sie hat ja recht. Ich selbst bin mit Entscheidungen wirklich zu zögerlich.

„Ich sehe es dir an. Das würde dir auch Spaß machen, stimmt's?"

Nach dem ersten Schock beginne ich darüber nachzudenken. Ja, warum denn nicht einmal nach Portugal fliegen? Da war ich noch nicht. Viele Bekannte von mir sind begeisterte Portugalurlauber. Besonders schön soll es an der Algarve sein.

„Na ja, gewöhnungsbedürftig aber nicht uninteressant!"

„Das heißt, du bist einverstanden. Oh, das liebe ich so an dir. Du hast immer die gleichen Vorstellungen von einem Urlaub wie ich!"

Diesen Urlaubswunsch hatte ich bis gerade eben allerdings noch nie, aber warum soll ich der Chrissie die Illusionen nehmen? Und bevor ich noch etwas antworten kann, schiebt sie mich schon durch die offene Tür in den kleinen Verkaufsraum des alteingesessenen Reisebüros. Vielleicht, so denke ich dabei, kann ich hier drinnen Chrissies Vorschlag noch in meinen geplanten Wellnessurlaub ummünzen. Dieses Mal werden wir ihn halt an der Algarve verbringen. Auch gut. Dass es dann aber weder das eine noch das andere wird, darauf haben Chrissie und ich keinen Einfluss. Eigentlich beginnt sich die ganze Angelegenheit schon in diesem Reisebüro zu verselbständigen.

Der kompetente, bestens geschulte Reisefachkaufmann gefällt mir schon einmal sehr gut. Er ist so um die Mitte vierzig. Von oben bis zur Tischplatte, mehr sehe ich ja nicht von ihm, ist er gut gebaut, trägt raspelkurze, blonde Haare, einen Dreitagebart und ist sonnengebräunt. Allein sein Anblick macht Lust auf Urlaub! Wohl dem Reisebüro, das so einen Schnuckel als Aushängeschild hat. Ob man den dazu buchen kann? Der sieht genau so aus, als würde ihm ein Segeltörn auf dem Atlantik ungemein Spaß machen.
„Hallo, die Damen. Sie interessieren sich für einen Urlaub an der Algarve?" Er lächelt verführerisch. „Und, lassen Sie mich raten, speziell für unser Sonderangebot?"
Offensichtlich hat er uns durch die offene Türe belauscht. Woher wüsste er denn sonst, dass wir uns für Portugal entschieden haben. Logisch, denn wir haben beim Studieren des Angebotes laut genug darüber diskutiert. Gedanken lesen, so kompetent er auch sein mag, kann er sicher nicht.
Wow, diese azurblauen Augen. Dem würde ich sogar eine Exkursion zum Südpol abkaufen. Diese verflixten Frühlingsgefühle! Dagegen hilft jetzt nur eines: Ich muss möglichst objektiv an die Sache herangehen. Konkret heißt das, dass ich sachlich bleiben muss. Er darf nicht merken, wie gut er mir gefällt. Zuviel Emotionalität schwächt die Verhandlungsposition. Und außerdem bin ich über diese vor mir sitzende Altersklasse schon bei weitem hinausgealtert.
Zunächst übernimmt Chrissie das Verhandlungsgespräch. Während ich noch unsicher an meiner Halskette herumnestele, sind die beiden schon beim Buchen des Fluges angelangt.

„Also, Abflug am 20. Mai in München. Eine Woche Segeltörn an der Algarve. All-inklusive. Der Rückflug wäre dementsprechend am 27. 5. Ist das so in Ordnung für Sie?"

Chrissie nickt zustimmend. Ich werde nicht gefragt.

„Jetzt müsste ich allerdings noch wissen, für wie viele Personen ich buchen soll. Wollen Sie sich vielleicht erst noch mit Ihren Gatten besprechen? Spontane Entscheidungen sind zwar immer die besten, aber ab einem gewissen Alter ist man ja nicht mehr so flexibel."

Oh, oh, das kommt jetzt nicht gut an. Das hätte der Hübsche anders formulieren müssen. Chrissie ist sichtlich empört. Ich zucke mit den Schultern. Was soll ich dazu sagen, sie verhandelt doch.

„Oder soll ich die Reise lieber doch gleich festmachen? Es sind, wie ich gerade hier sehe, nur noch acht Plätze auf dem Boot frei."

Mister Universum hat seinen hübschen Kopf gesenkt, tippt auf seinem Keyboard hin und her und blickt dann auf seinen Bildschirm.

„Moment, eben kommt eine neue Statistik. Oh ja, das war zu erwarten. Die Reise ist sehr begehrt. Jetzt gibt es gerade noch sechs freie Plätze. Sie müssen sich schnell entscheiden. Ich schätze, dass in der nächsten Viertelstunde bereits alles ausgebucht sein wird."

Chrissie schaut mich fragend an. Er sieht es und fügt vermittelnd hinzu: „Die Herrschaften sind sicher schon in Rente, da ist man ja nicht mehr an bestimmte Zeiten gebunden. Falls es keine freien Plätze mehr gibt, finden wir auch noch etwas anderes für Sie."

Er schaut Chrissie in die Augen. Ich sehe, wie sie dahinschmilzt.

„Oder, und das wäre nun die beste Lösung", fährt er fort, „wir reservieren das Ganze jetzt vorsichtshalber schon einmal für vier Personen. Sie haben dann noch genug Zeit, mein Angebot in Ruhe mit ihren Ehegatten zu besprechen."

Chrissie findet als erste ihre Worte wieder und sagt laut und betont: „Nein, wir sind noch nicht in Rente, und nein, wir haben keine Ehegatten. Und genau in diesem Zeitraum muss es sein, da ich gerade dafür Urlaub eingetragen habe. Der erste Urlaub seit vier Jahren übrigens. Wissen Sie, das ist bei mir nicht so einfach. Ich arbeite in einer Marketingagentur als Consultin und bin für meinen Chef nahezu unabkömmlich."

Der junge Mann lehnt sich lässig zurück.

„Interessanter Job. Ich wollte eigentlich auch BWL studieren. Ja, gute Kräfte sind heute Mangelware. Als attraktive Mitvierzigerin mit Berufserfahrung haben Sie sicher unter den besten Stellen wählen können, habe ich recht?"

Er zeigt sich sehr beeindruckt. Ich bin mir sicher, er tut nur so interessiert, weil er seinen Fehler von eben wieder ausbügeln will. Verkaufstaktik.

Und hallo? Seit wann arbeitet Chrissie denn als Beraterin? Gestern war sie noch Sachbearbeiterin im Landratsamt. Wenn sie schon so aufschneiden muss, dann sollte sie auch wissen, dass es richtiger „consultant" heißt. Egal ob Mann oder Frau. Consultin. Ganz daneben.

Aha, und jetzt schätzt er sie angeblich als Mitvierzigerin ein. Von der Rentnerin zur Powerfrau in zwei Sekunden. Da widerspricht sie ihm natürlich nicht. Schon hat er sie auf seiner Seite.

„Ja, das mit der Reservierung ist eine Superidee. Das machen wir so, oder Mare? Was meinst du dazu?"

Ich bin zurück im Geschehen und klinke mich sofort ein.

„Eigentlich wollten wir doch mindestens vierzehn Tage Urlaub machen, Chrissie. Eine Woche finde ich persönlich zu kurz."

„Da könnte ich Ihnen ein super Zusatzangebot offerieren."

Als hätte ich mich gerade wieder vor seinen Augen in Luft aufgelöst, wendet sich der Verkäufer erneut Chrissie zu.

„Wir könnten noch eine oder zwei Wochen Wellnessurlaub auf dem Festland dazubuchen. Riu Hotel in Albufeira. Vier Sterne mit Schönheitsoase. Obwohl Sie die ja gar nicht nötig haben."

Er meint natürlich Chrissie. Schleim, schleim. Der weiß genau, wie man ältere Mädels um den Finger wickelt! Und Chrissie ist wie erwartet sofort Feuer und Flamme. Auch wenn mich keiner fragt, ich bin erst einmal einverstanden und nicke zustimmend.

Er sieht es. Welch Wunder!

Noch habe ich ja die Möglichkeit, diesen Angelurlaub zu streichen, und den dazugebuchten Wellnessurlaub auf zwei oder drei Wochen auszuweiten.

„So, dann wird es jetzt konkret. Nun brauche ich Ihre Personalien." Er beugt sich wieder über seinen PC.

Im Gegensatz zu Chrissie habe ich einen kühlen Kopf bewahrt.

„Was würde das denn für jeden von uns kosten?"

Der Reisekaufmann scheint mich überhören zu wollen.
„Was kostet mich denn das Ganze?", frage ich nochmals.

„Natürlich ist das ein Schnäppchen!" Dann fügt er verkaufstaktisch geschickt ganz leise und ganz nebenbei hinzu: „Nur 1500.- Euro pro Person."
Danach ist er wieder auf der sicheren Seite.
„Mit Flug und wie schon gesagt, All-inklusive!"
„1500.- Euro?", wiederhole ich entsetzt.
Nun landet auch Chrissie wieder in der Realität.
„Na, ein Schnäppchen ist das nicht gerade", schließt sie sich mir an.
„Aber ja doch! Wir sind da sehr preisgünstig. Sie als Marketingfachfrau müssten doch wissen, wie stark die Konkurrenz ist. Und wir können da gut mithalten. Sie können sich gerne noch anderweitig informieren." Das klang nun ein wenig beleidigt. „Aber ein solches Angebot, Segeltörn mit anschließendem Wellnessurlaub, werden Sie zu diesem Preis nirgendwo finden. Oh, ich sehe gerade, jetzt sind es nur noch drei Plätze. Sie sollten sich schnell entscheiden!"
Weder Chrissie noch ich können die Zahlen auf seinem Computer sehen. Der versteht wirklich sein Geschäft. Und Chrissie gerät, wie von ihm beabsichtigt in Panik. Ich durchblicke seine Taktik, denn ich bin psychologisch geschult, Chrissie nicht. Das merkt er sofort und rückt noch ein wenig weiter von mir weg. Jetzt sitzt er direkt vor ihr. Sie bekommt gerade ihre hektischen Flecken am Hals, wie immer, wenn sie sich aufregt.
„Dann machen wir das jetzt fest. Sonst haben wir gar nichts. Meine Freundin ist damit einverstanden."
Bin ich nicht! Mir ist das viel zu teuer!

Doch Chrissie ist wieder einmal ganz in ihrem Element und nicht mehr zu bremsen. Na gut, soll sie ruhig buchen. Er hat ja gesagt, dass ich noch zurücktreten kann. Ich warte jetzt einfach ganz gelassen ab, bis die beiden fertig sind. Und dann erst werde ich Einspruch dagegen einlegen. Das wird ihn gewaltig ärgern. Nein, so einfach mache ich es diesem arroganten Schnösel da nicht! Doch ich muss überhaupt nichts dazutun, um dieses völlig überteuerte Angebot abzulehnen. Denn genau in diesem

Augenblick schaltet sich praktischerweise wieder einmal meine vielbeschworene Vorsehung ein. Mit der Buchung gibt es Schwierigkeiten.

Seit Chrissie unsere Daten weitergegeben hat, versucht der junge Schönling diese verzweifelt in seinen PC einzugeben. Mehrmals löscht er das Ganze wieder heraus.

„Ihre Daten nimmt er an, aber die Daten ihrer Freundin kann ich nicht speichern. Was ist denn da los? Das war noch nie da!"

Nach mehreren, sichtlich erfolglosen Versuchen mich in seine Buchung mit hinein zu bekommen, steht er auf und läuft kopfschüttelnd ins Nebenzimmer. Der superausgebildete Reisefachkaufmann braucht Unterstützung.

Tja, ich könnte ihm sagen, woran die Eingabe meines Namens scheitert. Ich will nicht so viel Geld für einen zweiwöchigen Urlaub ausgeben. Und daher wird es damit auch nichts werden. Aber eigenartig ist das Ganze schon. Sollte ich wirklich seinen PC mit meinen Gedanken steuern können? Direkt unheimlich.

Nach einer Weile kommt der Hübsche mit einem Kollegen zurück. Nun versuchen beide gemeinschaftlich, unsere Reise perfekt zu machen. Es gelingt ihnen auch jetzt nicht.

„Den Namen der Freundin nimmt er einfach nicht an, ja wo gibt's das denn?", stellt nun auch der ältere Herr, offensichtlich der versierte Chef fest. „Könnten wir denn nicht die zweite Person auf einen anderen Namen buchen. Vielleicht auf den Namen ihres Mannes?", fragt er Chrissie.

Ich fange an, mich zu amüsieren.

„Ich habe keinen Mann. Und wenn ich einen hätte, würde ich nicht mit ihm in Urlaub fahren wollen!" Das ist Chrissielogik. „Ich möchte mit meiner Freundin Urlaub machen, nicht mit irgendeinem Mann!"

Erstaunte Blicke.

„Aber Sie sehen doch selbst, dass es bei der Buchung Probleme gibt."

Ich freue mich darüber, Chrissie wird ärgerlich.

„Ok, dann lassen wir es bleiben." Sie steht auf, nimmt ihre Handtasche von der Stuhllehne und mich an der Hand.

„Schönen Tag noch!"

„Aber wir finden sicher eine gute Alternative," ruft uns der Chef hinterher.

Zu spät.

Als wir vor dem Laden stehen, atme ich erst einmal tief durch. Dieser Kelch ist gottlob an mir vorübergegangen. Während sich die beiden Männer im Reisebüro verzweifelt darum bemühten, meinen Namen in ihren PC zu zwingen, hatte ich mich nämlich plötzlich daran erinnert, dass ich absolut seeuntauglich bin. Bereits auf der Überfahrt mit einem Butterschiff von Neustadt in Holstein nach Dänemark war ich damals seekrank geworden. Schon fünf Minuten nach dem Ablegen hatte ich mit starker Übelkeit gekämpft. Und das bei nur leicht gekräuselter See. Bis zum Ende der Fahrt bin ich dann auf der Freiterrasse ganz oben gesessen und habe verzweifelt das Festland anfixiert. Wie sollte ich denn da einen Segeltörn auf dem Atlantik durchstehen? Nur gut, dass daraus nichts geworden ist.

4.

„Komm, Mare, wir versuchen es anderswo. Es waren ja noch Plätze frei. Wahrscheinlich mehr als genug. Das war doch Taktik von dem."
Aha, jetzt hat es Chrissie auch gecheckt.
„Du, das sollte jetzt so sein, Chrissie. Ich werde nämlich seekrank. Segeln ist wirklich nichts für mich." Diesmal werde ich mich durchsetzen. „Wellnessurlaub finde ich gut, Portugal auch, aber bitte keine Schiffsreise oder so etwas Ähnliches."
„Ok, das wusste ich nicht. Keine Angst, mir fällt sicher gleich etwas viel Besseres ein. Jetzt gehen wir erst einmal einen Kaffee trinken." Chrissie ist ja stets kompromissbereit. Sie steuert das kleine Café an der Straßenecke an. Ich folge ihr.
„Aber mir ist ein reiner Wellnessurlaub, wenn ich es mir recht überlege, echt zu langweilig," sagt sie jetzt. „Die Idee mit dem Segeltörn hat mich richtig heiß auf Abenteuerurlaub gemacht. Sicher gibt es noch geile Alternativen, bei denen dir nicht schlecht wird."

Soll ich mich jetzt darüber freuen?

Während wir kurze Zeit später in der wärmenden Sonne unsere Cappuccini schlürfen, schmiedet Chrissie bereits neue Reisepläne.

Mit Cappucinoschaum an der Oberlippe kramt sie hektisch in ihrer überdimensional großen Shoppingbag und holt schließlich ihr Smartphone heraus.
„So, selbst ist die Frau! Jetzt suchen wir uns in aller Ruhe unseren Traumurlaub aus. Wo habe ich denn nur meine Lesebrille wieder hin gesteckt?"
Sie beginnt erneut den Inhalt ihrer Tasche zu durchwühlen.
„Gib mir das Handy. Ich brauche noch keine Lesebrille."
Kleiner Triumph meinerseits. Aber nur ganz kurz. Chrissie ist ja meine beste Freundin. Jetzt hat sie die Brille doch gefunden. Ihr Handy ist groß genug, wir können gemeinsam auf den Bildschirm schauen. Sie tippt: Urlaub, Portugal, Flug und Hotel, All-inklusive ein.
„Schreib noch Algarve hinzu," schlage ich vor.
Sie macht es.
Schon öffnen sich unzählige Möglichkeiten für unseren gemeinsamen Portugalurlaub. Welches Reiseportal sollen wir jetzt auswählen? Ohne kompetente Beratung ist es doch nicht so einfach. Wir entscheiden uns für ein allgemein Bekanntes, und Chrissie muss Datum und Personenzahl eingeben. Eine lange Liste erscheint. Wir starren auf die Preise. Unter 1200.-Euro für vierzehn Tage und pro Person wird uns nichts angeboten.
„Da haben wir dem Süßen vorhin doch Unrecht getan. Gut, hier im Internet ist eine solche Reise an die dreihundert Euro günstiger, aber dafür muss man alles selbst machen."
„Also, selbst 1200.-Euro kann ich mir beim besten Willen nicht leisten, Chrissie! Lass uns doch noch einmal bei einem der Billiganbieter nachschauen", schlage ich vor. Chrissie geht zurück in die vorherige Seite.
Gleiches Procedere.
Die Liste erscheint: ... leider ausgebucht, ... leider ausgebucht, ...
Alle attraktiven und zugleich erschwinglichen Angebote sind schon vergeben. Und jetzt? Chrissie schaltet ihr Handy aus und

wirft es zurück in ihre Tasche. „Wir haben ja noch Zeit," meint sie dann.

„Sieht aber gerade nicht so aus", widerspreche ich ihr. „Alle günstigen Hotels mit Flug sind bereits ausgebucht. Vielleicht sollten wir in Deutschland bleiben, Chrissie, da finden wir sicher etwas."

„Äh, äh, nix da, Deutschland. Lass mich nur machen!"

Chrissie streicht sich eine vorwitzige Haarsträhne aus dem Gesicht. „Ich habe da etwas gaaanz Anderes im Auge."

„Willst du mir nicht sagen, was dir vorschwebt?"

„Geduld, Geduld. Morgen weiß ich mehr!"

Chrissie hat also wieder eine neue Idee, soviel steht fest. Na gut, dann lasse ich mich überraschen. Mein Blick auf die Sparkassenuhr bestätigt mir, dass es heute schon zu spät für weitere Unternehmungen ist. Ich muss noch etwas zum Abendessen einkaufen.

„Können wir zahlen?"

„Ja, i bin glei bei eana!"

Die nette, ältere Bedienung kommt kurz darauf mit dem Bon zu unserem Tisch zurück. Heute bin ich mit dem Bezahlen an der Reihe. Wir wechseln uns dabei wöchentlich ab. Das ist zwar unlogisch, weil jeder eigentlich auch selbst für seinen Cappuccino aufkommen könnte, aber der Freundschaft ist es zuträglich, wenn man alle zwei Wochen der besten Freundin einen Kaffee spendieren kann.

Chrissies Auto steht auf einem anderen Parkplatz als meines. Daher drücken wir uns noch einmal herzlich, bevor wir auseinandergehen. Chrissie hält mich kurz auf Abstand.

„Also, dann bis morgen. Ich sehe zu, dass ich etwas reißen kann. Ich melde mich auf alle Fälle kurzfristig bei dir. Ich habe 'ne wirklich gute Idee, bin mir nur noch nicht so ganz sicher darüber, ob sie zu realisieren ist." Sie lässt mich los.

„Tschüssie!"

Ich frage nicht noch einmal nach, welche Idee sie hat. Chrissie wird mir sowieso nichts verraten. Das kenne ich von ihr. Sie liebt es, mich zu überraschen. So, jetzt aber los.

Am darauffolgenden Abend schlurfe ich müde von der Arbeit in meine Wohnung hinein. Gerade kicke ich mir die engen Schuhe von den angeschwollenen Füßen, da läutet es Sturm. Ich habe jetzt keine Lust auf Unterbrechung meines wohlverdienten Feierabends und ignoriere zunächst meine nervige Türglocke. Da schlägt sie abermals an. Dieses Mal noch länger und aufdringlicher. Ich nehme den Hörer der Gegensprechanlage ab.

„Ja, hallo?"

„Überraschung!"

Chrissie. Sie hat wirklich ein lautes Organ, immer und überall.

„Komm nach oben, Chrissie. Ich bin gerade erst zur Türe hereingekommen."

„Nein, nicht ich gehe nach oben, du kommst jetzt runter. Hoppidihopp!"

„Ich werde jetzt nicht mit dir über die Telefonanlage herumdiskutieren, wer rauf oder runter muss. Ich bin todmüde. Jetzt komm schon!"

„Was bist du denn so patzig? Mensch, Mare, freu dich doch! Ich habe die Lösung für unseren Portugalurlaub gefunden."

„Ja, dann komm hoch, in Gottes Namen. Dann kannst du mir deine Superlösung präsentieren."

„Nein, du kommst runter. Ich muss dir etwas zeigen. Oben geht das nicht."

„Chrissie, sei nicht kindisch. Ich habe mir gerade erst die Schuhe ausgezogen. - Chrissie?" Ich höre nur noch das laute Zwitschern der paarungswilligen Vogelmännchen. „Chrissie!"

Meine liebste, beste Nervensäge steht offensichtlich nicht mehr unten an der Sprechanlage. Was das nur wieder für eine Überraschung sein wird, die ich mir unten anschauen muss. Keine Idee. Ich ziehe mir also folgsam meine Schuhe wieder an, schnappe mir den Wohnungsschlüssel, schlage die Türe hinter mir zu und mache mich auf den Weg nach unten. Ich wohne im zweiten Stock einer größeren Wohnanlage. Die Treppenstufen sind aus Marmor und spiegelglatt. Ich muss immer vorsichtig sein. Unter Zeitdruck bin ich schon mehrmals abgerutscht. Aber jetzt lasse ich mir ganz bewusst Zeit. Chrissies dressiertes Hundchen bin ich nämlich nicht. Ich bin sowieso gerade furchtbar gestresst. Auch, weil ich den ganzen Tag noch nichts Gescheites gegessen habe. Hoffentlich dauert das „kurz mal anschauen" jetzt nicht stundenlang.

Als ich auf den kleinen Fußweg, der zu meinem Haus führt, hinaustrete, sehe ich keine Chrissie.

Wo steckt sie denn nur wieder?

Aha, sie steht bereits vorne an der Straße. Als sie mich sieht, winkt sie mir wie wild zu und deutet auf etwas.

„Huhu, hier bin ich! Hast ganz schön lange gebraucht. Komm her, ich will dir etwas zeigen!"

Sie wiederholt sich.

Sollte sie sich etwa ein neues Auto gekauft haben? Zuzutrauen wäre es ihr. Aber das hätte dann nichts mit unserem Urlaub zu tun. Möglicherweise kam ihr der Autokauf dazwischen. Sie sucht nämlich schon seit längerem nach einem Peugeot-Cabrio, dem Frauenauto schlechthin. Chrissie fährt immer Frauenautos. Und sie hat auch immer spontane Einfälle. Das sagte ich ja bereits. Ich gehe also zu ihr hin, kann aber nicht auf die Straße schauen, weil mir ein alter, weißer Transporter die Sicht versperrt.

„Und, was sagst du dazu?"

„Was sag´ ich zu was?"

„Na, zu meinem neuen Auto?"

Also doch!

„Kann ich nicht sehen, da steht dieser alte Fiat Ducato Kastenwagen davor."

Chrissie stutzt. Dann findet sie die Situation scheinbar unglaublich lustig, denn sie bricht in ihr altbekanntes Gelächter aus.

„Ne, Mare, da steht nix davor. Das ist doch mein neues Auto!"

Da bleibt mir vor Überraschung der Mund offen stehen.

„Das ist was?"

„Mein neues Auto, besser gesagt, unser neues Auto. Hey, ich hab dir doch gestern angekündigt, dass ich eine Superidee habe. Voilà, unser neues Wohnmobil. Ja, schau nicht so! Muss schon noch ´n bisschen aufgepimpt werden. Logo. Aber dann ist es topp. War auch ganz billig, nur 1500.- Euro, TÜV neu, geteilt durch zwei, bleiben für jeden 750.- Euro. Also viel günstiger als der Flug nach Portugal mit Hotel."

So langsam, langsam dämmert es mir. Chrissie will mit mir in dieser Schrottkarre nach Portugal fahren. Sie hat, ohne mich zu fragen, mein Urlaubsgeld in dieses uralte Vehikel investiert. Oh, mein, Gott! Das ist ja wieder einmal eine ganz besonders gute

Idee. Ich habe kaum eine Ahnung von alten Autos, und Chrissie schon gar nicht. Da ich mir noch nie so schicke neue Flitzer wie Chrissie leisten konnte, kenne ich mich vielleicht sogar einen Tick besser damit aus als sie. Aber doch nicht mit einem alten Fiat Ducato Kastenwagen!

„Du, jetzt schau nicht so entsetzt. Das bekommen wir hin! Das wird super, du wirst sehen. Wir wollten doch ein Abenteuer. Damit warst du einverstanden. Und wenn wir schon nicht nach Portugal fliegen können, weil alles zu teuer oder bereits ausgebucht ist, da habe ich mir halt gedacht, machen wir einen ganz besonderen Trip. Wir fliegen nicht zum Haifischangeln, wir fahren mit unserem Wohnmobil zum Männerangeln nach Portugal!"

„Zum Männerangeln nach Portugal? Na bravo."

„Ja, die Typen werden uns die Bude, sprich diesen Wagen hier nur so einrennen. Zwei taffe Frauen auf Europatour. Auf so etwas stehen die doch. Das wird das Erlebnis!"

„Und wenn ich nicht will?"

„Natürlich willst du!"

„Wenn ich nicht mit dieser Blechbüchse nach Portugal rumpeln will? Und dort auch keine Männer angeln will? Was machst du dann?"

„Dann fahr ich eben allein. Oder ich nehme die Nicki mit."

Das ist jetzt emotionale Erpressung. Aber Chrissie traue ich es zu, dass sie mich kurzerhand ausbootet. Chrissie zögert nie lange herum. Sie macht immer das, was sie sagt.

„Aber wir waren uns doch einig: erst einmal eine Weile ohne Männer, oder?"

„Ja, war ′n Joke, das mit dem Männerangeln. Das ist ja jetzt auch nicht erste Priorität. Aber wenn wir uns schon zu den heißblütigen Südländern hinbegeben, warum sollten wir nicht das Nützliche mit dem Angenehmen verbinden?"

„Weil ich das nicht will!"

„Erst müssen wir ja sowieso den Wagen für unsere Zwecke herrichten. Und dann sehen wir weiter."

„Und was kostet das Herrichten? Da können wir das Dreifache des Kaufpreises noch einmal drauflegen. Hast du dir denn das Auto überhaupt genau angeschaut? Oder war jemand dabei, der sich mit alten Karren auskennt?"

„Nö. Der Verkäufer war supernett und supervertrauenswürdig."

Oh ja, perfekte Verkaufstaktik wahrscheinlich. So wie im Reisebüro.

„Keine Sorge. Ich hab den Peter schon gefragt. Der hilft uns mit dem Ausbau. Für umme!"

Der Peter, na logisch, wer sonst. An den habe ich jetzt garnicht gedacht. Peter ist ein passionierter Autoschrauber und Chrissies Mann für alle Fälle. Nein, für den einen speziellen nicht, aber sonst für alle. Die Aussicht auf eine kostenlose Reparatur ist das Einzige, was mich jetzt etwas versöhnlicher stimmt.

„Wir sollen morgen mit dem Wagen bei ihm vorbeikommen. Er schaut nach, was alles zu machen ist. Der Autoverkäufer meinte, viel mehr als 'nen Tausender zusätzlich werden wir nicht investieren müssen."

Wer's glaubt! Chrissie schon, das ist mir klar. Ok, dann sind wir aber trotzdem schon bei 2500.- Euro.

„Mit oder ohne Ausbau?"

„Ach, Mare, was müssen wir schon viel ausbauen. Ein breiteres Bett, 'nen Klo, 'ne Kleiderstange und 'ne Kochplatte, und schon geht's ab."

Also ohne.

Chrissie kommt her und nimmt mich in den Arm.

„Mensch, Mare, mach nicht so ein Gesicht. Das gibt Falten."

„Kein Wunder, oder? Das sind reine Sorgenfalten. Aber danke für deine Fürsorge, liebste Freundin."

„Du weißt doch, wir beiden kommen seit Urzeiten gut miteinander aus. Ich verspreche dir, das wird ein ganz toller Urlaub. Mit oder ohne Typen."

„Du redest daher wie ein Teenager, Chrissie. Mit oder ohne Typen! Wir beiden können froh sein, wenn wir da unten ein paar reifere Herren antreffen, die sich noch für unsere Altersklasse interessieren. Selbst die alten Knacker buchen einen Urlaub im Luxushotel und fahren ein tolles, teures Auto, um 'ne Junge aufzureißen. Die stehen doch nicht auf ältliche Dämchen. Die wollen blutjunge Mädels beeindrucken und erobern. Und diejenigen, die für uns dann noch übrigbleiben, sind sicher keine heißen Typen mehr."

„Also kommst du mit."

Für Chrissie ist damit die Diskussion beendet.

„Was bleibt mir denn jetzt anderes übrig, nachdem du so spendabel warst, und mich finanziell so großzügig an deinem Wohnmobil beteiligt hast. Ja, ich komme mit. Aber ich werde dich an dein Versprechen erinnern!"

„Das kannst du. Du weißt doch: versprochen ist versprochen, und wird nicht gebrochen! Unser Spruch aus Kindertagen. So, und jetzt lass uns deine Zustimmung mit einem Glas Prosecco begießen. Hast du einen oben, oder soll ich schnell zur Tanke fahren?"

„Ich habe einen im Kühlschrank."

„Na, worauf warten wir noch?"

Der Abend wird dann länger als gedacht. Wie pubertierende Jugendliche planen wir unser gemeinsames Abenteuer. Nach und nach geraten wir völlig aus dem Häuschen und entwickeln immer neue Pläne. Chrissies neueste „Schnapsidee", die Fahrt im Wohnmobil an die Algarve, ist ja auch zu aufregend. Durch den Alkohol einer Flasche Prosecco laufen wir zur Höchstform auf. Chrissie hat allerdings weniger als ich getrunken. Sie will ja mit ihrem, nein, falsch, mit unserem neuen Auto heil nachhause kommen. Ich dagegen bin schon sehr lustig drauf. Vergessen sind alle meine Bedenken. Ich bin jetzt offen für alles.

Ja, und so stehen kurz darauf zwei angeheiterte, ältere Damen, gut erhalten aber eben auch schon über Fünfzig, mitten in der Nacht kichernd und gackernd auf der menschenleeren Straße. Sie platzen beinahe vor Stolz, weil sie seit wenigen Stunden Eigentümerinnen eines „Wohnmobils" sind. Kaum nachvollziehbar, wenn man dieses uralte Gefährt sieht. Das ist ihnen jedoch gerade schnurzegal. Der erste gemeinsame Abenteuerurlaub ihres bereits etwas längeren Lebens hat gerade konkrete Formen angenommen. Und das ist einfach nur toll!

So, genug der Euphorie.

Bis zur Abreise ist noch so viel zu tun: Vor uns haben wir zunächst die Restaurierung eines beinahe ausgemusterten, alten, weißen Kastenwagens. Und dann eine hoffentlich pannenfreie, spannende Anreise zur Algarve, mit ungewissem Ausgang. Doch wer nicht wagt, der nicht gewinnt!

Ich füge mich wieder einmal in mein, zugegebenermaßen von Chrissie aufgedrängtes, Schicksal. Dabei aufflackernde, negative Gefühle schiebe ich ganz weit nach hinten in mein tiefstes Unterbewusstsein. Und es funktioniert. Mir gelingt die totale Verdrängung sorgenvoller Gedanken aus meinem Kopf. Durch diesen genialen Schachzug kann ich mich jetzt sogar auf die Fahrt freuen. Ich werde neue Erlebnisse haben und neue Erfahrungen sammeln. Und ich wünsche mir ganz einfach nur einen erholsamen Urlaub mit Chrissie. Nein, dass stimmt nicht ganz. Er sollte wirklich außergewöhnlich werden, anders als die üblichen Aufenthalte mit ihr. Kurzweilig und interessant dazu sollte er sein. Oh ja, bitte, denn vernünftig war ich mein Leben lang. Ja, ich werde mutig auf meine alten Tage. Endlich! 50plus ist doch ein gutes Alter für einen Neuanfang.

Unvernunft ist meine Zukunft.

Nachdem also Chrissie ein wenig beschwipst den Heimweg angetreten hat, bin ich zu aufgeregt, um zu Bett zu gehen. Da ich bei meiner momentanen Gemütslage sowieso nicht an Schlaf denken kann, setze ich mich an meinen Laptop und surfe im Internet. Die letzte Absprache dieses Tages zwischen Chrissie und mir sah nämlich so aus: Sie macht sich über den schnellstmöglichen Ausbau des Transporters Gedanken, und ich übernehme die konkrete Planung der Fahrt.

Eine Urlaubsfahrt vom Start bis zur Ankunft durchzuorganisieren, hat mir schon immer großen Spaß gemacht. Bereits in jungen Jahren hatte ich diesen Part in meiner Ehe übernommen. Leider wurde das Ergebnis von meinem ewig nörgelnden Ehegatten nur selten für gut geheißen, und dementsprechend wenig geschätzt. Aber diese Zeiten sind, dem Himmel sei Dank, schon lange vorbei. Meine Chrissie würde mir nie einen Vorwurf machen, selbst wenn wir, aus Versehen natürlich, einen Umweg von mehreren hundert Kilometern fahren würden. Das könnte schon mal passieren, denn ich kann Entfernungen zuweilen schlecht einschätzen. Aber nach ungewollten, oft zeitaufwendigen Zusatzfahrten finde ich immer wieder auf die Hauptstrecke zurück. Das ist doch auch etwas.

Es ist bereits Mitternacht.

Eigentlich sollte ich schlafen, doch das geht jetzt nicht. Ich muss mich mit dem Reiseverlauf vertraut machen, egal wie spät es ist. Das Reiseplanungsfieber hat mich gepackt. Ich schaue mir auf dem Bildschirm besonders die Orte an, die wir auf der Route von Kraiburg in Oberbayern an die Algarve anfahren werden. Ich stelle fest, dass über 2000 Kilometer auf Landstraßen und Autobahnen vor uns liegen. Aber die gesamte Strecke ist mit mehreren Zwischenstopps gut zu bewältigen.

Einen bestimmten Ort in Portugal, nämlich Carvoeiro an der Algarve, hatte mir mein alter Freund Klaus neulich erst wärmstens empfohlen. Er fliegt schon seit Jahren dorthin. Seine Urlaubsfotos, die er mir jedes Jahr stolz vorlegt, zeigen einen sehr hübschen, kleinen Badeort am Meer. Ich hatte bis zum jetzigen Zeitpunkt in keinster Weise vorgehabt, meinen nächsten Urlaub an der Algarve zu verbringen. Aber wie das Schicksal manchmal so spielt, werde ich dies dank der Initiative meiner besten Freundin sehr bald tun. Und jetzt, ja, jetzt freue ich mich darauf.

Um meine Vorfreude noch ein wenig zu steigern, gebe ich, ungeachtet der fortgeschrittenen Stunde, als nächstes das Örtchen Carvoeiro in die Suchmaschine ein. Das will ich mir noch genauer ansehen. Es öffnen sich Bilder von weißen Häusern mit blauen Fensterläden, die wie Schwalbennester an den steilen Felswänden der sandfarbenen Klippen kleben. Auf einer weiteren Aufnahme sehe ich bunte Fischerbooten mit darüber geworfenen, weitmaschigen Netzen. Die farbenfrohen Boote liegen auf einem breiten, weißen Sandstrand.

Dort wird tatsächlich aktiv gefischt. Fische, keine Männer. Jedenfalls nicht auf den Fotos. Das war jetzt ein kleiner Seitenhieb auf Chrissies Wunsch nach einem unmoralischen Urlaubsvergnügen. Männerangeln klingt viel harmloser als Sexabenteuer. Aber genau darauf ist sie aus, ich kenne sie doch.

Weitere Bilder zeigen eine üppige Vegetation aus Palmen, Agaven und mediterranen Blumen, und natürlich das blaue, weite Meer. Wow, wie romantisch. Ich bekomme Sehnsucht. Beim Weiterscrollen erscheinen Fotos von gemütlichen Restaurants, Cafés und Bars, die direkt an einer Piazza hinter dem Strand liegen. Ich klicke auf die Webcam des Ortes und habe nun einen Blick auf eine lange Einkaufsmeile mit verschiedenen, kleinen Boutiquen und landestypischen Geschäftchen. Das ist wirklich ein Urlaubsort wie aus dem Bilderbuch! Es gibt dort sichtlich alles, was das weibliche Herz begehrt. Allerdings, auch hier sehe ich keine attraktiven, älteren Männer. So, Schluss damit. Nicht ich will Männer angeln, das überlasse ich meiner besten Freundin. Und jetzt ab ins Bett.

Mit den Bildern unseres Urlaubszieles im Kopf, und voll Vorfreude auf das, was auf mich zukommt, schlafe ich um drei Uhr nachts endlich ein.

5.

Bereits am nächsten Nachmittag stellt sich eine gewisse Ernüchterung bei mir ein. Chrissie holt mich mit unserem „Wohnmobil" ab. Es ist das erste Mal, dass ich auch das Wageninnere zu Gesicht bekomme.
Ach, du mein Schreck!
Das Äußere des Busses hatte ja schon Schlimmes erahnen lassen, aber so hatte ich mir sein Innenleben beim besten Willen dann doch nicht vorgestellt. Zunächst muss ich mich schon einmal äußerst mühsam auf den Beifahrersitz hochziehen. Den dafür hilfreichen Griff gibt es nicht mehr, nur noch abgebrochene Reste davon. Endlich bin ich oben und lasse mich auf den zwar gesäuberten, aber total abgewetzten und mit Brandlöchern verunstalteten Sitz plumpsen.
Der Blick nach hinten verspricht nichts Gutes. Der Boden des Transporters ist mit alten Holzbrettern ausgelegt, ölverschmiert und mit Bauschutt verdreckt. Die inneren Seitenwände sind verbeult und verschrammt. Ansonsten ist nichts weiter drinnen. Keine Fenster, keine Isolierung. Nichts. Leer.
Erst jetzt wird mir die Größe unseres Unterfangens so richtig bewusst. Nie im Leben wird aus diesem Wrack ein einigermaßen brauchbares Wohnmobil. Chrissie sitzt erstaunlich schweigsam neben mir. Wenn die schon nichts mehr redet, dann sieht es nicht gut aus mit unseren Plänen.
„Und jetzt?"
„Jetzt fahren wir zu Peter."
Chrissie lässt den Motor an. Dieser röhrt ohrenbetäubend. Die ganze Karosserie vibriert mit. Schwerfällig setzt sich das Fahrzeug in Bewegung.

„Sag mal, hast du eigentlich gestern nicht in den Wagen hineingeschaut?"

„Nein, habe ich nicht. Sonst hätte ich ihn ja nicht gekauft."

Chrissielogik.

„Und vorher probegefahren?"

„Er fährt doch, oder etwa nicht?"

„Ja, er fährt, das ist aber auch alles, Chrissie."

Ich schiele auf den Tacho: 300000 Kilometer. Eine Menge Kilometer hat er auf dem Buckel. Na gut, ich will mal positiv denken. Wenn er die geschafft hat, dann wird er die 4000 Kilometer, die wir auf unserer Reise mindestens noch drauffahren werden, auch noch durchhalten.

„Der Peter macht das schon, keine Bange!"

Ja, Chrissie, gut, dass wir den Peter haben, denke ich. Und gut, dass der bis heute nicht aufgegeben hat, dich erobern zu wollen.

„Hast recht, Chrissie, die Hoffnung stirbt zuletzt."

„Genau so ist es."

Auf der ganzen Fahrt zu Peter reden wir nichts mehr miteinander. Der alte Ducato brummt und scheppert derart laut, dass sowieso jede Unterhaltung sehr, sehr anstrengend für unsere Stimmen geworden wäre.

Dass fünfzehn Kilometer so lang und beschwerlich sein können! Das permanente Dröhnen ruft bei mir jetzt schon die ersten Symptome einer Migräne hervor. Nein, wenn wir mit diesem Auto nach Portugal fahren wollen, dann muss aber gewaltig an ihm herumrepariert werden.

Ich habe ja bereits erwähnt, dass ich Probleme mit der Seekrankheit habe. Dies ist zwar ein Transporter, und wir schaukeln auch nicht auf dem Meer dahin, dennoch geht es bei jeder Straßenunebenheit wusch, hinauf, und wusch, wieder hinunter. Ich habe das Gefühl dieses Fahrzeug hat eine viel zu weiche Federung. Meine beginnende Übelkeit rührt nicht nur von der Migräne her, sie kommt auch durch das ständige Auf und Ab.

„Sag mal Chrissie, merkst du auch etwas im Magen? Ich meine, wird es dir gerade schlecht?", schreie ich in Richtung Fahrersitz.

Oh, oh, bloß nicht den Kopf zu ihr hindrehen, sonst wird's noch schlimmer. Ich muss immer geradeaus auf die Straße schauen, aber garantieren kann ich trotzdem für nichts.

„Wie? Warum sollte mir denn schlecht werden? Ich habe keine Probleme. Und bei dir, Mare, sind das wie immer die Nerven. Du steigerst dich aber auch in alles rein. Fährt sich doch wie Butter!"

„Sag nichts von Butter. Oh Gott, ist mir übel!"

„Wir sind gleich da. Vielleicht ist es ja auch die plötzliche Wärme, die dir so zu schaffen macht."

Stimmt, im Fahrzeuginnenraum ist es brütend heiß. Das wird mir erst bei Chrissies Worten bewusst.

„Mach doch die Klimaanlage an," bitte ich sie. „Mal sehn, ob die wenigstens funktioniert."

Chrissie dreht an einem Schalter, verreißt dabei das Lenkrad und landet dadurch fast im Straßengraben.

„Hupps, falsche Richtung."

Ja, hupps. Heiße Fönluft bläst mir gegen die Stirn.

„Und, besser so? Du, eine Klimaanlage kann man für den Preis und bei dem Alter nicht erwarten, Mare. Du hast vielleicht Vorstellungen."

Den Weg nach Portugal werde ich nicht überleben, da bin ich mir sicher. Gottlob sind wir nun bei Peter angelangt und rumpeln mit unsere Karre in seine enge Hofeinfahrt hinein.

Peter kommt im ölverschmierten Drillich aus seiner Haustüre. Ich reiße die Beifahrertüre auf, Luft, Luft, und sause postwendend Richtung Betonsteinpflaster. Ich habe glatt vergessen, dass ein Transporter bedeutend höher ist als ein PKW. Im Fallen erwische ich gerade noch Peters Arm. Er lässt sich davon nicht beeindrucken.

„Das Aussteigen aus 'nem Transporter musst du aber noch üben," bemerkt er trocken. Er ist überhaupt ein eher schweigsamer, zuweilen brummeliger Mensch. Ich kann Chrissies Widerstand gegen eine engere Beziehung mit ihm gut verstehen. Humor hat er keinen. Aber, er ist ein super Mechaniker, sagt Chrissie. Na, und dem haben wir eben mit Sicherheit einen Großauftrag vor die Haustüre gefahren.

Chrissie kommt um den Transporter herum und will Peter zur Begrüßung um den Hals fallen. Der bleibt mit verschränkten Armen stehen. Er hat nur Augen für das Fahrzeug. Sie bremst vor ihm ab.

„Aha," gibt er von sich, und, „soso."

Dann geht er in seiner bekannt behäbigen Art gemächlich um den Ducato herum. Nach einer längeren Pause macht er: „Tsa, tsa ,tsa". „Probleme beim Fahren?", fragt er nach wieder einer längeren Pause, ohne uns dabei anzusehen.

„Nö, gar nicht! Fährt sich wunderbar." Chrissie ist optimistisch.

„Na, das wundert mich jetzt schon sehr," murmelt Peter. „Hat sich gerade nicht so angehört."

Chrissie wirft ihm den Autoschlüssel zu.

„Du checkst ihn jetzt mal durch, und dann rufst du mich an, ok?"

„Da ist Einiges zu tun. Hab´ im Moment wenig Zeit."

„Wir wollen ja auch erst in drei Wochen starten."

„Das ist schon verdammt knapp. Na gut, lass den Wagen mal da. Bis dahin weiß ich jedenfalls, ob es sich überhaupt lohnt, den noch zu reparieren, oder ob er auf den Schrottplatz gehört."

Auf den Schrottplatz? Schöne Aussichten.

Peter ist bereits wieder auf dem Weg zurück in sein altes, baufälliges Häuschen.

„Peter, das müssen wir aber spätestens nächste Woche wissen. Wir müssen den Fiat ja noch zum Wohnmobil umbauen," schreit Chrissie panisch.

„Den da wollt ihr zum Wohnmobil umbauen? Das könnt ihr gleich vergessen. Der kommt sicher nicht durch den TÜV", Peter lacht laut und hart. „Das war wohl ´n absoluter Fehlgriff. So ´n Ducato ist doch nicht als Wohnmobil geeignet."

Das war jetzt nicht nett.

„Zu was denn dann?", fragt Chrissie.

„Zu was denn dann, zu was denn dann? Zum Transportieren natürlich, zu was denn sonst."

Peter ist sichtlich genervt.

„Ja, passt doch! Wir transportieren zwei Matratzen, ein Chemieklo, paar Koffer, ´nen Tisch, zwei Stühle und ´n bisschen Kleinkram und Verpflegung."

Chrissie lässt sich von ihm nicht beirren. Ich sehe das ganze Unterfangen ein wenig anders. Wie immer. Für mich war´s das mit unserer Reise im „Wohnmobil". Ich bin mir ziemlich sicher, dass sich Chrissie in ihrem Überschwang verkauft hat. Peter hat das in seiner unnachahmlichen Art gerade bestätigt. Sie will es nur nicht wahrhaben.

Ein komischer Kauz ist der Peter schon.

Was Chrissie zuviel quasselt, redet er zu wenig, viel zu wenig. Ich habe selten einen so einsilbigen Menschen erlebt. Von daher würden die beiden eigentlich doch gut zusammenpassen. In einer guten Beziehung reicht es doch aus, wenn einer den Ton angibt, und der andere sich fügt. Könnte sehr angenehm sein. Na ja, wer's mag. Ist Geschmacksache.

Ich kann mich teilweise schon schlecht unterordnen, aber Chrissie kann das überhaupt nicht. Sie ist sehr dominant. Auch in unserer Freundschaft will sie sehr oft das letzte Wort haben. Aber eine Freundschaft ist auch etwas anderes als eine Partnerschaft. Da kann man immer eine Distanz voneinander schaffen. Wir wollen keinen Macho als Partner, aber ein Weichei darf es auch nicht sein. Darin sind wir uns einig. Reibung muss sein. Ich könnte keinen Mann an meiner Seite haben, der hündisch alles macht, was ich will. Einen Schweiger könnte ich auch nicht ertragen. Ja, der goldene Mittelweg muss gefunden werden, sonst klappt es nicht mit der Beziehung.

Eines weiß ich jedoch ganz sicher: Bevor ich noch einmal eine feste Bindung eingehe, werde ich zuvor alle Vor- und Nachteile genauestens gegeneinander abwägen. Ich finde, das ist um so wichtiger, je älter man ist. Denn wenn man erst in der Beziehung erkennt, dass man nicht zusammenpasst, ist es zu spät. Und wir 50plus-Frauen haben keine Zeit zu verschenken. Entweder es passt, oder es passt eben nicht. Faule Kompromisse mache ich keine mehr. Das habe ich immerhin gelernt.

Wie komme ich jetzt eigentlich darauf?

Ach so, genau, wegen Peter. Peter ist kein Weichei. Der kann knallhart sein, das habe ich ja gerade eben mitbekommen. Rein optisch ist der Peter ein durchaus attraktiver Mann. Man sieht ihm seine fünfundsechzig Jahre nicht an. Er ist drahtig, sportlich und hat volles, graumeliertes Haar. Mit Sicherheit besitzt er auch innere Werte, sonst würde er uns ja nicht so selbstlos unter die Arme greifen. Aber wollte ich so jemanden wie den Peter? Nein, mein Typ ist er so oder so nicht. Der Chrissie rede ich da nicht rein. Das ist doch selbstverständlich für eine beste Freundin. Außerdem weiß die Chrissie sowieso immer, was sie will. Also.

„Auf geht's, Mare, pack mer's. Der Stadtbus geht in zehn Minuten." Chrissie ruft dem Peter noch schnell „bis bald, wir hören uns" zu, schon stöckelt sie in Richtung Bushaltestelle. Ich folge ihr aus Peters zugemülltem Hof heraus nach. Ja, hier ist unser Ducato in bester Gesellschaft. Er fällt zwischen den Bergen aus Alteisen und Schrott gar nicht auf.

„Servus."

Das war Peter. Kurz und schmerzlos. Peter hasst lange Verabschiedungen. Servus heißt „dein Diener". Ich vermute, dass der Peter die Bedeutung von „Servus" nicht kennt, sonst hätte er das nie und nimmer zu Chrissie gesagt.

Trotzdem danke Peter, gib dein Bestes!

„Na siehst du, wird doch alles nicht so heiß gegessen wie's gekocht wird. Der Peter kriegt das schon hin."

So etwas nennt man Zweckoptimismus. Aber, wenn sich Chrissie so sicher ist, dass es klappt, dann sollte auch ich meine Zweifel begraben.

„Ja, das glaube ich auch. Der Peter, der kann das!"

Wir haben in den kommenden drei Wochen mehrmals bei Peter vorbeigeschaut und uns nach dem Stand der Dinge erkundigt. Wir opferten für diese Besuche bereits zweimal hintereinander unseren freien Dienstagnachmittag.

Peter war stets schwer damit beschäftigt, unseren Transporter durchhaltetauglich zu machen. Ehrlich gesagt, sahen wir nicht viel von ihm. Entweder er werkelte im Auto, oder seine Füße ragten darunter hervor. Wir verstanden, dass er zu sehr in seiner Arbeit steckte, als dass er unser Dasein hätte wahrnehmen können. Ungeduldig warteten wir jedes Mal darauf, dass er irgendetwas über die Fortschritte preisgeben würde. Er aber wollte in Ruhe gelassen werden. Was ja auch gut war, denn wir hätten sowieso nichts verstanden.

Doch heute, am Dienstag der dritten Woche, hält der mundfaule Peter eine große Überraschung für uns bereit. Wir Frauen können, hurra, zumindest optische Fortschritte erkennen. Er hat nämlich neben den technischen Erneuerungen auch mehrere Schönheitsreparaturen durchgeführt. Wie lieb, er ist ja doch ein Kenner der weiblichen Seele.

„So, jetzt könnt ihr euch euer Vehikel einrichten. Ich bin raus aus der Nummer." Einen gewissen Stolz kann er trotz gezeigter Grabesmiene nicht verbergen. „Weiber haben ja keine Ahnung von

Technik. Ich spare mir daher Erklärungen. Aber eines kann ich euch sagen: Eine Scheißarbeit war das."

Ja, das glaube ich ihm gerne. Und ich werde ihm ewig dankbar für seine Hilfe sein. Er hat aus dem alten Wagen ein recht passables Gefährt gemacht. Dabei hat er, selbstlos wie er ist, nicht nur an seine angebetete Chrissie, sondern auch an mich gedacht. Zur Isolierung hat er den Wagen innen mit Kork ausgekleidet. Die alten Holzbretter am Boden hat er durch einen hübschen, hellblauen PVC ersetzt und, wie traumhaft, ein Dachfenster zur besseren Belüftung eingebaut.

Er hat vollkommen recht. Wir Frauen legen mehr Wert auf Schönheit und Optik, als auf technischen Details. Die sind für uns weniger interessant. Chrissie und ich sind von Peters „Schönheitsreparaturen" hellauf begeistert. Peter hat extra für mich zum Ein- und Aussteigen einen stabilen, neuen Handgriff angebracht. Das zeugt von seinem guten Charakter. Er hat dies nicht nur gemacht, um seiner Angebeteten zu imponieren, nein, er denkt auch an mein Wohlergehen. Chrissies Vorschlag den weißen Bus mit hellblauen Wölkchen zu bemalen, wird jedoch in gewohnter Manier von ihm abgeschmettert.

„So´ n Scheiß kann nur von ´ner Frau kommen. Ist doch kein Kinderwagen. So malt man doch kein Auto an, viel zu auffällig", so seine Ansage.

„Ja, aber gerade das wollen wir doch! Wir wollen unbedingt Aufsehen erregen."

Chrissie ist ansonsten immer schwer umzustimmen. Peter schafft das in kürzester Zeit.

„So ein Schmarrn!"

Das Tollste aber ist, dass Peter fast nichts für seine Nachbesserungen haben will. Nur das Material stellt er in Rechnung. Mein Geldbeutel dankt. Aber ganz ohne Bezahlung? Nein, das geht auch nicht. Wir müssen den Hobbyautobastler, auch wenn er kein Geld will, auf jeden Fall anderweitig für seine Mühen entlohnen. Immerhin hat er drei Wochen lang für uns geschuftet.

„Du bist der Beste!" Chrissie bleibt jetzt auf Distanz, weil sie Peters Aversionen gegen enge Körperlichkeit seit seiner Reaktion neulich akzeptiert. „Wie kann ich das wieder gutmachen?"

„Kannst mich ja mal auf ein Bier einladen."

Das soll alles sein, was er für seine Plackerei von seiner angebeteten Chrissie verlangt? Glaube ich ihm nicht. Seine wahren Absichten verschweigt er.

„Ja, gerne doch. Sobald wir heil aus Portugal zurückgekommen sind, ziehen wir mal um die Häuser, versprochen. Aber einmal drücken muss jetzt schon drin sein."

Chrissie kann es halt nicht lassen. Und dieses Mal erlaubt ihr Peter den Körperkontakt. Ich sehe, dass dabei auf seinem Gesicht eine leichte Verzückung aufleuchtet. Aber nur ganz kurz.

Als wir dann im Auto sitzen, startet Chrissie den Motor. Ich höre es sofort: Der Ducato röhrt nur noch halb so laut wie vor der Generalüberholung. Auch die Motorprobleme hat Peter in den Griff bekommen. Endlich dürfen wir unser „Baby" mit nachhause nehmen.

Die Rückfahrt nach Kraiburg lässt uns wie auf Wolken schweben. Wir können uns in normaler Lautstärke unterhalten. Das unglückselige Schwingen ist auch nicht mehr da. Peter sagte noch beiläufig, dass irgendein „Pfuscher" spezielle Federn ausgebaut hatte, um die Zuladungsmöglichkeit zu erhöhen. Das war es also, warum mir übel wurde. Es lag nicht an meinen schlechten Nerven. Die von ihm gründlich gesäuberte Lüftung bringt Frischluft in den Innenraum. Und die kann nun im Fahrzeug bei geöffnetem Dachfenster zirkulieren.

Wie angenehm.

Na gut, Dusche, Toilette, Küchengeräte und Schränke fehlen. Das muss noch geregelt werden. Aber dann steht unserer Abfahrt nichts mehr im Wege. Mit diesem runderneuerten Auto werden wir bis an die Algarve und auch wieder zurück kommen. Da bin ich mir jetzt ganz, ganz sicher.

„We all live in the yellow submarine, yellow submarine, yellow submarine," stimmt Chrissie mit ihrer tiefen Stimme an.

Ich gröle lauthals mit.

„Old journey bus, old journey bus ..."

Ich habe kurzerhand den Liedtext umgedichtet. Keine Ahnung, ob das korrektes Englisch ist. Das ist mir aber auch völlig egal. Manchmal muss man seiner Freude einfach Ausdruck verleihen. Und wenn es auch mit falschen, lauten Tönen ist.

Ich weiß, was meine Kinder sagen würden, wenn sie mich so sehen und hören könnten.

„Mama, du spinnst!"

Ganz richtig, ich spinne. Warum denn auch nicht? Stört das jemanden? Ich habe doch wohl das Recht dazu, das nachzuholen, was ich in meiner Jugend versäumt habe. Ja, und genau das werde ich tun.

Es wurde aber auch langsam Zeit.

6.

Chrissie setzt mich in meiner Straße ab. Dann fährt sie unauffällig, zumindest was die Motorlautstärke unseres Traumautos nun anbelangt, aus der Siedlung heraus.

Ich steige beschwingt die Treppen zu meiner Wohnung hinauf. Ohne meine Schuhe ausgezogen zu haben, dazu habe ich keine Zeit, setze mich an meinen Laptop. Ich muss sofort nach geeigneten Campingartikeln suchen. Bei Ebay finde ich günstige, gebrauchte Geräte für Campingwagen. Diejenigen, die ich am geeignetsten finde, speichere ich unter „Favoriten" ab. Ja, so bin ich: überlegt, vorsichtig und sparsam. Im ganzen Gegensatz zu Chrissie.

Die ist wie immer s e h r spontan.

Bereits am folgenden Spätnachmittag höre ich unseren Transporter nahen. Sein Motorengeräusch dringt durch meine geöffnete Balkontüre. Ich weiß, dass er es ist, weil er jetzt einen Sound mit Wiedererkennungswert hat. Der unterscheidet sich auffällig von den anderen Fahrzeugen hier in der Siedlung. Ich finde, er klingt tief und männlich.

Chrissie ist wieder einmal ohne Voranmeldung im Anrollen. Dazu veranstaltet sie ein langes Hupkonzert, das mich sofort nach unten eilen lässt. Sie hat den Ducato perfekt auf dem knappen Seitenstreifen in einer engen Parklücke eingeparkt. Da hätte ich sogar mit meinem Corsa Probleme gehabt. Alle Achtung! Das scheint sie heimlich geübt zu haben.

„Überraschung!"

Oh nein, nicht schon wieder. Zumindest „strahlt" das Fahrzeugblech noch in genau dem gelbstichigen Weiß wie am gestrigen Tag. Hellblaue Wölkchen hat sie nicht darauf gemalt. Es wäre durchaus möglich gewesen, dass Chrissie diese Veränderung ohne weitere Rücksprache mit mir doch noch durchgeführt hätte. Das hat sie aber gottlob bleiben lassen. Äußerlich sieht der Ducato noch genau so aus, wie wir ihn bei Peter abgeholt haben.

Folglich muss die Überraschung im Inneren stecken.

Chrissie reißt die rückwärtigen Türen schwungvoll auf. Und jetzt sehe ich es: Sie hat unser „Wohnmobil" möbliert. Drinnen steht eine verblichenen Plastiktruhe mit Retrocharme, wohl für unsere Schuhe und sonstigen Krimskrams gedacht, daneben eine ziemlich angesiffte Chemietoilette. Zwei sicherlich schon vor Jahren ausrangierte Campingbettmatratzen beanspruchen beinahe den kompletten Boden des Mittelraumes. Sie punkten mit einem scheußlichen, in den siebziger Jahren modernen, groben Wollstoff in gelborange. Die darin eingewebten, großen, braunen Blüten machen sie nicht hübscher. Ich vermute, dass diese durchgelegenen Polster unsere Betten sein sollen. Über sie werden wir jedes Mal steigen müssen, um zu den Vordersitzen zu gelangen. Das ist schon sehr unpraktisch.

Auf der rechten Seite hat Chrissie von vorne nach hinten eine rote Wäscheleine gespannt, an denen bunte Wäscheklammern baumeln. Unser „begehbarer" Kleiderschrank. Und unter den rechten Vordersitz hat sie einen schäbigen Karton geschoben, auf dem ich das verblichene Bild eines Esbitkochers erkennen kann.

„So, fertig. Was sagst du dazu?" Chrissie schaut mich erwartungsvoll an. „Habe ich alles noch im Keller gehabt. Günstiger geht es nicht!"

„Ein wenig spartanisch, oder?"

„Das wird auch eine Abenteuer-, keine Luxusreise, mein Schatzi."

Womit sie sicherlich recht hat. Was soll's. Es ist soweit alles da, was wir brauchen. Halt, eine große Kühlbox fehlt noch. Doch Chrissie hat auch daran gedacht. Ich entdecke die unhandliche Kiste vorne im rechten Fußraum. Sie wird dort über den Zigarettenanzünder mit Strom versorgt.

Wir werden erst viel später feststellen, dass wir so einige, überaus wichtige Dinge vergessen haben. Aber wenn man, und damit meine ich hauptsächlich mich, keinerlei Ahnung mit Reisen in einem alten Transporter hat, dann passiert das schon mal. Chrissie hingegen hat bereits gewisse Erfahrungen mit Reisen auf niedrigstem Niveau gesammelt.

„Zum Duschen fahren wir auf Autobahnraststätten," klärt sie mich auf, als sie meine zweifelnden Blicke sieht. „Da gibt es auch Duschräume für weibliche Fernfahrer. Das weiß ich von Jimmys Zeiten her."

Jimmy, das war ihre Zwischenliebe vor zehn Jahren. Er war Lastwagenfahrer und fuhr Transporte innerhalb Europas. Chrissie begleitete ihn hin und wieder, wenn sie Zeit dazu hatte.

Mir sind Fernfahrergepflogenheiten völlig fremd. Ich jedenfalls habe solche weiten Trips noch nie gemacht, geschweige denn, mich in Fernfahrerkreisen bewegt. Obwohl, so ganz abwegig ist der Vergleich nicht. Wir sind ja nun auch bald in Europa unterwegs. Eine ganz neue Erfahrung wird das für mich werden.

„Und wann wollen wir starten?"

„Ich denke, wir fassen das kommende Wochenende ins Auge. Dann umgehen wir nämlich den Pfingstreiseverkehr. Bis die Fischköpfe aus dem Norden hier in Oberbayern sind, machen wir schon Station in Frankreich."

„Dann muss ich mich aber jetzt dahinterklemmen, damit bis dahin die Reiseplanung steht. Ja, wenn es zeitlich hinkommt, dann machen wir in Frankreich den ersten Zwischenstopp."

„Du, das überlasse ich ganz dir. I will follow you ..."

Chrissie stimmt in ihrem Überschwang wieder genau die Töne an, die einen Halbton unter dem Original liegen. Damit kenne ich mich als Musiktherapeutin bestens aus. Falsch aber laut singt sie. Der Song ist aus Sister Act.

„That's so good, Sister Christiane!", steige ich auf ihre Vorlage ein. Ja, und das sage ich jetzt aus vollster Überzeugung. Die Aussicht darauf, dass ich meinen stressigen Job in den nächsten vierzehn Tagen einfach einmal vergessen kann, weckt in mir wahre Urlaubsvorfreude. Erholung habe ich bitter nötig. Hoffentlich wird unsere Exkursion so konfliktfrei und entspannend, wie wir sie uns gerade ausmalen.

Apropos ausmalen:
Chrissie hat unser beinahe perfektes Wohnmobil doch noch nach ihrem Geschmack „verschönert". Mit speisetellergroßen,

knallbunten Schmetterlingen. „Schmetterlinge im Bauch", hat sie schwungvoll darunter geschrieben. Wir als schillernde Schmetterlinge im Bauch unseres Ducatos. Oh ja, da war sie wieder einmal sehr kreativ! Und, oh nein, auf den Türen vorne steht: „Männerangeln on tour."

Ja, Chrissie meinte es neulich offensichtlich ernst, als sie sagte, sie wolle mit mir zum Männerangeln fahren. Mit dieser Aufschrift will sie „ganz dezent" auf die Suche nach einer heißen Affäre in unseren kommenden Urlaubstagen hinweisen. Ich finde diese Werbekampagne total daneben und peinlich ohne Ende. Die Männerwelt bekommt ja dadurch den Eindruck, dass wir käuflich sind. „Männerangeln on tour", nein, das geht garnicht.

Das sage ich ihr jetzt aber.

„Mach das bloß wieder weg! Wir sind doch kein fahrendes Bordell!"

Chrissie prustet los.

„Ein fahrendes Bordell. Auch nicht schlecht. Du hast immer sehr gute Geschäftsideen, Mare."

„Das kommt weg, oder ich fahre nicht mit!"

„Mei, ist doch lustig. A bisserl verklemmt bist du scho!"

Ja, das bin ich vielleicht.

Chrissie sieht, dass ich es ernst meine und holt dann seufzend einen kleinen Farbeimer und einen Pinsel hinten aus dem Wagen heraus. Dann streicht sie mit der restlichen Farbe über den Satz drüber. „Zufrieden?"

„Ja, danke. Ich will nämlich keinen Mann angeln. Ganz sicher nicht."

Chrissie zuckt mit den Schultern.

„Ok."

Nun habe ich mich jedenfalls auch einmal durchgesetzt.

„So, Mare, jetzt hast du alles gesehen. Ich muss weiter. Wir telefonieren."

Chrissie verschließt die hinteren Türen und setzt sich auf den Fahrersitz. Sie haut die Fahrertüre so heftig zu, dass die Nachbarin von gegenüber vor Schreck ihre Abfalltüte fallen lässt, und düst davon. Sie hat es wie immer sehr eilig. Schon ist sie um die Ecke. Als sie gefahren ist, und ich wieder alleine vor meinem Computer sitze, verspüre ich ein komisches Kribbeln im Bauch. Unsere Abreise steht unmittelbar bevor. Im Moment nenne ich diese innere Unruhe in mir Reisefieber. Aber ich glaube, das könnte auch etwas anderes sein. In mir ist eine gewisse Anspannung, so etwas wie Lampenfieber vor einer Prüfung oder einem öffentlichen Auftritt. Könnte das daher rühren, weil ich mir insgeheim doch etwas anderes erhoffe? Wer weiß, vielleicht schätzt mich Chrissie richtig ein.

Ja, ich glaube fast, es ist so. Es wäre schon aufregend, wenn ich auf der Fahrt oder dann in Portugal einen netten Mann kennenlernen würde. Ich muss an den Losbudenverkäufer denken. „Wer nicht wagt, der nicht gewinnt! Neues Spiel, neues Glück", hatte der gerufen. Neulich hatte es nicht geklappt. Noch nicht.

Nein, nicht schon wieder!

Ich sollte mich jetzt besser auf meinen Part der Reise konzentrieren. Und der besteht darin, die weite Fahrt nach Portugal genauestens zu timen, nicht darin, eine neue Liebe zu planen.

Mehrere Tage recherchiere ich dazu im Internet. Ich bevorzuge dabei das Motto: „Der Weg ist das Ziel". Das heißt konkret, unser Urlaub beginnt mit dem ersten Kilometer. Bereits die Berechnung des Routenplaners macht mir die Dimension unserer Urlaubsidee eindringlich klar. Ganze 2702 Kilometer, durch vier verschiedene europäische Länder, liegen laut Karte vor uns. Wir müssen nach der deutschen Grenze zunächst Österreich, dann Italien, Frankreich und Spanien passieren. Allein die Autobahngebühren sind ein ziemlich hoher finanzieller Posten, den ich so noch gar nicht berücksichtigt hatte.

Die erste Möglichkeit, nämlich auf dem kürzesten Weg nach Carvoeiro zu gelangen, verwerfe ich sofort. Die sieht nämlich nur eine Übernachtung vor. Das würde bedeuten, dass wir zwei ganze Tage und Nächte, achtundvierzig Stunden rund um die Uhr, in unserer Klapperbüchse hinter dem Steuer oder daneben sitzen müssten. Nein, das ist viel zu anstrengend. Wir würden nach unserer Ankunft an der Algarve sicher eine volle Woche benötigen, um uns von dieser Strapaze zu erholen.

So machen wir das schon einmal nicht.

Nachdem ich den Fahrtverlauf genauestens studiert habe, fühle ich mich kompetent genug, selbstständig eine interessante und erholsame Fahrt zusammenzustellen. Dazu brauche ich keinen Reisekaufmann. Gut, dass wir uns gegen ihn entschieden haben.

Es macht mir einen Riesenspaß, die einzelnen Etappen auszuarbeiten. Ich verbringe allein einen ganzen Abend damit, Sehenswürdigkeiten entlang unserer Reiseroute zu finden. Diese müssen für uns beide interessant sein, sonst macht Chrissie Probleme. Einige davon aber müssen wir unbedingt anfahren, ob sie das nun will oder nicht. Natürlich muss ich dafür Extrastunden veranschlagen.

Allein die Beschreibungen und die herrlichen Bilder im Internet bringen die Schmetterlinge in meinen Bauch zurück. Oder sollten es doch eher negative Vorahnungen sein, die mich unruhig werden lassen? Wenn ja, dann aber schnellstens weg damit. Ich habe mich für dieses Abenteuer entschieden, und jetzt bleibe ich auch dabei.

Nach drei Tagen bin ich fertig. Die Route steht. Wir werden zunächst über Südtirol bis zum Gardasee fahren, und dort einen längeren Zwischenstopp einlegen. Danach geht es weiter durch die Toskana, und dann bis hinunter zum Mittelmeer. Wir werden so lange direkt an der Mittelmeerküste entlang fahren, bis wir Monaco erreichen. Da sollten wir unbedingt übernachten, denn ich plane selbstverständlich einen Besuch in der berühmten Spielbank von Monte Carlo mit ein. Ich hoffe, dass wir danach unsere finanziellen Probleme ad acta legen können.

Mit gut gefüllten Taschen wird dann am nächsten Tag die Fahrt weitergehen. Und zwar immer an der Cote d'Azur entlang. Cannes, Nizza, St. Tropez, all diese Orte, die ich bisher nur aus dem Fernseher kenne, werden wir passieren.

Nach der französisch-spanischen Grenze geht es dann quer durch bis nach Südspanien. Auch auf dieser Strecke habe ich mehrere Stopps eingeplant. Wir werden auf alle Fälle die Alhambra besichtigen. Davon habe ich schon immer geträumt. Ok, zack, schon steht sie auf der Liste. Und nach vier Tagen werden wir fröhlich und unversehrt in Carvoeiro ankommen.

Ja, so sollte es sein.

In meiner Reiseplanung gibt es selbstverständlich keine unerwarteten Vorfälle, keine Pannen und sonstigen Unterbrechungen. Etwas blauäugig bin ich da schon, wie sich später herausstellen wird.

Das abschließende Telefonat mit Chrissie beseitigt alle in meinem Hinterstübchen aufflackernden Zweifel und Ängste. Ihre Begeisterung übertrifft die meine sogar noch um ein Vielfaches.

„Irre, an was du alles gedacht hast, Mare. Ich wusste schon, warum ich dir die Planung überlasse. Am liebsten würde ich mich sofort in unseren Ducato setzen und losbrummen. Glaub mir, das wird so was von einer traumhaften Traumreise! Auf Dich kann ich mich halt tausendprozentig verlassen."

Noch ist mir die Schwere der Bedeutung von Chrissies, „auf dich kann man sich tausendprozentig verlassen", nicht bewusst. Wenn ich hier nur ansatzweise geahnt hätte, für was ich während dieser Reise alles verantwortlich sein würde, dann hätte ich es mir vielleicht doch noch anders überlegt. Aber, wie der Mensch nun einmal ist, besonders wenn er etwas unbedingt will: Er denkt nur noch positiv und schiebt alle Zweifel schnellstens beiseite.

Die Chrissie, die beherrscht diese Strategie übrigens perfekt. Sie macht sich nämlich seit dem oben erwähnten Telefonat gar keine Gedanken mehr über das, was auf uns zukommen könnte. „Hurra, die Ente, auf geht's!" Das ist ihr Lebensmotto. Ja, und mit dem lebt sie zugegebenermaßen viel unbeschwerter als ich. In meinen Augen ist sie allerdings sehr oft viel zu leichtsinnig. Auf alle Fälle hat sie mir die alleinige Verantwortung für den Urlaub übertragen, und ich habe mir diesen Schuh ganz alleine angezogen. Ja, sie kann jetzt ganz unbeschwert verreisen, denn ich bin der Reiseführer, der alles zu ihrer Zufriedenheit regeln soll und immer ein offenes Ohr für ihre Beschwerden haben muss. Aber ich will ja unbedingt neue Erfahrungen sammeln, deshalb darf ich mich jetzt nicht beschweren.

Dann haben wir noch etwas ganz Tolles gemacht: Wir haben unseren alten Ducato tags drauf in einer kleinen Zeremonie auf den Namen „Obelix" getauft. So richtig mit Sektflasche gegen den Kotflügel. Obelix war mein Vorschlag, weil der Transporter so plump und schwerfällig ist. Jetzt hat er eine Delle mehr im Blech, aber die fällt zwischen den anderen überhaupt nicht auf.

7.

Einen Tag später treffen wir uns nach der Arbeit vor Chrissies Haus. Sie will als Erste ihr Reisegepäck einladen. Ich bin gekommen, um ihr dabei zu helfen. Wir haben uns darauf geeinigt, dass wir wirklich nur das Allernötigste mitnehmen. Für uns Frauen hat dieser Begriff allerdings eine ganz andere Bedeutung und Dimension als für unsere männlichen Mitmenschen. Wir weiblichen Wesen halten zum Beispiel technisches Equipment und umfangreiche Reparatursets für nicht ganz so notwendig. Ein richtiger Mann jedoch würde diese Utensilien unbedingt mitnehmen, und dazu noch das Servicebuch des jeweiligen Wagentyps, um in der Not selbst Hand anlegen zu können.

Nein, so etwas brauchen wir Frauen nicht. Wir denken praktischer. In erster Linie muss dabei sein, was man braucht, um im Urlaub gut auszusehen. Und das beschränkt sich nicht auf die Kleidung. Wichtig sind alle Dinge aus dem weiblichen Schönheitssektor, sei es Schminke, Haarschmuck, Sonnenbrillen oder Selbstbräuner. Frauen sind vorausschauend und nehmen für alle Gelegenheiten etwas mit. Ja, zumindest dafür sind sie dann perfekt gerüstet. Alle weiteren Utensilien sind nachrangig.

Männer tun sich doch mit Kofferpacken naturgemäß schwer. In ihren Koffern finden sich nur wenige, neutrale Sachen, wie, Hemden, Unterhosen, Socken und Kulturbeutel. Minimalismus pur nennt man das. Männer sind der Meinung, dass diese oben genannten Artikel völlig ausreichend sind. Mehr brauchen sie nicht. Und wenn sie eine Gattin haben, dann können sie sich glücklich schätzen. Dann müssen sie nämlich überhaupt keine Koffer packen. Das erledigt sie ganz allein. Sie muss planen, sich den Kopf zerbrechen und hat die Arbeit. Das gehört zum Service des Hauses. Die Männer müssen sich dann nur noch den gepackten Koffer schnappen und zum Auto tragen. Oja, auch damit habe ich weitreichende, eigene Erfahrungen gesammelt. Doch dieses Mal muss ich nur an mich denken. Hoch lebe die Freiheit einer Singlefrau!

Vor dem Beladen entdecke ich hinten im Ducato eine kleine Box mit Autowerkzeug. Ich bin mir sicher, dass Peter sie für uns zusammengestellt hat. Das entspricht exakt meiner obigen These. Für die zwei Weibsen reicht das völlig aus, wird er sich dabei gedacht haben. Und damit hat er sicher recht, denn Chrissie und ich können schon mit diesen einfachen Werkzeugen nicht viel anfangen. Wieso also noch mehr Platz vergeuden? Außerdem ist unser Obelix dank Peters Hilfe topp in Schuss. Und wenn wirklich etwas kaputt gehen sollte, dann fahren wir eine Werkstatt an und setzen unseren, von Chrissie so hoch gepriesenen, umwerfenden Charme ein. Alles kein Problem!

Ich habe mir gestern Abend eine Urlaubsliste geschrieben, damit ich auch ja nichts vergesse. Ich weiß, dass der Platz im Transporter beschränkt ist. Also werde ich mich an die Abmachung mit Chrissie halten und wirklich nur Unverzichtbares mitnehmen. Sportbekleidung, zum Beispiel, gehört für mich nicht dazu, und steht daher auch nicht auf meiner Liste. Es gibt wichtigere Dinge. Außerdem sind Chrissie und ich im normalen Leben sowieso keine Fans von sportlicher Betätigung.

Der einzige Sport, den wir regelmäßig treiben, sieht folgendermaßen aus: Wir legen Monat für Monat überteuerte Beiträge für ein Fitnessstudio hin. Der Vertrag läuft über drei Jahre. Die monatliche Rate war so um einiges günstiger als bei einem Einjahresvertrag. Aber für mich ist sie immer noch viel zu hoch. Und dann sind wir auch noch drei Jahre gebunden. Eine reine Milchmädchenrechnung ist das! Denn wir haben das Studio im letzten halben Jahr, wenn es hoch kommt, ganze neunmal gemeinsam aufgesucht. Und wir werden durch diesen Knebelvertrag zu etwas gezwungen, was wir eigentlich gar nicht wollen: zu regelmäßigem Training.

Die Idee mit dem Fitnessstudio stammte natürlich auch von Chrissie. Sie war sich absolut sicher, dass wir dort durchtrainierte Traumtypen kennenlernen würden.

„Wenn nicht da, wo sonst?"

Schlussendlich hat sie mich überzeugt. Aber sie hatte nur teilweise recht. Unser allererster Besuch hatte zwar gezeigt, dass in einem Fitnessstudio der Sport und die Gesundheit für die meisten Trainierenden wirklich Nebensache sind, Anbaggern ist dort das Haupttrainingsprogramm, doch dass dieser „Sport" am späteren Abend den Jungen vorbehalten ist, das wusste Chrissie nicht. Und so sind wir beim ersten Mal ganz unbedarft um kurz nach neunzehn Uhr dort eingelaufen.

Diese Uhrzeit ist, wie sich dann zeigte, sehr ungünstig für ältere Damen. Anfangs waren wir beinahe die Einzigen im Trainingsraum. Aber eine halbe Stunde später wurde es brechend voll. Muskelbepackte, junge Männer und superschlanke, bildhübsche Mädels tummelten sich bald auf den Steppern, Laufbändern, Fahrrädern und an den Geräten. Diese jungen Frauen hatten das harte Training überhaupt nicht nötig. So schlank, wie die waren, hatten sie sicher schon vor dem ersten Besuch des Studios einen Traumbody. Vollschlanke Matronen, zu denen auch Chrissie und ich gehören, waren in der Minderheit. Alle Männeraugen folgten natürlich den schlanken Gazellen. Von uns nahm keiner Notiz. Doch darüber wunderte ich mich nicht. Ich konnte das durchaus nachvollziehen.

Aufgrund dieser einmaligen Erfahrung gehen wir jetzt, falls wir uns überhaupt noch dazu aufraffen können, zwei Stunden vor diesem Run zum Training. Das Gedränge im Mief des Damenumkleideraumes, und das ewige Anstehen an den Geräten im Fitnessraum hatten mich sowieso nur genervt. Stehen verbrennt bekanntlich kein Fett. Dafür ist mir das Geld zu schade.

Siebzehn Uhr ist nun unsere bevorzugte Trainingszeit. Fesche, junge Männer sind da noch kaum am Workout. Daher ist auch die Chance sich einen „tollen Typen" zu angeln, wie Chrissie es vorhatte, sehr, sehr gering. Natürlich haben wir uns auch für diese Uhrzeit entschieden, um weiteren Frust zu vermeiden.

Doch wir dürfen nicht meckern. Am späten Nachmittag wartet nämlich immer eine lustige Rentnergang auf uns. Die alten Herren trainieren hauptsächlich ihr Trinkvermögen an der Theke. Von dort aus starren sie schon noch auf unsere wippenden Brüste und prallen Hintern, während wir uns an den Foltergeräten abzappeln. Ja, für die dort am Tresen sind wir noch knackig und jung. Das allein zeigt den Altersdurchschnitt um diese Uhrzeit. Die noch älteren Damen sitzen meist frustriert daneben. Eine Runde im gemäßigten Kardiozirkel hat sie bereits an ihre Grenzen gebracht. Wir haben dadurch freie Bahn und müssen nicht warten, bis die Geräte frei werden.

Aber das ist auch wirklich der einzige Vorteil dieser frühen Uhrzeit. Um zwanzig Uhr lümmele ich nämlich bereits wieder auf meiner bequemen Couch und schaufele die abtrainierten Kalorien in Form von Schokolade und Chips wieder in mich hinein. So wird das natürlich nichts mit dem Abnehmen.

Lange Rede, kurzer Sinn: Meine Chrissie hatte sich das Training anders vorgestellt und dann recht schnell ihre Trainingsstunden reduziert. Ich gehe jetzt meistens alleine hin. Allerdings nur meiner Gesundheit, meiner Fitness und dem Muskelaufbau zuliebe. Denn auch ich habe nicht vor, mit einem dieser Senioren anzubandeln.

Um so größer ist jetzt meine Verwunderung, als Chrissie zu Beginn des Beladens eine prall gefüllte XXL-Sporttasche heranschleppt. Ich mache ja wenigstens das Zirkeltraining mit und strample mich auf dem Stepper und dem Rad ab. Sie hingegen gönnt sich, wenn sie mich ausnahmsweise einmal wieder begleitet, lediglich einen Vitaldrink an der Bar. Natürlich sportmodisch aufgestylt.

„Wahnsinn, Chrissie! So viele Sportsachen nimmst du mit? Was hast du denn da alles eingepackt?"

„Ja, das muss alles dabei sein. Auch wenn ich die Sachen einfach nur so anziehe. Ich werde in Portugal wahrscheinlich nicht mehr Sport treiben als hier, aber eine Frau in Markensportkleidung macht immer Eindruck. Du weißt doch, welche Wirkung ich im Studio auf die Männer habe. Allein dafür solltest du dir auch etwas sportlich Schickes mitnehmen."

Ja, Chrissie weiß, wie man Männer an Land zieht. Allerdings hat auch sie momentan nur Chancen bei alten Herren. Aber das ignoriert sie gerade. Sportlich sein, oder sportlich wirken, das macht für sie keinen Unterschied. Wenigstens die Optik stimmt. Und Männer stehen nun mal auf sportliche Frauen. Da hat sie recht. Ich weiß das aufgrund meiner Internetpartnerbörsenzeit. Dort steht der Wunsch nach durchtrainierten Frauen immer mit an erster Stelle.

Na gut, dann werde ich nachher auch eine Sporttasche packen, obwohl Sportkleidung nicht auf meiner Liste steht. Die neue, schwarze Radlerhose XL werde ich auf alle Fälle mitnehmen. Schwarz macht schlank. Passend dazu habe ich mir stylische Sportschuhe und ein Damenfunktions-T-Shirt in pink geleistet. Das alles gab es gerade bei Tchibo, Themenwelt „Hobby, Freizeit, Sport." Lange habe ich hin und her überlegt, ob sich der Kauf für mich lohnt. Ich wollte kein unnötiges Geld für teure Sportsachen ausgeben, die dann sowieso nur ungebraucht herumliegen. Schlussendlich habe ich mich doch dafür entschieden. Ich hoffte, dass meine Motivation durch den Anblick von Sportsachen in meiner Kommode steigen würde. Dem widerspricht allerdings eine noch original verpackte Schnorchelausrüstung, die ich mir bereits vor zehn Jahren angeschafft hatte. Für einen Nacktbadeurlaub in Kroatien mit Robert, meinem langjährigen Lebenspartner. Was macht man nicht alles aus Liebe. Sogar FKK.

Aber das ist lange her.

Die Frage ist doch, ob ich diese Sportsachen in Portugal auch wirklich einsetzen werde, oder ob ich sie umsonst mitschleppe. Radelsachen sind ok. Ich will mir vor Ort nämlich ein Fahrrad ausleihen. Obelix ist einfach zu groß, als dass man mit ihm überall hinkommt. Ein Fahrrad ist flexibler. Und geschnorchelt habe ich auch noch nie. Im Atlantik soll es ja eine fantastische Unterwasserwelt geben. Warum also nicht Schnorcheln? Ich habe mir fest vorgenommen, in diesem Urlaub möglichst viel Neues auszuprobieren. Das heißt aber jetzt nicht, dass ich mir mit diesen sportlichen Attributen einen tollen Mann „angeln" will, so wie es Chrissie plant. Das bleibt zunächst allein ihr Ziel. Habe ich jetzt wirklich „zunächst" gesagt? Oh, dann war das wohl ein Freud´scher Versprecher. Bei meinen Überlegungen, was ich persönlich alles mitnehme, darf ich mich aber auch nicht zu sehr an Chrissie orientieren. Ich denke sowieso praktischer als sie. Möglicherweise gibt es ja in unserem Urlaub auch einmal kühlere Tage. Eine Extrareisetasche mit warmer Kleidung steht schon gepackt in meiner Wohnung. Chrissie hingegen hat sich mehr auf Partyfeiern eingestellt. Und sie will unbedingt mit mir zum Tanzen gehen. Ja, das mache ich auf alle Fälle mit ihr, denn Tanzen war früher mein Lieblingssport. Ich habe es sogar bis zum goldenen Tanzabzeichen gebracht. Und wir beide haben schon oft miteinander getanzt, wenn kein männlicher Tanzpartner greifbar war. Chrissie ist immer der Mann, und ich die Frau. Allerdings wird Chrissie in Portugal nicht in die Disco gehen, um mit mir zu tanzen. Sie will ja unbedingt Männer angeln.

Wir wuchten also noch ihren Riesenrollenkoffer in den Stauraum. Chrissie meinte gerade, da könnte ich meine Partykleidung auch mit hineinpacken, er sei groß genug. Zwei Drittel der Klamotten darin werden dennoch Chrissie gehören. Ich besitze nämlich nur wenig extravagante Kleidung, sie hingegen einen ganzen Kleiderschrank voll. So, Chrissie ist soweit fertig. Nun geht es zu mir nach Hause. Viel kann ich aber nicht mehr hinzuzufügen, denn Chrissie hat gut vorgesorgt.

In Kraiburg tragen wir dann mein Gepäck nach unten. Bald habe wir auch das eingeräumt. Ein Blick in den Transporter macht mir gerade klar, warum ein Stauraum, Stauraum heißt. Im Stau geht es nicht weiter, und in unserem Obelix gleich auch nicht mehr. Dessen Kapazitätsobergrenze ist fast erreicht. Es gibt enorme „Stauraumprobleme". Trotz alledem, „a bisserl was geht immer noch", wie der Bayer sagt. Meine Badetasche muss auf alle Fälle noch mit. Aus Chrissies quellen knappe Bikinis, Glitzerflipflops, Ton in Ton Badelaken und Handtücher, teure Sonnenmilch und Windschutz. Meine ist kleiner, und sagen wir mal, dezenter. Darin verbergen sich zwei Bauchwegbadeanzügen, ordinäre Badelaken, ältere Handtücher und Gummischuhe für den Strand. Die hat Chrissie nicht dabei. Das wird sie bereuen. Ich weiß zwar nicht, ob es in Portugal auch Seeigel gibt, aber lieber vorgesehen, als nachgesehen. Wenn das Wasser allerdings wirklich so kalt ist, wie es im Internet steht, nur achtzehn bis neunzehn Grad, werde ich nicht darin schwimmen. Aber am Strand liegen werde ich ganz sicher. Chrissies Monstersporttasche hatten wir zunächst wieder ausgeladen, da zuerst meine wichtigsten Sachen hinein mussten. Oh, und jetzt wird es eng. Wohin mit Chrissies schwerem Teil? Mit letzter Anstrengung stopfen wir es unter ihre Sitzbank. Meine Badetasche hat nur noch auf der Tiefkühlbox im Beifahrerfußraum Platz. Aber, wer sagt's denn? Geht doch! So, fertig.

Jetzt gibt es keinen Kubikzentimeter freien Raum in unserem Transporter mehr. Das war wirklich die allerletzte Zuladung. Ich lasse meine Sachen noch einmal Revue passieren, ähnlich dem Kinderspiel, „Ich packe in meinen Koffer ..." Habe ich auch wirklich an alles gedacht? Nach nochmaliger Überlegung fallen mir einige Kleinigkeiten ein, auf die ich keinesfalls verzichten sollte. Ich denke da an den uralten, aber noch funktionstüchtigen Tauchsieder meiner Eltern. Den wollte meine Mutter wegwerfen, doch ich habe ihn gerettet. Zu dieser Zeit wusste ich zwar nicht, ob und wann ich ihn einmal brauchen könnte. Aber jetzt kommt sein Revival. Der könnte zum Wassererwärmen hilfreich sein, und daher kommt er mit. Ich trage ihn und noch mehr beinahe Vergessenes in drei einzelnen Plastiktüten zum Auto. Diese flexiblen Tüten sind durchaus nützlich, denn mit ihnen polstern wir zum Schluss die Zwischenräume in unserem Gepäck aus. So kann im Wagen nichts herumschleudern. Das bekommen wir prima hin. Aber jetzt ist Obelix voll bis unters Dach. Es war wirklich eine unserer leichtesten Übungen, jeden freien Platz „sinnvoll" zu nutzen. Ein Gutes hat das Ganze, umfallen kann nun sicher nichts mehr. Aber im Falle einer Autopanne hätten wir schlechte Karten. Bei dieser unüberschaubaren Menge an einzelnen Gepäckstücken wäre es sehr schwierig, sich auf das Minimum zu beschränken. Wir müssten entscheiden, was mitkommt und was dableiben kann. Ach, egal, wir werden einfach keine Panne haben. So, und jetzt ist wirklich alles drinnen.

Zum Schluss der ganzen Verladeaktion setzen wir uns schon einmal probehalber in unser „Wohnmobil". Wir stellen dabei fest, dass wir von unseren Vordersitzen aus nur noch einen schmalen, oberen Streifen vom Rückfenster erkennen können.

„Also, ich sehe genug!"

Chrissie hat damit kein Problem. Das ist es gut. Sie fährt ja. Nun scheint sie noch über etwas anderes nachzudenken.

„Mare, hattest du nicht neulich gesagt, dass du ein altes Gummiboot hast?"

„Ja, das stimmt."

„Das kommt auch noch mit."

„Och nee, das ist doch nicht mehr dicht, Chrissie. Das ist wirklich uralt."

„Davon will ich mich ja jetzt überzeugen, Mare. Ist es im Keller?"

„Ja, aber muss das wirklich sein?"

„Doch, das muss sein."

Chrissie, überzeugt davon, dass es ohne Schlauchboot nicht geht, ist bereits auf dem Weg nach unten.

„Und wo finde ich es jetzt?", fragt sie, als wir in meinem engen Kellerraum stehen, und beginnt herumzukramen.

„Chrissie, lass mich suchen. Ich weiß, wo es ist."

Du meine Güte, wie lange habe ich das hässliche, mittlerweile völlig verblasste Ding nicht mehr in Gebrauch gehabt. Es liegt immer noch dort, wo ich es vor zehn Jahren verstaut hatte. Wir versuchen es mit vereinten Kräften aus dem wackeligen Kellerregal zu ziehen. Nein, es ist zu tief vergraben, wir müssen erst die Sachen wegräumen, die obendrauf liegen. So ein Umstand wegen eines alten Schlauchbootes. Aber Chrissie hat sich das nun mal in den Kopf gesetzt und beginnt damit, Schachteln und Tüten herunterzuheben. Endlich haben wir das schwere Ding freigelegt und ziehen es auf den Kellergang hinaus. Mit großer Mühe schleppen wir das luftleere Boot gemeinsam die Kellertreppe nach oben und zu unserem Auto hin. Dort lassen wir es fallen.

„Mist, jetzt habe ich mir das Kreuz verhoben." Chrissie steht gebückt da und kann sich gerade nicht mehr aufrichten. Ganz vorsichtig kommt sie dann Stück für Stück wieder nach oben.

„Geht's?"

„Ja muss."

„Ich wollte das Boot ja da lassen. Hoffentlich kannst du mit deinen verrenkten Wirbeln fahren."

Chrissie steht nun wieder gerade, biegt sich vorsichtig zurück, es kracht, und sie strahlt mich an. Dann macht sie Hüftschwünge und Kniebeugen.

„Geht wieder."

Ich laufe schnell noch einmal zurück, um die zwei brüchigen Holzpaddel und den alten Blasebalg zu holen. Einmal Probepumpen - ja, er funktioniert noch. So, und jetzt stehen wir ziemlich ratlos vor den Gegenständen.

„Wo soll das alles noch hin? Wir haben doch keinen Platz mehr. Müssen wir das Boot denn unbedingt mitnehmen?"

„Na logo, Mare. Wir wollen doch angeln gehen. Oder hast du das vergessen."

„Ja, aber ...

„Nix aber. Lass mich mal machen. Ich weiß schon wo und wie."

Chrissie ist ein grenzenloser Optimist. Und ihre Lösung ist gut. Sie hebt ihren Partykoffer wieder aus dem Innenraum des Transporters heraus, stellt sich darauf und verfrachtet das hässlich gelbe Riesengummiboot mit meiner Hilfe aufs Dach hinauf. Dann zurrt sie das Unikum mit zwei Gepäckspinnen an der Dachreling fest. Was sie sich einmal vorgenommen hat, das zieht sie auch durch. Da ist sie viel konsequenter als ich. Ich hätte das Gummiboot nur zu gerne daheim gelassen, denn ich werde darin ganz sicher nicht über den Atlantik schippern.

Nach mehr als zwei Stunden stehen wir glückselig vor unserem gepackten Obelix. Jetzt wird es wirklich ernst mit unserer Abenteuerreise. An eine Angel zum „Männerangeln" hat Chrissie allerdings nicht gedacht. Wie will sie das denn dann hinkriegen? Kleiner Scherz zwischendurch. Darüber muss ich mir sowieso nicht den Kopf zerbrechen. Chrissie wird Erfolg haben. Mit oder ohne Angel.

Die große Verabschiedungstour habe ich schon am gestrigen Abend absolviert. Meine Kinder machen sich über mich prinzipiell wenig Gedanken. „Die Mama, die packt das schon", ist stets ihre Devise. Sie sind erwachsen und froh darüber, ohne mütterliches Geglucke ihr eigenes Leben gestalten zu können. Das Damoklesschwert „Oma hütet Enkel" schwebt zwar seit geraumer Zeit über mir, aber bisher hat sich noch kein entsprechender Enkelnachwuchs eingestellt. Mir ist das mehr als recht. Ich habe dadurch die Freiheit, selbst noch verrückte Sachen, sprich, genau diese Reise zu machen. Chrissie ist ebenso unabhängig wie ich. Ihre drei Kinder wohnen nicht mehr in der Heimat, die hat es sogar in verschiedene Bundesländer verschlagen.

Ja, Chrissie und ich sind alt genug, um gewisse Privilegien zu haben, aber auch noch jung genug, um Abenteuer erleben zu können. Wenn man die Kinder früh bekommt, versäumt man einen Teil seiner Jugend. Dafür hat man aber im Alter genügend Zeit dazu, sie nachzuholen. Und das machen wir jetzt.

8.

Wir sind bereit zum Aufbruch. Die umfangreiche Proviantkiste ist bestens gefüllt. Unsere Sonnenbrillen liegen parallel auf der Antirutschmatte am Armaturenbrett und meine ausgedruckten Reisepläne griffbereit daneben. Die Frage ist jetzt, wer übernimmt die erste Etappe bis zum Gardasee? Mir ist gerade vor lauter Lampenfieber schlecht.

Nein, ich fahre nicht!

Chrissie schaut mich prüfend an, erkennt meine Ängste und schon hat sie sich zum Beifahrersitz emporgeschwungen.

„Mare, los geht's, ran ans Steuer!"

„Ich möchte, dass du zuerst fährst, Chrissie. Du kennst dich mit dem Wagen besser aus!"

„Und du musst dich noch an ihn gewöhnen. Das fällt dir in Deutschland leichter als im Ausland."

Das ist ein schlagendes Argument. Sie hat recht, auch wenn es mir andersherum lieber gewesen wäre. Aber feige bin ich nicht. Mit

Herzklopfen setze ich mich also auf den Fahrersitz, stelle die Spiegel ein und starte den Motor. Geduldig wie ein träger Ackergaul kommt Obelix langsam aber sicher auf Touren. Und mit einigen Hopsern fahre ich direkt auf die schmale Siedlungsstraße hinaus.

„Na, klappt doch!"

Chrissie hat sich gerade ihre Turnschuhe ausgezogen und stellt ihre Füße an die Klappe des Handschuhfachs. Für die lange Fahrt hat sie sich einen bequemen, rosaroten Jogginganzug angezogen. Darin sieht sie ein wenig aus wie Cindy aus Marzahn. Aber das sage ich ihr natürlich nicht. Sie hat sicher gut daran getan, sich etwas Bequemes anzuziehen. Ich selbst bin auf die lange Autofahrt nicht so gut vorbereitet. Mir spannt mein Jeanshosenbund jetzt schon. Ach, hätte ich doch nur auch so einen schweinchenrosa Jogginganzug an! Aufgrund meiner Nervosität rinnen mir jetzt kleine Schweißbächlein vom Kopf herunter, an meinem Genick entlang, und in meinem Blusenkragen hinein. Schwitze ich aufgrund der heißen, stickigen Luft im aufgeheizten Auto so, oder ist es Angstschweiß. Ich denke beides.

Kurz darauf habe ich das Gefährt auf die B12 in Richtung Rosenheim gelenkt. Wälder, Felder und kleine Weiler sausen an uns vorbei. Na ja, sausen ist übertrieben, denn ich getraue mich noch immer nicht, schneller als siebzig zu fahren. Es macht mir aber von Minute zu Minute mehr Spaß, mit unserem Obelix durch die Lande zu brummen. Von hier oben habe ich einen super Rundumblick und fühle mich den mickrigen Pkws unter mir sehr überlegen.

„Mare, mehr Gas, mehr Gas, sonst kommen wir nie an! Avanti!"

Chrissie gibt mir immer wieder Anweisungen wie ein Fahrlehrer. Zu oft darf sie das nicht machen, denn das nervt mich. Noch bin ich geduldig, aber das könnte sich schnell ändern. Durch Rosenheim hindurch zu fahren ist schwierig. Auf den Straßen ist viel Verkehr und es wird recht eng. Ein Ducato ist halt kein Corsa. Aber schlussendlich bin ich ohne weitere Probleme an der Autobahnauffahrt in Richtung Kufstein angelangt. Schnell noch im kleinen Holzhäuschen rechts der Straße ein Pickerl für Österreich gekauft, und schon geht es weiter. Unser Obelix schnurrt mittlerweile wie eine alte Nähmaschine und frisst Kilometer um

Kilometer. An diesem warmen Frühlingssamstag sind erstaunlich wenig Urlauber unterwegs. Die Autobahn ist frei, und die Fahrt in Richtung Süden macht mir jetzt direkt Spaß.

Gerade einmal zwanzig Kilometer von Rosenheim entfernt, die österreichische Grenze haben wir erst vor kurzem passiert, muss Chrissie schon auf Toilette.

„Ich hätte doch keinen Kaffee mehr trinken sollen," entschuldigt sie sich. Also gut. Ich fahre den nächsten Parkplatz mit Toilette an und parke professionell und ganz stolz neben den Lkws ein.

„Du musst im Auto bleiben und unsere Sachen bewachen!", ruft mir Chrissie noch im Davonstürmen zu. Dann verschwindet sie im quadratischen, grauen Klohäuschen.

Kaum ist sie weg, nähert sich ein älterer Lastkraftwagenfahrer unserem Transporter. Sein graues, labberiges T-Shirt und seine fleckige Jeans haben ihre besten Zeiten schon lange hinter sich. Er macht, ohne zu mich zu fragen, meine Fahrertüre auf

„Bonjour Madame, kann ich behilflich sein?"

Na toll. Chrissie sitzt auf dem Klo, und ich muss schon meine erste Mutprobe bestehen. Der Mann sieht zwar nicht kriminell aus, und er wird mich hier am hellerlichten Tage auch nicht ausrauben, aber seine Übergriffigkeit gefällt mir nicht. Das kann ja heiter werden.

„Nein, alles in Ordnung."

Ich versuche die Türe wieder zuzuziehen.

„Wohin geht's denn?" Er lässt sich nicht abwimmeln. „Schätze mal, an den Gardasee."

Sein erfahrener Blick streift über Obelix.

„Bis dorthin wird er's vielleicht schaffen, aber nicht weiter. Ich spüre bis hierher den überhitzten Motor. Nein, das sieht nicht gut aus, das gefällt mir nicht."

Er schüttelt mit besorgter Miene seinen Kopf. Mir liegt die Antwort auf der Zunge, aber im rechten Moment beiße ich mich auf dieselbe. Nein, dem sage ich nichts. Weiß der Teufel, vielleicht will er mir mit seinem Gerede entlocken, wohin unsere Reise geht und fährt uns nach. Und zudem hat er meinen Obelix beleidigt! Obelix muss ihm nicht gefallen. Was will er denn überhaupt von mir? Ich habe ihn nicht um seine Meinung gebeten.

Verflixt, wo bleibt denn Chrissie? So lange kann doch ihr Geschäft nicht dauern. Ich schweige. Der Brummifahrer wartet mit mir. Ich schaue aus dem Fenster. Wir schweigen. Endlich hat er es kapiert. „Na denn, gute Fahrt noch! Ich muss jetzt weiter, sonst kann ich meine Zeiten nicht einhalten. Ich fahre leider nicht in den Urlaub. Toi, toi, toi, dass dein Ducato durchhält! Na ja, bis zum Gardasee wird er es schaffen."

Nach diesen Worten geht er zu seinem Lkw zurück, winkt mir noch einmal freundlich zu, steigt ein und rollt gleich darauf rückwärts aus seiner Parklücke heraus.

Minute um Minute verstreicht. Chrissie erscheint nicht mehr. Ich sehe, dass sich an der Türe zur Damentoilette mittlerweile eine lange Warteschlange gebildet hat. Irgendetwas ist da nicht in Ordnung. Ich entscheide mich dafür, nicht länger im Wagen zu bleiben. Chrissie hatte zwar angeordnet, dass ich unser Reisegepäck im Auge behalten soll, aber das ist jetzt Nebensache. Hoffentlich ist ihr nichts passiert. Vielleicht ist sie zusammengeklappt?

Ich klettere vom Fahrersitz herunter, schließe die Wagentüren hinter mir ab, kontrolliere sie noch einmal und gehe zum Toilettenhäuschen. Als ich an der letzten, wartenden Dame vorbeigehen will, schlägt mir diese ihren rechten, ausgestreckten Arm vor die Brust.

„Stopp mal. Immer hinten anstellen, meine Liebe. Oder denken Sie, ich warte hier auf die S-Bahn?"

Aus der Kabine heraus tönt gerade Chrissies laute Stimme. Sie trommelt wie wild von innen gegen die Toilettentüre. Gottlob, so schlecht kann es ihr nicht gehen. Das laute Palaver der wartenden Frauen und jede Menge gut gemeinter Ratschläge erfüllen den Vorraum.

„Probieren Sie es halt noch einmal ..., den Drehknopf fest hin und herbewegen, der klemmt sicher nur ..., einfach einmal gegen die Türe treten ..., haben Sie vielleicht eine Haarnadel zur Hand, um das Schloss zu öffnen ...?"

Aha, die Türe geht nicht mehr auf.

Chrissie schimpft drinnen wie ein Rohrspatz. Ihre Ausdrücke möchte ich hier lieber nicht wiedergeben. Sie reißt am Drehgriff und schlägt gegen die Türe. Chrissie sitzt fest. Definitiv.

„Ich bin die Freundin von der Dame da drinnen. Bitte lassen Sie mich jetzt vorbei," fordere ich die gewaltbereite, ältere Dame mit

Tweedrock auf. Sie hört nicht hin. Wenn die wüsste, wie lächerlich sie aussieht mit ihrem verkniffenen Gesicht unter dem zu kleinen, weißen Sonnenhütchen auf dem Kopf.

„Bitte, wenn´s unbedingt sein muss!"

„Ja, das muss sein!"

Widerwillig lässt sie mich passieren. Im Vorraum und in der Toilettenkabine ist gerade Ruhe eingekehrt. Man überlegt gemeinsam, wie es weitergehen soll.

Ich habe nun den extrem nach Urin stinkenden Vorraum betreten, und bewege mich auf Zehenspitzen über pipinasse Klopapierfetzen auf Chrissies Gefängnis zu. Igitt, nur nicht ausrutschen! Chrissie hat wohl jetzt einen Fuß auf die Klobrille, den anderen auf die Klinke gestellt, denn der Türgriff bewegt sich gerade nach unten und verharrt in dieser Position. Sie flucht, ächzt und stöhnt. Dann erscheinen ihre Hände an der oberen Türkante. Sie hält sich dort fest und versucht dann, wahrscheinlich äußerst akrobatisch, einen Fuß über die Abtrennung zu schwingen. Es gelingt ihr. Ein rosarot behostes Bein erscheint über der ziemlich hohen Toilettentüre. Meine arme Freundin zieht sich nun mit letzter Kraft ganz hinauf und sitzt dann breitbeinig auf der Stellage.

Applaus brandet auf.

Gerade die Dame mit dem Sonnenhütchen, die mich vorhin so angefeindet hatte, ist hin und weg von Chrissies Kunststück.

„Wie Sie das jetzt gemacht haben! Sportlich, sportlich. Oh mein Gott, wenn mir das passiert wäre. Ich wäre da ja gar nicht mehr heraus gekommen. Bei mir hätte der Notdienst kommen müssen. Aber in der Jugend ist man halt noch gelenkig."

In der Jugend.

Chrissie schwingt nun ihr zweites Bein dem ersten nach, rutscht dann sichtlich genervt mit ihrem Hinterteil an der Türe entlang hinunter und springt auf den Boden.

„So ein Scheiß aber auch. Warst du schon mal in so einer verpissten Autobahntoilette eingesperrt, Mare?" Nein, war ich nicht. „Mannomann, was für eine Aktion. Da geht man gemütlich zum Pipimachen, und dann so etwas. Jetzt will ich aber schnellstens weg von hier. Das war oberpeinlich."

Wir lassen die anderen Damen mit ihren mittlerweile gut gefüllten Blasen hinter uns, und laufen mit großen Schritten zu unserem Parkplatz. Die armen Mädels müssen jetzt leider um die eine verbliebene Toilette kämpfen. Die zweite wird auf unbestimmte Zeit von innen verschlossen bleiben.

Durch Chrissies Missgeschick haben wir jede Menge an Zeit verloren. Auch ich habe einen ungefähren Zeitplan erstellt, den ich einhalten will, nicht nur der Herr Fernfahrer. Ach, von dem habe ich der Chrissie ja auch noch nicht berichtet. Ihr Toilettenerlebnis war natürlich im Vergleich dazu, das muss der Neid ihr lassen, bedeutend spektakulärer. Dieser Zwischenfall verdient es, der erste Eintrag in meinem Reisetagebuch zu werden.

Chrissie erklärt sich bereit, wahrscheinlich um gedanklich über ihr Klodrama hinweg zu kommen, ab jetzt das Steuer zu übernehmen. Ich habe dadurch die Gelegenheit, die nun folgenden Landschaften auf mich wirken zu lassen. Bald haben wir den Brennerpass erreicht. Durch den neuen Autobahntunnel ist die Fahrt über den Brenner nach Italien einfach geworden. Sie ist bei weitem nicht mehr so zeitaufwendig wie früher. Es gibt zwar keinen kontrollierten Grenzübergang und auch keine Lire mehr, aber mein Hochgefühl von nun an in Italien zu sein, hat sich dadurch nicht verändert.

Ist das herrlich!

Entspannt steuert Chrissie den Ducato über die neue Autobahn durch das Etschtal. Rechts und links von uns erheben sich die blassgelben, gezackten Gipfel der Dolomiten und werfen Schatten auf die Fahrbahn. Malerische Bauernhäuser im Südtiroler Baustil thronen weit über uns an steilen Abhängen. Und die graugrüne Etsch rauscht direkt neben der Autobahn talabwärts. Sie wird von unzähligen, herbstürzenden Wasserfällen und kleinen, Wasser aufwirbelnden Gebirgsbächen gespeist. Ich kurbele mein Fenster herunter. Die frische, klare Gebirgsluft, die zunächst ins Wageninnere strömt, wird allmählich von einer milden, südlichen Brise abgelöst. Dann öffnet sich das Tal.

Wir haben Bozen erreicht.

Die Landschaft verändert sich. Vor uns breitet sich nun die Ebene des Vintschgaus aus. Ab jetzt beherrschen Weingärten mit niedrigen, knorrigen Weinstöcken und weitläufige Apfelplantagen das Bild. Die Vegetation wird zunehmend mediterraner. Zwischen den Autobahnfahrspuren stehen große Oleanderbüsche. Ihre üppige Blüte erstaunt mich, denn sie können dort doch garnicht gepflegt werden. Im Gegensatz zu ihnen ist mein Oleander zuhause, trotz meinen intensiven Bemühungen, nur halb so groß. Er setzt, im Vergleich mit diesen Prachtexemplaren hier, im Sommer nur wenige Knospen an. Diese Autobahnoleander gedeihen wahrscheinlich deshalb so gut, weil sie in der prallen, südlichen Sonne stehen. Die haben wir in Deutschland nur selten. Ja, im warmen Süden zu leben, muss wunderbar sein. Hier gibt es keine ewiglangen Winter mit Kälte und Schnee. Die Bewohner dieses wunderschönen Fleckchens Erde kennen sicher auch keine Winterdepressionen. Die Helligkeit der monatelang vom blauen Himmel strahlenden Sonne macht alle Menschen lebensfroh und glücklich. Und dazu die ganzjährig üppig blühende, farbenfrohe Pflanzenwelt! Oh ja, ich könnte mir gut vorstellen, hier im Süden zu wohnen,

„Am Gardasee machen wir eine längere Pause. Vielleicht finden wir ja direkt am See eine schnuckelige Pizzeria. Mit einem schnuckeligen Pizzabäcker. Ich hätte Appetit auf leckere Pasta mit einem Glasl Rotwein", unterbricht Chrissie meinen Gedankenfluss.

„Oh ja, sehr gerne. Aber wir müssen zuvor absprechen, wer von uns beiden dann weiterfährt. Ich habe gelesen, dass die Carabinieri besonders bei Ausländern strenge Alkoholkontrollen durchführen, Chrissie."

Ja, ich habe mich auf diese Reise intensiv vorbereitet.

„Sollen sie doch. Ist doch schnell geklärt: Du fährst weiter und ich kann was trinken!"

Das war eine klare Ansage. Es interessiert sie gerade nicht im Geringsten, ob auch ich Lust auf einen Schluck Landwein hätte. Sie bestimmt einfach. So kenne ich sie ja garnicht. Normalerweise sprechen wir uns ab.

„Chrissie, so geht das aber nicht. Du musst mich schon fragen, ob mir das recht ist?"

Mir wird gerade klar, dass ich mit Chrissie noch nie so lange auf so begrenzten Raum zusammen gewohnt habe, wie ich es jetzt in den nächsten zwei Wochen tun werde. Bisher hatten wir in gemeinsamen Urlauben stets Einzelzimmer. Und ich hatte immer ein Mitspracherecht. Deshalb hatten wir bisher auch noch nie große Probleme miteinander. Ich bezweifele fast, dass das in dieser räumlichen Enge so bleiben wird. Aber ich will den Teufel nicht schon wieder an die Wand malen.

Chrissie verlässt die Autobahn bei der nächsten Ausfahrt. Sie zahlt die Gebühren an der Mautstelle und biegt auf die Bundesstraße ein, ohne auf meinen Einwand geantwortet zu haben. Das ist neu. Natürlich darf jeder von uns seine Wünsche frei äußern und auch offen sagen, was er will. Aber klare Absprachen sind wichtig, damit sich keiner übergangen fühlt. Wenn wir unterschiedlicher Meinung sind, dann muss eben ein Kompromiss gefunden werden. Das hat bisher immer gut bei uns funktioniert. Ich denke, ich muss genau das noch einmal in aller Ruhe, vielleicht gleich nachher beim Essen, mit ihr besprechen. Das bekommen wir schon hin. Chrissie ist schließlich nicht von ungefähr meine Lieblingsbusenfreundin.
Der Gardasee liegt nun wie ein breiter Fluss tief unter uns. Im Sonnenlicht glänzt er silbern. Ich habe das Gefühl, ein altes Gemälde zu betrachten. Welch ein wunderschönes Panorama. Beidseitig wird der See von hohen, blaugrauen Gebirgszügen begrenzt. Sein südliches Ende kann man von hier aus nicht sehen. Er schmiegt sich in das Tal und strahlt Ruhe und Frieden aus. Das ist jetzt genau die passende Stimmung, um Chrissie meine Vorschläge zu unterbreiten. Ich setze dazu an.
Da lenkt Chrissie von sich aus ein.
„Keine Angst, Mare. Ein Glaserl habe ich gesagt. Der Alkohol ist, bis wir in der Toskana sind, bereits wieder verdunstet. Ab da kann ich dann weiterfahren."
Na, dann ist ja alles gut. Den Rest kläre ich später.

9.

In Malcesine angekommen, folgt Chrissie den Hinweisschildern zu einem großen, öffentlichen Parkplatz. Sie findet einen freien Stellplatz und stoppt den Motor.
„Ab jetzt heißt es für uns nur noch „dolce vita", Mare!"
Wir klettern aus dem Auto und Chrissie schließt Obelix ab.

„Solltest du dir nicht etwas anderes anziehen? Ich finde, dein babyrosa Jogginganzug ist nicht ganz passend für einen Stadtbummel."

„Ach was, ich bin mir schön genug! Es kommt nicht darauf an, was man trägt, sondern, wie man etwas trägt." Ach, so ist das. „Hat man die Körperhaltung einer Prinzessin, kommt man auch wie eine Prinzessin rüber."

Chrissie macht mit diesem Spruch der „einmal Prinzessin" aus Marzahn weitere Konkurrenz. Was sie jedoch dabei vergisst, ist, dass ich mit ihr, der „rosaroten Prinzessin Chrissie aus Mühldorf", mitten durch das malerische Malcesine spazieren muss. Ich weiß, dass sie mich damit nicht bewusst ärgern will. Sie macht sich ganz einfach keine Gedanken darüber, denn sie ist prinzipiell viel lockerer drauf als ich.

„Warte schnell hier, Chrissie, wir brauchen noch einen Parkschein!"

Der nächste Parkautomat ist einige Meter entfernt. Ich laufe zu ihm hin, werfe die Münzen ein und ziehe den Schein. Es ist wirklich gut, dass man überall in Europa mit Euros zahlen kann. Das vereinfacht einen Aufenthalt im Ausland enorm. So, nun haben wir drei Stunden Zeit, um Malcesine unsicher zu machen. Ich eile zu Chrissie zurück. Dabei komme ich an einem direkt am Parkplatz gelegenen, gelbgestrichenen, kleinen Cafe mit Sonnenterrasse vorbei. Das sieht richtig nett aus. Ich werde Chrissie vorschlagen, dort etwas essen zu gehen.

Zurück auf unserem Standplatz trenne ich den für mich bestimmten, unteren Abschnitt des Parkscheines vorsichtig ab, und stecke ihn tief in das Scheinfach meines Geldbeutels. Chrissie nimmt den größeren Teil des Scheines entgegen und legt ihn hinter die Windschutzscheibe.

„Schau mal Chrissie, ich bin gerade an dem kleinen Café da drüben vorbeigekommen. Das sieht doch gemütlich aus. Wir sollten gleich dort einkehren. Dann haben wir unser Auto im Blick und können verhindern, dass unser Gepäck gestohlen wird. Nach dem Essen sollte eine von uns beim Wagen bleiben, und die andere kann im Ort bummeln gehen. Ich habe einfach kein gutes Gefühl dabei, wenn wir Obelix unbeaufsichtigt hier stehen lassen."

Chrissie zieht den Autoschlüssel ab und prüft noch einmal nach, ob die Türe auch richtig zu ist.

„Mensch, Mare, du hast schon so etwas wie einen Verfolgungswahn, 'ne Paranoia," sagt sie dann. „Das mit dem Ausrauben der Touristen in Italien ist doch schon lange vorbei. Das war vielleicht mal so. Heute kommt das doch nicht mehr vor. Du machst dich aber auch wegen jedem Quatsch so was von verrückt. Warum denkst du nur immer so negativ? Das ist doch, sei mir nicht böse, manchmal schon 'ballaballa`!"

„Bleib ruhig", sage ich zu mir. „Lass Dich bloß in keine Diskussionen mit ihr ein. Du weißt doch, dass Chrissie immer so redet, wie ihr der Schnabel gewachsen ist. Nimm nicht zu ernst, wie und was sie über dich denkt. Steh einfach drüber. Des lieben Friedens willen."

Wahrscheinlich hat Chrissie ja sogar recht damit, dass es in Italien nicht mehr so viele Autodiebstählen gibt wie früher. Aber, dass es gar keine mehr gibt, das glaube ich nicht. Meine Skepsis bleibt. Na ja, rein äußerlich verleitet unser Ducato sicherlich niemanden zum Einbruch, so alt und verbeult wie der da steht. Aber er hat ein deutsches Kennzeichen. Allein das lockt Diebe an, gerade in Italien. Das habe ich gelesen. Und wenn es ein Dieb darauf anlegt, Deutsche auszurauben, dann bricht er auch einen getarnten „Schmetterlinge im Bauch" - Transporter auf. Sonst weiß er ja nicht, was zu holen ist. Meistens ist der Schaden am Auto größer, als der Wert des erbeuteten Diebesgutes. Auch das stand genau so im Internet.

Aber in einem hat Chrissie recht. Wenn ich jetzt nicht sofort alle meine Ängste und Bedenken über Bord werfe, dann verderbe ich ihr und mir jeglichen Urlaubsspaß. Ich muss mir immer wieder ins Gedächtnis rufen, dass wir einen Abenteuerurlaub machen, keine begleitet Seniorenreise. Zuerst einmal muss ich lockerer werden, und dann muss ich meinen Blickwinkel ändern. Das kann doch nicht so schwer sein. Alles, was jetzt auf mich zukommt, ist „spannend" , nicht „Angst auslösend". Das ist doch schon einmal ein guter Ansatz. Also weg mit den negativen Gedanken!

Wir machen uns fröhlich auf den Weg in die Innenstadt von Malcesine. Wenige Minuten später sind wir in den engen, romantischen Sträßchen der Altstadt angelangt. Schön ist es hier. Die niedrigen, altertümlichen Häuser bringen etwas Kühle in den heißen Sonnentag. Wir schlendern die Gässchen entlang und kommen in ein weniger frequentiertes Viertel. Hier ist es ruhig. Ja, dieser Stadtteil ist gut dazu geeignet, sich von der bisherigen Fahrt zu erholen, denn er liegt abseits des Touristentrubels.

Wenige Meter weiter kommen wir zu einer kleinen Pizzeria mit dem Hinweis auf eine Seeterrasse. Das Gebäude ist ziemlich baufällig, aber gerade das spricht mich an. Wenn ich schon einmal in Italien bin, dann möchte ich auch unter typisch italienischen Gerichten wählen können. Im überlaufenen Ortszentrum hat man sich, wie überall, auf die deutschen Touristen eingestellt, aber ich möchte heute wirklich kein Schnitzel mit Pommes oder Burger essen. Ich freue mich auf eine leckere Holzofenpizza.

Vor der Tafel mit den Tagesmenüs bleiben wir zunächst stehen und studieren die Angebote. Von hier aus kann man durch das Gartentor die Seeterrasse und den Gardasee sehen. Wir sind einer Meinung und nicken uns zu. Die Preise sind human, nur wenig höher als bei uns daheim in Oberbayern, und die Seenähe wertet die Pizzeria enorm auf. Sie ist genau das, was wir uns gewünscht hatten.

„Da geht's eini!", entscheidet meine Freundin, passiert das Tor und steuert dann zielgerichtet auf den letzten freien Tisch auf der Terrasse zu. Ich folge ihr. Die leeren Plätze befinden sich ganz vorne am Seeufer. Mir ist es ein wenig unangenehm, dass wir uns, um dahin zu gelangen, zwischen den Tischen und besetzten Stühlen hindurchquetschen müssen. Die Blicke der Italiener, hier sitzen ausnahmslos männliche Gäste, ruhen sofort auf Chrissies rosarotem Hinterteil. Aber sie hat ja die Haltung einer Prinzessin, haha, und fühlt sich wunderschön. Endlich ist das Spießrutenlaufen vorbei. Wir sind vorne angelangt und nehmen im Schatten der dicht mit Weinreben bewachsenen Pergola Platz. Schon kommt ein kleiner, dunkelhäutiger Italiener an unseren Tisch geeilt.

„Bon giorno, signorinas."

Er hat, wie üblich für diese südländischen Typen, die schwarzen Haare zurück gegelt und trägt eine rote, bodenlange Bistroschürze. Chrissie strahlt ihn an. Oh, oh, das ist genau wieder so einer, der sie leicht überzeugen kann. Dieses Mal auf italienisch. Er legt zwei Speisekarten vor uns hin.

„Prego, bellas signorinas? Wolle was trinke?"

„Due vino rosso."

Chrissie spricht italienisch mit ihm. Sie hatte nämlich einmal einen Wochenendintensivcrashkurs an der Volkshochschule absolviert, und ist seitdem total davon überzeugt, dass sie nach zwei Tagen nun bereits perfekt Italienisch spricht.

„Voltarmente, zweie Rotweine", sagt der Ober überfreundlich und fügt mit verführerischer Miene, so, als wenn er Chrissie ein Kompliment machen wolle, hinzu, „besser du sprecken Deutsch. Kanne ich besser verssstehe!"

Chrissies strahlt nicht mehr.

Sie schnappt sich wortlos eine Speisekarte. Der Kellner schiebt mir die andere hin. Ich schlage sie auf und erkenne sofort, dass darin keine Preise aufgeführt sind.

„Du, Chrissie, die Karte ist ohne Preise. Ich habe gelesen, dass man darauf achten muss. Die Südländer locken die Touristen mit Billigangeboten ins Lokal und verlangen dann eine Menge Geld fürs Essen."

Sie schweigt und starrt finster vor sich hin.

„Meistens gibt es sogar zwei verschiedene Speisekarten: In der einen findet man hohe Preise, das ist die Touristenkarte, in der anderen stehen normale Preise, die ist für die Einheimischen. So steht es im ADAC-Führer unter 'bitte unbedingt beachten'. Und die hier ist sogar ganz ohne, Chrissie. Das ist die verschärfte Touristenvariante." Ich warte auf eine Bestätigung von ihr. Sie kommt nicht. „Du, da können die grad verlangen, was sie wollen. Nachdem du bestellt hast, kannst du nichts mehr dagegen machen. Du bist verpflichtet zu zahlen, auch wenn die Rechnung schwindelerregend hoch ist. Hörst du mir überhaupt zu?"

Chrissie reagiert nicht.

„Komm, lass uns den Wein gleich bezahlen und woanders hingehen. Sonst werden wir hier eine Menge Geld lassen!"

Chrissie hat andere Probleme.

Sie ist beleidigt. Der Italiener hat ihre Sprachkenntnisse, auf die sie bis eben noch so stolz war, nicht gewürdigt. Ja, sie ist stinksauer, weil er sie vor allen Gästen hier vorgeführt und blamiert hat. Die verschärfte Touristenkarte ist ihr gerade so was von egal.

„Der versteht mich nicht. Lächerlich. Arrogantes Arschloch," presst sie mit zusammengebissenen Zähnen hervor. Ich ahne, was jetzt kommt. In ihren Augen bin ich ja diejenige, die für den ungestörten Ablauf dieser Reise verantwortlich ist. Ihre Meinung wird sein, dass ich mich mit diesem unverschämten Italiener anlegen und sie rehabilitieren muss. Ja, und ich werde seinen Zorn abbekommen.

Zunächst geht Chrissie doch noch kurz auf meine Warnung ein, aber es fällt ihr da schon schwer, ruhig zu bleiben.

„Die müssen sich selbstverständlich an die Preise von der Tafel da draußen halten, Mare. Der Typ soll es sich wagen, mehr zu verlangen. Den mach´ ich zur Schnecke." Ihr Ton wird zunehmend aggressiver. „Und du, du hörst jetzt sofort damit auf, alles zu dramatisieren und überall Verbrecher zu sehen. Das nervt mich!"

Ja klar, ich nerve sie, nicht der Kellner mit seiner Kritik an ihrem Italienisch. Ich unterdrücke eine Antwort. Um des lieben Friedens willen schlucke ich erneut meinen Ärger hinunter. Ob mir das allerdings auf Dauer gelingt, kann ich nicht versprechen.

Der Gigolo kommt in diesem Augenblick nicht mit zwei Gläsern, wie von uns bestellt, sondern mit zwei vollen Literflaschen Rotwein an unseren Tisch zurück Eine Flasche stellt er vor Chrissie hin, die andere Flasche vor mich.

Da, es geht schon los mit der Abzocke!

„Wir haben zwei Gläser bestellt, nicht zwei Liter," weise ich ihn höflich auf seinen geplanten Irrtum hin.

„Bei uns gibte nur ganze Flasche."

Seine patzige Antwort beweist, dass es natürlich kein Irrtum war.

„Dann nehmen Sie bitte die eine wieder mit," versuche ich zu verhandeln, „das war dann wohl ein Missverständnis."

Ich sage das so liebenswürdig wie möglich, obwohl er im Unrecht ist. Ich möchte weiteren Ärger vermeiden. Auf den zweiten Blick macht diese Pizzeria nämlich einen recht dubiosen Eindruck. Hier sitzen keine Touristen, sondern ziemlich ungepflegte Einheimische. Das habe ich aber erst festgestellt, als wir schon bestellt hatten. Und die Sauberkeit lässt auch zu wünschen übrig.

„Sinne schon auf, misse Sie nehme. Kanne ich nicht zurückbringe."

Ich trete unter dem Tisch leicht gegen Chrissies Bein. Keine Reaktion. Warum hilft sie mir denn nicht? Sie sagt kein Wort.

Also bestelle ich mir nun ganz freundlich eine Pizza a la casa. Auf deutsch, wie von ihm gewünscht. Chrissie deutet stumm mit ihrem Zeigefinger auf die Numero 18. Der Kellner beugt sich über sie, so, als könne er dann besser sehen. Dabei berührt sein Ellenbogen „ganz zufällig" ihren Busen.

„Oh, scusi!"

Die Männer um uns herum grinsen.

„Farfalle con frutti di mare. Grazie, subito", liest er dann laut. Und bevor sich Chrissie über seine unverschämte Berührung beschweren kann, ist er schon wieder weg.

„Mastubatore!", flucht Chrissie auf italienisch. Kann mir denken, was das heißt.

Oh, oh!

Dieses Wort kommt bei den italienischen Machos nicht gut an.

„Puttana!" ruft einer zu uns herüber. „Nutte!"

Die anderen brechen in schadenfrohes Gelächter aus.

„Komm, lass uns sofort zahlen und gehen! Jetzt ist es auch schon egal, was es kostet", beschwöre ich Chrissie. Sie schüttelt den Kopf.

Wir warten extrem lange auf unser Essen, und sind während der ganzen Zeit den unverschämten Zurufen der Männer ausgesetzt. Die Portionen, die wir dann endlich serviert bekommen, sind winzig, kaum größer als eine Vorspeise. Meine Pizza ist angekokelt, und Chrissie sucht mit saurer Miene die wenigen Meeresfrüchte in ihren Nudeln. Aber nach mehreren Gläsern Rotwein aus ihrer eigenen Rotweinflasche findet sie plötzlich das alles hier sooo lustig!

Als der Kellner die Teller abräumen will, sagt meine mittlerweile stark angeheiterte Freundin langsam und betont, auf Deutsch natürlich: „Ja, der Versucher war sehr gut, Sie können nun die Hauptspeise servieren!" Sie bezieht sich mit diesem Satz auf die Miniportionen und muss über ihr eigenes, eben kreiertes Späßchen lachen.

„Chrissie, hör auf damit! Provozier ihn doch nicht noch mehr. Du machst alles nur noch schlimmer!"

Wie von mir prophezeit, wird der Kellner jetzt richtig laut.

„Ich dich nix verstehe!", schreit er. „Was du meine mit Versucher? Zu wenig, hä?"

„Oohh, du verstehn guuuut deutsch! Warum dann nix capito? Si, zu wenig!"

Chrissie spricht mit ihm jetzt so, wie viele Deutsche glauben, mit Ausländern reden zu müssen.

„Lass es gut sein, Chrissie. Wir sollten zahlen und zurück zum Obelix gehen."

Seit unserer Ankunft sind bereits zwei Stunden vergangen.

„Die Rechnung bitte!"

Zu mir ist der Kellner noch nett.

„Molto volontieri, sehr gerne!" Er holt seinen kleinen Gastrocomputer aus der roten Bistroschürze und murmelt italienische Worte vor sich hin. Er tippt und tippt. Dann steckt er ihn wieder weg und sagt zu mir in bestem Hochdeutsch: „Fünfundsiebzig Euro, bitte!"

Chrissie bleibt das Lachen im Hals stecken. Sie braust auf.

„Wie viel? Du spinnst doch. Jetzt geht's aber los!"

Mich wundert die Höhe nicht. Ich habe nichts anderes erwartet.

„Finfe und siebenzigge E-uro," wiederholt er den Betrag speziell für sie, mit breitem Grinsen und Blick zu den anderen Gästen. „Isse alles zusamme, mitte Tischgedecke unde Bädienung."

„Für das Geld kann ich ja deine gesamte Klitsche hier aufkaufen!"

Chrissie zieht jetzt einen zwanzig Euroschein aus ihrem Glitzergeldbeutel, knallt ihn auf den Tisch, schnappt sich die beiden Weinflaschen und steht auf.

„Arrividerci!"

Ich bin unschlüssig. Ich hatte sie gewarnt.

„Jetzt komm schon, Mare, wir gehen!"

„Fehle noch finfe und finfzigge E-uro. Diese zwanzige hier auf de Tisch isse nur fir Tischgedecke und Servicio. Unde die Flasche misse hierbleibe. Könne Sie nicht mitnehme. Misse wir zurückgebe."

„Nix da, die haben wir bezahlt."

Chrissie geht zwei Schritte in Richtung Ausgang. Da erscheint im Hintergrund ein kleiner, dicker Italiener mit Halbglatze über einem schwammigen Mafiosogesicht. Offensichtlich der Patrone. Jetzt wird es ernst.

„Was isse los? Wolle die nix zahle, äh?"

„Si, die wolle nur zahle Tischgedecke, nix Pizza e Pasta."

Der Patrone gibt dem Angestellten eine unangenehm durch die Zähne gezischte Anweisung. Seine letzten Worte: „ .... Carabinieri, pronto!", verstehe sogar ich. Der Kellner zückt sein Handy.

„Chrissie, die rufen die Polizei!"

„Und wenn schon. Soll die doch kommen. Wir sind im Recht. Ich lass′ mich nicht abzocken."

Chrissie ist wohl jetzt auch noch der Meinung, dass die italienische Polizei zu uns stehen wird? Nie im Leben wird sie das tun. Die anderen Italiener hier sind natürlich sofort alle auf der Seite des Gastwirtes. Einige haben sich schon erhoben. Ich lege hastig einen Fünfzig- und einen Fünfeuroschein dazu.

„Stimmt so."

Dann packe ich Chrissie beim Arm.

„Lass die Flaschen hier, Chrissie. Gegen die dort haben wir keine Chance. Auf jetzt, wir gehen!" Chrissie reißt nun alle Geldscheine von der Tischplatte hoch und steckt sie ein.

„Ja, tickst du noch richtig? Denen schieben wir doch nicht fünfundsiebzig Euro in den A ...

„Chrissie, bitte komm mit!"

Nein, sie hört nicht auf mich. Im Gegenteil. Sie baut sich jetzt vor den lässig auf sie zuschlendernden Männern in ihrer ganzen rosaroten Erscheinung auf. Gerade extra. Verflixter Rotwein!

„Arschgeigen!"

Einige der Italiener kommen ihr nun mit finsterer Miene schon ziemlich nahe.

Ich stehe bereits auf der Straße.

„Jetzt beeil dich doch!"

Chrissie kommt nicht nach.

Der erste, der sie erreicht, ist ein muskulöser Bursche mit schwarzem, ungepflegtem Bart. Er stellt sich ihr nun breitbeinig gegenüber und fixiert uns abwechselnd mit seinen schmalen, dunklen Augen. Dann provoziert er uns zunächst mit ordinären Gesten, lacht dabei unverschämt, und greift dann demonstrativ in seine rechte, ausgebeulte Hosentasche.

Chrissie sieht das und bekommt es nun doch mit der Angst zu tun. Sie dreht sich blitzschnell um und rennt zu mir hin. Schallendes Gelächter folgt ihr.

„Hast du den gerade gesehen? Der sieht ja so was von brutal aus."

„Ja, den Typen da drinnen traue ich alles zu. Warum hast du auch so lange gewartet?"

Schnell werfe ich einen Blick zurück. Wir sind allein in der düsteren Gasse. Gottlob ist uns keiner der Männer gefolgt.

Auch ich habe immer noch eine Mordsangst, aber ich werde mich hüten, Chrissie nur ein Wort davon zu sagen. Sie hat mich vorhin hysterisch und ′ballaballa` genannt. Nun ist sie das auch. Eigentlich geschieht ihr das recht. Warum hört sie auch nicht auf mich?

„Mann, das war knapp. Der hatte doch ein Klappmesser in der Hosentasche, oder einen Revolver, oder sonst was Gefährliches."

Na ja, bei einem Mann könnte eine ausgebeulte Hose auch auf etwas ganz anderes hindeuten. Aber ich will sie nicht noch mehr verwirren.

„Ich hab′ echt gedacht, der bringt mich jetzt um."

Chrissie ist außer Atem und schaut immer wieder panisch hinter sich. Wir beschleunigen unsere Schritte noch einmal. Hoffentlich haben wir diese menschenleere Gegend bald hinter uns gelassen. Nach weiteren fünf Minuten kommen wir endlich in belebtere Straßen.

„Sorry, Mare. T′schuldigung für das ′ballaballa` von vorhin. Du hattest völlig recht. Das waren richtige Mafiosi, Mafiosi waren das!" Chrissie ist immer noch ganz aufgelöst. „Genau so habe ich sie mir immer vorgestellt, die von der Mafia!"

„Ich denke, die haben uns verarscht, Chrissie. Am hellerlichten Tag bringen auch die keine Touristen um."

Sie nickt erleichtert.

Stopp, so ganz ungeschoren lasse ich sie jetzt aber doch nicht davon kommen. Die Reaktion der Italiener auf ihr leichtsinniges Verhalten sollte ihr schon als Warnung im Gedächtnis bleiben. Ernst füge ich daher hinzu:

„Solche Typen haben allerdings schon ihre Möglichkeiten, jemanden zu beseitigen und verschwinden zu lassen. Ungefährlich war das Ganze gerade nicht, Chrissie."

Jetzt nickt sie einsichtig.

Wir sind nun weit genug von der Pizzeria entfernt und haben den Bannkreis dieses „Edelitalieners" entgültig verlassen. Keiner der

Typen ist uns hierher gefolgt. Da haben wir gerade noch einmal Glück gehabt. Ich bleibe stehen, weil ich völlig außer Atem bin. Dann atme ich ein paar Mal tief ein und aus. Ja, so ist es gut. Jetzt bekomme ich wieder genug Luft.

Direkt vor uns liegt eine breite Einkaufsstraße und lädt zum Bummeln ein. Für Chrissie und mich sollte nun der angenehmere Teil des Nachmittags beginnen. Doch in diesem Moment zieht Chrissie eine Rotweinflasche aus ihrer großen Tasche und nimmt einen Schluck daraus. Ich fasse es nicht!

„Die hat ′ne Menge gekostet, da lass′ ich die doch nicht stehen." Gottlob hat das keiner der Männer dort mitbekommen. „Wenigstens die eine habe ich gerettet." Oh, Chrissie.

Inmitten der fröhlichen Urlauber kommt unsere gute Laune dann ganz schnell zurück, und wir beschließen eine kleine Shoppingtour durch Malcesine zu machen. Ja, das muss jetzt sein. Damit werden wir dieses unerfreuliche Erlebnis in der Pizzeria schnell vergessen. Wir haken uns unter und schlendern die Straße entlang.

Schon wenige Meter weiter entdecke ich im Schaufenster einer kleinen Boutique eine hübsche Handtasche aus sandfarbenem Wildleder. Ist die süß! Und günstig ist sie auch. Ich zögere. Eigentlich habe ich zu Hause genug Handtaschen. Soll ich sie wirklich kaufen? Meine Urlaubsbudget ist nicht gerade üppig. Chrissie muss nicht überlegen.

Schon ist sie drinnen. Ich folge ihr. Sie entscheidet sich blitzschnell für ein Paar hochpreisige Riemchensandalen, dann für ein Paar Highheals, „wow, spottbillig", und für ein Paar „noch günstigere", goldene Ballerinas.

„So, diese Schnäppchen entschädigen mich für das finanzielle Desaster von vorhin. Nun habe ich die Euros wieder eingespart, um die mich dieser ekelhafte Italiener dort beschissen hat."

Sie ist tatsächlich der Meinung, dass sie in der Pizzeria richtig gehandelt hatte? Da muss ich ihr aber widersprechen.

„Wer hat wen betrogen? Du hast doch vorhin die Rechnung nicht komplett gezahlt, schon vergessen?"

Aber Chrissie ist schon wieder obenauf.

„Ich habe nur das gezahlt, was der Fraß auch wert war. In meinen Augen war das genau richtig."

Sie ist völlig davon überzeugt, dass ihr Verhalten in der Pizzeria in Ordnung war. Angst und Panik sind schon wieder verflogen, dazugelernt hat sie nichts. Aber wie konnte ich das auch erwarten, so ist sie halt.

„Merkst du was, Mare?", fährt Chrissie fröhlich fort. „Das war heute schon unser zweites Abenteuer. Nummer eins war meine Klonummer am Vormittag, Nummer zwei die Mafiageschichte in der Pizzeria. Langweilig wird es dir nicht mit mir, oder?"

„Auf diese Nervenkitzel hätte ich verzichten können, Chrissie."

„Ah geh, war doch spannend!"

Spannend, oh ja, und gefährlich.

In diesem Augenblick wird mir klar, warum ich mit Chrissie diese Reise mache. Durch sie habe ich die Möglichkeit, mit einer Art Konfrontationstherapie meine ewigen Ängste loszuwerden. Ja, in der Pizzeria bin ich schon einmal ganz schön cool geblieben. Langsam gewöhne ich mich an so außergewöhnliche Situationen. Die beiden heute werden sicher nicht die letzten gewesen sein. Wir haben noch eine weite Fahrt vor uns. Und zwei Wochen Aufenthalt in Portugal. Da kann noch viel passieren. Ich für meinen Teil wünsche mir trotz aller Therapieansätze angenehmere Erlebnisse, als das vorhin. Aber mit Chrissie wird das schwierig werden. Denn im Gegensatz zu mir, ich bin immer übervorsichtig, sucht sie ja direkt das Abenteuer und den Nervenkitzel.

Gegensätze ziehen sich an. So ist es einfach.

10.

Als wir gut gelaunt zum Parkplatz zurückkommen, kann ich unseren Obelix unter den anderen Fahrzeugen nirgendwo ausmachen. Mit seiner Größe sollte er eigentlich über alle Autos in seiner Nachbarschaft hinausragen. Allein dadurch müsste er mir sofort ins Auge fallen. Nein, er steht ganz sicher nicht mehr auf dem Platz, wo Chrissie ihn eingeparkt hatte.

Ich bleibe stehen und lasse meinen Blick rundum schweifen. Am Ende des Parkplatzes stehen zwei weiße Transporter. Aber dort haben wir Obelix nicht abgestellt, oder etwa doch? Nein, nein, er stand in der zweiten oder dritten Reihe, von hier aus gesehen.

Ja, jetzt ist das eingetroffen, wovor ich Chrissie gewarnt hatte. Unser Transporter wurde gestohlen, und mit ihm unser komplettes Reisegepäck. Da bin ich mir sicher. Sonst wäre er ja noch da.

„Chrissie, Obelix ist fort."

Chrissie stoppt neben mir ab.

„Was sagst du?"

Auch sie sucht den Parkplatz mit den Augen ab.

„Tatsächlich."

Die nächste Tragödie bahnt sich an: Unser Auto ist verschwunden. Wären wir nur in seiner Nähe geblieben. Die läppischen fünfundsiebzig Euro für das Essen in der schmuddeligen Pizzeria, über die wir uns so aufgeregt haben, sind im Vergleich dazu eine Lappalie. Ich hätte mich nicht von Chrissie überreden lassen dürfen, in die Stadt zu gehen. Das war ein Fehler. Aber Vorwürfe bringen uns jetzt auch nicht weiter.

„Mare, beruhige dich, ein großer Wagen verschwindet doch nicht einfach so. Ich bin mir ziemlich sicher, dass er noch da ist."

Chrissie blickt erneut suchend um sich.

„Und wo? Wooo ist er, bitte schön? Siehst du ihn denn?"

Sie schweigt.

„So, Chrissie, wenn du meinst, dass er noch hier auf dem Parkplatz ist, dann werden wir ihn jetzt suchen. Wir müssen dabei systematisch vorgehen. Du übernimmst die linke Hälfte des Parkplatzes, und ich suche rechts. Wir treffen uns an der Kastanie da vorne wieder."

„Einverstanden, Mare. Viel Glück und bis gleich."

Wir trennen uns.

Der Parkplatz liegt in der vollen Sonne. Ich quäle mich über den heißen Asphalt. Fahrweg um Fahrweg gehe ich ab. Als ich mich den beiden ähnlich großen, weißen Transportern ganz hinten in der Parkbucht nähere, habe ich noch eine schwache Hoffnung. Vielleicht habe ich mich ja vorhin doch mit der Parkreihe vertan. Als ich näher herankomme, weiß ich es eigentlich schon.

Ich habe mich nicht getäuscht.

Keiner der beiden Lieferwagen ist Obelix. So, mit meiner Seite bin ich fertig. Ich habe ihn nicht gefunden. Hoffentlich hatte Chrissie mehr Glück. Völlig verschwitzt mache ich mich auf den Rückweg. Chrissie kommt mir mit erhitztem Kopf entgegen.

„Und?"

„Nichts."

Die große Kastanie wirft gottlob einen weiten Schatten. Unter dem dichten Blätterdach sind wir ein wenig vor den Sonnenstrahlen geschützt. Hier ist die Wärme einigermaßen erträglich. Auf dem Parkplatz ist ein reges Ankommen und Wegfahren. Jeder hat ein Auto, nur wir haben keines mehr. Mir kommen die Tränen.
„Ich kann nicht mehr!"
Chrissie legt ihre Einkaufstasche auf den Boden und setzt sich darauf. Ihre Weinflasche stellt sie daneben. Immer wieder nimmt sie einen Schluck daraus.
„Ich bin schuld, ich bin schuld," murmelt sie gebetsmühlenartig. Ich werde ihr nicht widersprechen. Doch dann stoppt sie ihre Selbstanklage. „Und was machen wir jetzt, Mare?"
„Wir müssen zur Polizei, was sonst."
„Du weißt schon, dass wir zu Fuß gehen müssen, Mare? Wer weiß, wie weit die nächste Polizeistation von hier weg ist. Besser wäre es doch, die Carabinieri kämen hierher."
„Ja, da hast du völlig recht. Ich hoffe sehr, dass sie das auch machen. Ich kann nicht noch einmal in dieser Hitze herumirren, das würde mir den Rest geben. Ich bin jetzt schon kurz vor einem Hitzschlag."
„Aber anrufen musst du, Mare. Ich habe mein Handy nicht mitgenommen. Das liegt im Au...," Chrissie stockt. „Verdammt, dann ist das jetzt auch weg. Na, ganz toll. Da leiste ich mir endlich ein richtig gutes, neues Ipad, und schon ist es weg. Das alte hatte ich jahrelang."
„„Dann mache ich es. Hilft ja nichts. Ja, ich rufe an."
Während ich mein Smartphone suche, setzt Chrissie schon wieder die Flasche an.
„Hör auf zu trinken, Chrissie. Wenn die Carabinieri den Alkohol riechen, glauben sie doch, dass wir betrunken sind und deshalb unser Auto nicht mehr finden ."
„Ich hab´ aber so ´nen Durst."
„Alkohol ist ganz schlecht bei der Hitze. Außerdem ist Wein nichts gegen Durst. Hör auf damit, sag ich."
Sie stellt die Flasche ab.
Mit zittrigen Fingern suche ich im Internet meines Handys die Nummer der italienischen Polizei.

„Carabinieri, 112, wie in Deutschland."

Ich tippe die ersten zwei Zahlen ein und lösche sie gleich wieder.

„Sinnvoller wäre es doch, wenn du das Gespräch führst, Chrissie. Du kannst italienisch. Dich verstehen sie besser als mich. "

„Dann gib mal her. Ich kann dir aber nicht garantieren, dass ich noch einen italienischen Satz zusammenbringe, Mare. Ich bin gerade völlig durch den Wind."

Chrissie übernimmt das Handy, wählt die Nummer und wartet. Auf dem Display erscheint „Keine Verbindung möglich". Sie wählt erneut. „Jetzt habe ich Verbindung." Sie wartet. „Mist, nun ist besetzt."

Wieder und wieder drückt sie auf Wiederholung. Zehn Minuten vergehen. Nichts. Chrissie gibt auf.

„Ich komme einfach nicht durch, Mare."

Gerade will sie mir das Handy zurückgeben, da höre ich das Freizeichen.

„Jetzt. Geh dran!"

Ich stehe neben ihr und bekomme Teile des Gespräches mit. Chrissie erklärt gerade, wo wir uns befinden und was passiert ist.

„Si, si, si", sagt sie noch und dann legt sie auf.

Mein Herz klopft viel zu schnell. Mir ist schlecht vor Aufregung.

„Und was ist jetzt, kommen sie?"

„Ja, die schicken gleich einen vorbei."

Wir warten.

Jeder hängt schweigend seinen Gedanken nach. Ich komme dabei zu dem Schluss, dass mich keine Schuld trifft. Ich hatte Chrissie vorgewarnt. Aber sie wusste es ja besser.

Da fällt mir etwas ein, was meine Verzweiflung ein wenig lindert. Ich habe in meiner Handtasche das Kartenmäppchen mit meinen Scheckkarten, der Krankenkarte und dem ADAC-Ausweis. Das ist reiner Zufall, denn normalerweise nehme ich das nie mit, wenn ich das Auto verlasse. Vorsichtig, wie ich bin, verstecke ich es üblicherweise im Kofferraum. Wichtige Papiere sollte man prinzipiell nicht in seiner Handtasche herumtragen. Für geschickte Straßenräuber ist es auf alle Fälle einfacher eine Tasche zu stehlen, als ein Auto. Oh mein Gott, Obelix ist weg.

Dass ich die weiße Börse heute dabei hatte, ist wirklich ein Glücksfall. Die Rückfahrt ist gesichert. Wir werden auf alle Fälle wieder nach Hause kommen. Aber sonst? Ja, sonst ist unsere Lage alles andere als rosig. Es sieht so aus, als ob unsere Fahrt hier schon zu Ende ist.

Meine beste Freundin hatte mir vorhin unterstellt, ich hätte einen Verfolgungswahn. Jetzt erfährt sie am eigenen Leib, was passiert, wenn man zu leichtsinnig ist. Ich schaue zu ihr hinüber.

Sie schüttelt immer wieder den Kopf. „Ich kapier das nicht! So ein großes Auto kann doch nicht einfach verschwinden."

Wir warten weiter.

„Ah, da kommen sie", ruft Chrissie plötzlich, springt auf und winkt. Zwei Polizisten nähern sich mit großen Schritten und bleiben direkt vor uns stehen. Die beiden Carabinieri sind sehr unterschiedlich. Der eine ist klein und schmächtig. Er hat ein offenes, lustiges Gesicht und lacht uns freundlich an. Seine Uniformjacke ist völlig zerknittert und die Hose eine Nummer zu groß. Den Rest seiner fettigen, schwarzen Haare hat er kunstvoll über die Halbglatze drapiert. Abgesehen davon erinnert er mich sehr an Luis de Finesse, den französischen Komödianten.

Der größere Polizist hingegen ist akkurat gekleidet. Seine Dienstuniform sitzt perfekt, die schwarzen Schuhe sind spiegelblank poliert. Er hat einen strengen Blick, verzieht keine Miene und hat hier offensichtlich das Sagen. Er ist es auch, der die Fragen stellt.

„Dov´e il problema?"

Chrissie versucht ihm auf Italienisch zu erklären, dass unser Wohnmobil gestohlen wurde. Er gibt dem freundlichen, kleinen Polizist ein Zeichen mit der Hand. Der nickt und kommt der Aufforderung seines Vorgesetzten nach. Mit großem Schwung holt er einen Notizblock aus seiner schwarzen Umhängetasche und zückt den Kugelschreiber. Er ist bereit, den Vorfall aufzunehmen.

„Documenti del veicolo e patente di guida, si prega di."

Der ernste Carabiniere streckt Chrissie auffordernd seine rechte Hand entgegen.

„Si, si, documenti del veicolo e patente di guida, naturalmente."

Chrissie geht zu ihrer Handtasche in den Baumschatten und holt den Fahrzeugschein und die Fahrerlaubnis heraus. Der Carabiniere übernimmt die Papiere, prüft sie genau, nickt zustimmend und gibt sie ihr zurück.

Na, wenigstens damit ist alles in Ordnung.

Jetzt stellt er Chrissie weitere Fragen und diktiert seinem Kollegen die Antworten. Ich schaue dem kleinen Polizisten über die Schulter. Sicher ist sicher. Mit schwungvoller Schrift notiert dieser unsere Namen, den Halter, das ist Chrissie, unsere Heimatadresse, den Autotyp und das Kennzeichen. Und seit wann wir unser Fahrzeug vermissen.

Der Vorgesetzte redet laut und schnell auf Chrissie ein. Sie hört ihm aufmerksam zu.

„Si prega di rallentare", bittet sie ihn mehrmals.

Er wiederholt noch einmal langsam Wort für Wort. Alle Achtung, meine Freundin macht ihre Sache wirklich erstaunlich gut. Da habe ich ihr vorhin in der Pizzeria wirklich Unrecht getan, als ich ihre Italienischkenntnisse angezweifelt hatte.

„Improbabile, improbabile!", verstehe ich mehrmals.

„Prego, attendere un momento!"

Chrissie bittet den Carabiniere, einen Moment zu warten.

„Abbiamo poco tempo, Signora." Er schaut demonstrativ auf seine Uhr. „Ma dobbiamo continuare la stessa.

„Si, si, subito!" Chrissie wendet sich mir zu. „Er sagt, dass er es für sehr unwahrscheinlich hält, dass ein großer, alter Transporter gestohlen wird. Diebe hätten es auf teure Autos abgesehen, nicht auf alte Ducatos. Meine Worte, Mare. Außerdem sind sie unter Zeitdruck und können im Moment nicht mehr tun, als den Fall aufzunehmen."

„Und was sollen wir jetzt machen? Die müssen doch unser Auto suchen, oder? Welche Erklärung hat er denn dafür, dass unser Auto weg ist, wenn es nicht gestohlen wurde?"

Chrissie gibt meine Frage weiter.

Der Carabiniere antwortet nicht. Er überlegt. Dann scheint ihm eine Idee zu kommen.

„Libretto orario, prego."

Er will den unteren Abschnitt unseres Parkscheins sehen.

„Den Parkschein hast du, Mare!"

Ich ziehe ihn aus meinem Geldbeutel und reiche ihn hin. Er studiert den kleinen Zettel kurz und gibt ihn dann seinem Kollegen weiter. Auch der liest.

Was ist damit? Ist die Parkzeit abgelaufen, oder was? Darum geht es doch garnicht. Unser Auto ist fort!

Die beiden Carabinieri blicken sich vielsagend an und brechen in Gelächter aus. Der Kleine vollführt nun eine Pantomime. Er rollt seinen Notizblock zusammen und hält ihn wie eine Flasche in der Hand. Nun tut er so, als würde er den Korken herausziehen, setzt die imaginäre Flasche an, trinkt daraus und torkelt umher. Dabei blickt er immer wieder suchend um sich und schneidet genau die Grimassen, die den lustigen, französischen Komödianten de Finesse so berühmt gemacht haben.

Ja, er ist ein richtig guter Imitator des Franzosen und spielt ihn sicherlich nicht das erste Mal. Sein Vorgesetzter findet die Aufführung überaus amüsant und schaut ihm mit breitem Grinsen zu. Ich finde das Verhalten der beiden Uniformierten unmöglich. Wir sind verzweifelt über unseren Verlust, und die machen sich auch noch lustig über uns.

Der Kleine hat gerade seine Vorführung beendet. Er löst nun das mit unseren Angaben beschriebene Blatt Papier aus seinem Notizblock heraus, klemmt sich die Schreibmappe unter den Arm und zerreißt das Protokoll genüsslich in kleinste Schnipsel. Dann verstaut er sie wieder in seiner schwarzen Diensttasche.

„Già finito."

Sie lachen wieder.

Hallo, was soll das? Würde uns bitte einmal einer darüber aufklären, was Sache ist?

Die beiden sehen unsere entgeisterten Mienen und merken, dass sie zu weit gegangen sind. Der Größere hat sich als erster unter Kontrolle und hält mir den Parkschein hin.

„Scusate, le mie donne", entschuldigt er sich, „ma questo è Parcheggio B", er deutet nach rechts, „e questo è Parcheggio A", er deutet vor sich. „Il problema è risoltoma!"

Das Problem ist gelöst?

Ich schaue in die Richtung, in die der Polizist gezeigt hatte, und tatsächlich, da drüben ist ein zweiter Parkplatz. Wer hier fremd ist, so wie wir, kann das natürlich nicht wissen, Zumal die Parkfläche hinter einem dichten, hohen Buschwerk liegt. Nein, Chrissie muss garnicht mehr übersetzen, das verstehe ich auch so. Wir haben den Obelix auf dem falschen Parkplatz gesucht.

Und das ist oberpeinlich.

Jetzt kann ich den Slapstick des kleinen Polizisten, über den ich mich gerade so geärgert hatte, voll und ganz nachvollziehen. Wir haben uns gerade so was von lächerlich gemacht. Es ist wirklich kein Wunder, dass die beiden Männer nicht ernst bleiben konnten. Nun bin ich mal gespannt, was uns dieser Polizeieinsatz kosten wird. Urlauber müssen im Ausland allgemein ziemlich viel zahlen, wenn sie mit der Polizei in Kontakt gekommen sind. Allerdings haben wir ja nichts verbrochen, so teuer kann es also auch nicht werden.

Außerdem hatten die beiden Carabinieri ja nicht viel zu tun. Für ein paar Fragen und einen Bogen Papier können sie keine hundert Euro verlangen. Ja, die Zeit für der An- und Rückfahrt könnten sie uns in Rechnung stellen. Ich hoffe aber, dass sie nachsichtig mit uns sind, denn sie hatten durch uns mehr Spaß als Arbeit.

„Tutto a posto, alora."

Der größere Polizist nickt uns kurz zu und macht sich auf den Rückweg. Er hat alles bestens geregelt. Nun verabschiedet sich auch der kleine, lustige Carabiniere mit Handschlag von uns. Chrissies Hand hält er eine Weile fest, schaut hinauf in ihre Augen, sie überragt ihn um eine Kopflänge, und sagt zu ihr: „Arrividerci, e inolte meno alcool."

Dann stürmt er mit seinen kurzen Beinen dem anderen Polizisten hinterher und holt ihn schließlich ein. Beide gehen fröhlich plaudernd davon.

„Was hat er gerade zu dir gesagt, Chrissie?"

„Hab' es nicht genau verstanden. Ich glaube, er sagte, wir sollten vorsichtiger sein."

„Nein, das stimmt so nicht. Ich habe eindeutig das Wort Alkohol herausgehört." Sie sagt nichts dazu. „Komisch, alles hast du verstanden, Chrissie, ausgerechnet den letzten Satz nicht. Ich hatte übrigens Latein in der Schule. Auch wenn ich darin schlecht war, meno heißt weniger, das ist bei mir hängen geblieben." Sie zuckt nur mit den Schultern. „Du, das hat der ganz bewusst zu dir gesagt. Und die Szene, die er gespielt hat, war eindeutig. Deine Rotweinbuddel war nicht zu übersehen, und deine Alkoholfahne rieche ich bis hierher. Kannst froh sein, dass sie dir nicht den Führerschein abgenommen haben."

„Ach, du übertreibst mal wieder maßlos, Mare."

„Er hat gesagt, du sollst in Zukunft nicht mehr so viel Alkohol trinken, stimmt′s?"

„Auf einem Parkplatz kann ich so viel trinken, wie ich mag. Das geht die doch nichts an. Ich bin schließlich nicht am Steuer gesessen." Sie wischt sich den Schweiß von der Stirn. „Vielleicht solltest du hin und wieder auch mal was trinken, um lockerer zu werden. Anstatt froh zu sein, dass wir nun wissen, wo Obelix ist, meckerst du mich auch noch an."

Ich kann es nicht leiden, wenn Chrissie so uneinsichtig ist. Aber im Grund genommen hat sie ja recht. Das Wichtigste ist wirklich, dass sich unser Problem in Wohlgefallen aufgelöst hat.

Chrissie hebt ihre große Handtasche vom Boden auf und hängt sie sich über die linke Schulter. In die rechte Hand nimmt sie den Tragebeutel mit ihren edlen Schuhen und schickt sich an zu gehen.

„So, keine Vorwürfe mehr, Mare, es ist ja alles noch einmal gut gegangen. Halt, die Rotweinflasche muss auch mit", sie geht zum Baum zurück, „die hätte ich jetzt beinahe vergessen."

„Nichts da, Chrissie, die wirfst du sofort in den Abfalleimer dort drüben. Der Wein ist sowieso brühwarm und abgestanden."

„Nein, Mare, das mache ich ganz sicher nicht. Dafür war er zu teuer. Außerdem habe ich ja noch eine Hand frei."

Was soll ich dazu sagen? Am besten nichts.

Wir gehen hinüber zum Parkplatz B und laufen dann direkt auf das gelbe Café zu. Warum habe ich mich denn daran nicht erinnert? Das wäre doch ein Anhaltspunkt gewesen. Hätte ich mich danach umgeschaut, dann hätte ich unseren Irrtum erkannt. Wie doof kann man denn sein!

Und da ist auch schon unser Transporter. Er steht noch genau so da, wie wir ihn vor zwei Stunden verlassen haben. Ein alter Fiat Ducato wird in Italien nicht angerührt, haben die Carabinieri gesagt. Und die müssen es ja wissen, denn sie werden sicher des öfteren von Urlaubern gerufen, denen ein Auto aufgebrochen wurde. Uns ist eigentlich gar nichts passiert. Wir zwei trotteligen Frauen haben lediglich die Parkplätze verwechselt. Die ganze Aufregung hätte nicht sein müssen. Das nächste Mal werde ich mir den Parkschein genauer ansehen. Tja, gegen die eigene Dummheit ist kein Kraut gewachsen.

Was wir uns aber zugute halten müssen, ist, dass sich am heutigen Tag eine nervenaufreibende Situation an die andere reiht. Da ist es doch wirklich kein Wunder, dass ich so verwirrt bin. Mein Bedarf an neuen Erfahrungen ist für heute jedenfalls mehr als gedeckt, und unser Zwischenstopp in Malcesine neigt sich nun hoffentlich dem Ende zu.

11.

Gerade bin ich noch so glücklich und erleichtert darüber, dass meine Fahrt mit Chrissie jetzt doch weiter geht, schon wird das nächste Kapitel in unserem Reisetagebuch aufgeschlagen. Allerdings wird dieses Erlebnis nicht so existentiell bedrohlich für mich sein, wie meine fälschliche Annahme, dass unser Transporter gestohlen wurde. Was nun kommt, ist eher eine weitere Lehrstunde über eine Beziehung auf der Basis „Gegensätze ziehen sich an". Denn eine Beziehung von zwei ungleichen Menschen verspricht auch nicht immer Harmonie und Glückseligkeit.

„Jetzt warte doch auf mich, Mare!"
Chrissie hat noch immer ihre Weinflasche in der Hand. Wieder und wieder bleibt sie stehen und nimmt einen Schluck daraus. Dadurch ist sie bereits ein ganzes Stück hinter mir zurückgeblieben.
Schon kurz vor dem Standplatz unseres Wagens suche ich in meiner Tasche nach dem Autoschlüssel. Ich will so schnell wie möglich weiterfahren. Wir haben heute genug unserer kostbaren Urlaubszeit vergeudet. Chrissie sieht mich bereits am Transporter stehen, legt einen kurzen Zwischenspurt ein und ruft dabei, „brauchst nicht zu suchen, Mare, den Schlüssel hab ich", da kommt der nächste Ärger.
Rechts und links von Obelix haben so zwei Spezialisten extrem knapp eingeparkt. Wir können nicht einsteigen. Die einzige Möglichkeit, die uns bleibt, ist, hinten hineinzuklettern, um uns dann über die Rückenlehnen der Vordersitze nach vorne zu quälen. Es ist fraglich, ob wir das schaffen, denn zwischen Sitzlehnen und Dach ist nicht viel Platz. Zu dumm, die Besitzer der beiden Fahrzeuge sind unterwegs.
Doch halt, da ist jemand.

Neben der Fahrertüre des links von Obelix parkenden, nagelneuen Porsche mit Berliner Kennzeichen kniet ein Mann. Das ist sicher wieder so ein neureicher Angeber, der glaubt, er habe alle Verkehrsrechte mit dem Erwerb seines Porsches dazugekauft. Warum sonst stellt man sich so rücksichtslos dicht neben ein parkendes Auto. Ich gehe zu ihm hin.

„Würden Sie so nett sein und Ihren Wagen aus der Parklücke herausfahren, damit wir hineinkommen", bitte ich ihn höflich. Der Berliner wendet nur kurz seinen Kopf und wirft mir einen ärgerlich arroganten Blick zu. Dann schaut er sofort wieder weg und signalisiert mir damit, dass er keinerlei Absicht hat, meiner Bitte nachzukommen. Ich habe zwar nur kurz sein Gesicht gesehen, aber nun ist mir klar, dass er beileibe nicht mehr so jung ist, wie ich ihn anfangs eingeschätzt hatte. Er ist mindestens siebzig. Sein dichter, blonden Haarschopf hatte mich getäuscht. Ganz sicher trägt er ein Toupet, denn in seinem Alter hat man keine so vollen Haare mehr.

Wie sagte mein Vater in einem solchen Fall immer: von hinten Lyzeum, von vorne Museum.

Das trifft auf den alten Mann absolut zu. Sein von tiefen Falten durchfurchtes Gesicht zeigt die Spuren eines ausschweifenden Lebens.

Am Logo seines weinroten Polohemdes erkenne ich, dass er edle Markenkleidung trägt. Logisch, wenn man einen solchen Luxusschlitten fährt, dann muss der Wert des Outfits dem des Fahrzeugs angeglichen werden. Und die junge Frau, die schweigend auf der anderen Seite des Porsches steht, hat er sich sicher auch dazugekauft. Sie ist schmückendes Beiwerk und passt genau in das Bild, das ich von ihm habe. Reiche, alte Grufties haben doch meistens eine um Jahre jüngere Blondine als Spielgefährtin. Und somit ist er genau der Typ Mann, der mein oben genanntes Klischee bedient.

Was macht er denn eigentlich da? Hatte er eine Reifenpanne?

Nein, jetzt sehe ich es. Der aufgepimpte Alte streicht mit seinem Zeigefinger an einem massiven Kratzer im Lack entlang.

„So ´ne Sauerei. Solche Arschlöcher ...!", flucht er dabei. „Da stehn se rum da drüben, die Carabinieri, und machen sich ´ne schöne Zeit, und gleich nebenan wird mein Auto geknackt. Das ist

Italien." Auweia, das linke, vordere Seitenfenster des teuren Wagens hat zahlreiche Risse. Diese breiten sich von einem Loch in der Mitte wie ein Spinnennetz über die gesamte Scheibe aus. Dem Autoknacker ist es offensichtlich nicht gelungen, die Scheibe völlig zu zertrümmern. Aus Ärger darüber hat er dann wohl den edlen, mocca- schwarzen Metalliclack zerkratzt.

Meine auf der Herfahrt getroffenen Aussagen haben sich also doch noch bewahrheitet. Ich wusste, dass es in Italien nach wie vor Autodiebe gibt, denn das habe ich im Internet gelesen. Ja, aus Rumänien und Bulgarien kommen mittlerweile viele, gut organisierte Verbrecherbanden nach Südeuropa. Aber Chrissie hatte mich ja abgewürgt, bevor ich ihr das sagen konnte. Jetzt wird sie mir recht geben müssen.
„Schau mal, Chrissie! Das ist jetzt der Beweis, von wegen Paranoia!", rufe ich nach hinten.
„Was hast du gesagt?"
Chrissie beschleunigt ihre Schritte.
„Da hat tatsächlich einer versucht, ein Auto aufzubrechen."
„Welches? Unseres?"
„Ach nein, den Porsche da!"
„Ach so, einen Porsche, dann ist es ja gut."
Der Sugardaddy, ich glaube, so nennt man heutzutage die alten Männer mit ihren jungen, gesponserten Begleiterinnen, hört Chrissies Worte und richtet sich mühsam auf. Als er nach dieser Anstrengung endlich senkrecht steht, atmet er schwer. So jugendlich er sich auch kleiden mag, seine körperliche Verfassung zeigt das wahre Alter.
„Hallo, Sie da, nüscht is jut. Wat soll det Jelabere?", fährt er mich aggressiv an.
„Ich? Ich habe doch gar nichts gesagt!", wehre ich mich.
Mir ist es jetzt sonnenklar, warum wir verschont geblieben sind, und stattdessen dieser unfreundliche Berliner das Opfer eines versuchten Diebstahls wurde. Er hat eine ganz, ganz negative Aura. Da hat's genau den Richtigen getroffen. Na ja, wenn ich ehrlich bin, ist unser Obelix auch keine Alternative zu seinem Bonzengefährt. Logischerweise hat sich der Möchtegerndieb für den Porsche entschieden.
Chrissie ist jetzt auch angekommen.

„Hallo!"

Der Mann nickt ihr zu.

„Jehört euch der alte Ducato?", fragt er dann. „Habt ihr zufällig wat jenaueres mitjekriecht? Von die Ganoven, meen ick. Denn dann hätt ick euch als Zeugen und könnt se anzeign."

„Nein, leider nicht. Wir waren gerade drei Stunden unterwegs."

„Zu dumm aba ooch. Hätt ja sein könn." Er wischt sich die Hände an einem Taschentuch ab. „Juut, dass icke so vorausschauend bin. Lass uns mal lieba in det kleene Cafe da einkehrn, hab ick zu meene Freundin jesacht", er zeigt auf das gelbe Haus, „denn von dort aus hab icke meen Auto im Blick. Det is wichtich im Ausland, weeßte, besonders in die südlichen Lända."

Dieser Berliner ist mir zwar überhaupt nicht sympathisch, aber darin stimme ich mit ihm überein. Genau das hatte ich der Chrissie auch vorgeschlagen.

„Da hörst du es einmal von anderer Seite", sage ich mit einer gewissen Genugtuung zu ihr, „der Herr ist ganz meiner Meinung."

„Womit?"

Chrissie schaut mich mit ihren vom Alkohol bereits glasigen Augen fragend an.

„Ich will damit sagen, Chrissie, dass andere Touristen genau so 'ballaballa` sind wie ich."

Dieser kleine Seitehieb musste jetzt sein. Ich bin schon ein bisschen nachtragend, das gebe ich zu.

„Was ist los, Mare? Was ist mit den Touristen?"

Oje, sie kann mir nicht mehr folgen. Das kann ja heiter werden. Ich habe absolut keine Lust dazu, ihr alles noch einmal erklären zu müssen und versuche stattdessen zu den Türen unseres Transporters durchzukommen. Nein, das geht nicht, der Abstand zu den anderen beiden Autos ist nicht groß genug.

Der Berliner verliert nun völlig die Beherrschung.

„Halt mal! Wat heeßt denn hier 'ballaballa`?", schreit er mir ins Gesicht. „Wie meenste det denn? Willste mir beleidichen?"

Wie kann ein erwachsener Mensch nur so unbeherrscht sein? Tobt da mit mir herum wie ein Irrer. Ich kann ja verstehen, dass er eine Riesenwut wegen seines beschädigten Autos hat, aber muss er die ausgerechnet an mir auslassen? Was habe ich denn jetzt schon wieder falsch gemacht? Hört das denn heute nie auf. Was hat er gerade gebrüllt, er wäre nicht 'ballaballa`?

Ach so, er hat meinen Satz, der für Chrissie bestimmt war, in den falschen Hals bekommen. Jetzt kann ich seine Überreaktion ein wenig besser verstehen. Dafür werde ich mich wohl entschuldigen müssen.

Chrissie blickt nur noch von mir zu ihm und wieder zurück.

„Oh sorry", sage ich schnell, „ich meinte nicht Sie. Meine Freundin findet es ´ballaballa`, dass ich in Italien Angst vor Autodieben habe. Sie glaubt mir nicht, dass man sein Fahrzeug mit all dem Reisegepäck hier nicht unbeaufsichtigt stehen lassen darf."

„Unser Gepäck ist ja auch noch da, Mare. Ich hab´ gleich gesagt, dass du dich getäuscht hast. Ich war sicher, dass der Obelix woanders steht", mischt sich Chrissie jetzt ein.

„Ja, ja, jetzt willst du dich herausreden. Dabei hast du gerade genauso Panik geschoben wie ich."

„Nö, das stimmt so nicht, Mare. Ich bin cool geblieben."

Der Berliner beruhigt sich gerade wieder.

„Ach so, du meentest die", sagt er zu mir. „Wär ja ooch unlogisch. Man is doch nich verrückt, wenn man sein Auto im Blick behaltn will."

„Nein, natürlich nicht, entschuldigen Sie bitte nochmals!"

„Entschuldijung anjenomm. Aba deine Ängste sin ja ooch nich unberechticht, wie de hier sehn kannst!"

„Da hörst du es, Chrissie!"

Doch meine Freundin hat sich bereits wieder aus dem Gespräch ausgeklinkt. Sie ist allein auf ihren Rotwein fixiert und trinkt und trinkt. Normalerweise hat sie kein Alkoholproblem, das wüsste ich, aber heute schlägt sie über die Stränge. Die Literflasche ist fast leer, und sie ist ziemlich voll. So, und damit mache ich jetzt auch Schluss.

„Keinen weiteren Tropfen Alkohol mehr, Chrissie. Nun ist es vorbei mit lustig." Ich versuche ihr die Flasche zu entwinden. „Ich habe keine Lust, nachher ständig anhalten zu müssen, nur weil dir speiübel ist."

Chrissie stemmt sich vehement dagegen und will die Rotweinflasche zurückzuerobern.

„Mei, sei doch nicht so spießig, lass mir doch den Spaß, Mare."

„Spaß habe ich schon lange keinen mehr, Chrissie. Ich will nur noch weg von hier. Jetzt gib schon her!"

Während wir noch um die vermaledeite Weinflasche kämpfen, dreht sich Herr Superreich um und pfeift durch die Finger.

„Jetze komm her, Uschi, und begrüß die Damen."

Die junge Frau geht um das Auto herum, stellt sich neben ihn und blickt schuldbewusst zu ihm auf.

„Ja, Uschi, kiek nich so belämmert!" Sie versucht sofort ein anderes Gesicht zu machen. „Det hat mer nemmlich schon mal, neulich in Hamburg. Und allet imma wechen deim Leichtsinn!"

Uschi schweigt.

„Um een Haar wär mein Wagen und meine Knete jetze wech jewesen. Is dir schon klar, oda? Un det hier im Ausland."

Er wendet sich wieder mir zu.

„Wie oft hab icke schon zu ihr jesacht, lass nüscht im Wachen liegn. Aba die verjisst ja allet."

Wie redet der denn mit seinem Sugarbabe? Ich kann nicht nachvollziehen, warum dieses bildhübsche Mädel ausgerechnet bei diesem alten Knacker bleibt. Wieso lässt sie sich so respektlos behandeln und wehrt sich nicht dagegen. Sie würde doch sicher noch jemand anderen finden.

Nachdem Chrissie ihre Weinflasche erfolgreich verteidigt hat, bramselt sie jetzt mit einer gewissen Zeitverzögerung vor sich hin.

„Ab und zu hat die Mare auch mal recht mit ihren Ängsten", verstehe ich. Oh, sie macht Zugeständnisse. Diese Einsicht habe ich jetzt garnicht mehr von ihr erwartet. Doch im Wein liegt ja bekanntlich die Wahrheit.

„Und du, jute Frau, du solltest vielleicht in Zukunft ooch bessa uff deene Freundin hörn und dir nich nur die Hucke vollsaufn."

„Und dich, juter Mann, jeht det nichts an", äfft sie ihn nach.

„Halte dich bitte da raus, Chrissie!", versuche ich sie zu bremsen.

„Von dem lasse ich mir nichts sagen, von so 'nem Primitivling schon garnicht!"

Hilfe, wir steuern gerade auf eine neue Auseinandersetzung zu. Chrissie und der Berliner stehen sich wie zwei Kampfhähne gegenüber. Ich trete zwischen die beiden und halte sie mit ausgestreckten Armen voneinander fern.

Der Mann drückt mich weg.

„Meenste icke lass mich mit dir ein? Nä, du bist ja besoffn. Ick hasse besoffnen Weiba. Un so strunzdumme wie dich sowieso."

Erstaunlicherweise bleibt Chrissie dieses Mal friedlich.

„Dann sind wir ja einer Meinung," sagt sie und geht freiwillig einen Schritt zurück. „Ich hab keinen Bock mehr auf Streit."

Ich auch nicht. Aber wie kommen wir denn hier weg? Vielleicht gelingt es mir ja doch, mich seitlich durch den schmalen Spalt zwischen Autotüre und Karosserie zu schieben. Nein, das wird nichts, da passe ich nicht durch. Entweder der Berliner fährt seinen Porsche zur Seite, oder ich muss über die Rückenlehne klettern. Bei so einer Aktion habe ich mir schon einmal das Kreuz verrenkt. Nein, das werde ich nicht riskieren. Er hat jetzt sofort das zu machen, was ich sage, sonst rufe ich noch einmal die beiden Carabinieri.

Ich kann auch stur sein.

„Würden Sie nun bitte Ihr Auto woanders hinstellen?"

Der Berliner ignoriert mich. Langsam habe ich keine Geduld mehr. Jetzt haue ich gleich die Fahrertüre gegen seinen Porsche. Der ist ja sowieso schon zerkratzt.

„Hallo, ich habe mit Ihnen gesprochen!"

Er macht keinerlei Anstalten, meiner Aufforderung Folge zu leisten. Im Gegenteil, er geht wieder in die Knie und inspiziert erneut das Seitenfenster.

„Man gloobt et nich!"

Seine hübsche Freundin geht neben ihm in die Hocke und begutachtet mit ihm den Schaden.

„Ach, zieh Leine, Kleene. Du alleen bist schuld an der janzen Misere", schreit er sie an. Sie zuckt zusammen.

Kleine. Und dazu noch dieser aggressive Ton. Oh, wie ich dieses Verhalten hasse. Oft genug bin ich von meinem Exmann ähnlich vorgeführt worden.

Und jetzt habe ich plötzlich das Gefühl, als wäre ich am Asphalt festgeklebt. Ich muss ihm weiter zuhören, ob ich das will oder nicht. Welchen Grund gibt es dafür, dass ich wie gelähmt dastehe und ertrage, was dieser Mensch da von sich gibt? Ich weiß es nicht.

„Wie juut, det ihr uns Kerle habt. Wir ham halt allet im Griff."

Der alte Mann steht wieder auf. Jetzt wird er sich gleich wie ein Silberrücken auf die Brust trommelt, dieser Lackaffe. Ich hasse dieses Machogehabe. Nun macht er einen Schritt auf mich zu und starrt mich hasserfüllt an. Ich fühle mich wie in einem Alptraum, in dem man fliehen will, sich aber nicht von der Stelle rühren kann. Seine Worte prasseln ungefiltert auf mich nieder.

„Dir jefällt nich, was ich sage, richtich? Aba, mal ehrlich, wat wärt ihr Weiber denn ohne uns? Nüscht wärt ihr!"

Ja, ja, du bist der Allertollste! Wie kann man nur so einen Typen auf Dauer ertragen? Seine unterwürfige Freundin kann es. Sie findet sein Verhalten völlig in Ordnung. Ja, sie lächelt ihn sogar noch bewundernd an. Und er fühlt sich, wie kann es anders sein, durch sie auch noch bestätigt. Und daher geht es im gleichen Stil weiter. „Im Gegensatz zu der da hab icke die drei Typen natürlich komm sehn. Die da hat nemmlich ihre Oogen überall, nur nich da, wo se hinjehörn." Schon wieder so eine Herabwürdigung. Jetzt wird sie ihm doch einmal die passende Antwort geben. Nein, tut sie nicht. „In eure alte Karre ham se übrijens ooch rinngekiekt." Er drückt seine Hände durch und lässt die Knöchel knacken. „Aba da sin se dann gleich weiter jejang. Da is wahrscheinlich ooch nüscht zu holn." Er lacht überheblich. „Is doch klar, die hams nur uff teure Wagen abjesehn. Da musste mir doch zustimm, oda?"

Auf was ist der denn jetzt stolz? Im Gegensatz zu seinem Porsche wurde unsere „alte Karre" nicht aufgebrochen. Er hat doch die Scherereien.

„Icke kenn übrijens denen ihre Masche," fährt er fort. „Dreie lenkn ab und der vierte bejeht den Einbruch. Den hab icke allerdings nich jesehn." Er schaut uns der Reihe nach an. „Aba wat red icke mir den Mund franslich. Ihr Weiber denkt eh nur an Shopping und Vergnügen, und unsereener muss dafür blechn." Uschi nickt zustimmend. Zum Glück hat er es nicht gesehen. „Uff ihre Handtasche passt se ooch nie uff, die dumme Nuss. Wie oft hab icke ihr des schon einjebleut: Immer uffn kiez sein. Det ham wir jetze aba jelernt, nich wahr?" Das wir bezieht er natürlich nur auf sie. „Nur juut, dass meene Karre 'ne Alarmanlage hat. Und da meen ick ausnahmsweese mal nich dir, Uschi." So ein Widerling „Ick bin gleich losjespurtet und die sind jetürmt. Icke alleen hab se, Jott seis jetrommelt und jepfiffen, noch rechtzeitich verjagt."

Ich habe gerade ein Deja-vu-Erlebnis. Nun weiß ich, warum ich immer noch hier stehe. Kanaken, Spaghetti, Scheißkerle, Weiber ... Diese Ausdrücke gehörten auch zum täglichen Wortschatz meines Exmannes. Und solche arroganten Typen wie den hier, hatte mein

Exmann als Freunde. Viel Geld zu haben bedeutet nämlich nicht, sich auch benehmen zu können. Das habe ich damals in den „besseren" Kreisen gelernt. Und daran werde ich gerade erinnert. Das ist der Sinn dahinter.

Oh, jetzt sagt Uschi doch etwas. „Ja, Schatz, das war wirklich sehr dumm von mir. Ich hoffe Du verzeihst mir noch einmal. Ich wollte das nicht, ehrlich."
Hilfe, nein!
Sie nimmt alle Schuld auf sich. Diese hübsche, junge Frau hat einen ausgeprägten Hang zum Masochismus. Wie sonst kann sie sich so von ihm erniedrigen lassen. Er ist weder attraktiv noch amüsant, aber, ... er hat Geld, und damit hat er sie geködert. Sie will in Luxus leben und macht sich deshalb zu seiner Sklavin.
Einfach furchtbar!
„Du kannst doch garnicht mehr schnell rennen, alter Mann. Du schnaufst ja schon, wenn du dich runterbückst ..."
Chrissie kann ihren Mund einfach nicht halten. Der Alkohol hat sie enthemmt, sonst wäre sie bei ihrem Vorsatz geblieben. Sie hat doch gemerkt, welch aufgeblasene Null der ist. Ich muss Chrissie jetzt möglichst schnell aus dem Verkehr ziehen, bevor der Streit zwischen dem Berliner und ihr erneut aufflammt.
„Chrissie, sei still und steig ein, verdammt noch mal!"
„Wie denn?", fragt sie zurück.
„Du musst von hinten über die Rückenlehne klettern!".
Meine Freundin hatte ja in der Autobahntoilette bewiesen, wie gelenkig sie ist.
„Ja, mach ich.", sagt sie, befolgt meine Anweisung aber trotzdem nicht und quasselt weiter. „Und deine Tussi ist doch total bescheuert!"
Oh nein, auch wenn sie recht hat, wie kann sie denn so etwas zu ihm sagen? Im Gegensatz zu ihr ist der Berliner aber konsequent. Er wendet sich demonstrativ von ihr ab und lässt ihre Worte ins Leere laufen. Dann öffnet er seine Autotüre und steigt ein. Na endlich. Aber zu früh gefreut, das Intermezzo ist immer noch nicht vorbei. Jetzt sitzt er schon auf dem Fahrersitz, aber seine überheblichen Prahlerei geht weiter.
„Icke such mir jetze 'ne Werkstatt. Rin mit de Karre, un schon iset wieda jut. Ejal wat det kostet. Bei mir iset ja nich wie bei armn

Leutn." Er hupt. „Jetze komm endlich, Uschi, Beeilung, wir müssn weita! Wir wolln heut noch bis San Remo." Die arme Schnecke Uschi gehorcht auf Pfiff und Hupe, und setzt sich in Windeseile neben ihn. Hurra, jetzt ist es gleich vorbei.

„Also dann, euch beedn noch ´ne jute Reise!", Sugardaddy lässt zum Abschied noch einmal kurz den Motor aufheulen. „Un imma Augn un Ohrn offen haltn! Ihr werdet an mir denkn!"

Ja, ja, wir wissen es, du hast ein tolles Auto. Und ja, ich werde an dich denken, wenn ich wieder einmal in Gefahr kommen sollte, mich zu verlieben.

Danke, für den Auffrischunterricht.

„Gute Weiterfahrt!" Uschi winkt uns noch einmal kurz zu, ich winke zurück. Tja, sie muss den Opa noch länger ertragen, wir haben ihn los. Nein, direkt Mitleid mit ihr habe ich nicht. Sie muss selbst lernen, dass Geld nicht alles ist.

Jetzt sind sie weg.

Diese Begegnung gerade eben hat uns noch einmal viel Zeit gekostet. Aber das musste jetzt so sein. Eines ist mir nämlich hier auf dem Parkplatz klar geworden. Auf einen solch unsympathischen Macho kann ich gut verzichten. Lieber keinen, als so einen. Wie gut geht es mir doch, seit ich solo bin. Und noch etwas Positives hatte das Ganze. So hässlich unser Obelix auch sein mag, sein Äußeres ist im Ausland sicher von Vorteil.

12.

Jetzt können auch wir endlich einsteigen. Chrissies Alkoholspiegel ist ziemlich hoch und wird so schnell nicht sinken. Jedenfalls nicht, bevor wir die Toskana erreicht haben. Aber da kann sie jetzt wirklich nichts dafür. Sie wollte nur „a Glaserl" trinken. Schuld an ihrem jetzigen Zustand ist der fiese, italienische Kellner mit seinen teuren Rotweinflaschen. Ich werde die restliche Strecke für heute übernehmen. Sie endet laut meinem Reiseplan in Monaco. Da haben wir noch einige Kilometer vor uns.

Chrissie hängt schwer im Beifahrersitz.

„Mei, Mare, stell dir vor, wir hätten so ein winziges Auto wie die eben. Wo hätten wir denn unseren ganzen Krempel untergebracht?

In denen ihr Auto passen ja gerade mal zwei Baguette und eine Flasche Rotwein hinein ..!" Oh, sie hat trotz ihres angeheiterten Zustandes den großen Nachteil dieses Luxusautos erkannt. „Denen ihr Auto ist vie- hiel zu klein!"

Nach diesen Worten wird sie von einem hysterischer Lachkrampf durchgeschüttelt. Der Wein und die angekratzten Nerven zeigen Wirkung. Ihr albernes Gekicher dauert gottlob nicht lange an.

„Oh, wo ist denn eigentlich mein Vino rosso?" Sie greift unter ihren Sitz. „Ah, da ist er ja." Sie setzt an. „Upps, schon leer? Na ja, hab´ ja auch genug. Bin ganz bedudelt. Kein Wunder bei der Wärme."

„Nein, Chrissie, kein Wunder bei der Menge Alkohol!".

„So viel war´s jetzt auch wieder nicht, Mare. Durch die Hitze ist ganz viel verdunstet. Und ich vertrage schon Einiges." Erneut fängt sie an zu kichern. „Hast du gehört, wie die gehießen hat? Uschi!" Sie lacht und lacht.

„Chrissie, jetzt nimm dich zusammen! Schlaf oder lies etwas." Mittlerweile mache ich mir Sorgen um ihren Geisteszustand.

„Was, du kennst den Witz mit der Uschi nicht, Mare? Der ist doch so geil!"

Ach so, sie lacht wegen einem Witz. Das ist gut, dann habe ich ja noch Hoffnung, dass sie nicht völlig durchgedreht ist.

„Nein, Chrissie, den kenne ich nicht."

„Warte mal, gleich hab´ ich ihn." Sie überlegt. „Genau. Pass auf. Ein Mann sitzt neben einer hübschen Frau in ´ner Bar. Nach einer Weile fragt er sie nach ihrem Namen. Sie will es ihm nicht so einfach machen und stellt ihm daher ein Rätsel. ´Ich heiße so wie das, was wir Frauen da unten haben, nur ohne den ersten Buchstaben`, sagt sie. Er stutzt und sagt dann völlig überrascht: ´Otze??` Hast du verstanden, Mare? Otze sagt der."

„Ja klar, Chrissie, Uschi von Muschi! Oje, und der sagt Otze. Ha, ha, ha!" Ich verreiße vor Lachen beinahe das Steuer. „Den Witz muss ich mir merken. Der ist genial, Chrissie. Ich stelle mir gerade das verdatterte Gesicht des Mannes vor. Otze?? Hu, hu, hu. Hilfe, ich fahr gleich in den Graben, Chrissie!"

„Na siehst du. Jetzt bist du auch wieder fröhlich, Mare. Fahr du nur schön, ich mach´s mir in der Zwischenzeit so richtig gemütlich." Chrissie setzt sich umständlich ihre Kopfhörer auf, und schon liegt sie tiefenentspannt in ihrem Sitz.

Ich schmunzele immer noch. „Otze."

Nach wenigen Minuten ist Chrissie eingeschlafen und schnarcht leise vor sich hin. Ich bin erleichtert. Erstens wird sie ihren Rausch ausschlafen, und zweitens kann sie mich nun wenigstens nicht mehr wegen meiner Fahrweise belehren. Tatsache ist, dass ich ohne die ständigen Kommentare von ihr sicherer fahre und mich besser auf die Straße konzentrieren kann.

Ich folge den Hinweisschildern und erreiche bald darauf die Autobahn. Chrissie schläft tief und fest. Sie bekommt erst einmal nichts mehr von unserer weiteren Fahrt mit. Ich versuche mich nun auch ein wenig zu entspannen und schraube meine Rückenlehne etwas weiter nach hinten. Ja, so ist es gut. Obelix fährt ruhig vor sich hin, beinahe so, als wenn er den Weg kennen würde.

Da schert ein Auto mit italienischem Kennzeichen knapp hinter mir aus und klemmt sich direkt vor meiner Kühlerhaube wieder hinein. Schlagartig bin ich wieder voll bei der Sache und trete auf die Bremse. Wahnsinn, das war aber jetzt knapp! Ich habe meine Lektion gerade ohne Chrissie gelernt: In Italien muss man im Straßenverkehr immer hellwach sein. Ich denke, es ist besser, wenn ich auf die andere Spur wechsele. Mit dem Tempo der italienischen Autofahrer kann ich sowieso nicht mithalten. Außerdem kosten mich deren riskante Überholmanöver zu viele Nerven. Also blinke ich und fahre ganz nach rechts. Doch auch das ändert nicht viel, denn die Italiener überholen mich sogar über die Standspur.

Wo war ich gerade stehen geblieben?

Genau, bei Obelix. Bis jetzt können wir uns hundert Prozent auf unseren alten Obelix verlassen. Braves Auto. Stopp, Mare, nur nicht zu viel loben, ermahne ich mich sofort. Ich habe nämlich die Erfahrung gemacht, dass viele ältere Haushaltsgeräte genau dann ihren Geist aufgeben, wenn man sie wegen ihrer Ausdauer lobt. Aber bei Obelix ist das nicht so. Er rattert gemächlich vor sich hin.

Wie, Obelix rattert?

Das hat er gerade eben noch nicht gemacht. Na, super, habe ich es nicht gesagt: nur nicht zu viel loben. Ich schaue auf das Cockpit. Obelix scheint nichts Ernstes zu fehlen. Die Anzeigen sind alle im Normalbereich und es leuchtet auch kein Lämpchen auf. Der Fernfahrer von heute Morgen hatte zwar gesagt, dass wir es mit unserem Auto maximal bis zum Gardasee schaffen würden, aber da hat er sich getäuscht. Den Gardasee habe ich schon lange hinter mir gelassen, und mein Obelix hat nicht schlapp gemacht. Er rattert halt ein wenig, aber noch fährt er.

Die Autobahn führt nun eine ganze Weile immer geradeaus. Wir sind in der Poebene. Hier ist es nicht schön. Die Landschaft ist flach wie ein Brett, und ein Industriegebiet folgt dem anderen. Dann, nach einer guten Stunde, tauchen rechts und links Hügel auf. Wir haben die Toskana erreicht. Ich habe darüber schon viele Reisereportagen gesehen, war aber selbst noch nie hier.

Ein ganz besonderes, beinahe unwirkliches Licht liegt über den Hügeln und Tälern. Ja, die Sonnenstrahlen sind hier viel weicher wie zuvor, und die Landschaft schimmert durch sie in einem warmen Goldton. Schlanke, hohe Zypressen umrahmen die zahlreichen Weingüter, die auf den Anhöhen liegen. Eine Erhebung schließt sich an die andere an. Dazwischen führen staubige Sandstraßen nach oben.

Ich entscheide mich spontan dafür, die Autobahn zu verlassen, um eine Zeit lang auf kleineren Straßen durch diese herrliche Gegend zu tuckern. Bald geht es auf kurviger Strecke bergauf und bergab. Meine selig schlummernde Chrissie wird auf ihrem Sitz hin- und hergerollt wie ein Baby in rosarotem Strampler. Sie schläft ihren Rausch aus. Und das ist gut so.

Die holperige Straße führt jetzt hoch hinauf zu einer kleinen Ortschaft. Am höchsten Punkt bleibe ich stehen. Von hier oben habe ich einen weiten Blick in das Tal. An den Berghängen wachsen unzählige Oliven-, Aprikosen-, und Mandelbäumchen.

Ist das schön hier!

Ich löse mich nur sehr ungern von diesem fantastischen Landschaftsbild, aber bis Monaco ist es noch weit. Eine lange Pause ist nicht mehr drin, wenn wir am Abend dort sein wollen. Kurz darauf erreiche ich die Dorfmitte. Beim Anblick der verfallenen Schönheit des altertümlichen Dörfchens kommt mir ein Satz aus einer Reisebeschreibung in den Sinn.

„Die Architektur dieses Dorfes atmet Geschichte!"

Ja, das trifft hier wirklich zu.

Die grob gepflasterte Straße windet sich durch das Ortszentrum hindurch und führt dann direkt auf eine alte Villa zu. Eine verwitterte, römische Statue ist der Mittelpunkt des vor mir liegenden, romantisch verwilderten Gartens. Solch ein antikes Schmuckstück hätte ich in diesem unscheinbaren Örtchen nicht erwartet. Ich muss unbedingt ein Foto davon machen.

So vorsichtig wie möglich fahre ich auf den geschotterten Vorplatz des alten Gemäuers. Ich möchte Chrissie nicht aufwecken. Als ich jedoch den Motor ausmache, schlägt sie die Augen auf.

„Schon da?"

„Nicht ganz."

„Und warum hältst du denn dann an? Ist was mit dem Auto nicht in Ordnung?"

„Nein, nein, alles ist gut."

Das laute Rattern des Motors verschweige ich. Ich will sie nicht beunruhigen. „Ich möchte hier ein paar Fotos machen. Schau mal, wie traumhaft!"

Ich deute auf die Villa. Chrissie richtet sich auf und schaut aus ihrem Fenster.

„Toskana", stellt sie fest.

„Richtig."

Erst nachdem ich aus dem Ducato gesprungen bin, merke ich, wie heiß es draußen ist. Der kleine, italienische Ort ist menschenleer. Die Einwohner halten Siesta.

Nur eine alte Frau humpelt mühsam die Straße entlang. Sie trägt ein bodenlanges, schwarzes Kleid und kann trotz ihres offensichtlich hohen Alters die Wärme besser ertragen als ich. Noch dazu hat sie sich ein großes, schwarzes Tuch mit rosa Blüten um den Kopf gebunden. Ich würde in dieser Kleidung einen Hitzschlag bekommen.

Sie hebt kurz den Kopf und ich sehe ihr Gesicht. Es ist faltig und tiefbraun. Sie humpelt weiter auf mich zu und bleibt direkt vor mir stehen. Dann mustert sie mich stumm. Scheinbar kommen hier nur wenige Touristen herauf. Dann sagt sie freundlich: „Monastero vecchio," und deutet mit ihrem knochigen Zeigefinger auf die Villa vor uns. Das ehrwürdige, alte Gebäude ist also ein Kloster.

„Monastero vecchio", wiederhole ich.

Da freut sie sich. Wahrscheinlich, weil ich italienisch geredet habe. Sie greift in ihren Henkelkorb, holt eine Handvoll Kirschen heraus und will sie mir geben.

„Mare, nimm bloß nichts an! Wer weiß, was sie dafür haben will. Ich habe dazugelernt," ruft Chrissie aus dem Auto.

Ich zögere. Die alte Frau jedoch besteht darauf, dass ich meine Hände aufhalte. „Prego," sagt sie, „nix kosten."

Ich nehme die reifen Herzkirschen dankend entgegen. Da macht sie eine Kreuzzeichen über Chrissie und mich und humpelt weiter.

Die Geste der alten Italienerin rührt mich zwar, aber freuen kann ich mich darüber nicht. Im Gegenteil, sie macht mir Angst. Mir kommen meine Erfahrungen mit negativen Vorahnungen in den Sinn. Einige davon sind immerhin eingetroffen.

„Fandest du das gerade nicht auch ein wenig eigenartig? Die alte Frau hat uns gesegnet. Das könnte ein schlechtes Omen sein. Vielleicht hat sie uns gesegnet, weil sie wusste, dass uns bald etwas Schlimmes zustoßen wird."

„Blödsinn," sagt Chrissie. „Das macht man doch in katholischen Gegenden so. Du siehst wirklich überall Verschwörungen und Gefahren. Das musst du dir abgewöhnen, Mare."

„Stimmt. Du hast ja recht. Ich muss mich ändern. Meine ewigen Ängste nerven mich ja selbst. Ich verspreche dir, dass ich ab jetzt nicht mehr so negativ denken werde. Und das sage ich nicht nur einfach so, Chrissie, das meine ich wirklich ernst." So, und jetzt versuche ich es gleich. „Das Kreuzzeichen der alten Frau war sicherlich gut gemeint. Sie hat uns gesegnet, damit alles glatt läuft auf unserer Reise. Darum hat sie das getan."

Ich schaue Chrissie an.

„Und, war das besser?"

Chrissie klopft mir auf die Schulter.

„Ja, viel besser. Du bist auf einem guten Weg, Mare."

„Ich bemühe mich."

Da ich noch weitere Fotos machen will, gebe ich das Obst an Chrissie weiter. Dieser Ort ist so malerisch. Ich entdecke immer neue, lohnende Motive, und die Pause wird doch länger als gedacht. Als ich schließlich zum Wagen zurückkomme, sitzt Chrissie auf dem Fahrersitz. Die Kirschen hat sie in die Konsole zwischen den Sitzen gelegt.

„Das Schläfchen hat mir richtig gut getan. Wenn du willst, dann fahre ich weiter. Ich fühle mich topfit."

„Keine so gute Idee. Du hast sicher noch Restalkohol im Blut."

„Meinst du?"

„Ja, schon. So schnell baut sich der nicht ab. Bis Genua fahre ich noch, und dann sehen wir weiter. Rutsch rüber."

„Na gut, überzeugt. Aber ab Genua übernehme ich das Steuer. Endstation für heute ist Monte Carlo, oder?"

„Ja, ich habe geplant, dass wir dort übernachten."

Ich steige ein und starte. Welch ein Glück, das unangenehme Motorengeräusch ist weg, Na, dann kann es auch nichts Schlimmes gewesen sein. Der kleine Umweg in dieses verlassene Bergdorf hat sich auf alle Fälle gelohnt. Ich bin noch immer überwältigt von den Eindrücken. Aber nun geht es auf dem kürzesten Weg zurück zur Autobahn. Die verlorene Stunde muss ich jetzt wieder reinfahren.

„Weißt du, was ich jetzt mache, Mare?"

„Nöö?"

Chrissie stopft sich eine Kirsche in den Mund, kaut, kurbelt das Seitenfenster herunter und spuckt den Kirschkern im weiten Bogen hinaus. Sie holt sich eine neue.

„Stopp, jetzt komm ich dran!"

Ich mache es ihr nach. Wir lachen. Ich fühle mich in unsere Kindheit zurückversetzt. Ist das lange her! Aber das Kirschkernweitspucken macht uns immer noch den gleichen Spaß.

Nach weiteren drei Stunden geht die Sonne vor unseren Augen im Mittelmeer unter. Auf einem Parkplatz kurz vor Genua wechseln wir die Plätze, dann geht es weiter. Chrissie nimmt nun die Autobahn in Richtung Monaco. Sie führt immer an der Mittelmeerküste entlang und in die Dämmerung hinein. Als wir schließlich am Ortsschild von Monte Carlo ankommen, ist es bereits dunkel.

Chrissie hält am Straßenrand an. Von hier aus haben wir einen Blick über das weite, dunkle Meer.

„Ist das nicht herrlich?"

„Ja, Chrissie. Wunderschön."

Weiter sagen wir nichts. Wir genießen schweigend die Abendstimmung. Unter uns liegen zahlreiche große, beleuchtete Yachten im Hafen. Weiter draußen sind einige auf dem Meer vor Anker gegangen.

Rechterhand steigt Monte Carlo bis zum angestrahlten Palast der Grimaldis an. Der liegt auf dem höchsten Punkt der Stadt. Mondäne Hotels reihen sich an der Uferstraße entlang aneinander. Die Straßenlampen und die beleuchteten Fenster der Häuser in der ersten Reihe spiegeln sich im Wasser. Ein faszinierendes Bild.

Dann jedoch beendet Chrissie unsere Sprachlosigkeit und holt mich zurück in die Gegenwart.

„So, Mare, nun schau´ ich mal nach, wo das Spielcasino ist. Da wollen wir doch jetzt hin, oder?"

Sie hat ihr Smartphone in der Hand und sucht in Google Maps.

„Was hast du gesagt?"

„Ob wir jetzt zum Spielcasino fahren."

„Na logo! Wir müssen doch heute unsere Million gewinnen. So steht das jedenfalls in meinem Reiseplan," antworte ich und bin fast davon überzeugt.

„Na, dann nichts wie hin! Schau, da ist sie, die Spielbank von Monaco." Sie zeigt mir den Standort zuerst auf ihrem Handy und deutet dann bergauf ins Dunkel. „Da müssen wir hinauf."

Sie lässt den Motor wieder an.

Ich sehe die schmale, enge Straße vor mir. Sie schlängelt sich in steilen Kurven bergan. Mir kommen Zweifel.

„Chrissie, meinst du wirklich, wir können da mit Obelix hinauf fahren? Es ist schon sehr eng und steil. Schau mal auf das Schild dort. Hier gilt ein Verbot für LKWs. Möglicherweise ist der Ort für alle großen Fahrzeuge gesperrt. Lass uns hier unten einen Parkplatz suchen und zu Fuß nach oben gehen. Es wird sowieso verboten sein, direkt an der Spielbank zu parken."

„Du schon wieder. Erstens ist ein Ducato kein LKW, zweitens ist die Straße breit genug, da findet sogar das Formeleinsrennen statt, und drittens kommen wir da locker hoch."

„Und was bringt uns das, wenn wir dort keinen Parkplatz finden?"

„Den finden wir auch noch. Bitte, Mare, verdirb mir nicht schon wieder meine gute Laune. Hast du mir nicht versprochen, dass du nicht mehr so negativ sein willst?" Ich nicke. „Dann sei´s auch nicht, bitte."

Chrissie gibt Gas, der Motor heult auf. Meter für Meter quält sich Obelix nach oben. Na, wenn er das nur durchhält. Ich denke an das eigenartige Geräusch von heute Nachmittag.

Nicht mehr negativ denken, Mare. Alles ist gut.

So, oben sind wir jetzt schon einmal.
Aber, wie von mir erwartet, gibt es hier keine Parkplätze. Die Seitenstraßen sind entweder gesperrt, es besteht generelles Parkverbot, oder die freien Plätze sind bereits alle vollgeparkt. Nach längerer, erfolgloser Suche fahren wir schließlich auf der anderen Bergseite wieder hinunter. Hier finden wir zumindest einen freien Platz. Allerdings ziemlich weit außerhalb des Ortes.
„Ist doch jetzt wurscht. Dann laufen wir das kleine Stück eben zu Fuß. Ein Spaziergang wird uns gut tun."
Das hatte ich doch vorhin schon vorgeschlagen. Die Sucherei hätten wir uns sparen können. Egal. Jetzt werden wir erst einmal aussteigen.
„Ich hätte mich nach der langen Fahrt im heißen Auto gerne noch frisch gemacht, Chrissie. Aber wie und wo?"
„Das haben wir gleich!"
Chrissie steigt aus, und ich folge ihr. Es ist merklich kühler geworden. Hinten angekommen macht sie die rückwärtigen Türen auf und zieht ihren Kosmetikkoffer heraus. Sie greift hinein und hält mir dann eine XXL-Dose Penatenbabyfeuchttücher hin.
„So, Madame, Katzenwäsche. Daran musst du dich gewöhnen. Das haben wir immer so gemacht, wenn wir mit dem LKW unterwegs waren."
Auch eine Lösung. Auf so etwas wäre ich nie gekommen. Zu allererst will ich aus meinen durchgeschwitzten Kleidungsstücken heraus. Ich steige also hinten ein, quetsche mich durch unser Reisegepäck hindurch und komme endlich bis zu den Matratzen vor. So, jetzt muss ich meinen Trolley suchen. Habe ihn schon. Die wichtigsten Gepäckstücke liegen gottlob ganz oben.
Ich hebe ihn herunter, knie mich auf die Matratze und lege ihn neben mich. Als ich dabei bin, ihn aufzumachen, fällt mir eine Plastiktüte auf den Kopf. Ich hasse solche Situationen! Bevor noch mehr passiert, entscheide ich mich blitzschnell für eine der Spielbank angepasste Kleidung. Dann stehe ich auf. Verflixt, hier ist es so niedrig, dass ich nicht aufrecht stehen kann. Ich strecke meinen Kopf weit nach vorne und versuche in dieser unnatürlichen Haltung zu verharren. Autsch, aufgrund der unnatürlichen Kopfhaltung verkrampfen sich meine Nackenmuskeln und

schmerzen. Außerdem finden meine Füße auf den weichen Matratzen keinen Halt. Es gelingt mir nur kurz die Balance zu halten, dann falle ich um.

Chrissie lacht hell auf und beklatscht meine Aktion.

„Und plumps, da liegt sie, die Mare, haha. Mei, dein Gesicht hättest du gerade sehen sollen. Schade, dass ich keinen Fotoapparat zur Hand hatte."

So lustig finde ich meine Schwierigkeiten in diesem niedrigen Transporter nicht. Soll sie es doch erst einmal besser machen! Sie sieht meine ärgerliche Miene und lenkt ein.

„Entschuldige. Mare, dass ich gelacht habe. Du kannst ja nicht wissen, wie man das macht. Warte, ich zeige es dir. Geh mal wieder raus, Mare, und lass den Profi ran!"

Ich krabble auf allen Vieren mühsam aus der hinteren Türe wieder heraus, und Chrissie klettert hinein.

Sie holt ihre Reisetasche herunter, stellt diese neben sich und legt sich dann langelängs auf die Matratze. Dann zieht sie im Liegen, ruckizucki, ihre rosa Jogginghose aus. Im Sitzen entledigt sie sich ihres Oberteils.

„Alles Übung. Wisch, wisch, Babyfeuchttuch an die wichtigsten Stellen, und voilà, frisch und sauber."

Aha, so geht das.

Chrissie holt einen schwarzen Minirock und ein quietschgrünes Top aus ihrer Reisetasche und zieht sich beide Kleidungsstücke halb liegend, halb sitzend über. Ja, da zeigt sich die Erfahrung. Während sie sich dann im Vorderspiegel nachschminkt, mache auch ich wisch, wisch, und versuche mich liegend in meine neue, weiße Leinenhose zu zwängen. Puh, das ist ganz schön anstrengend, aber nach mehreren erfolglosen Versuchen gelingt es mir doch noch. Dann setze ich mich auf und schlüpfe in eine weite Bluse mit Tropicalprint. Fertig.

„Hast du dein Geld dabei?", fragt Chrissie, als wir kurz darauf auf dem Gehweg stehen.

„Ja, habe ich."

„Na dann, ab geht´s zur Spielbank!"".

Chrissie schließt nach diesen Worten den Wagen gewissenhaft ab. Ich kontrolliere noch einmal nach, denn, „ihr werdet an mir denkn", hatte der Berliner gesagt.

Jaa, wir befolgen seinen Rat. Aber nur soweit es die Vorsicht betrifft.

Wir machen uns nach Babyöl duftend auf den Weg ins Spielcasino. Nach wenigen Schritten kichert Chrissie in sich hinein. „Unser Vorhaben erinnert mich gerade an einen Joke. Kennst du den Polentriathlon?"

„Nein, wie geht der?"

„Ein Pole geht zu Fuß ins Schwimmbad, schwimmt eine Runde und fährt dann mit einem Fahrrad zurück." Ich lache mit ihr. Doch dann werde ich wieder ernst. „Und was hat das jetzt mit uns zu tun, Chrissie?"

„Bei uns ist es doch ganz ähnlich: Wir gehen zu Fuß in die Spielbank von Monte Carlo, spielen eine Runde, steigen danach mit unserer Million in ein Taxi, fahren zum Hafen und chartern uns eine Yacht."

„Das ist doch etwas ganz anderes und ziemlich unwahrscheinlich, oder? Außerdem, der Pole hat das Fahrrad geklaut, nicht gekauft und nicht gewonnen. Hilf mir mal, ich versteh's grad nicht?"

„Mei, Mare, das war nur ein Witz. Nimm doch nicht immer alles so wörtlich, du Spaßbremse!"

Der Fußmarsch ist länger als gedacht. Doch wir sind voller Vorfreude und merken garnicht, wie steil es bergauf geht.

13.

Endlich stehen wir vor dem hell erleuchteten Portal des großen Gebäudes. Wie ein Königspalast wirkt das Casino von Monte Carlo auf mich. Ich bin beeindruckt.

Chrissie geht gerade zu einem Auto hin und winkt mich heran. „Wow, Mare, komm mal her, so was hast du noch nicht gesehen. Schau dir mal diesen Ferrari an. Das ist sicher ein Sondermodell, den sich irgendein reicher Scheich hat bauen lassen. Du, der Wagen ist komplett durchsichtig. Durchsichtig, hörst du? Man erkennt jede Einzelheit in seinem Inneren. Wusste garnicht, dass es so was gibt!"

Ich trete neben sie. Tatsächlich, ein gläserner Ferrari steht vor uns. Irre! Wir beugen uns über ihn und betrachten sein Innenleben. Da eilt ein dunkelhäutiger Mann auf uns zu. Er trägt eine schmucke, weiße Livree mit goldenen Schulterklappen und ist offensichtlich der Chauffeur dieses außergewöhnlichen Gefährtes. Er spricht arabisch oder griechisch, vielleicht auch russisch. Jedenfalls verstehen wir ihn nicht. Was will er von uns?

Er merkt, dass er so nicht weiterkommt und versucht es schlussendlich auf Englisch.

„Go, go, go!"

Dabei gestikuliert er wild und wedelt mit seiner weiß behandschuhten Hand vor meinem Gesicht herum. Der tut ja gerade so, als wären wir aufdringliche Schmeißfliegen, die kleine, schwarze Kackflecken auf seinem heiligen Fahrzeug hinterlassen würden.

„Ist ja gut! Jetzt beruhig dich mal wieder. Ich hab ′s verstanden", sage ich und trete einen Schritt zurück.

Er stellt sich sofort zwischen mich und den Ferrari.

„Go, go, go!"

Chrissie macht hinter seinem Rücken, jetzt erst recht, noch schnell einen Händeabdruck auf das blank polierte Auto. Man sieht alle fünf Finger.

„So, damit er was zu tun hat! Der tut ja gerade so, als wenn wir den Wagen allein durch unsere Blicke demolieren würden."

Chrissie hat immer gute Ideen.

„Chrissie!", sage ich gespielt streng.

„Mare?"

Wir lachen.

So, das war schon einmal das erste Highlight des Abends. Nach der Besichtigung eines gläsernen Ferraris kommt nun der absolute Höhepunkt, denn gleich geht es hinein in die Spielbank. Zusammen mit Einzelpersonen, Paaren und Grüppchen jeden Alters eilen wir dem Eingang zu. Vorfreude und gleichzeitig ein heftiges Lampenfieber haben von mir Besitz ergriffen. Es ist aber auch zu aufregend. Für mich ist es das erste Mal, dass ich eine Spielbank von innen sehe. Ich bin schon so gespannt, was da auf mich zukommt. Eines aber ist sicher, Chrissie und ich werden heute Nacht versuchen, das Spielcasino zu sprengen.

Auf und vor der Eingangstreppe stehen dicht gedrängt an die hundert Wartende. Ich befürchte, dass es ziemlich lange dauern wird, bis wir an der Reihe sind. Hier ist Geduld gefragt. Wir schließen uns der großen Menschentraube an. Neugierig wie ich bin, stelle ich mich auf die Zehenspitzen und schaue über die Köpfe hinweg nach vorne. Die ersten Besucher werden gerade durch den bewachten Eingang ins Casino hinein gelassen.

Uiui, gleich geht's los!

Die Männer tragen Anzug und Krawatte, einige einen Smoking mit Fliege, die älteren unter ihnen sogar einen Frack. Die betagten Damen trippeln in langen Kleidern neben mir her. Sie versuchen mit protzigem Schmuck zu beeindrucken. Ja, hier können sie zeigen, was sie besitzen.

Ich finde die Aufmachung dieser reichen Damen ganz furchtbar hässlich. An was oder wen erinnern sie mich? Genau, sie erinnern mich an Weihnachten. Ja, sie sehen aus wie überladen dekorierte Christbäume. Die jüngeren unter ihnen sind geschmackvoller gekleidet. Sie präsentieren sich in edlen, zum Teil ziemlich gewagten Modellen: rückenfrei, hoch geschlitzt, mit Ausschnitten bis zum Bauchnabel.

Olala.

Alle Casinobesucher tragen Abendroben. Ja, wirklich alle, nur Chrissie und ich nicht. Ich fühle mich unter all diesen aufgestylten Menschen total fehl am Platz. Das ist doch keine passende Umgebung für uns. Mit einer solchen Zurschaustellung immensen Reichtums habe ich nicht gerechnet. Ich müsste sicherlich einige Monate sparen, nur um mir ein Paar dieser modischen Highheels kaufen zu können, die diese Damen tragen. Aber das bleibt reine Hypothese, denn ich könnte sowieso nicht darin laufen. Ich würde genauso umfallen, wie vorhin im Transporter und mir wahrscheinlich etwas brechen. Meine Chrissie jedoch hat keine solchen Minderwertigkeitskomplexe wie ich. Sie steigt den Reichen selbstbewusst hinterher.

„Beeil dich, Mare, da ist gerade eine Lücke."

„Ja, ich komme schon!"

Unsicher folge ich Chrissie nach.

„Les passports, si'l vous plait. Your passports, please. Ihre Ausweise, bitte."

Chrissie steht jetzt direkt vor mir. Sie hat ihren Personalausweis schon in der Hand. Ich durchsuche hektisch meine Handtasche.

„So ein Mist, Chrissie, ich kann meinen Pass nicht finden. Wo habe ich den nur hingesteckt?"

„Was ist los?" Sie schaut über ihre Schulter zurück.

„Ich glaube, ich habe meinen Ausweis nicht dabei."

„Immer mit der Ruhe, Mare! Noch sind wir ja nicht ganz vorne am Eingang. Nur keine Panik, du hast jede Menge Zeit. Mein Ex-Schwiegervater sagte immer zu mir: ´Mädche, du hast noch mehr Taschen an dir, als die, die du in der Hand trägst.` Meistens hatte er recht."

„Welche anderen Taschen denn?"

Ich durchsuche meine Handtasche noch einmal. Sie wiederholt ihre Worte.

„Ach so, du meinst die Hosentaschen."

Ich lasse meine Hände in sie hineingleiten, vorne und hinten. Nein, da ist er auch nicht. Habe ich auch nicht anders erwartet.

Wer steckt denn seinen Personalausweis einfach so in die Hosentasche. Nein, so unvorsichtig bin ich nicht. Liegt er vielleicht noch im Ducato? Das wäre gut möglich.

„Du Chrissie, ich habe meinen Ausweis höchstwahrscheinlich im Auto liegen lassen."

„Bist du sicher?"

„Nein."

Ich krame erneut in meiner Handtasche. Wir gehen einige Schritte vorwärts. Chrissie wird ungeduldig.

„Lass bleiben, Mare. Du hast jetzt dreimal alles umgedreht. Du hast deinen Personalausweis definitiv nicht dabei."

„Ja, ich habe ihn nicht dabei", gebe ich kleinlaut zu.

„Liegt er jetzt im Ducato, oder hast du ihn zuhause in Kraiburg vergessen?"

„Ja, genau!"

„Ich habe dich gefragt, ob er in Kraiburg oder im Ducato ist, und du antwortest mit ´ja, genau`. Was denn nu?"

„Ich weiß jetzt ganz genau, wo er ist, Chrissie. Ich habe ihn im Auto. Im Trolley. In meinem großen, weißen Geldmäppchen!"

„Pscht," Chrissie blickt um sich, „nicht so laut! Sonst weiß jeder hier, wo du deine Papiere versteckt hast. Vielleicht solltest du auch gleich noch unsere Autonummer herausposaunen, und wo wir unseren Wagen geparkt haben."

Mir kommen die Tränen.

So darf Chrissie jetzt nicht mit mir reden. Sieht sie denn nicht, wie kaputt ich nach diesem anstrengenden Tag bin. Ich bin einfach nur fertig, und maßlos enttäuscht, dass ich nicht in die Spielbank hinein darf.

Chrissie merkt, dass ich Trost brauche.

„Komm her, Mare", sagt sie leise zu mir. „Jetzt wein´ doch nicht."

Sie nimmt mich in den Arm. „Ich habe mich doch nur an die Ganoven am Gardasee erinnert. Meinst du, unter denen hier gibt es keine, nur weil alle so supermondän daher kommen? Gerade erst recht! Hier ist wirklich etwas zu holen. Schsch, alles halb so schlimm."

Chrissies Mitgefühl tut mir gut. Hastig wische ich mir die Tränen ab. Aber, dass wir nun überfallen werden, nur weil ich zu laut geredet habe, das glaube ich ihr nicht. Dafür ist unser Transporter viel zu alt und zu schäbig. Das hatte sich doch schon am Gardasee erwiesen. Nein, wir sind nicht gefährdet.

Hoffentlich finde ich den Pass im Auto. Jetzt bin ich wieder verunsichert. Vielleicht liegt er ja doch noch auf dem Flurschrank in meiner Wohnung. Ich hatte ihn nämlich bereits am Vorabend unserer Abreise dort hingelegt, damit ich ihn ja nicht vergesse. Gut möglich, dass er da noch ist.

„Chrissie, es tut mir leid ..!"

„Ach egal, kein Stress." Chrissie hat schon die Lösung gefunden, „Dann gehe ich eben allein hinein. Gib mir deine fünfzig Euro und ich versuche es mit der Million. Einverstanden?"

So habe ich mir den Abend in Monaco nicht vorgestellt. Aber was bleibt mir jetzt anderes übrig. Insgeheim habe ich den Geldgewinn nämlich schon eingeplant. Ich greife in meine Handtasche. Meinen kleinen, roten Geldbeutel finde ich selbstverständlich sofort, ich bin nämlich ein ganz ordentlicher Mensch. Chrissie hält mich vielleicht für eine demenzkranke, alte Tante, die nichts mehr auf die Reihe bekommt, dabei bewahre ich ganz bewusst das Bargeld von den Bankkarten und den Ausweisen getrennt auf. Mir wurde nämlich vor zwei Monaten der Geldbeutel beim KIK aus der Umkleidekabine entwendet. Wer schon einmal seinen Geldbeutel verloren hat, oder wem er gestohlen wurde, der weiß, was da auf einen zukommt. Zuerst muss alles gemeldet und neu beantragt werden, und dann dauert es ewig, bis man die neuen Karten und

Papiere bekommt. Ja, aus Schaden wird man klug. Zu dumm nur, dass mein Ausweis jetzt höchstwahrscheinlich in Kraiburg liegt. Obwohl, ein Gutes hätte es, wenn er dort wäre, ich kann ihn hier nicht verlieren. Oh nein, Galgenhumor hilft mir jetzt auch nicht, meine Stimmung zu verbessern. Im Gegenteil.

„Ok, Chrissie, da hast du meinen Fünfziger. Aber nicht mehr als die hundert Euro einsetzen, hörst du?"

„Logisch, ich bin doch keine Spielernatur. Also, dann bis später."
Chrissie will am Kontrolleur vorbeigehen.

„Non, non, Madame. Seulement avec des vetements corrects."
Er deutet auf ihren Minirock.

„Was hat er gesagt?"
Im Französisch bin ich fit und übersetze stolz.

„Man darf nur dann da hinein, wenn man korrekt gekleidet ist. "
Chrissie schaut an sich herunter.

„Und was soll das jetzt heißen?"

„Dass du so *nicht* hinein darfst. Du bist nicht korrekt gekleidet."

„Ja, Mist aber auch. Was soll denn an meiner Kleidung verkehrt sein. Ich bin doch nicht mit Bikini und Badelatschen unterwegs."

„Na ja, aber dein sexy Minirock ist halt auch keine passende Garderobe für die Spielbank von Monte Carlo. Die haben da ihre Vorschriften."

„ ... hast du in deinem Reiseführer gelesen, ich weiß, ich weiß."
Jetzt ist auch Chrissie enttäuscht. „Dann wird´s wohl heute nix mit unseren Millionen, wie?" Ich antworte nicht. „Tja, dann müssen wir uns halt doch reiche Männer angeln."
Für ihr ewig gleiches Gerede vom reichen Traummann habe ich jetzt schon gar keinen Nerv mehr.

„Bitte Chrissie, falls du auch weiterhin meine beste Freundin bleiben willst, dann rede nicht ständig davon, dass wir uns einen Reichen angeln sollten. Es geht doch nicht immer nur ums Geld allein, Chrissie!"

„Ha, ha, verplappert! Ums Geld allein, hast du gerade gesagt. Um was geht´s denn bei dir, sag? Um die Liebe, hab ich recht? Jetzt tu nicht so. Du willst auch einen kennenlernen, gib´s endlich zu!"
So, jetzt langt es mir. Es ist an der Zeit, dass ich ihr nun auch einmal meine Meinung sage.

„Nein, und noch mal nein! Ich suche aktuell keinen Mann. Ich meinte lediglich, dass der gute Charakter eines Mannes viel wichtiger ist als Geld und Reichtum. Genau das hat uns doch die Begegnung mit dem Porschefahrer und seiner jungen Blondine gezeigt." Ich steigere mich gerade furchtbar hinein. „Und bitte, bitte, hör jetzt auf damit, mich ständig zu irgendwelchen Aussagen über Männer verleiten zu wollen. Ich will einen schönen Urlaub mit dir haben, sonst nichts. Und jetzt ist es an der Zeit, dass wir zurück gehen, denn dann kommen wir rechtzeitig ins Bett und sind morgen ausgeruht."

Nach diesem leidenschaftlichen Vortrag wende ich mich demonstrativ von meiner besten Freundin ab und tue so, als wenn ich überaus interessiert die Ankunft neuer Casinobesucher verfolgen würde.

Chrissie gibt sich immer noch nicht zufrieden.

„Auauau, Mare ist sauer. Lenk nicht ab! Du hast gerade *aktuell* gesagt. Und was ist mit der Zukunft?"

„Nein, auch in Zukunft nicht."

„Mesdames?" Der Kontrolleur wird ungeduldig. „S'il vous plaît, communiquer avec d'un côté!"

„Was hat er gesagt? "

„Wir sollen woanders weiterreden."

Chrissie zuckt mit den Schultern.

„Na gut, dann halt keine Spielbank. Schade. Vielleicht ist es sogar besser so. Ich könnte mir vorstellen, dass ich möglicherweise doch da drinnen hängen geblieben wäre."

Ich denke an Chrissies Spontankäufe und muss ihr recht geben.

„Du sagst es. Wahrscheinlich ist es wirklich besser so."

Ich mache mich frustriert auf den Rückweg, doch Chrissie bleibt stehen. Ihrer Miene nach zu schließen, denkt sie angestrengt nach. Sie scheint nach einer Lösung zu suchen, um doch Zutritt zum Casino zu erhalten. Ja, offensichtlich hat sie ihr Vorhaben noch nicht abgeschrieben.

„Sag mal Mare, geht denn eine lange, weiße Hose als korrekt durch?"

„Ich denke schon. Aber du hast einen schwarzen Minirock an ..."

In diesem Moment dämmert mir, was Chrissie vorhat.

„Nein, Chrissie, nein, das mache ich nicht. Du meinst, ich soll dir meine Hose geben. Wie stellst du dir das denn vor? Soll ich vielleicht halbnackt hier herumlaufen?"

„Ach Quatsch! Selbstverständlich kriegst du meinen schwarzen Mini dafür. Los, Hose runter!"

Eine typische Chrissie Schnapsidee!

„Das mache ich ganz sicher nicht! Schon garnicht hier vor all den feinen Leuten. Und in deinen Mini passe ich sowieso nicht rein."

Der Türsteher hat unsere Diskussion mitverfolgt. Er grinst jetzt unverschämt. Der versteht deutsch, ganz sicher.

„Wir aben eine Toilett für die visiteurs, da inten." Er zeigt auf den Gang linkerhand. „Da können Sie changer die Ose."

Oh mein Gott, wie peinlich!

„Sag's doch gleich, du arroganter Franzose!"

Chrissie ist festentschlossen.

„Chrissie, der versteht uns," raune ich ihr zu.

„Ja, und? Gut so, sonst hättest du hier die Hose runterlassen müssen. Los jetzt!" Sie schiebt mich in Richtung WC.

„Aua, du tust mir weh!"

„Sorry, das wollte ich nicht. Aber irgendwie muss ich dich ja dazu bewegen, die Kleider mit mir zu tauschen. Denk an das Geld, Mare!"

Im Vorraum der Damentoilette warten bereits mehrere Frauen auf eine freie Kabine. Wir quetschen uns hinter sie. Irgendwoher kenne ich dieses Szenario bereits. Toilettendrama zweiter Akt. Im Vorraum ist jedenfalls kein Platz zum Umziehen. Wir müssen warten, bis wir an der Reihe sind. Endlich wird eine Kabine frei. Chrissie zieht mich mit hinein, dreht aber vorsichtshalber den Türknopf mehrmals zu und auf, zu und auf.

„Also, raus kommen wir diesmal wieder."

Während ich noch dabei bin, aus meiner Hose zu schlüpfen, steht Chrissie schon in ihrem pinkfarbenen Stringtanga da und hält mir den schwarzen Rock hin.

Wir wechseln die Kleidungsstücke.

Meine Hose ist für Chrissie dreiviertellang, was nicht weiter schlimm ist. Bei mir ist es weitaus dramatischer. Ihren Minirock muss ich mit Gewalt über meine Schenkel ziehen. Kein Gedanke daran, den Reißverschluss hinten schließen zu können.

„Das wird nichts! Den krieg ich nicht zu."

„Luftanhalten!"

Chrissie drängt meine Speckröllchen zurück und schließt den Rock Zentimeter für Zentimeter. Ich stöhne auf.

„Olala, sie machen Liebe da drinnen!", übersetze ich die Worte einer Wartenden.

Ja, wenn ich lesbisch wäre, dann hätte ich wenigstens *ein* Vergnügen heute Abend. Aber ich bin nicht lesbisch und von Vergnügen kann man bei dieser Umkleideaktion nicht reden.

Dann endlich hat es Chrissie geschafft. Der Rock ist zu. Doch jetzt muss ich als Presswurst wieder zurück an den Eingang tippeln. Große Schritte kann ich nicht machen, dafür ist der Rock zu eng. Wie unfair, denke ich. Chrissie passt optimal in meine Hose hinein. Sie ist ihr sogar etwas zu weit.

Der grinsende Wachmann ist nun zufrieden mit Chrissies Outfit und winkt sie charmant durch.

„Bis nachher, Mare! Geh nicht zu weit weg, du musst mir dann beim Tragen helfen. Ciao, Ciao!"

Meine beste Freundin ist selig, dass sie nun doch noch in das Casino hinein darf. Und schon ist sie drinnen verschwunden.

14.

Und ich, ich stehe da, in einem knallengen Minirock, verschwitzt und ratlos. Wo kann ich am besten auf Chrissie warten?

„Isch abe gleisch fini, Arbeitsende. Ast du Lust etwas trinken su gehen avec moi?"

Der Türsteher meint tatsächlich mich. Ich schaue auf. Gut sieht er aus, und wie gut. Das ist mir in der Hektik eben ganz entgangen. Ich bin hin und weg. Wow, was für ein toller Mann!

Er trägt eine schicke, dunkelblaue Uniform, die seine schlanke, männliche Figur betont. Ein Mann in Uniform war für mich schon immer begehrenswert. Sein schmales, kantiges Gesicht wird von schwarzen, süß verstrubbelten Locken eingerahmt, so, als wäre er gerade eben erst aufgestanden und hätte noch keine Zeit dazu gehabt, sich zu kämmen. Ganz sicher ist diese Frisur so gewollt. Und dazu dieser süße Akzent.

„Isch abe gleisch fini...

Ich könnte ihm stundenlang zuhören. Allein schon deswegen würde ich seine Einladung gerne annehmen. Er soll reden, und ich höre ihm zu. Ja, auf mehr würde ich mich sowieso nicht einlassen.

„Wirklich nicht? Du willst nur zuhören? Ergreif doch die

Gelegenheit, die sich dir bietet. Genieße es einfach einmal, dass du in deinem Alter noch von so einem hübschen Mann umworben wirst."

Zur Erklärung:
Das war gerade mein *Es*. Psychologisch betrachtet hat, laut Freud, jeder Mensch ein *Es*, ein *Ich*, und ein *ÜberIch*. Das *Es* ist das unkontrollierte, kindliche Vergnügen. Das *Ich* steht gerade da und überlegt. Und das *ÜberIch* ist die Vernunft.
Ich bin mir jetzt schon sicher, dass sich genau die bei mir wieder durchsetzen wird. Wie immer. Schließlich bin ich ja kein Teenager mehr. Aber muss man denn eigentlich immer vernünftig sein, nur weil man erwachsen ist? Es wäre wirklich an der Zeit, dass ich endlich auch einmal die Sau raus lasse. T′schuldigung, aber ist doch wahr!
„Dann mach′s doch!"
Nein, das geht nicht. Ich habe viel zu viele moralische Bedenken.
„Vergiss die Moral!"
Gute Idee. Ich hatte mir doch sowieso in Kraiburg vorgenommen, auch einmal unvernünftig zu sein. Mein Leben lang stehe ich schon unter der Knute dieser unangenehmen Moral. Chrissie kennt solche Probleme nicht. Die hätte keine Skrupel, sich mit diesem Hübschen ein paar nette Stunden zu machen.
Ich bin aber nicht Chrissie, und so antworte ich ihm wie erwartet: „Tut mir sehr leid, aber das geht nicht, merci. Ich muss hier auf meine Freundin warten." He, wollte ich nicht gerade etwas ganz anderes sagen?
Er gibt sich mit meinem Einwand sowieso nicht zufrieden.
„Oh, die kommt nischt so schnell retour. Das dauert sischer lange Seit." Er lächelt mich an und schweigt für einen Augenblick. Mannomann, ist der hübsch! Ich lächle zurück. Er hält mein Lächeln für ein Ja und fährt fort. „Isch seige dir Monte Carlo, wo keine Tourist inkommt. Isch wohne ier und kenne mir aus. Wir sind reschtseitisch surück. Du musst nur eine kleine moment noch warten. Isch bin gleisch mit dir."
Oh, dieser angenehme Singsang!
Ich lächle ihn erst einmal weiter an, um Zeit zu gewinnen. Soll ich mich wirklich auf ein amouröses Abenteuer mit ihm einlassen,

oder lieber doch nicht? Ich schwanke noch zwischen Zusage und Absage und blicke ihn weiter interessiert an.

Doch was ist das denn jetzt?

Der attraktive Franzose hat gerade seine Mundwinkel für einen Moment spöttisch nach unten gezogen. Das habe ich genau gesehen. Aha, der will nur eine Bestätigung dafür bekommen, wie unwiderstehlich er ist. Er will austesten, ob ich, eine ältere, deutsche Touristin, seinem Charme erliege. Dann wird er mich abblitzen lassen und sich köstlich über mich amüsieren. Ganz sicher sogar. So sind die Franzosen.

Jetzt erinnere ich mich:

Ich habe nämlich vor Jahren einmal einen Franzosen kennengelernt. Beim Tanzen. Francois Chevalier. Mit dem habe ich viele sehr positive, aber mindestens genau so viele negative Erkenntnisse über die Mentalität der Franzosen gewonnen. Erstere beim Sex. Den haben die Franzosen echt drauf. Ich habe einmal gelesen, dass französische Jungen von Prostituierten in die Liebe eingewiesen werden. Das merkt man. Und letztere in Hinblick auf gebrochene Versprechen und Untreue und so.

Auch der schöne Franzose vor mir bittet sicherlich viele Damen um ein Rendezvous. Genug zur Auswahl hat er ja. Sie laufen ihm doch direkt in die Arme. So wie ich gerade.

Danke, liebes, strenges ÜberIch für Deinen Einsatz! Ich werde hart bleiben. Zumindest hat er mir mit seinem Angebot ein wenig meinen verkorksten Abend versüßt.

Aber, wer sagt denn eigentlich, dass er nicht ehrlich ist? Vielleicht findet er mich ja doch noch attraktiv und sexy?

„Ich sage das!" Aha, meine Vernunft wieder. „Nicht weich werden, Mare. Du hast seinen spöttischen, selbstherrlichen Blick genau gesehen. Lass dich bloß nicht mit ihm ein!"

„Genau das will ich aber!"

Ich öffne meinen Mund, um dem Hübschen eine positive Antwort zu geben.

„Stopp! Du hast der Chrissie versprochen, hier auf sie zu warten. Und das machst du gefälligst. Mehr läuft nicht. Mach ihm das jetzt knallhart klar!"

Da im Moment keine Besucher mehr kommen, die er kontrollieren muss, geht der attraktive Franzose nun zu mir her, bleibt direkt vor mir stehen und schaut mir in die Augen.

Hilfe! Was soll ich ihm denn jetzt antworten?

„Ja, sehr gerne", oder, „ich bin zu müde dazu?"

Oh Gott, der hat vielleicht schöne Augen mit langen, schwarzen Wimpern. Diesem Blick kann doch keine Frau widerstehen. Warum auch immer denke ich jetzt an die Trauungen in Amerika. Wie sagen die Bräute dort: „ Ja, ich will." Genau, ich will auch.

„Schluss jetzt", bearbeitet mich erneut meine verflixte Vernunft. „Du lehnst jetzt s o f o r t sein Angebot ab."

Und da sage ich doch wie ferngesteuert zu diesem charmanten Mann, dem sicherlich alle Frauen nur zu gerne zu Füßen liegen würden:

„Pardon, aber ich mag keine Franzosen ..."

Oooh, dieser kurze Satz hat gesessen! Etwas Schlimmeres konnte ich nicht sagen. Alle Franzosen sind Patrioten. Er auch. Und daher macht er sofort auf dem Absatz kehrt und geht mit beleidigter Miene zurück an seine Türe. Chance vertan. Jetzt bin ich ihn entgültig los.

Ich haste mit gesenktem Kopf an ihm vorbei, so gut es mit diesem vermaledeiten, engen Rock geht, und versuche so vorsichtig wie möglich die Stufen hinabzusteigen. In der Nacht sehe ich nämlich schlecht. Und der Supergau schlechthin wäre es, wenn ich noch vor seinen Augen die Treppe hinunterbollern würde.

Nur ganz kurz schaue ich noch einmal zu ihm hinauf. Wie nicht anders zu erwarten, ist er zu tiefst gekränkt und blickt demonstrativ in die andere Richtung.

Weit genug von ihm entfernt erkenne ich im Dunkeln eine schmiedeeiserne Bank. Auf die werde ich mich jetzt setzen und auf Chrissies Rückkehr warten. Ich hoffe nur, dass sie nicht mehr so lange da drinnen bleibt. Na ja, mit hundert Euro wird sie nicht weit kommen. Die sind schnell verspielt.

Mir ist gerade richtig elend. Ich ärgere mich über mich selbst. Warum nur bin ich so feige? Wollte ich nicht das Leben genießen? Tja, diese Chance mit ihm da oben habe ich mir gerade eben selbst verbaut. Typisch. Jetzt gibt es kein Zurück mehr. Es ist aus und vorbei.

So, und dieses Desaster muss ich mir jetzt schönreden, sonst verzweifle ich noch an mir selbst. Wie wäre es mit: „Man darf als Frau doch nicht mit einem fremden Franzosen mitgehen. Schon garnicht in einer fremden Stadt, auch wenn er charmant ist und gut aussieht. Das ist viel zu gefährlich!" Ja, überzeugt, genau so ist es doch. Und Schluss.

Ich bin so müde.
Chrissie hat zwischenzeitlich das Foyer der Spielbank betreten. Der weiche, rote Teppichboden schluckt ihre Schritte. Das Ambiente hier ist beeindruckend. Vor den mit altertümlichen Stoffen bespannten Wänden stehen Tresen aus blank poliertem, dunklem Kirschbaumholz. Ausladende und funkelnde Kronleuchter hängen schwer von der Stuckdecke.
Es gibt mehrere Säle zur Auswahl.
Die meisten Besucher steuern zielgerichtet den Bereich an, in dem sie spielen möchten. Chrissie zögert. Wohin soll sie gehen? Sie kennt sich hier nicht aus. Ohne die Mare ist sie unsicher. Mare ist eine Freundin, die immer bewundernd zu ihr aufschaut. Da fällt es ihr leicht, selbstbewusst aufzutreten. Aber jetzt, so ganz allein, ist sie eher schüchtern.
Sie geht von einem Saal zum nächsten und wirft in jeden einen kurzen Blick hinein. Bisher wusste sie nicht, dass es so viele Möglichkeiten gibt, sein Geld zu vermehren oder zu verlieren. Ihr fällt dabei auf, dass es überall sehr ruhig ist. Bis auf die Ansagen des Croupiers aus dem größten Saal, und dem leisen Gemurmel einiger Spieler, hört sie nichts. Die meisten Besucher sitzen schweigend und konzentriert an ihren Tischen.

Chrissie entscheidet sich für das Roulette. Sie hatte schon seit langem den Wunsch, einmal im Casino von Monte Carlo Roulette zu spielen. Aber sie hat wenig Ahnung von den Spielregeln. Sie weiß nur, dass es am effektivsten ist, wenn man auf eine Farbe setzt: auf rot oder auf schwarz.
Zunächst muss sie sich jedoch Jetons kaufen. Zögernd holt sie die zwei Fünfzigeuroscheine aus ihrer Geldbörse. Hundert Euro wechselt hier kaum einer ein. Die meisten Besucher, die vor ihr an der Reihe sind, geben größere Scheine hin. Zum Beispiel die zierliche, weißhaarige Dame, die nun gemeinsam mit ihr am

Wechselschalter steht. Sie erhält gerade ziemlich viele Jetons für ihre drei Tausendeuroscheine. Schnell schaufelt sie die Spielchips in ein eigens dafür mitgebrachtes Samttäschchen.

Nun ist Chrissie an der Reihe.

Der Kassierer nimmt, ohne die Miene zu verziehen, ihr Geld entgegen und legt dann gekonnt drei kleine Stapel vor sie hin. Chrissie riskiert einen Blick zu den anderen Gästen. Es ist ihr peinlich, so wenig Jetons zu erhalten. Aber niemanden interessiert sich hier dafür. Ihr fällt auf, dass die meisten Spieler hier einen ernsten und unbeteiligten Gesichtsausdruck haben. Wie glückliche Gewinner sehen sie nicht aus. Eher wie unglückliche Verlierer. Chrissie fragt sich, wie viele Schicksale in dieser Spielbank wohl schon besiegelt worden sind. Bestimmt einige. Sie wird sich auf alle Fälle an die Absprache mit Mare halten und die lautet: hundert Euro, mehr nicht.

Zunächst stellt sie sich ein wenig abseits, um den anderen Gäste eine Weile zuzuschauen. Sie möchte sich ebenso selbstverständlich hier drinnen bewegen können wie diese. So, als würde auch *sie* hier regelmäßig ein- und ausgehen. Schnell ist eine halbe Stunde vergangen. Jetzt muss sie es wagen. Chrissie durchquert den großen Raum und steht nun vor dem Roulettespieltisch. Neben der zierlichen Dame von eben sind noch zwei mit Samt gepolsterte Stühle frei. Chrissie setzt sich auf einen davon. Neben ihr fühlt sie sich sicher.

Die ersten fünf Runden lässt sie verstreichen. Sie beobachtet genau, wie oft eine der beiden Farben kommt. Fünfmal ist es bisher die schwarz gewesen. Nun weiß sie, was sie tun muss. Sie wird auf rot setzen. Und zwar alles.

Ein kleiner, dünner Mann nimmt auf dem leeren Stuhl rechts von ihr Platz. Er lehnt sich zurück und beteiligt sich nicht am Spielgeschehen. Chrissie ist aufgeregt.

Eben hat die nächste Runde begonnen.

„Faites vos jeux!"

Hastig nimmt sie ihren gesamten Stapel und setzt ihn auf rot. So, los geht's! Die Kugel rollt blitzschnell im Kreis. Dann wird sie langsamer, rollt aus und bleibt - auf einem roten Zahlenfeld liegen. Gewonnen.

„Sie haben noch nie gespielt," sagt ihr Nachbar. „Das war gerade Anfängerglück. Das geht nicht so weiter."

Was geht ihn das an? Sie hat ihn nicht um seine Meinung gebeten. Chrissie achtet nicht auf seine Worte und setzt die gesamten Jetons erneut auf rot. Die Kugel rast im Kreis, verlangsamt sich, bleibt liegen. Wieder rot. Wahnsinn!

Chrissie hat eine Glückssträhne und streicht den verdoppelten Gewinn ein. Der blasse Mann neben ihr spielt nicht. Er blickt sie nur unentwegt streng an.

„Machen Sie Schluss! Sie haben viel Glück gehabt. Lassen Sie es dabei!", sagt er nach der zweiten Runde harsch zu ihr..

Hallo, geht's noch? Chrissie ist von ihm genervt und setzt, ohne auf ihn zu hören, ein drittes Mal alle Jetons auf rot. Als die Kugel dieses Mal anhält, liegt sie auf einer schwarzen Zahl. Der Croupier streicht Chrissies Jetons ein. Alles verloren.

Chrissie sieht es wie durch eine gläserne Wand. Und jetzt? Nein, so schnell gibt sie nicht auf. Sie hat noch einen weiteren Hunderteuroschein in der Tasche. Davon weiß die Mare nichts. Den wechselt sie jetzt ein. Als sie aufsteht, um sich neue Jetons zu holen, hält der Mann ihren Arm fest.

„Genug für heute!"

„Nein, noch nicht ganz!" Chrissie schiebt energisch ihren Stuhl zurück. „Was soll das? Was bilden Sie sich ein? Ich brauche keinen Aufpasser. Kümmern Sie sich um Ihre eigenen Sachen."

Sie löst sich aus seinem Griff. Ihr Kopf ist heiß und ihr Herz schlägt vor innerer Erregung rasend schnell. Wenigstens die fünfzig Euro von Mare muss sie zurückgewinnen. Sie läuft nach hinten.

Mit neuen Jetons kommt sie nach einer Weile an den Tisch zurück. Der Mann ist gegangen. Die alte Dame spielt noch immer und gewinnt ein um das andere Mal. Chrissie wartet ab. Noch vor der nächsten Runde nickt ihr die fremde Frau zu.

„Madame, er hat recht. Glück kann man nicht erzwingen."

Die alte Dame spricht in einem breiten Schweizer Dialekt. Chrissie wird ärgerlich. Das sagt ausgerechnet sie, die ständig spielt und gewinnt. Wenn Chrissie so viel Geld hätte wie sie da, wäre die Chance zu gewinnen auch größer. Ans Verlieren denkt sie nicht.

„Sie sollten wissen, warum der Herr das macht. Er selbst hat alles verspielt, was er besaß. Alles. Und er war sehr vermögend. Nun kommt er nur noch hierher, um Einsteiger zu warnen."

Die Schweizerin verstummt und konzentriert sich auf die nächste Runde. Ihre Worte geben Chrissie nun doch zu denken. So getrieben, wie sie sich gerade fühlt, fällt es ihr jetzt schon schwer aufzuhören. Doch, sei's wie's sei, einmal muss sie es noch wagen. Wenn sie wieder verliert, dann wird sie gehen. Und sie wird jetzt vorsichtshalber nur noch die Hälfte der Jetons einsetzen.

Aus dem einen Mal werden wieder zwei. Sie hat einmal gewonnen, einmal verloren. Am Ende siegt die Vernunft. Chrissie verlässt den Spieltisch und wechselt die Jetons zurück. Der Kassier zahlt ihr zwei Fünfzigeuroscheine aus. Nicht mehr und nicht weniger. Ganze drei Stunden sind vergangen. Sie hat die Zeit nicht wahrgenommen. Aber sie hat es fertig gebracht, nicht weiter zu spielen, und darauf ist sie stolz.

Als sie die Spielbank verlässt, sieht sie noch einmal den kleinen Mann, der sie zuvor gewarnt hatte. Ihre Blicke treffen sich kurz. Er nickt mit dem Kopf. Heute hat er seine Mission erfüllt.

Nach gefühlten vier Stunden taucht Chrissie als Schattenumriss oben an der Treppe auf. Sie macht einen erschöpften Eindruck. Mit ernstem Gesicht trottet sie müde die breiten Stufen hinunter. Na, nach einem Millionencoup sieht das nicht aus. Meine tapfere Freundin schaut sich suchend um und entdeckt mich schließlich.

„Und?", frage ich, als sie bei mir angekommen ist.

„Nichts verloren, nichts gewonnen", antwortet sie und verschweigt den geopferten Hunderter. „Irgendwie hatte ich die falsche Taktik."

„Macht doch nichts, sei nicht traurig. Ich möchte jetzt nur schnell zurück zum Auto. Ich bin so müde und würde schon gerne drinnen liegen."

„Hast du keinen Hunger, Mare? Also ich brauche noch etwas zwischen die Kiemen."

Auf meinen Magen habe ich garnicht geachtet. Zu sehr hat mich die verpatzte Chance beschäftigt. Doch jetzt merke ich es auch. Ja, eine Kleinigkeit könnte ich auch vertragen.

Auf dem Platz herrscht um diese Uhrzeit nach wie vor reges Treiben. Bei uns in Kraiburg sind so spät in der Nacht die

Gehsteige schon lange hochgeklappt. Hier denkt noch keiner an Schlaf. Auch Chrissie nicht. Sie ist zwar sichtlich enttäuscht, doch unterkriegen, nein, das lässt sie sich nicht. Wo sie nur immer die Energie hernimmt?

„Unsere hundert Euro, die hauen wir jetzt auf den Kopf, Mare, und gönnen uns was Gutes. Dann haben wir beide doch noch etwas von dem Abend gehabt."

Aber aus dem geplant opulenten Mahl wird dann auch nichts. Wer schon einmal in Monte Carlo war, der weiß sicher, wie hoch die Preise in den Lokalen dort sind. Mit hundert Euro kommt man da nicht weit.

Definitiv haben sie dann gerade einmal für zwei Salate mit Putenstreifen, zwei Saftschorlen und zwei Cafe au lait mit einem pappsüßen Ministück Torte gereicht. Und wir waren in keinem Edelschuppen, sondern in einem winzigkleinen Bistro am Ende der Hauptstraße.

In den noblen Lokalen rund um den Platz sitzen nur die Superreichen. Allein der Blick auf die Speisekarten dort hatte uns klargemacht, dass wir nicht dazu gehören.

„Verdammt teures Pflaster," bemerkt Chrissie zu recht. „Und dabei so ungemütlich. Gut, dass wir nicht zur ′Hautevolaute′ gehören. Muss ganz schön anstrengend sein, wenn man den ganzen Abend mit aufgeblasenen Schlauchbootlippen den Worten des reichen Gönners lauschen muss. Und es ist sicherlich mühsam, ein Dauerlächeln in das gebotoxte Gesicht zu ′zaubern′, nur um die Gunst des jungen Geliebten nicht zu verlieren. Ehrlich gesagt, Mare, das ist doch nichts für mich."

Oh, sie ist in der Realität angekommen!

Ich kann meiner besten Freundin nur zustimmen. Zu diesen versteinerten Mumien in Markenkleidung, eingenebelt von teurem Parfum, will auch ich nicht gehören. Und dieses Leben finden Frauen erstrebenswert?

„Nein, das ist nichts für uns, Chrissie, da hast du recht." Sie nickt. Müde und schweigend gehen wir dann nebeneinander die steile Straße, die wir vorhin so hoffnungsfroh hinaufgestiegen waren, wieder hinunter. Ich bin fix und fertig und daher heilfroh, als ich den braven Obelix vor mir sehe. Schnell noch duschen und Zähne putzen, dann geht's ab ins Bett. Ich will nur noch schlafen, schlafen, schlafen. Der Tag hat es wirklich in sich gehabt.

In diesem Augenblick wird mir klar, dass wir weder eine Dusche noch ein anständiges Bett haben. Nur eine Chemietoilette und Babywischtücher. Aber so müde wie ich bin, brauche ich jetzt auch nicht mehr als eine alte, orangefarbene Campingmatratze.

Im Bus ist es drückend schwül. Dieser Zustand bessert sich auch nicht, als ich Türen und Fenster öffne, um dadurch eine gewisse Durchlüftung zu erreichen. Chrissie hat sich ihrer Kleidung entledigt und liegt bereits mit geschlossenen Augen auf ihrer Matratze. Sie hat keine Probleme mit der Wärme hier drinnen.

„Ich will nur noch etwas Frischluft hereinlassen, Chrissie. Ich mache gleich wieder zu."

„Ja, ja, mach zu." Chrissie ist schon weggedöst.

Ich hingegen liege weiter wach. Die niedrige Decke des Ducatos erzeugt in mir Beklemmungen. Es ist so warm hier drinnen, dass ich mir einbilde, nicht durchatmen zu können. Na, das kann ja eine heitere Nacht werden.

15.

Als ich dann endlich zur Ruhe komme, höre ich Schritte auf dem Asphalt. Es müssen mehrere Personen sein, die sich nähern. Sie bleiben direkt neben unserem Wagen stehen. Nur ein dünnes Blech trennt uns jetzt voneinander. Bilder von betäubten und ausgeraubten Urlaubern in ihrem Wohnmobil erscheinen vor meinen verängstigten Augen.

Ich rüttle Chrissie an der Schulter. Sie brummt etwas und rollt sich auf die andere Seite. Ich rüttle fester. „Chrissie, wach auf!" Sie rutscht von mir weg.

Den tiefen Stimmen nach müssen es zwei Männer sein. Ihre Sprache kann ich nicht verstehen. Es klingt arabisch. Oh, mein, Gott, auf was habe ich mich mit dieser Reise nur eingelassen. Sicher haben uns die beiden Araber beobachtet und sind uns gefolgt. Erst die gefährliche Situation in Malcesine und nun das.

Leise und vorsichtig ziehe ich mein Handy aus meiner Handtasche. Die habe ich wohlweislich neben mich gestellt. Für den Notfall. Damit ich besser dran komme. Dass dieser Notfall so schnell eintritt, damit habe ich allerdings nicht gerechnet.

Keine Balken, na ganz toll. Hier habe ich keinen Empfang. Ich liege wie erstarrt und lausche.

Chrissie bewegt sich jetzt und hustet laut.

„Psst, leise!"

„Warum? Was ist denn jetzt schon wieder los?"

Sie richtet sich geräuschvoll auf. Ich drücke sie zurück auf die Matratze und bedeute ihr ruhig zu sein.

„Warum schläfst du denn nicht? Morgen wird es mindestens so anstrengend wie heute. Gute Nacht, Mare," sagt sie laut. Dann schließt sie wieder die Augen.

„Mensch, Chrissie, sprich leiser, ich flehe dich an.," flüstere ich, „Da stehen zwei Männer neben unserem Auto. Araber."

Chrissie reißt die Augen wieder auf, lauscht nach draußen, hört die Stimmen und senkt sofort ihre Stimme.

„Mist, wir hätten uns auf einen öffentlichen Parkplatz stellen sollen. Bei einem Supermarkt oder so. Hier ist es schon verdammt einsam." Sie atmet schnell. Auch sie hat Angst, das spüre ich. Wir stecken erneut in großen Schwierigkeiten. Unfähig zu handeln, liegen wir schweigend nebeneinander.

In diesem Augenblick hören wir ein neues Geräusch. Etwas rauscht gegen unser Autoblech.

„Hörst du das?"

„Ja."

Uns beiden wird blitzschnell klar, was das für ein Geräusch ist.

„Und denkst du gerade dasselbe wie ich, Chrissie?"

„Mmmmh. Eindeutig, oder?"

Das kann doch nicht wahr sein! Von wegen Überfall. Die beiden Männer gehen, fröhlich weiter miteinander plaudernd, einem ganz speziellen Bedürfnis nach. Sie haben dabei einen gewaltigen Druck drauf.

„Die pissen gerade unseren Ducato an, Mare!"

„Ja, genau so klingt es."

„Das machen die doch absichtlich! Wahrscheinlich, weil wir Deutsche sind."

„Möglich."

Wir schauen uns zuerst ziemlich blöde an, dann prusten wir los. Wo gibt's denn so etwas? Das ist ja wie in einem Sketch, Situationskomik pur. Na ja, so toll finde ich das „angepisst werden" jetzt gerade auch nicht, aber wenigstens hat sich meine Angst verflüchtigt.

Der Urinstrahl prasselt noch eine Weile weiter gegen den Kotflügel, dann verebbt er. Und nach wenigen Augenblicken entfernen sich die beiden wieder.

„Männer sind Schweine," murmelt Chrissie noch, dann schnarcht sie bereits wieder leise vor sich hin. Ich hingegen kann immer noch nicht einschlafen. Diese Schlafsituation ist mir völlig fremd. Damit habe ich Probleme. Aah, endlich! Ein schwacher Luftzug streift jetzt über mich hinweg. Die Fenster des alten Wagens schließen nicht ganz dicht, und auch durch die Türritzen dringt die kühle Nachtluft.

Endlich falle auch ich in einen traumlosen Schlaf.

Lauter Verkehrslärm weckt mich auf. Ich kann ihn gerade nicht zuordnen. Wo bin ich denn überhaupt? Langsam komme ich zu mir. Ach Gott, ja. Ich liege nicht zuhause in meinem bequemen breiten Bett, sondern auf einer ausgeleierten Matratze in einem alten Transporter. Ich setze mich auf und blinzele durch das Fenster der Schiebetüre. Azurblauer Himmel und eine strahlende Sonne lachen mir entgegen. Ihre Strahlen glitzern tausendfach auf der Meeresoberfläche. Und heiß ist es auch schon wieder, brütend heiß. Die Matratze neben mir ist leer. Chrissie ist schon irgendwo unterwegs.

Unser Wagen steht neben einer sehr belebten Hauptstraße. In der Nacht war kaum Verkehr. Aber nun ist keine Minute Ruhe, und Obelix wackelt bei jedem vorbei fahrenden Lastzug. Ich fühle mich unwohl, bin völlig verschwitzt und habe leichte Kopfschmerzen. Ich ziehe mir ein T-Shirt über und schiebe die schwere Seitentüre auf. Mühsam quäle ich mich hinaus auf das Trottoir.

„Tataaa!", Chrissie tippt mir von hinten auf die Schulter. Sie hat offensichtlich eine Waschmöglichkeit gefunden und ist gerade dabei, ihre feuchte, blonde Mähne mit den Fingern durchzukämmen.

„Wo warst du denn? Wo kann man sich denn hier frisch machen?"

„Dort drüben gibt's eine öffentliche Toilette mit einem großen Waschbecken. Das langt fürs erste. Später gehen wir dann ans Meer. Am Strand gibt es meistens Duschen."

Das klingt vielversprechend. Aber zunächst muss ich meinen Ekel vor öffentlichen Toiletten überwinden. Glücklicherweise gelingt mir das, denn ich habe eine erfrischende Reinigung bitter nötig. Kurz darauf stehe auch ich, gottlob allein, mit Handtuch, Flüssigseife und Zahnputzzeug in dem runden, roten Steinhäuschen. Zumindest gibt es hier sauberes Wasser. Ich wasche mich von oben bis unten ab. Ich wusste garnicht, wie gut klares, kaltes Wasser in einem alten Klohäuschen tun kann. Diesen Genuss hätte ich ohne Chrissie und ihre Idee, mit einem alten Transporter nach Portugal zu fahren, nie kennengelernt.

Man wird ja so genügsam.

Ich putze meine Zähne und schaufele mir zum Schluss noch eine Ladung Wasser in mein übernächtigtes Gesicht. Jetzt fühle mich schon viel besser. Das feuchte Handtuch lege ich um mein Genick, damit auch meine Kopfschmerzen verschwinden.

Chrissie wartet schon auf dem Fahrersitz.

„So, Mare, auf geht's zur nächsten Runde!" Sie startet den Wagen.

Obelix springt sofort brav an und tuckert über die Uferstraße.

Oha, er tuckert!

„Jetzt gehen wir erst einmal frühstücken. Sag mir Bescheid, wenn du eine nette Bäckerei siehst."

An der Hauptstraße, auf der wir unterwegs sind, gibt es schon einmal keine. Wir verlassen Monte Carlo und fahren an der Mittelmeerküste entlang. Links von uns liegen weiße Sandstrände, dazwischen alte Häuser direkt an der Brandung oder auf Felsvorsprüngen. Immer wieder führt die Straße durch lichte, weite Pinienwälder. Wenn wir wenig später wieder aus den Wäldchen herausfahren, eröffnet sich uns jedes Mal ein neuer, fantastischer Ausblick auf das Meer.

Ja, das hier ist jetzt richtig Urlaub. Nun noch ein leckeres, französisches Frühstück, dann bin ich rundum glücklich und zufrieden.

Gerade erreichen wir einen größeren Ort.

Es ist kurz vor zehn Uhr. Wir kommen an mehreren Bäckereien und kleinen Tante Emma Läden vorbei. An jeder Eingangstüre hängt das Schild „Fermée!", geschlossen. Wir lernen gerade, dass in Frankreich die Uhren anders ticken. Es gibt hier nicht einmal einen Supermarkt, der um diese Uhrzeit geöffnet hat.

In Sainte Maxime haben wir endlich Glück. An einer Begrenzungsmauer rechterhand hängt ein großes, ziemlich verblasstes Werbebanner. „Café- Bar ouvert" steht darauf. Unter den Riesenbuchstaben zeigt ein grellgrüner Pfeil in eine Seitenstraße hinein.

„Stopp, Chrissie! Rechts fahren, schnell, da ist was offen!"

Chrissie tritt auf die Bremse. Wir machen synchron eine Verbeugung nach vorne. Sie kurbelt am Lenkrad und biegt scharf rechts ab. Nun wirft es uns beide zur Seite. Ich knalle mit der Schulter an die Autoscheibe. Chrissie hat Mühe den Wagen wieder unter Kontrolle zu bekommen und nimmt dabei beinahe eine Straßenlaterne mit. Das war ganz schön knapp!"

„Mensch Mare, warum hast du mir das nicht eher gesagt?"

„Sei froh, dass ich das Schild überhaupt gesehen habe, sonst gäbe es jetzt kein leckeres, französisches Frühstück."

Chrissie fährt nun im Schritttempo die schmale, gepflasterte Straße entlang, um das Café nicht zu verpassen.

Und da ist es auch schon.

Sein Äußeres ist allerdings wenig einladend. Die Fassadenfarbe ist teilweise abgebröckelt und die Fensterläden hängen schief in den Angeln. Auch sie benötigen dringend einen neuen Anstrich. Aber es hat geöffnet, und das allein zählt.

Gleich davor gibt es mehrere Besucherparkplätze. Chrissie stellt sich auf den, der direkt vor einem großen Fenster liegt. Sie hat sich die Worte des Berliners zu Herzen genommen und ist seinem Rat gefolgt. Von drinnen ist der Obelix nun nicht zu übersehen, aber wahrscheinlich wurde es durch ihn gerade im Café schlagartig dunkel. Die Erfahrung mit dem Einbruchsversuch war übrigens nicht nur für Chrissie sehr lehrreich, auch ich habe dazu gelernt. Nach dem Aussteigen inspiziere ich nämlich den Laderaum und schaue unter die Vordersitze, damit ja nichts herumliegt, das zum Diebstahl einladen könnte. Chrissie prüft sogar mehrmals nach, ob alle Türen verriegelt sind. Dann machen wir uns gutgelaunt auf den Weg in das kleine Café.

Aus dem hellen Sonnenschein kommen wir in die dunkle Gaststube. Anfangs sehe ich nicht viel. Als sich meine Augen angepasst haben, bin ich positiv überrascht. Im Gegensatz zu seinem schäbigen Äußeren macht das Café hier drinnen einen ganz anderen Eindruck. Es ist sauber und ordentlich, und strahlt eine gediegene Gemütlichkeit aus. Mit seiner alten Inneneinrichtung im Stil der Zwanziger Jahre wirkt es beinahe wie ein kleines Privatmuseum.

Auf den kleinen, runden Tischchen aus dunklem Holz liegen cremefarbene Häkeldecken. Die Hussen über den zierlichen Stühlen sind aus Satin im gleichen Farbton. Sie werden unterhalb der Rückenlehnen mit großen Schleifen zusammengehalten. Auf den Fensterbrettern stehen zierliche Lampen mit zur Blüte geformten Glasschirmen und jede Menge dekorativer Krimskrams. Der Gastraum bekommt dadurch den typisch französischen Flair.

Während ich mich hinsetze, und zwar so, dass ich unser Auto im Blick habe, muss Chrissie erst einmal wieder auf Toilette. Sie verschwindet hinter der Türe mit „Dames".

Ich warte. Es kommt keiner, um die Bestellung aufzunehmen. Ist da überhaupt jemand? Doch, ja, jetzt sehe ich einen Mann ganz hinten im Dunkel des Raumes. Er steht an einer Theke aus der Gründerzeit und poliert große Weingläser.

„Bonjour, Madame", er nickt mir freundlich zu, „je viens, je viens!"

Kurz darauf ist er an meinem Tisch. Ich versuche meine Wünsche ins Französische zu übersetzen. „Zwei Croissant mit Butter und Marmelade, und zwei Kaffee mit Milch, bitte." Ich denke, Chrissie wird mit meiner Wahl einverstanden sein.

„Merci, Madame, tout de suite."

Er eilt nach hinten, schaltet die Kaffeemaschine ein und richtet zwei Teller her. Während der Kaffee durchläuft, kommt er wieder zu mir zurück.

„Je suis Charles, enchanté", sagt er und gibt mir die Hand.

Nun sind meine Französischkenntnisse gefragt.

„Marion, bonjour." Das war einfach. Aber nun möchte ich ihm sagen, dass mir die Einrichtung seines Cafés sehr gut gefällt und suche nach den passenden französischen Wörtern.

„Votre café- bar est très, très beau."

„Oh, merci, Madame!"

Mein Kompliment freut ihn und er setzt sich neben mich. Dann fragt er mich, ob mich denn die Geschichte dieses Cafés interessieren würde. Ich bejahe, und er beginnt zu erzählen:

Sein Grandpère hatte im Testament verfügt, dass sein Café nicht verkauft werden darf, sondern immer im Familienbesitz bleiben muss. Nach seinem Ableben durften auch keine grundlegenden Veränderungen vorgenommen werden. So stand es im Testament. „Par conséquent, le dispositif est si vieux. "

Ja, jetzt weiß ich, warum sich dieses Café seinen altmodischen Charme erhalten hat.

„Vous voulez connaître la fin de l'histoire?", fragt er.

„Oui, volontiers.", antworte ich ihm. Wie leicht es mir doch fällt, ihn zu verstehen und ihm zu antworten. Und das nach all den Jahren, in denen ich überhaupt kein Französisch mehr gehört oder gesprochen habe.

Charles fährt mit seiner Geschichte fort.

Nach dem tragischen Tod des Grandpère führte die Großmutter das Café. Als sein Vater alt genug war, übernahm dieser das Café und erfüllte alle Wünsche, die der Großvater im Testament festgelegt hatte. Er, der Enkel, sei seit nunmehr fünf Jahren der Besitzer dieses Schmuckstücks. Und selbstverständlich handele auch er ganz im Sinne seines Großvaters.

Charles ergänzt dann noch, dass ihn seine Eltern auch deshalb Charles taufen ließen, weil der Großvater den berühmten Staatsmann Charles de Gaulle so sehr verehrt hatte. Für einen Franzosen ist es eine Ehre dessen Namen tragen zu dürfen.

Oja, eine interessante Familiengeschichte.

Der Kaffee ist mittlerweile durchgelaufen und Charles erhebt sich.

„Maintenant je va preparer le petit dejeuner pour vous" sagt er.

Er will nun das Frühstück servieren. In diesem Augenblick kommt meine Freundin aus der Toilettentür und die Wege der beiden kreuzen sich.

„Hast du für mich mitbestellt, Mare", fragt Chrissie, als sie an den Tisch kommt, und fügt hinzu, „jetzt habe ich nämlich richtig Hunger."

Der Franzose hört ihre Worte, zuckt zusammen und schaut überrascht zu ihr hin. Dann verfinstert sich seine Miene. Was hat er denn auf einmal?

„Aaah, vous etes allemandes, ihr seid Deutsche. Tut mir leid, aber Deutsche bediene ich nicht. Mein geliebter Grandpère ist im zweiten Weltkrieg von euch Deutschen ermordet worden."

Mit diesen Worten geht er zurück an seinen Tresen, wendet uns demonstrativ den Rücken zu und poliert seine Gläser weiter.

Wie bitte?

Bis zu dem Augenblick als Chrissie aufgetaucht ist, war alles in bester Ordnung, und jetzt bedient er uns nicht, weil wir Deutsche sind? Gut, ich habe ihm nicht gesagt, dass ich in Deutschland geboren bin. Aber das muss er doch gehört haben. Ich habe sicher kein perfektes Französisch gesprochen. Sollte er mich tatsächlich für eine Französin gehalten haben?

Chrissie weiß nicht, was gerade vorgefallen ist.

„Na, der lässt sich aber Zeit.", sagt sie zu mir und ruft dann durch den ganzen Raum: „Hallo, Sie da hinten, dauert das noch lange?"

„Lass gut sein, Chrissie. Das bringt nichts. Er hat gerade gesagt, dass er keine Deutschen bedient. Wir müssen uns etwas anderes suchen." Ich stehe auf und schiebe den Stuhl an den Tisch.

„„Was ist los?" Chrissie setzt sich hin.

„Ja, du hast richtig gehört. Er bedient keine Deutschen."

„Ach geh, das glaube ich jetzt nicht. Was haben die denn nur alle gegen uns. Erst der Reinfall in Italien, und nun das hier. Weißt du, was mein Opa dazu gesagt hätte, 'in jedem Land ne andre Schand`, hätte der gesagt. Genau so ist es doch."

„Ja, ganz richtig, so sieht es der Bistrobesitzer auch. Sein Großvater ist der Grund dafür, dass er uns nicht bedient."

„Was hat denn nun mein Opa mit seinem Opa zu tun? Versteh´ ich nicht." Chrissie ist verärgert. „Erst die blöden Mafiosi und jetzt der hier? Wir treffen aber auch immer pfeilgrad auf die unmöglichsten Typen." Sie schaut kurz zu ihm hin. „Dabei kennt er uns doch garnicht."

Dann findet sie eine Erklärung für das Verhalten des Franzosen.

„Vielleicht hat er ja schlechte Erfahrungen mit deutschen Urlaubern gemacht? Kann doch sein, oder? Manche führen sich ja im Ausland furchtbar auf. Aber, was das dann mit seinem Opa zu tun haben soll, keine Ahnung. Jetzt versuch´s einfach noch mal, Mare, jetzt, wo wir schon einmal hier sind." Sie schaut mich bittend an. „Du kannst doch so gut mit Menschen umgehen.

Vielleicht kannst du ihn doch noch überreden. Sag dazu, dass wir gleich zahlen und auch ganz schnell wieder weg sind."

Ich zögere.

„Jetzt mach schon, Mare, bitte, ich habe Hunger!"

„Na schön, wenn du meinst, dann probier ich´s nochmal."

Ich gehe zu Charles und bitte ihn höflich, uns doch zu bedienen.

„Non, das mache ich nicht. Ihr seid Deutsche. Fini."

Ich kann seine Einstellung zu Deutschen zwar nachvollziehen, finde seine Ablehnung aber trotzdem unangebracht. Der zweite Weltkrieg ist seit siebzig Jahren vorbei. Und wir, die nächste Generation, können nichts für die Verbrechen dieses Krieges. Der Franzose da nicht, und Chrissie und ich auch nicht. Nach dieser langen Zeit darf es doch keinen solchen Hass mehr geben. Ich versuche ihm das nochmals in meinem besten Französisch klar zu machen.

„Non, non, non!", ist seine Antwort.

D´accord, akzeptiert. Das wird hier nichts mehr mit der Völkerverständigung. Ich gebe auf und gehe zu Chrissie zurück.

„Komm, wir versuchen es anderswo. Der lässt sich nicht überzeugen. Nichts zu machen. Er bedient uns nicht. Grund dafür ist der zweite Weltkrieg."

„Wegen dem zweiten Weltkrieg?" Chrissie starrt mich fassungslos an. „Das wird ja immer abstruser. Was können wir beide denn für den zweiten Weltkrieg?"

„Sein geliebter Grandpère ist von Deutschen erschossen worden."

„Und deshalb ist er Deutschenhasser? Nach der langen Zeit. Der ist doch völlig daneben, oder?"

„Na ja, nachdem ich seine Geschichte gehört habe, kann ich ihn sogar verstehen."

„Du bist und bleibst halt ein Gutmensch, Mare."

„Kann sein."

Ich gehe zur Ausgangstüre und halte sie für Chrissie auf. Dieses Mal widersetzt sie sich wenigstens nicht. Sie folgt mir sofort zum Auto. „Und was nun? Wenn sich jetzt alle hier so verhalten, nur weil wir Deutsche sind, was dann? In Frankreich fühle ich mich jedenfalls nicht wohl."

„Das nächste Mal gehe ich alleine in eine Bäckerei und hole uns Croissants und Kaffee. Gegen mich haben sie ja nichts, denn ich spreche französisch."

„Ja, aber gegen mich haben die was. Toll. Wieder eine Story mehr in unserem Reisetagebuch. Hoffentlich verhalten sich die Spanier und die Portugiesen nicht auch so."

„Ich denke, in diesen Ländern ist es anders. Die haben keinen solch extremen Hass auf Deutsche. Außerdem ist Carvoeiro ein Ort, wo bereits viele deutsche Residenten wohnen. Das habe ich im Internet gelesen."

„Deutsche, was? Du immer mit deinen hochgestochenen Fremdwörtern. Red´ bayrisch mit mir." Chrissie ist nicht mehr gut drauf, der Urlaubsfriede ist wieder einmal gefährdet.

„Das sind Deutsche, die nach Portugal ausgewandert sind und dort einen festen Wohnsitz haben."

„Und wahrscheinlich sind das eingebildete, reiche Fatzken, die sich darauf auch noch etwas einbilden. Schöne Aussichten."

Ich kann Chrissie nicht umstimmen. Und leider wird sie tatsächlich recht behalten.

Wir steigen wieder ein und fahren weiter.

„Auf in den Kampf Torreeeero," schmettert Chrissie urplötzlich laut los. Ich schrecke zusammen. „Genau! In Barcelona besuchen wir einen Stierkampf, Mare. Ole!"

Hurra, meine Frohnatur hat den unfreundlichen Franzosen bereits wieder vergessen. Aber zum Stierkampf kriegt sie mich nicht hin. Niemals!

„Ohne mich, Chrissie. Ich schaue mir doch diesen brutalen Tiermord nicht an. Stierkampf ist pervers!"

„Ach was, pervers. Ich fahr doch nicht wegen den Stieren dahin. Ich will mal einen Torero in echt sehen. Wenn die in ihren engen Höschen in der Arena stehen, ole, dann ist das geil, nicht pervers. Und das andere, das mit den Stieren, das ist eben spanische Tradition. Jedes Land hat seine Traditionen."

Chrissie macht sich keine weiteren Gedanken über die Grausamkeiten eines Stierkampfes und gibt Vollgas. Sie will Frankreich so schnell wie möglich hinter sich lassen und brennt darauf, möglichst bald nach Barcelona in die Stierkampfarena zu kommen.

„Chrissie, ich will da nicht hin!"

„Ach was. Wirst sehen, das ist toll!"

„Nein, Chrissie, nicht für mich."

Da fällt mir etwas ein, was die Diskussion beenden wird. Ich recherchiere schnell im Internet. Richtig. Stierkampf ist seit 2011 in Barcelona verboten.

„Chrissie, in Barcelona gibt es gar keine Stierkämpfe mehr."

„Echt? Dann fahren wir halt nach Malaga. Da gibt es noch welche. He, was ist denn jetzt los mit dir, alter Junge?"

Chrissie tritt das Gaspedal ganz durch. Obelix reagiert nicht mehr. Unser alter Transporter streikt. Er macht lediglich einen Sprung nach vorne und geht aus.

„He, hallo, mach bloß nicht schlapp, mein Großer!"

Chrissie startet ein paar Mal hintereinander. Nichts.

Jetzt ist es passiert. Ich allein bin schuld daran, dass es Obelix so schlecht geht. Bis zum Gardasee hatte er es locker geschafft. Danach habe ich nicht auf seine Warngeräusche gehört und ihn immer weiter gequält. Sogar als sein Motor anfing zu rattern, habe ich das ignoriert. Die logische Konsequenz daraus ist nun ein Motorschaden.

Chrissie wartet einen Augenblick. Dann versucht sie erneut, den Transporter zu starten. Und, hurra, Obelix springt wieder an. Chrissie gibt Gas und er zuckelt weiter. Ja, und jetzt bin ich mir sicher, dass es mit ihm zu Ende geht. Er zuckelt nur noch. Kurz darauf jedoch geht ein heftiger Ruck durch seine Karosserie. Obelix bäumt sich auf und rattert dann wieder gleichmäßig auf der heißen Uferstraße dahin. Nun bin ich mir sicher, dass er auch bis zum Ziel durchhalten wird. Das hat uns der Peter versprochen. Und dem Peter vertraue ich, der kennt sich aus.

Im nächsten Ort kommen wir an einer kleinen Bäckerei vorbei. Chrissie wartet im Auto und ich hole frische Croissants und zwei Café au lait. Kurz darauf sitzen wir am weißen Sandstrand, schauen auf das blaue Mittelmeer hinaus und genießen in der warmen, südlichen Sonne das erstes Frühstück unseres Urlaubs. Ja, nun ist die Welt wieder in Ordnung.

16.

Von unserer weiteren Fahrt an der Mittelmeerküste entlang gibt es nichts Dramatisches zu berichten. Alles ist in bester Ordnung, und wir erholen uns von den vergangenen, sehr anstrengenden Tagen.

Ich gewöhne mich mehr und mehr an das Leben im Transporter. Wo es uns gefällt, da halten wir an und machen einen kurzen Zwischenstopp. An Badestränden finden wir auch immer eine Gelegenheit, uns zu erfrischen.

Zur nächsten Übernachtung wollen wir uns einen Standort suchen, an dem wir sicher sind. Aus Schaden wird man klug. Und sollte es dort zu laut sein, dann fahren wir einfach weiter. Wozu haben wir denn ein Wohnmobil?

Noch nie in meinem Leben hatte ich solch ein Gefühl von Freiheit und Unabhängigkeit. Das Wetter ist traumhaft und Chrissie ist supergut drauf. Sie ist damit einverstanden, dass wir alle Ziele ansteuern, die ich in meinem Reiseplan ausgearbeitet habe, und es gibt keinerlei Probleme mit dem Zusammenleben auf engstem Raum. Meine Bedenken haben sich nicht bestätigt.

Als wir durch die Provence fahren, kennt meine Begeisterung keine Grenzen, so schön ist es hier. Über der Landschaft schwebt der betörende Duft von Lavendelblüten, Koniferen und mediterranen Gewürzen. Ich kurbele die Scheibe ganz herunter, atme diese Gerüche ein und kann garnicht genug davon bekommen. Die provoncalischen Dörfer ruhen friedlich inmitten der von sanftem Wind gewiegten, typisch blauen Lavendelfelder. Kleine Häuser aus grobgehauenen, grauen Steinquadern stehen dicht gedrängt um einen beinahe menschenleeren Dorfplatz. Ihre hellblauen Holzfensterläden harmonieren mit der Blütenpracht reich bepflanzter Blumenkästen. Wie schön wäre es, in einem dieser hübschen Häuschen ein paar Tage zu verbringen. Aber wir müssen weiter.

Marseille lassen wir links liegen. Die Stadt ist uns zu groß und zu laut. Dafür machen wir einen Abstecher zu der auf dem Reißbrett konstruierten Siedlung Grande Motte bei Montpellier. Ja, diese Art der Architektur ist schon sehr extravagant. Aber die hohen, pyramidenförmig gebauten, weißen Häuser haben ihre besten Zeiten hinter sich. Die verschachtelten Wohngebäude sind verlassen und renovierungsbedürftig. Ich bin ziemlich entsetzt, denn sie passen überhaupt nicht in diese wunderschöne, liebliche Landschaft. Wer kam nur auf die Idee, diese hässlichen Klötze direkt ans Meer zu bauen. Laut Reiseführer waren sie als Attraktion gedacht. Die Absicht, damit die Touristenströme von Spanien hierhin umzulenken, scheint aber nicht sehr erfolgreich gewesen zu sein, zumindest heute nicht mehr. Ich sehe kaum Menschen. Dieser Ort stand auf meiner Reiseliste und wir haben ihn gesehen. Mehr gibt es dazu nicht zu sagen.

Kurz darauf kommen wir in die Camargue. Die sanften Hügel der Provence liegen hinter uns. Die Landschaft hat sich verändert. Nun wird es weit und flach. Ich hatte mich so auf die wilden Pferde und rosa Flamingos gefreut, aber die zeigen sich leider nicht. Es ist wahrscheinlich zu heiß.
Die Fahrt im Transporter wird durch diese Hitze anstrengend und ermüdend. Daher beschließen wir auf halber Strecke, nochmals eine längere Pause zu machen. Wir haben allerdings keine große Hoffnung, hier in diesem menschenleeren, kaum bewaldeten Grasland ein geeignetes Gasthaus zu finden. Daher erscheint uns das kleine, flache Häuschen, das plötzlich vor uns in der einsamen, weiten Steppenlandschaft liegt, als ein Geschenk des Himmels. Es beherbergt eine ebenerdige, kühle Bar und einen kleinen Laden.
Eine junge, französische Bäuerin bietet hier in großer Auswahl Erzeugnissen aus der Region an. Wir sind die einzigen Gäste. Ich decke mich mit Gewürzen und Honig aus Südfrankreich ein, während sich Chrissie wieder einmal für etwas Modisches entscheidet. Sie zieht sich die geflochtenen Sandalen gleich an und setzt sich den günstig erworbenen, bistrotischgroßen Strohhut auf. Ich mache ein Foto von ihr. Als Erinnerung an diese Etappe. Nachdem wir noch einen frisch gepressten, kühlen Orangensaft an der Bar zu uns genommen haben, geht die Fahrt weiter. Obelix hält übrigens tapfer durch!

Erstaunlicherweise macht mir die Wärme hier kaum etwas aus. Mein Körper scheint sich mehr und mehr an sie zu gewöhnen. Allerdings komme ich auch nicht dazu, über meine Zipperlein nachzudenken. Die Ablenkung tut mir gut. So viele verschiedene Landschaften, so viele Eindrücke. Warum bin ich eigentlich nicht schon viel früher mit einem Wohnmobil durch die Lande gereist? Ich weiß warum, ich hatte immer Angst vor allem Neuen. Seit gestern habe ich diese abgelegt und brenne direkt darauf, noch weitere, neue Erfahrungen zu sammeln. Welch ein Fortschritt auf meine alten Tage!

Im Moment ist auch das Thema „Männerangeln" vom Tisch. Wir genießen die Zeit miteinander und verschwenden daran keinen Gedanken mehr. Gut, ganz gleich wo wir auch anhalten, ob in Restaurants oder am Strand, Chrissie zieht immer die Blicke der Männerwelt auf sich. Eine großgewachsene Blondine sticht natürlich aus der Menge der zierlichen, dunkelhaarigen Französinnen heraus. Ich hingegen werde wenig beachtet, da ich dunkelhaarig bin wie diese. Aber das stört mich nicht.

Und so herrscht im Moment eine wunderbare Harmonie zwischen uns. Genau so habe ich mir diesen Teil unseres Urlaubs, die Fahrt nach Portugal, vorgestellt. Ich bin mittlerweile der Überzeugung, dass so eine weite Autoreise mit einem Mann nie so angenehm sein kann, wie mit der besten Freundin. Unsere Fahrt verläuft gerade ohne Aufregungen. Alles ist gut, und ich wünsche mir, dass es auch so bleibt.

Am Ende des zweiten, langen, aber landschaftlich interessanten Reisetages erreichen wir Argèles-sur-mer. Dieser hübsche Ferienort liegt dicht an den Pyrenäen, direkt an der Grenze zu Spanien. Wir wollen, sicher ist sicher, auf dem Parkplatz eines großen Hotels direkt am Meer übernachten. Ich bin froh, dass wir unseren Obelix haben, denn die Zimmer mit Meeresblick in diesem Fünfsterne-Etablissement könnte ich mir nicht leisten. Das ist der große Vorteil, wenn man mit einem Wohnmobil unterwegs ist: Man hat sein Bett immer dabei. Und den Meeresblick kann man genießen, ohne viel dafür zahlen zu müssen.

Nachdem wir zu Abend gegessen haben, unsere Proviantkiste ist fast leer, richten wir unser Nachtlager. Danach gehen wir noch einmal an den Strand und nehmen ein letztes Bad in den Wellen. Wir sind die einzigen, die in der untergehenden Sonne noch im Wasser planschen.

Kurz darauf liegen wir auf den Matratzen. Chrissie schläft sofort ein, ich liege noch länger wach. Seit der vergangenen Nacht habe ich keine Angst mehr davor, in einem engen Ducato zu schlafen. Ich habe meine Meinung geändert. Obelix ist für mich eine sichere Schlafhöhle geworden, und ich fühle mich in seinem Bauch nun richtig wohl und geborgen. Daher habe ich auch keine Beklemmungen mehr. Im Gegenteil, ich genieße jede Minute

Ja, die Konfrontationstherapie zeigt Wirkung. Ich musste lediglich meine Sicht auf die Dinge ändern. Das fällt mir plötzlich ganz leicht. Ich mache die Erfahrung, dass man wirklich jeden ungenehmen Zustand in einen angenehmen verwandeln kann. Es hängt allein davon ab, wie man dazu steht.

Die Schwüle im Auto macht mir zum Beispiel auch nichts mehr aus, seit ich nicht mehr darauf achte. Ich konzentriere mich jetzt allein auf das Rauschen der Wellen. Sie schlagen in Intervallen leise an den Strand und werden vom schrillen Zirpen der Zikaden begleitet. Das ist wirklich das schönste Schlaflied, das mir je gesungen wurde. Wenn ich jetzt die Augen schließe, werde ich durch dieses monotone Geräusch ganz sachte in einen traumlosen Schlaf hinübergleiten.

Zuhause wache ich oft mehrmals in der Nacht schweißgebadet auf, weil ich wieder einmal irgendwelche gefährlichen Verfolgungsjagden durchleben muss. Oder, und das ist mein immer wiederkehrenden Dauertraum, ich muss an meinen Urlaubsort zurückkehren, weil ich dort meine komplette Urlaubsausrüstung vergessen habe. In meinen Träumen findet sich nie ein Hinweis darauf, warum ich mein Gepäck regelmäßig dort lasse. Kurz vor der Auflösung wache ich immer auf. Vielleicht wird diese Traumsituation einmal eintreffen. Nur wann und wo das sein wird, das weiß ich nicht. Ich denke aber, erst dann wird dieser Albtraum entgültig vorbei sein. In der vergangenen Nacht habe ich nichts geträumt. Das ist ein gutes Zeichen.

Am folgenden Morgen fühle ich mich frisch und ausgeruht. Chrissie liegt halb auf meiner Matratze. Sie ist gestern die meiste Zeit gefahren und braucht noch ihren Schlaf. Das Rutschgeräusch beim Öffnen der Seitentüre ist sehr laut, davon würde sie wach werden. Ich krabbele daher leise und vorsichtig an ihr vorbei nach vorne auf den Fahrersitz und schlüpfe durch die Vordertüre hinaus ins Freie.

Der Blick auf das Meer ist wunderschön. Da es noch so früh am Morgen ist, kämpft sich die Sonne gerade erst durch den Dunst, der über dem Meer und der Landschaft liegt. Es wird wieder ein heißer Tag werden.

Ich schaue mich um.

Im Hotel nebenan ist es noch völlig still. Mehrere Autos waren vorhin bereits weggefahren. Wir stehen nun beinahe allein auf dem Parkplatz. Ich steige über die niedrige Begrenzungsmauer des Parkplatzes und laufe ein kleines Stück über den Strand in Richtung Meer. Dann lege ich mich in den weichen, weißen Sand, stütze mich auf die Ellenbogen und blicke in die endlose Weite hinaus.

Da fällt mein Blick auf einen riesigen Backpackerrucksack. Neben ihm liegt eine Isomatte im Sand. Scheinbar hat hier jemand unter freiem Himmel übernachtet.
Ja, da draußen im Meer sehe ich einen einsamen Schwimmer. Ich kneife meine Augen zusammen, um ihn besser sehen zu können. Tatsächlich. Ich mache einen männlichen Kopf im Wasser aus, der sich in beträchtlicher Entfernung vom Strand mit den Wellen hinauf und hinunter bewegt. Ganz schön mutig, sich am frühen Morgen so weit hinaus zu wagen. Noch dazu so ganz allein. Der Kopf nähert sich nun ziemlich schnell dem Strand, auf dem ich sitze.

Der Schwimmer, ein jüngerer Mann, hat jetzt das Ufer erreicht. Erst schüttelt er seinen Kopf, dann hüpft er auf dem linken, anschließend auf dem rechten Bein, um so das Meerwasser aus den Gehörgängen zu bekommen. Schließlich geht er zu seinem Rucksack hin. Er bemerkt mich zunächst nicht, und so kann ich ihn unauffällig weiter beobachten.
Der schmale Oberkörper des Mannes ist braun gebrannt, doch seine dünnen, krummen Beine sind völlig weiß. „Kaashaxn", sagen die Bayern dazu. Ich muss schmunzeln. Sicherlich arbeitet er im Freien, vielleicht als Maurer oder auf einer Autobahnbaustelle. Obwohl, einen muskulösen Körper hat er nicht, im Gegenteil, er ist ausgesprochen dürr. Als er sich umdreht, schaue ich in ein ausgemergeltes Gesicht, aus dem die Wangenknochen scharf herausstechen. Seine Haare sind dünn und unregelmäßig gekürzt. So wie sie aussehen, liegt der letzte Friseurbesuch sicherlich schon einige Zeit zurück. Der Tramper hat sich diese unvorteilhafte Frisur wahrscheinlich mit einer normalen, stumpfen Haushaltsschere selbst verpasst. Auch der

Bartwuchs ist spärlich und ungepflegt. Und er hat extrem schwarze Ringe unter den Augen. Die fallen besonders auf. Jetzt weiß ich es. Der hagere, ungepflegte Mann ist ein Drogenabhängiger. Ja, genau so sieht er aus. Dazu würde auch passen, dass er immer wieder um sich schaut, als müsse er besonders wachsam sein. Ich weiß nicht, wie streng in Frankreich die Drogenkontrollen sind, aber er hat offensichtlich Angst davor, Warum sonst wirkt er so gehetzt. Ja, ganz sicher hat der etwas mit Drogen zu tun.

Gerade fällt sein Blick auf mich.

Er schrickt zusammen, hat sich dann aber gleich wieder unter Kontrolle. Seine zunächst ärgerliche Miene verwandelt sich in ein gezwungenes Lächeln. Das macht ihn mir nicht sympathischer, denn er hat nur noch wenige Zähne im Mund. Wieder und wieder schweift sein Blick über das Hotel, den Parkplatz, den Strand, die Uferstraße.

Nein, dieser Typ ist mir nicht geheuer. Besser ist es, ich gehe jetzt zurück und wecke Chrissie. Ich stehe auf und laufe dann zügig in Richtung unseres Transporters.

„He, du da, bleib mal stehen!", ruft er mir jetzt hinterher. „Warum hast du mich denn gerade eben so angestarrt, hä?" Ich höre Angst in seiner, für einen Mann extrem hohen und schrillen Stimme. „Was iss´ n so interessant an mir? Du hast mich doch beobachtet, hab´ ich recht? Warum? Kennen wir uns, oder was?"

Nein, wir kennen uns nicht, und ich möchte dich, ehrlich gesagt, auch nicht näher kennenlernen. Anfangs hatte ich ihn noch für einen harmlosen Hitchhiker gehalten, doch ein solcher ist er gewiss nicht. Sein aggressives Fragen und sein eigenartiges Verhalten haben meinen negativen Eindruck von ihm weiter verstärkt. Möglicherweise hat er wirklich etwas mit Drogen zu tun. Er dealt vielleicht. Oder er hat sonst ein Verbrechen begangen und ist nun tatsächlich auf der Flucht. Jedenfalls fühlt er sich verfolgt und befürchtet, von mir erkannt und verpfiffen zu werden. Ich schaue kurz zurück. Er ist mir auf den Fersen. Ja, er benimmt sich schon sehr auffällig. Ich beschleunige meine Schritte.

Ich weiß aus Reportagen, dass gerade in Spanien viele Tramper unterwegs sind. Die verdienen sich hier und dort ein Geld mit Gelegenheitsjobs, um damit weiterreisen zu können. Auch die sind sicher nicht sonderlich gepflegt, aber sie machen doch keinen so abgerissenen Eindruck wie er hier. Ich habe außerdem gelesen, dass es, bedingt durch die Nähe zu Nordafrika, viele Drogenabhängige an den Stränden Spaniens gibt. Dort floriert bekanntlich der Drogenhandel. Ich bin mir ziemlich sicher, dass er dazu gehört.

Nun ist er direkt neben mir. Ich muss ihm schnell eine Antwort geben, damit er mich in Ruhe lässt.

„Ich habe mir Sorgen um Sie gemacht. Sie sind sehr weit hinaus geschwommen, und die Brandung ist sehr stark. Es sah anfänglich für mich so aus, als wenn Sie nicht mehr die Kraft dazu hätten, ans Ufer zurückzuschwimmen. Ich habe Sie lediglich im Auge behalten, um Ihnen im Notfall helfen zu können.

„Aha."

Meine Antwort scheint ihn etwas zu beruhigen. Er entspannt sich zusehends. Dann versucht er einen bewusst lockeren Ton anzuschlagen.

„Aber da hättste dir keine Sorgen machen müssen. Ich schwimm' nicht zum ersten Mal im Meer. Ich kenne die Untiefen. Und ich weiß genau, wann es gefährlich wird." Nach diesem Satz kommt er mir noch näher. „Aber, wenn wir uns gerade so nett unterhalten, ich suche noch 'ne Mitfahrgelegenheit bis Alicante. Fährst du zufällig da vorbei?" Er zeigt auf Obelix. „Das ist doch dein Wagen, oder? Der is ja groß genug. Wenn, dann haste sicher noch 'n Platz für mich?" Er wartet. „Was is? Krieg ich vielleicht mal 'ne Antwort?"

Unverschämter Kerl. So lasse ich nicht mit mir reden. Unter netter Unterhaltung verstehe ich etwas Anderes. Nein, mein Freund, in unseren Wagen kommst du nicht hinein!

„Wir sind zu zweit", das sollte er schon wissen, „und der Transporter hat nur zwei Vordersitze. Da können wir niemanden mehr mitnehmen."

„Ach, blabla, das geht schon. Ich bin nich' anspruchsvoll. Und außerdem bin ja 'n schmales Handtuch."

Er geht weiter mit mir Seite an Seite. Jetzt sind wir am Ducato angekommen. Unverfroren schaut er neugierig ins Innere.

„Da gucke her, du hast ja gar keinen Macker dabei. Da liegt ja noch 'ne Frau."

Er hat Chrissie entdeckt.

„Ja, und wir nehmen prinzipiell keine Anhalter mit."

Das sage ich jetzt extra laut und betont, damit Chrissie aufwacht. Und das tut sie auch. Verschlafen richtet sie sich auf und schaut schlaftrunken durch das Seitenfenster in ein fremdes Gesicht. Sie stutzt. Dann gähnt sie, streckt sich und schiebt die Seitentüre einen Spalt weit auf.

„He, wer ist das denn, Mare? Ich schlafe noch wie ein Murmeltier, und du bist schon wieder beim Männerangeln."

Jetzt fängt sie schon wieder mit ihrer fixen Idee vom Männerangeln an. Sie glaubt doch nicht wirklich, dass ich mir so einen Typen angeln würde.

„Jetzt mach aber mal einen Punkt, Chrissie, und wisch dir erst einmal den Schlafsand aus den Augen, damit du siehst, welchen Penner du da vor dir hast", denke ich verärgert. Ich traue mich nicht, das laut zu ihr zu sagen, denn ich möchte vermeiden, dass der Typ aggressiv wird.

Ich bin mir ziemlich sicher, dass Chrissie unser bisheriges Gespräch nicht mitbekommen hat. Deshalb versuche ich sie nun hinter dem Rücken des unangenehmen Burschen durch Handzeichen und Kopfschütteln verzweifelt daran zu hindern, näher auf ihn einzugehen. Ich weiß doch, wie leicht sie zu überreden ist. Das haben die Situationen im Reisebüro und beim überhasteten Autokauf gezeigt. Und wenn er jetzt die richtigen Worte findet, dann wird sie ihn mitnehmen. Das ist so sicher wie das Amen in der Kirche.

Und genau so kommt es.

Sie achtet nicht auf meine Gebärden und schiebt die Seitentüre ganz auf. Der Mann tritt einige Schritte zurück. Chrissie springt hinaus und geht auf ihn zu.

Dabei hat sie kaum etwas an, nur Unterhose und T-Shirt. Sie ist wie immer viel zu sorglos.

„Hi, ich bin die Chrissie," sagt sie fröhlich und streckt ihm ihre rechte Hand hin. Freudig greift er zu und schüttelt sie wie wild. Chrissie gefällt ihm.

„Angenehm. Sehr angenehm sogar. Du bist wenigstens nich´ so unfreundlich wie die da!" Er deutet mit seinem Kopf auf mich, ohne mich dabei anzusehen. „Hi, ich bin der ...", er überlegt einen Augenblick, so, als wenn er sich erst auf seinen Namen besinnen müsste, „... Harry, der Harry bin ich."

Wer muss denn so lange überlegen, wie er heißt? Keiner. Mit dem stimmt ganz sicher etwas nicht. Durch meine Arbeit als Musiktherapeutin habe ich gelernt, die Körpersprache meines Gegenübers zu deuten. Das hat mir persönlich schon sehr oft weitergeholfen. Und ich sehe genau, dass er lügt. Harry ist nicht sein richtiger Name.

Chrissie fällt nichts auf. Sie streckt ihre Arme gen Himmel und geht auf die Zehenspitzen. Dann wippt sie auf ihnen einige Male rauf und runter.

„Ohh, hab ich gut geschlafen. Und einen Hunger hab ich schon wieder." Sie schaut Harry an. „Hast du denn schon was gefrühstückt, Harry?"

„Ne, noch nichts." Er meidet den Blickkontakt mit mir. „Gut, dass du fragst, denn ich hab´ seit gestern nix mehr in den Magen bekommen. Mir ham se nämlich gestern mein Portemonnaie geklaut, mit meinem ganzen Bargeld und sämtlichen Papieren. Ich freu´ mich riesig, dass du mich einlädst. Vielleicht könntest du mich danach bis Alicante mitnehmen?"

Klar, er wurde bestohlen. Und gegessen hat der Arme natürlich auch noch nichts. Wahrscheinlich hatte er keine Zeit dazu. Vorhin noch machte er auf mich den Eindruck, dass er so schnell wie möglich weiter will, weil irgendjemand ihm auf den Fersen zu sein scheint, aber gegen ein gesponsertes Frühstück hat er nichts einzuwenden. Ich glaube es ihm sogar, dass er in seinem schmuddeligen Rucksack nichts Essbares hat. Mit seiner Mitleidtour schnorrt er sich durch, das ist doch offensichtlich. Und wenn er eine wie Chrissie gefunden hat, versucht er sich dranzuhängen. Das ist seine Masche.

„Chrissie, wir haben doch selbst nichts mehr zum Frühstücken," versuche ich ihre Einladung abzubiegen. „Sag ihm ...

„Du bist ´ne ganz ´ne Nette, Chrissie," unterbricht er mich schnell. „So offene Menschen wie du sind mir immer sympathisch." Wenn dieser Typ nicht aufpasst, rutscht er noch auf seiner eigenen Schleimspur aus. „Aber die da, die is´ so was von menschenverachtend. Wie die mich vorhin angeschaut hat. Als wäre ich ´n Schwerverbrecher."

Er zeigt mit dem Ellenbogen in meine Richtung. Oh, das finde ich jetzt aber einmal positiv, dem Kerl ist sehr wohl bewusst, wie ich über ihn denke. Er weiß, dass ich ihn durchschaut habe. So hart meine Arbeit auch sein mag, durch sie habe ich jedenfalls ausreichend Erfahrung mit menschlichen Charakteren gesammelt. Daher kann ich ihn jetzt auch richtig einschätzen. Mit seiner aufgesetzten Lockerheit versucht er doch schon die ganze Zeit krampfhaft, etwas vor mir zu verbergen.

„Dabei hab ich die nur höflich gefragt, ob ich mitfahr'n kann. Das will die aber nicht. Die hat kein Mitleid mit so 'nem armen Menschen wie mir", redet er weiter auf meine Freundin ein, ohne mich zu beachten. Die, die, die, dieser Unsympath wiederholt sich. „Kann dir nur 'nen guten Rat geben. Hör nich' immer auf das, was die sagt. Die is 'n reiner Kopfmensch. Die hat kein Herz, so wie du und ich."

Klar, ich bin ein Kopfmensch ohne Gefühle. Das hat er aber gut erkannt. Und es passt ihm absolut nicht ins Konzept, dass ich ihn durchschaut habe. Aber dumm ist er nicht. Er weiß genau, dass der Weg zu seinem Ziel nur über Chrissie gehen kann. Und daher versucht er gerade meine beste Freundin gegen mich aufzuhetzen. Das wird ja immer schöner! Geschickt versucht er ihr einzureden, dass ich hartherzig bin. Wenn sie ihm das jetzt glaubt, dann werde ich mit meiner Meinung über ihn alleine dastehen.

Chrissie denkt zumindest über seine Worte nach. Er sieht das und weiß, dass er die perfekte Taktik gewählt hat. Jetzt appelliert er schnell noch an ihr Mitgefühl.

„Nun frag ich speziell dich noch mal. Kann ich mit? Du lässt mich hier nicht einsam, allein und mittellos zurück. Das weiß ich. Du hast Mitleid mit so 'nem armen Tramper, wie mir."

Diesen bettelnden Dackelblick, den er jetzt aufsetzt, hat er bestimmt stundenlang vor dem Spiegel geübt.

Oje, Chrissie schwankt schon.

Bitte, bitte, sag nein. Wir werden ihn nicht mitnehmen!

Seine Strategie geht auf. Mit dem Appell an ihr gutes Herz hat er sie weichgeklopft. Sie will ein mitfühlender Mensch sein und nicht so ein „Monster" wie ich. Und daher kommt sie seinem Bitten entgegen. Das war zu erwarten.

„Na logo, kannst du mitfahren", beruhigt sie ihn. „Ich kenne das. Früher war ich auch öfter als Backpacker unterwegs. Da ist man froh für jedes Angebot. Wer weiß, wie lange du hier sonst warten musst. Sind ja alle schon weg. Hol deine Sachen, das geht schon in Ordnung."

So, wunderbar! Auf geht's in ein neues Abenteuer. Den Vorfall in der Pizzeria hat sie aber schnell vergessen. Ich nicht!

17.

Der aufdringliche Typ sprintet sofort zu seinem Platz zurück und packt in Windeseile seinen Rucksack zusammen. Während er seine Matratze aufrollt, versuche ich meine Freundin umzustimmen.

„Chrissie, hast du sie nicht mehr alle? Hast du dir den mal genau angesehen? Der ist auf Drogen. Wer weiß, was der in seinem Rucksack drinnen hat. Der bringt uns nur in Schwierigkeiten. Und wenn ich recht habe, dann lass uns nur mal in eine Polizeikontrolle kommen, dann sind wir nämlich mit dran. Und das in Spanien. Da sitzen wir gleich im Gefängnis, das verspreche ich dir. Das geht hier ganz schnell. Außerdem, so wie der aussieht, schleppt der uns womöglich noch irgendwelche ansteckenden Krankheiten ins Auto. Nein, wenn du den mitnimmst, dann fahre ich mit dem Zug weiter. Allein."

Ich atme tief durch und Chrissie lacht laut auf.

„Du wieder, Mare. Schon klar. Ist hier vielleicht ein Bahnhof, Mädel?"

„Nein, aber ein Hotel. Da ruf ich mir ein Taxi und das bringt mich dann hin."

„Bleib geschmeidig, Mare. Da sieht man mal wieder, dass du null Menschenkenntnis hast. Der ist doch so was von harmlos! Aber ich mach dir ja keinen Vorwurf.. Bist halt aus deinem langweiligen Kraiburg noch nie so richtig herausgekommen. Sei doch nicht immer so intolerant!"

Ich hasse es, wenn Chrissie in diesem Jugendjargon spricht. Bleib geschmeidig, das sagen vielleicht Vierzehnjährige. Chrissie will sich damit nur jünger und lässiger machen, als sie ist. Und ich hasse es auch, wenn sie mich immer als dumme Landpomeranze hinstellt. Intolerant nennt sie mich. Was hat Vorsicht mit Intoleranz zu tun?

„Erstens stimmt das nicht, und zweitens ..."

Chrissie lässt mich nicht ausreden. „Verlass dich auf mich. Ich kenne diese Typen. Die sehen zwar grauslig aus, sind aber ganz lieb. Die sind halt meistens schon wochenlang unterwegs, da ist das so. Optisch, meine ich."

Harry hat inzwischen seine Matte auf den Rucksack geschnallt, und schon ist er wieder da.
„He, du bist echt 'ne taffe Lady, Chrissie. Selten, dass 'ne Frau in deinem Alter noch so cool ist."
Da, habe ich es nicht gesagt? Wieder einer, der genau die richtigen Worte findet. Sie wirken sofort.
„Wie weit sollen wir dich denn mitnehmen, Harry?" Und noch bevor er antworten kann, macht Chrissie ihm gleich noch ein weit umfangreicheres Angebot. Ich glaube, ich traue meinen Ohren nicht. „Unser Reiseziel ist die Algarve. Also, wenn du bis dahin mitfahren willst? Von mir aus gerne. Mir ist es gleich, ob wir zu zweit oder zu dritt weiterfahren."
Aber mir nicht!
Chrissie weicht meinem empörten Blick aus. Sie weiß genau warum. Wir kennen uns ja ein halbes Leben, und wenn mich eine in- und auswendig kennt, dann sie. Und sie weiß genau, dass sie gerade eine Grenze überschritten hat. Auch wenn sie ihn noch so toll findet, mit seinem speckigen Rucksack und seinen schwarzen Zahnstümpfen, ich will nicht, dass dieses menschliche Wrack bis Portugal neben mir sitzt. Ich weiß, das klingt jetzt ganz schlimm. Normalerweise rede ich auch nicht so schlecht über meine Mitmenschen, aber jetzt bin ich richtig sauer. Vorbei ist alle Harmonie.
Zudem müssen wir laut meinem Plan noch einmal unterwegs übernachten. Dieser Harry wird sich in seinen dreckigen Klamotten wahrscheinlich auch noch zwischen uns legen, der „ganz Liebe", damit er von uns beschützt wird. Chrissie wird weiterhin keine Rücksicht auf meine Wünsche nehmen. Wenigstens ihm geht's gut. Genau das habe ich kommen sehen. Oh ja, sie hat ein gutes Herz. Sie hat ja so viel Verständnis für arme Anhalter. Was bin ich nur für eine böse Frau! Aber wenn sie den mitnimmt, macht sie einen großen Fehler. Ich bin mir absolut sicher, dass wir ihn so schnell nicht mehr los werden.

Die Möglichkeit, dass ich von hier aus mit dem Zug weiterfahren könnte, gibt es wirklich nicht. Da hatte Chrissie leider recht. Also mache ich ein Gegenangebot. Und dieses Mal werde ich mich durchsetzen. Das wäre doch gelacht!

„Bis zur nächsten Autobahnausfahrt kann er meinetwegen mitfahren, aber das ist dann auch das höchste meiner Gefühle. Keinen Meter weiter!"

Chrissie beachtet meinen Einwurf nicht, und auch Harry überhört mich beflissentlich. Ihr Vorschlag sagt ihm natürlich mehr zu. „Nee, bis nach Portugal will ich garnich´ mit, Chrissie. Ich muss nur auf die andere Seite von den Pyrenäen. In Alicante kannste mich rausschmeißen. Da hab ich ´n Freund, der auf mich wartet."

Ich kann mir schon denken, was das für ein Freund ist. Ein Drogendealer wahrscheinlich. Aus Marokko.

„Ok, dann bis Alicante," Chrissie ist einverstanden. „Und jetzt rein mit dir!"

Sie hält ihm auch noch die Türe auf, die dumme Nuss! Auf einen handfesten Streit will ich es jetzt auch nicht ankommen lassen und halte daher erst einmal meinen Mund. Wenn alles glatt geht, können wir Alicante heute noch erreichen. Dann gibt es wenigsten keine gemeinsame Nacht.

Harry schleudert sein Gepäck, zack, nach hinten auf unsere Koffer. Schon sitzt er in der Mitte meines Vordersitzes. Unglaublich! Ich soll mich zwischen ihn und die Türe quetschen. Und ich bin kein „schmales Handtuch"!

„Hallo, ich will vielleicht auch mitfahren? Rutsch gefälligst weiter nach links," befehle ich ihm.

Harry folgt widerwillig. Aber es ist und bleibt zu wenig Platz für zwei Personen. Ich sitze nun nur noch auf der linken Pobacke und mein Kopf wird ab jetzt bei jedem Gasgeben und Abbremsen vor- und zurückfliegen, weil unser neuer Gast die Kopfstütze in Beschlag genommen hat. Nein, so geht das nicht. Immerhin ist das hier auch mein Auto. Ich sehe nicht ein, dass ich diese äußerst unbequeme Sitzposition bis Alicante beibehalten soll. Sobald wir an der nächsten Autobahnauffahrt sind, steigt der aus.

Und dabei bleibe ich jetzt.

Als Chrissie die Türe zuschlägt, wird es noch unangenehmer. Nun sitze ich völlig eingepfercht zwischen der Autotüre und diesem Penner. Die Kurbel des Fensters bohrt sich gerade in meine Seite, aber das ist das geringere Übel. Noch viel unerträglicher ist für mich sein widerlicher Körpergeruch, der mir bei diesem erzwungenen Aufeinanderhängen unweigerlich in die Nase steigt. Puh, der stinkt vielleicht nach Schweiß und billig abgestandenem Fusel. Und er hat gekifft. Diesen typisch muffligen Geruch, der ihm noch zusätzlich aus allen Poren dringt, kenne ich aus Zeiten meiner damals experimentierfreudigen, pubertären Kinder. Der ist so penetrant, dass ihn nicht einmal das Meerwasser neutralisieren konnte. Im Freien habe ich ihn garnicht so extrem wahrgenommen. Aber jetzt verschlägt es mir fast den Atem.

Auch Chrissie wird eingenebelt von seinen diversen Körperausdünstungen und verzieht angeekelt das Gesicht. Ja, das hat sie jetzt davon. Bis Alicante darf er mitfahren, hat sie ihm versprochen. Viel Spaß!

Sie aber tut jetzt so, als wenn sie nichts von alledem bemerken würde und beginnt locker mit ihm zu plaudern. Ja, sie will nicht zugeben, dass ihre großherzige Geste völlig falsch war. Und während mir von seinem Körpergeruch langsam aber sicher übel wird, stellt sie ihm daher auch noch interessiert Fragen.

„Wo bist du denn gestartet, und wann?"

Er zögert. Prüfender Blick zu mir. Pause.

Nachdem er eine Zeit lang überlegt hat, und ihm scheinbar nichts Passendes eingefallen ist, um sich herauszureden, wählt er eine andere Variante und geht in die Offensive.

„Nee, jetzt bist du erst mal du dran, Chrissie. Dein Leben ist doch sicher viel interessanter als meins."

Ach so? Für mich nicht!

Anfangs fragt er unverfängliche Allgemeinplätze ab.

Er will wissen, was wir so machen und wie wir so drauf sind, lässt dann aber eine bestimmte Frage so ganz nebenbei mit einfließen.

„Mü ist doch das Autokennzeichen für Mühldorf am Inn in Oberbayern, oder? Dann kennt ihr euch sicher auch in der Umgebung dort aus."

Diese Information ist für ihn überaus wichtig, das ist mir schon klar. Vielleicht wird er gesucht und hat Angst, dass wir bereits etwas Negatives über ihn gehört oder gelesen haben. Auf alle Fälle hat er etwas zu verbergen und sichert sich gerade ab. Wenn das stimmt, was ich vermute, wird er sich nicht aus der Reserve locken lassen.

„Richtig, Harry, genau da wohne ich. He, super! Mühldorf ist nämlich ganz vielen kein Begriff. Die Mare kommt ganz aus der Nähe von Mühldorf, aus Kraiburg. Jetzt sag, woher kennst du denn Mühldorf?"

Chrissie freut sich auch noch. Mich täuscht er nicht. Und ich finde es absolut nicht in Ordnung, dass Chrissie meinen Wohnort ausgeplaudert hat, ohne mich vorher zu fragen, ob mir das recht ist. Man weiß ja nie.

„Oh ja, Mühldorf kenne ich gut. Ich war nämlich 'ne zeitlang in Erding im Gefängnis ..."

Harry verstummt erschrocken. Jetzt ist es raus!

Von wegen, ich habe keine Menschenkenntnis! Habe ich es nicht vorausgesagt? Wir haben einen Knacki an Bord. Ganz toll. Aber ich verziehe keine Miene und warte gespannt, wie er aus dieser Nummer wieder herauskommen will. Auch Chrissie ist bei Harrys Geständnis das Lächeln im Gesicht eingefroren.

Harry, so nenne ich ihn jetzt, auch wenn er ganz sicher nicht so heißt, weiß, dass er einen kapitalen Fehler begangen hat. Blitzschnell beendet er seinen letzten Satz mit,

„... als Koch",

Er beobachtet erneut meine Reaktion. Er weiß genau, dass ich ihm kein Wort glaube.

„Ach, als Koch, natürlich!" Chrissie lacht gezwungen. „Na klar, als Koch, als was denn sonst. Wie ein Verbrecher siehst du nämlich nicht aus."

Doch, Chrissie, genau so sieht er aus,

Harry atmet merklich auf. Wenigsten sie glaubt ihm. Er schielt kurz zu mir herüber und lacht ebenso gekünstelt mit Chrissie mit.

„Im Knast war ich natürlich noch nie, mein Wort drauf. Ich hab mich nur grad ein bisschen ungeschickt ausgedrückt. Ich hab noch nie was verbrochen, auch wenn das deiner Freundin jetzt nich' in den Kram passt."

Sein unverschämtes Gerede trifft mich nicht. Mich beschäftigt etwas ganz anderes. Wir wissen nicht, was ihm während der Fahrt bis zur Autobahn in den Kopf kommt. Möglicherweise wird er gewalttätig. Und deshalb suche ich gerade intensiv nach einer

Lösung, wie wir ihn schnellstens los werden können, ohne uns selbst in Gefahr zu bringen.

Während ich nachgrübele, und Chrissie betont fröhlich mit ihm weiterplaudert, passiert etwas, dass wir jetzt garnicht gebrauchen können: Obelix mag nicht mehr!

Dem alten Transporter ist der fremde Mann wohl auch nicht geheuer. Zuerst brummt der Motor extrem laut, und dann wird Obelix immer langsamer. Wir sind am Pyrenäenanstieg. Vielleicht liegt seine Verzögerung daran, dass es steil nach oben geht.

Nein, ich bin mir sicher, das ist es nicht. Jetzt ist das eingetreten, was ich befürchtet habe. Obelix ist am Ende.

Den kommenden Ablauf kennen wir ja bereits. Chrissie tritt wie verrückt aufs Gaspedal, Obelix reagiert nicht, wird noch langsamer und bleibt schließlich mit einem letzten Ruck stehen. Chrissie gibt weiter Gas und der Ducato setzt sich wieder in Bewegung. Allerdings nicht in die Richtung, die wir uns wünschen. Er rollt fatalerweise rückwärts und nimmt dabei immer mehr Fahrt auf. Wir befinden uns auf einer einsamen, staubigen Bergstraße, weitab vom nächsten Ort. Zum Glück ist uns kein Auto gefolgt.

„Scheiße! Hau die Bremse rein!", schreit Harry.

Chrissie tritt mit voller Kraft auf das Bremspedal.

„Und jetzt zieh die Handbremse an!"

Chrissie befolgt seinen Befehl. Wir stehen.

Mein Herz hämmert wie wild. Eine Panikattacke bahnt sich an. Ich muss schnellstens hier raus! Zittrig öffne ich die Autotüre und rutsche so schnell vom Sitz herunter, dass ich unsanft auf der sandigen Straße lande. Ich spüre im Moment keine Schmerzen und stehe schnell wieder auf. Mir wird schwindelig. Das kommt von meinem durch die Angstattacke in die Höhe schießenden Blutdruck. Infolge diese Überreaktion gehen mir auch die Ohren zu. Und darum höre ich die nächsten Worte dieses Harrys aus weiter, weiter Ferne.

„Jetzt schau nicht so entsetzt, Süße. Is´ doch nix passiert. Ich kenn´ mich mit so ´ner alten Karre aus. Die ist einfach nur abgesoffen, weil du zu viel draufgelatscht bist."

Der soll zu meiner Chrissie nicht „Süße" sagen. Der nicht!

Aber sie weist ihn nicht in die Schranken. So kleinlaut kenne ich sie garnicht. Doch ich kann mich jetzt nicht auch noch um sie kümmern. Hilfe, die momentane Situation überfordert mich völlig.

Ich allein weiß, dass unser Transporter nun entgültig seinen Geist aufgegeben hat. Und daran bin ich schuld.

Aber fast noch schlimmer ist es, dass wir jetzt diesem Menschen schutzlos ausgeliefert sind. An der Grenze zu Spanien und weitab von aller Zivilisation haben wir einen Knastbruder als Begleiter.

„Das is' halt ein Oldtimer. Der tut sich schwer so 'nen steilen Berg hinauf zu kommen. Das geht nich' mit Vollgas. Steig mal aus, Süße, lass mich mal ran!" Nein, nicht schon wieder. „Gleich geht's weiter, versprochen. Bis Portugal hält der durch."

Nein, das wird nicht der Fall sein. Ich weiß es besser. Harry kennt ja die Vorgeschichte nicht. Und der Peter hat gesagt, dass wir mit ihm nur bis an den Gardasee kommen werden. Nein, halt, der Fernfahrer auf der Autobahnraststätte war das, oder? Im Moment bringe ich alles durcheinander. Was ich aber sicher weiß, ist, dass Obelix *nie* mehr weiterfahren wird, weil ich ihn so überstrapaziert habe. Wichtig ist es jetzt, dass ich mich beruhige. Panik macht alles nur noch schlimmer. Ich habe bei meiner Psychologin gelernt, in solch beängstigenden Situationen mit mir selbst zu sprechen. Das hat bisher immer geholfen.

„So, mein Herz, beruhig dich wieder. Alles wird gut, ... alles wird gut, ... ruhig werden, ... ruhig werden, ... ruhig werden." Ich murmele diesen Satz immer wieder wie ein Mantra vor mich hin, denn nur damit kann ich mich selbst beeinflussen. Kein anderer kann mir in einem solchen Moment helfen.

Während einer Attacke lege ich immer Zeige- und Mittelfinger prüfend an die Halsschlagader, um so meine Herzfrequenz zu kontrollieren. Und so spüre ich jetzt, dass meine Selbstsuggestion wirkt. Die Panik ist im Abklingen. Eben noch hämmerte der Puls wie wild gegen meine beiden Finger, aber nun nähert er sich wieder dem Normalbereich an.

„Alles wird gut, ... alles wird gut, ..."

Wenn das Herz bei einer Panikattacke schneller als hundertdreißig in der Minute schlägt, dann kann man nicht mehr klar denken, hören und sehen, hat mir meine Psychologin erklärt.

„Ruhig werden, ... ruhig werden,... alles ist gut."

Jetzt habe ich mich wieder im Griff. Mein Herzschlag ist ruhig und gleichmäßig. Ich schicke ein Dankgebet gen Himmel.

Auch Chrissie hat, wie von Harrys angeordnet, das Fahrzeug verlassen und steht nun paralysiert am Straßenrand. Da meine Sinne jetzt wieder funktionieren, sehe ich glasklar diesen Harry allein in unserem Transporter sitzen.

Na bravo! Wenn das stimmt, was ich vermute, tut sich für ihn gerade eine ganz große Chance auf. So einfach hat nicht mal der sich das vorgestellt. Man muss kein Hellseher sein, um zu wissen, was jetzt kommt: Er wird mit unserem ganzen Hab und Gut weiterfahren und uns hier zurücklassen. Wie blöd kann man denn sein?

„Chrissie, wieso hast du gemacht, was er wollte? Wärst du doch sitzen geblieben! Den Ducato sind wir jetzt los."

Chrissie wehrt sich nicht, obwohl das rechtens wäre, denn schließlich bin ich ja zuerst ausgestiegen. Sie reagiert überhaupt nicht mehr. Ganz seltsam.

Ich renne zur Fahrertüre hin, um Harry aufzuhalten, muss aber abstoppen, weil er gerade die Handbremse gelöst hat und wieder rückwärts rollt. Ich springe zur Seite. Dem traue ich es zu, dass er mich eiskalt überfährt.

So, ich denke, das war's nun entgültig mit unserem Abenteuerurlaub. Gleich werden wir nur noch die Rücklichter von Obelix sehen.

Jetzt hilft nur noch eins. Ich muss sofort die Polizei anrufen. Schnell hole ich mein Handy aus der Hosentasche. Hier, mitten in der Pampa Empfang zu haben, würde fast an ein Wunder grenzen. Es dauert eine Weile bis sich mein Handy orientiert hat, und dann sehe ich es. Ich habe Empfang, sogar volle Antenne.

Doch dann kommt es ganz anders, als ich es befürchtet habe. Ich muss niemanden anrufen. Der Pseudo-Harry lenkt unseren Transporter ohne Motor rückwärts in einen Seitenweg. Dort bremst er ab, startet, und oh Wunder, Obelix springt sofort an. Und dann? Ja dann tuckert Harry mit ihm wieder auf uns zu und bleibt direkt vor uns stehen.

Er nutzt unsere Notsituation nicht aus.

„Worauf wartet ihr denn, weiter geht's. Ich hab euch doch gesagt, dass in Alicante mein Freund auf mich wartet. Aber nich 'n ganzen Tag. Also, rein mit euch!"

Er ist nicht mit unserem Wagen getürmt, obwohl das für ihn ganz einfach gewesen wäre. Sollte ich mich in diesem Menschen getäuscht haben?

Chrissie wacht gerade aus ihrer Erstarrung auf.

„Was hätten wir nur ohne dich gemacht, Harry. Welch ein Glück, dass ich nicht auf Mare gehört und dich am Strand mitgenommen habe. Du bist ein solcher Goldschatz!"

Und schon sitzt sie wie selbstverständlich auf dem Beifahrersitz. Na ja, so übertreiben muss sie jetzt auch nicht. Goldschatz. Aber es stimmt schon, was sie sagt. Was hätten wir ohne ihn gemacht? Aus dieser kniffligen Situation hat er uns auf alle Fälle herausgeholfen. Aber ganz sicher nicht ohne Eigennutz, das steht auch fest. Er will schließlich nach Alicante und weiß genau, dass er mit einem gestohlenen, deutschen Transporter nicht weit gekommen wäre. Er hat sehr wohl gesehen, dass ich mein Handy in der Hand hielt. Und es war ihm klar, dass ich sofort die Polizei informiert hätte, wenn er davongefahren wäre.

Und nur darum ist der Harry hier geblieben.

Aus Mangel an Alternativen steige auch ich wieder ein. Harry steuert den Bus gekonnt langsam und vorsichtig über die Serpentinen den Berg hinauf.

Nach der letzten Steigung sehe ich das Grenzdorf direkt vor uns liegen. Bis dahin hätten wir es zur Not auch zu Fuß gepackt. Aber, wer konnte das denn ahnen?

Neben einem alten, baufälligen Rathaus steht eine hohe, nagelneue Mobilfunkantenne. Daher der gute Empfang. So ganz in der Pampa sind wir also nicht.

Zu Harry darf ich jetzt aber nicht mehr ganz so abweisend sein. Auch wenn ich noch immer eine starken Abneigung gegen ihn habe, wir sind auf ihn angewiesen. Er kennt sich mit alten Autos aus, hat er gesagt. Bis Alicante darf er uns auf alle Fälle begleiten, entscheide ich. Wir brauchen seine Hilfe, falls Obelix erneut Zicken macht.

Kurz vor einem verlassenen Grenzhäuschen hält Harry an und besteht darauf, dass sich wieder einer von uns ans Steuer setzt. Ich bin zwar verwundert, aber ich erkläre mich dazu bereit, da Chrissie vehement abwinkt.

„Ich geh´ mal nach hinten und leg´ mich ein bisschen hin. Ich bin seit Wochen unterwegs. Ich muss meinem Körper so oft wie möglich 'ne Pause gönnen. Sonst haut es mich bald ganz zusammen."

Mit diesen Worten klettert Harry über die Sitzlehne nach hinten. Komisch! Eben noch war er putzmunter, und nun ist er plötzlich völlig erschöpft? Kaum hat er sich ganz flach auf meine Matratze niedergelegt, zieht er meine saubere Decke über seinen mageren Körper. Immer höher hinauf, zum Schluss komplett über den Kopf. Ich sehe bildlich vor mir, wie Hundertschaften von Flöhen und Läusen auf mir Samba tanzen werden.

Aber was bezweckt er mit dieser Aktion?

Kurz darauf kommt mir die Erleuchtung. Jetzt weiß ich es. Er will, dass wir ihn ungesehen nach Spanien hinüberschmuggeln. Ich vermute, dass diese unwegsame Straße über die Pyrenäen eine Art Schmugglerpfad für Drogen ist. Ja, Harry hat offensichtlich Angst erkannt zu werden. Nur so kann ich mir sein „Versteckspiel" erklären.

„Du, Chrissie, schau mal nach hinten! Der steckt komplett unter der Decke," raune ich meiner Freundin zu. „Wenn der keinen Dreck am Stecken hat, dann fresse ich 'nen Besen mitsamt der Putzfrau!"

Chrissie dreht sich kurz um und wirft mir dann einen schuldbewussten Blick zu. Auch ihr ist es inzwischen klar geworden, dass wir zweifelsohne einen Kriminellen an Bord genommen haben. Warum sonst hätte er sich kurz vor dem Grenzübergang unter einer Decke verkrochen? Normalerweise gilt innerhalb Europas Reisefreiheit. Aber so wie er sich verhält, werden wahrscheinlich hier, an diesem verlassenen Fleckchen Erde, dennoch Kontrollen gemacht.

Und ich behalte recht.

Kaum gedacht, schon trifft es ein: Ein Mann tritt aus dem Eingang der alten Grenzstation rechts von uns hinaus auf die Straße. Es ist ein spanischer Polizist.

„Ach du Scheiße," bricht es aus Chrissie hervor, „ein Bulle."

„Ganz normal weiterfahren," höre ich Harrys gedämpfte Stimme. „Lass dir bloß nichts anmerken. Mich gibt es nicht."

Klar, ihn gibt es nicht. Der Polizist da draußen wird anderer Meinung sein, wenn er die Decke weggezogen hat. Und wir hängen mit drinnen. Hab ich's nicht gesagt? Hätte Chrissie nur auf mich gehört.

Aber alles Lamentieren hilft nichts, da müssen wir jetzt durch. Ich versuche nicht nervös zu werden und will zügig an dem ernst blickenden Spanier vorbeifahren. Da deutet er mit dem Zeigefinger auf den Straßenrand. Ich soll anhalten.

„Control del coche!"

Wagenkontrolle. Ich denke, die spanische Polizei hat einen heißen Tipp bekommen. Es wird nicht das erste Mal sein, dass Kriminelle diesen Übergang mitten in den Bergen gewählt haben, um unerkannt nach Spanien zu gelangen. Mist, Harrys großer Rucksack liegt ganz obenauf und ist nicht zu übersehen. Weder Chrissie noch ich wissen bisher, was da drinnen ist.

Jetzt wird es ernst!

18.

Der spanische Polizist tritt an mein Seitenfenster und klopft dagegen. Ich lasse die Scheibe herunter. Er schaut prüfend ins Wageninnere. Harry rührt sich nicht, aber wenn man weiß, dass jemand da liegt, erkennt man seine Körperumrisse unter der Decke. Es ist nur noch eine Frage der Zeit, bis er gefunden wird. Der Uniformierte schaut mich sehr streng an und tritt einige Schritte zurück.

„Simplemente posarse, por favor."

„Wie bitte?"

„Please, quit your car," er sieht Chrissie, „her too."

Wir folgen seiner Anweisung. Ich sehe schon vor mir, wie er uns in Handschellen abführt. Auch wenn er unseren Fahrgast bisher nicht entdeckt hat, Harrys riesiger Rucksack thront überdimensional auf unserem Gepäck. Schmuddelig und abgewetzt wie er ist, fällt er sofort ins Auge. Der Spanier geht schweigend um den Wagen herum und schiebt dann die Seitentüre ganz auf. Harry unter der Decke liegt nun direkt vor ihm.

Ich halte den Atem an.

Der Polizist aber schaut von der Trittstufe aus nach hinten. Dann steigt er ganz hinein, hebt einige Tüten vom restlichen Gepäck herunter und wirft sie auf Harry unter der Decke. Der stöhnt auf. Der Carabinero lauscht. Chrissie nimmt mich an der Hand. Ihre Finger sind klamm und kalt.

„Tener un perro?"

Was soll ich haben?

„Wuff, wuff?", bellt er.

„No, no, no. Kein Hund."

Er untersucht kurz das Gepäck, schüttelt dann den Kopf und geht wieder zurück auf die Treppenstufe. Dort wippt er einige Male auf und ab. Wozu macht er das denn jetzt? Ach so, er scheint die Zuladung zu überprüfen. Obelix knorzt etwas, schwingt aber locker mit.

„Ok." Der Mann steigt zurück auf das Trottoir. Nun steht er wieder vor uns und sagt mit todernster Miene: „Un montón de equipaje. Typica mujer!" Ich verstehe ihn wieder nicht und zucke mit den Schultern. Er versucht es auf Englisch. „Much luggage. Typicallly woman."

Viel Gepäck und typisch Frau? Ach so, das meint er.

„Si, si, mucho, mucho," bestätige ich und lache hysterisch.

Harry hustet.

Chrissie hustet mit, um ihn zu übertönen und ich räuspere mich laut. Der Mann schaut noch einmal in den Transporter hinein und jetzt verweilt sein Blick auf der Decke, unter der Harry liegt. Chrissie drückt meine Hand. Ich drücke zurück. Der Spanier nimmt eine der Plastiktüten, die er zuvor auf Harry geworfen hatte in die Hand, und wirft sie zurück auf unser Gepäck.

Jetzt wird er ihn sehen.

„Disculpa las molestias, ven con!"

Chrissie und ich schauen uns fragend an. Er wartet einen Augenblick. Wir stehen weiter wie versteinert da. Als er merkt, dass wir nicht verstehen, was er will, schließt er die Seitentüre, geht hinter uns und schiebt uns in Richtung des alten Häuschens.

„Sind wir jetzt verhaftet, Chrissie?", raune ich meiner Freundin zu.

„Schmarrn, Mare, der hat doch nichts bemerkt."

„Da bin ich mir nicht so sicher."

Gemeinsam betreten wir den muffigen Vorraum. Er winkt uns weiter. Was kommt jetzt auf uns zu? Ich zittere vor Aufregung und bekomme weiche Knie. Der Polizist zeigt nun auf zwei schäbige Bürostühle. Wir setzten uns folgsam darauf und warten. Er geht ins Hinterzimmer, und wir hören ihn darin eine Weile werkeln. Seltsam. Was hat das alles zu bedeuten?

Nun kommt er zurück. In jeder Hand trägt er eine Tasse Tee.

„Contra el resfriado común," sagt er und stellt sie vor uns hin.

Wir sind völlig perplex und schauen ihn fragend an. Da hustet er, zeigt auf den Tee und reibt sich die Brust. Jetzt habe ich ihn verstanden. Er hat uns nicht gefangengenommen, er will uns helfen und hat uns einen Hustentee gekocht. Ich atme auf.

„Muchas gracias," sage ich erleichtert.

„Muchas gracias," wiederholt Chrissie.

Er setzt sich uns gegenüber und wartet darauf, dass wir trinken.

„Bueno?"

„Si, bueno."

Er freut sich. Obwohl der Tee sehr heiß ist, schlucke ich ihn hastig hinunter. Harry ist unberechenbar. Jetzt hätte er die Gelegenheit auszusteigen und zu türmen. Ich beobachte die Seitentüre. Alles ist ruhig. Chrissie hat ihre Tasse nun auch geleert. Wir stehen auf, bedanken uns nochmals und gehen hinaus.

„Beeilung, Mare, nichts wie weg von hier!"

„Langsam gehen, Chrissie, so als wenn nichts wäre", ermahne ich sie. Und so schlendern wir lässig zu unserem Auto hinüber und lassen uns auch beim Einsteigen viel Zeit. Ich zünde den Motor. Wir haben es geschafft. Endlich sind wir in Spanien. Nun kann es bergab in Richtung Costa Brava gehen. Der Polizist steht wieder mit verschränkten Armen vor seiner Türe und beobachtet unsere Abreise. Da richtet sich Harry auf.

„Verdammt, bleib liegen," fährt ihn Chrissie an.

Er lässt sich erschrocken zurückfallen und zieht die Decke wieder über sich. Das war knapp. Beinahe wären wir doch noch aufgeflogen.

Das Schlimmste an der ganzen Sache ist jedoch, dass wir uns gerade zu Harrys Komplizen gemacht haben. Aber wir hatten keine andere Wahl. Ich hoffe nur, dass wir bis Alicante in keine Kontrollen mehr kommen.

„Wir sollten ihn nicht weiter mitnehmen, Chrissie. Sobald wir die Autobahn erreicht haben, werfen wir ihn raus. Mir wird das alles zu brenzlig!"

Meine Freundin nickt. Auch sie scheint jetzt fest dazu entschlossen zu sein, dem ganzen Spuk ein Ende zu bereiten. Endlich. Ich wollte ihn schließlich überhaupt nicht dabei haben, das war ganz allein ihre Entscheidung. Harry liegt immer noch hinter uns unter der Decke. Wir sind bereits an die zwanzig Kilometer von der Grenze entfernt, als er sie wegzieht.

„So macht man das!"

„Und *warum* macht man das?", frage ich ihn gereizt.

Keine Antwort. Schweigend fahren wir weiter. Mittlerweile ist es Mittag geworden. Wie hoch will denn das alte Autothermometer noch steigen? Es ist bereits auf 40 Grad Celsius geklettert. Seit wir die Pyrenäen verlassen haben, strömt nur noch brütend heiße, nach altem Auto stinkende Luft durch die Lüftungsschlitze vor mir und nimmt mir den Atem. Bisher hatte ich es nicht bereut, auf Chrissies Schnapsidee mit der Reise nach Portugal im Wohnmobil eingegangen zu sein. Aber jetzt wird mein Durchhaltevermögen ganz gewaltig auf die Probe gestellt.

Ich folge der Straße nun schon fast eine ganze Stunde. Es kommt und kommt kein weiterer Wegweiser zur Autobahn in Richtung Barcelona. Gerade stelle ich anhand der verbeulten Schilder am Straßenrand fest, dass ich mich wohl verfahren habe. Hier geht es ganz sicher nicht zur Autobahn. Meine Stimmung sinkt auf den Nullpunkt.

Harry hingegen fühlt sich sehr, sehr wohl bei uns. Entspannt liegt er auf der Matratze und summt vor sich hin. So, den werfe ich jetzt aus dem Auto. Ich hoffe, Chrissie steht nun hinter mir und hilft mir dabei. Freiwillig wird er allerdings nicht aussteigen, denn er will schließlich nach Alicante. Möglicherweise wird er aggressiv werden, wenn ich ihn auffordere, hier das Auto zu verlassen.

Nein, es ist der falsche Zeitpunkt, ihn loszuwerden. Wir sollten uns hier nicht auf eine Auseinandersetzung mit ihm einlassen. Unterstützung von außerhalb werden wir nicht bekommen. Die Gegend ist unbewohnt. Es bleibt uns eigentlich nichts anderes übrig, als ihn bis zum nächsten größeren Ort mitzunehmen. Und ein solcher ist weit und breit nicht in Sicht. Wir holpern also, mit ihm im Gepäck, auf unbekannte Zeit die schmalen, sandigen Ortsverbindungsstraßen dahin.

Das nächste Ziel in meinem Reiseplan wäre eigentlich das Museum mit dem Mausoleum von Dali. Aber erstens weiß ich im Moment garnicht wo wir sind, und zweitens habe ich bei dieser brütenden Hitze jegliche Lust daran verloren, irgendetwas zu besichtigen. Ich möchte so schnell wie möglich zurück ans kühlende Meer. Leider haben wir keinen Navi, der uns den Weg dorthin weisen würde Da fällt mir ein, dass ich zu Hause die für uns wichtigsten Straßenkarten aus dem Internet kopiert und ausgedruckt hatte. Sie lagen bei unserer Abreise auf dem Armaturenbrett, aber da sehe ich sie nicht mehr. Wahrscheinlich sind sie heruntergefallen. Ich bitte Chrissie nachzusehen, wo die losen Blätter geblieben sind.

Sie sucht oben in der Ablage, sie sucht auf und unter den Sitzen, sie dreht sich um und sucht dort, kann sie aber nicht finden. Schließlich zieht sie einen alten, zerfledderten Straßenatlas von Europa aus dem Handschuhfach. Er stammt laut Umschlag aus den Jahren 1999/2000.

„Hilft *der* dir was?"

Ich fahre in die nächste Wegeeinfahrt hinein, um mich zu orientieren. Harry hat sich wohl gerade dazu entschlossen, vor diesem neuerlichen Desaster die Augen zu verschließen. Jedenfalls hält er tief und fest Siesta und überlässt uns wieder ganz allein die Verantwortung.

In der völlig veralteten Straßenkarte von Südspanien ist noch nicht einmal die Autobahn eingezeichnet, die ich fahren will. Aber den Ort, durch den wir gerade kommen, den müsste ich zumindest finden. Der wird seinen Platz seit dem Jahr 2000 ja wohl nicht verändert haben.

Da ist er. Ich habe ihn entdeckt.

Wie ich sehe, ist es zum Meer von hier aus noch ziemlich weit. Aber wie wunderbar, der Ort Figueres, in dem sich Dalis Theatre-Museum befindet, liegt direkt auf unserer jetzigen Reiseroute. Das macht mir die Entscheidung leicht. Ja, dorthin fahre ich jetzt, egal wie heiß es ist. Wann habe ich denn wieder einmal die Gelegenheit, Dalis Werke in natura zu sehen.

Wir werden dort eine kleine kulturelle Pause einlegen. Danach wird es uns leichter fallen, die letzte Etappe bis an die Costa Brava, die wilde Küste, zu bewältigen. Das ist der Plan.

Ich starte wieder.

Zunächst geht es weiter bergauf und bergab. Ein heruntergekommenes Örtchen nach dem anderen lasse ich hinter mir. Die Erde ist durch die sengende Gluthitze völlig verbrannt und ausgetrocknet. Allein die Olivenbäume zeugen davon, dass die

Natur hier noch am Leben ist. Obelix ächzt und stöhnt. Verständlich. Auch er ist diese südlichen Temperaturen nicht gewohnt. Mir bricht der Schweiß aus allen Poren. Chrissie ist mittlerweile auch entschlummert und lächelt selig im Schlaf.

So, jetzt müssten wir kurz vor Figueres sein. Als ich von der Fahrbahn aufschaue, fällt mein Blick auf ein durchsichtiges Riesenei. Es thront in der Ferne unübersehbar auf dem höchsten Turm eines burgähnlichen Gebäudes. Ja, genau dort liegt der egozentrische Meister begraben. Ich kenne dieses überdimensional große Glasei von Fotos. Das ist Dalis Mausoleum. Typisch für ihn, sich ein derart skurriles Denkmal zu setzen. Ich halte Kurs darauf zu und erreiche die Touristenattraktion wenige Minuten später. Wir sind da.
Eigenartig, der riesige Parkplatz ist vollständig leer. Keine Autos, keine Besucher. Und das in der Urlaubszeit. Seltsam. Irgendetwas stimmt hier nicht. Ich fahre quer über den Parkplatz ziemlich nahe an das Museum heran. Als ich den Motor ausschalte, schlägt Chrissie sofort die Augen auf.
„Sind wir schon da?"
Bei jedem Stopp die gleiche Frage. Nie weiß sie, wo wir sind.
„Ja, wir sind da."
Sie schaut sich verwirrt um.
„Und wo sind wir da?"
„Wir sind am Mausoleum von Dali."
Chrissie schaut mich entgeistert an.
„Ich wusste garnicht, dass wir da hin wollten?"
Ich hatte ihr meinen Reiseplan vorgelesen, und daher ist das jetzt eine nicht ganz passende Feststellung, die sie da trifft. Warum muss sie mich derart provozieren? Merkt sie denn nicht, wie gestresst ich von dem ganzen Tamtam mit Harry und der Bruthitze sowieso schon bin?
„Du hast dich ja auch null für meine Reiseplanung interessiert. Dein Pech, Chrissie, da musst du jetzt durch."
„Aber da ist niemand, Mare! Ich glaube, du täuscht dich. Hättest du dich nur mal besser vorbereitet. Außerdem wäre ich jetzt bedeutend lieber am Meer. Mir ist nämlich heiß."
„Ach, was du nicht sagst! Du kommst jetzt verdammt noch mal mit, Chrissie. Wir schauen nach, wie die Öffnungszeiten sind.

Vielleicht haben die über Mittag zu. In diesem Fall werden wir hier warten, bis sie wieder aufmachen. Diese Gelegenheit lasse ich mir doch nicht entgehen."

Sie nimmt nicht wahr, dass ich kurz vorm Explodieren bin, ignoriert meinen Angriff und plappert einfach weiter.

„Och, nö, geh du mal allein. Oder noch besser, lass uns gleich weiterfahren. Mich interessieren Gemälde sowieso nicht so."

„Ja, das ist mir schon klar, Chrissie", sage ich gereizt und füge zynisch hinzu, „daher ja auch deine überschäumenden Freude und Begeisterung."

„Nö, wie kommst du denn darauf, dass ich begeistert bin? Aber wart mal, Dali, ist das nicht der mit der geschmolzenen Uhr?"

Chrissie hat eine Erleuchtung.

„Genau! Du kennst ihn ja doch. Und, gehst du jetzt mit?"

„Nee du, ich bleibe sitzen. Das Bild von dem Dali ist mir nur mal aufgefallen, weil es so komisch ist. Aber interessieren tut mich das trotzdem nicht." Sie pustet ihren Pony nach oben. „Ich hab immer gedacht, wie kann man nur so einen Mist malen. Eine geschmolzene Uhr! Jetzt ist mir das klar. Bei dieser Hitze schmilzt alles. Auch Uhren. Das nennt man Realismus, oder? Jetzt beeil dich und komm schnell wieder zurück, sonst zerfließe ich auch."

So eine Kunstbanausin!

Ich verlasse ziemlich sauer unseren Transporter und laufe auf dem staubigen Trampelpfad zum Museum hin. Die heiße Mittagssonne brennt mir auf den Kopf. Niemand kommt mir entgegen. Wie ausgestorben!

Als ich an der Eingangstüre angekommen bin, sehe ich sofort das kleine weiße Schildchen daran. Ich kann zwar kein Spanisch, aber aus den Zahlen des angegebenen Zeitraums wird mir klar, warum wir die einzigen Besucher sind. Das Museum ist für drei Wochen geschlossen. Die Pechsträhne hält an.

„Und was ist jetzt?", fragt meine Freundin, als ich völlig verschwitzt zum Auto zurückkomme.

„Leider geschlossen."

„Na, hab ich´s nicht vorhin schon gesagt? So gut wie du getan hast, ist deine Planung aber wirklich nicht."

Bitte keine Kritik! Nicht jetzt und nicht hier. Ich bin sowieso schon kurz vorm Ausrasten. Chrissie jedoch bohrt weiter.

„Das hättest du schon genauer recherchieren müssen. Ich fahre doch nicht für nix in der spanischen Pampa herum. Ist doch allgemein bekannt, dass man im Sommer wegen den enormen Plusgraden möglichst nicht ins Landesinnere von Spanien reisen sollte. Ohne deine Fehlplanung würden wir bereits wieder im Mittelmeer planschen."

Ich traue wohl meinen Ohren nicht.

„Ach, was du nicht sagst! Halt du jetzt mal bloß deinen Mund. Wenn dir meine Planung nicht passt, dann hättest du sie halt gemacht. Du hast es dir sowieso reichlich einfach gemacht. Überträgst einfach mir die Verantwortung für alles, lässt dich von mir durch die Gegend kutschieren und nörgelst dann auch noch an allem herum. Außerdem haben wir noch keinen Sommer."

„Ja, hallo? Was fällt dir ein, mich so anzumachen?" Chrissie holt tief Luft. „Freundin, so redest du nicht mit mir. Sooo nicht!"

„He, nicht streiten, ihr beiden", höre ich jetzt Harry aus dem Background. „Bleibt geschmeidig!"

Geschmeidig bleiben, wunderbar. Der Ausspruch musste jetzt auch noch kommen. Ich hasse ihn.

„Bleib doch du geschmeidig, du Penner."

Harry ist scheinbar daran gewöhnt, so bezeichnet zu werden. „Kann doch mal passieren, Chrissie. Da kann die Mare jetzt nix dafür, dass da zu ist," versucht Harry trotz meines Ausrasters zu vermitteln. „Der kurze Zwischenstopp macht mir persönlich zwar überhaupt nichts aus, aber mir wäre es trotzdem lieber, wenn du gleich weiter fährst, Mare. Bevor du noch länger mit Chrissie herumdiskutierst, mein' ich. Umso eher sind wir in Alicante. Ich hab nämlich 'nen Termin."

Ach ja, richtig, er hat einen Termin!

Wie konnte ich das nur vergessen? Unter anderen Umständen wäre ich vielleicht froh über seine Bemühungen gewesen, den Streit zu schlichten, unter diesen Gegebenheiten bin ich es aber nicht. Jetzt macht der mir auch noch Druck. Ich soll mich beeilen, damit der Herr rechtzeitig da ist. Wer hat denn hier wen mitgenommen?

„Hast du das gehört, Chrissie? Der hat dazu doch gar nichts zu melden, oder? Aber auch gar nichts. Jetzt sag auch mal was!"

Chrissie starrt schweigend aus dem Fenster. Sie ist beleidigt. War mir klar. „Ja, sorry, hab's glatt vergessen: Ich darf nicht so mit dir reden. Und meine Meinung ist hier auch nicht gefragt. Recht hast du. Der arme Harry muss zu seinem Termin. Den darf ich natürlich nicht verärgern."

Sie hilft mir nicht, im Gegenteil, mir, ihrer „besten" Freundin macht sie durch ihr Schweigen auch noch ein schlechtes Gewissen. Wenn wir so weitermachen, ist das mit der besten Freundin sowieso Vergangenheit. Mir macht sie Vorwürfe und schützt diesen Penner! Ich wusste bis heute ja noch garnicht, wie sozial sie ist. Sie zeigt sich plötzlich solidarisch mit einer diskriminierten Minderheit, den Verbrechern und Drogenhändlern.

Ok, den Kampf mit Harry muss ich wohl alleine mit ihm austragen, Chrissie hält sich da offensichtlich heraus. Na gut, wenn sie nicht antworten will, dann entscheide ich eben jetzt so, wie ich es für richtig halte. Ich jedenfalls lasse mich von diesem Schmarotzer nicht hetzen. Und ich will auch keine weiteren „Diskussionen". Ich fahre dann weiter, wann es mir passt. Wobei es auch keine gute Wahl ist, aus Trotz hier weiter in der Sonne stehen zu bleiben. Ja, und nun ist es mit meinen guten Vorsätzen völlig vorbei. Jetzt bricht alles aus mir heraus.

„Weißt du was, Chrissie? Ich bereue es immer mehr, dass ich mich auf dieses „Abenteuer" eingelassen habe. Urlaub, Erholung, Spaß wollte ich haben, keine noch größeren Probleme als zu Hause. So eine blöde Idee wie die mit dem Wohnmobil kann auch nur von dir kommen." Ich muss kurz Luft holen. „Merkst du es denn nicht? Die Stimmung zwischen uns wird immer mieser! Und dieser Harry ist die Ursache."

Sie schaut mich nur an.

„Nein, das willst du nicht hören, ich weiß. Was hast du dir getreu deinem Motto nur für einen tollen Mann aufgefischt." Die Hitze hat mich aggressiv gemacht, und jetzt werde ich richtig gemein. „Ein Prachtexemplar: attraktiv, reich und großzügig. Wie von dir gewünscht. Ha, ha, ha!" Ich warte auf eine Antwort von ihr. Sie kommt nicht. „Ich habe keine Skrupel deinen fetten Fang so schnell wie möglich zurück ins Meer zu schmeißen, um beim Bild des Anglers zu bleiben."

Chrissie antwortet nicht, weder in ihrer gewohnt flapsigen Art, noch irgendwie gekränkt oder aggressiv. Sie schweigt. Ich bin so erregt, mir ist schlecht und mein Kopf brummt. Ich spüre, dass ich kurz vor einem Kreislaufkollaps stehe. Nein, nur das nicht! Ich muss mich jetzt unbedingt beruhigen. Was hilft mir denn auch mein Ärger und mein Jammern. Ich habe keine Alternative. Da muss ich durch. „Alles wird gut, ... alles wird gut, ...

Dieses Mal will mein Mantra aber nicht wirken. Der Grund dafür ist, dass ich nicht mehr daran glaube. Ich verstumme. Verzweiflung steigt in mir hoch. Nach weiteren fünf Kilometern eisigen Schweigens kommt mir die rettende Idee. Ich werde von Barcelona aus nach Hause fliegen. Ja, das werde ich tun.

„So, Chrissie, du willst mir keine Antwort geben. Wie du meinst. Aber ich habe mich gerade dazu entschieden, euch zu verlassen. Ja, das war's mit unserer gemeinsamen Reise. Ich werde jetzt direkt nach Barcelona fahren. Dort werde ich Obelix mit dir und Harry am Flughafen abstellen und dann alleine nach Hause fliegen. Ich habe nämlich die Nase gestrichen voll. Das Experiment Busenfreundinnen on tour ist missglückt. Und das meine ich genau so, wie ich es sage. Einzig um Obelix tut es mir leid. Jetzt, wo ich mich so an ihn gewöhnt habe."

Chrissie versteht, dass ich gerade dabei bin, meine Androhung wahr werden zu lassen. Sie richtet sich auf und schaut mich mit erschrockenen Augen an.

„Mare, jetzt komm bitte mal runter. Sicher habe ich den ein oder anderen Fehler gemacht. Ich denke halt manchmal nicht an die Konsequenzen. Ich kann ja verstehen, dass du sauer bist? Aber erinnere dich doch einmal dran, wie wir uns auf diese Reise gefreut haben!"

„Ja, genau, wir haben uns gefreut. Von einem Mitfahrer war nicht die Rede. Ich lasse euch ja das Auto. Du kannst deinen Traum weiterleben. Aber mir reicht's. Ich verkrafte das nervlich nicht."

Jetzt darf ich keine Schwäche zeigen. Ich hole mir den alten Autoatlas noch einmal her. Bis Barcelona ist es gar nicht mehr so weit.

„Was kann ich tun, damit du es dir noch einmal überlegst, Mare?"

Chrissies Stimme klingt verzweifelt.

„Nichts, Chrissie. Mein Entschluss steht fest."

Während ich das sage, kommen mir die Tränen. Ich wische sie schnell ab und trete aufs Gaspedal. Chrissie schweigt wieder, und von Harry höre ich auch nichts mehr.

19.

Nach weiteren heißen Kilometern auf staubiger Strecke ist es endlich so weit: Ich sehe den ersten Hinweis auf die Autobahn E15. Ich nehme mir vor, keine Unachtsamkeit mehr zu begehen und gewissenhaft auf dem richtigen Weg zu bleiben. Die gesuchte Autobahn ist es schon einmal. Da fahre ich jetzt drauf. Der Flughafen ist gut ausgeschildert und die Autobahn führt laut Karte direkt an ihm vorbei. Ich werde mich strikt daran halten und auf ihr bleiben, bis wir in Barcelona sind.
Chrissie ist traurig, das sehe ich. Die Situation ist verfahren. Wenn ich nun meine Meinung ändere, dann hat dieser Harry gewonnen. Nein, das geht nicht.

Eine Stunde später habe ich den Flughafen erreicht. Ohne lange herumsuchen zu müssen, finde ich einen Parkplatz direkt am Terminal.
„Mare, bitte sei vernünftig. Ich übernehme auch die gesamte, restliche Strecke bis Portugal, und du kannst dich ausruhen", versucht meine Freundin nochmals einzulenken. Harry sitzt blass und still hinter uns. Ja, sein wichtiger Termin wird jetzt auch platzen. Aber das ist mir gerade recht. Seit er sich zwischen uns gedrängt hatte, war mir Chrissie nicht mehr so nahe wie zuvor.
Ich hänge mir meine Handtasche um, steige aus und hole hinten meinen Trolley und meine Reisetasche heraus.
„Alles anderes kannst du erst einmal mitnehmen."
Chrissie beobachtet mich schweigend. Ich weiß, dass sie hofft, ich würde es mir anders überlegen. Aber darauf wartet sie dieses Mal vergebens. Ich werde standhaft bleiben. Dabei tut sie mir gerade genauso leid, wie ich mir.
„Du hast doch kein Ticket, Mare. Bitte bleib doch!"
Das klang jetzt noch trauriger. Mir geht es auch schlecht. Ich bin noch nie alleine geflogen und habe Angst davor. Aber ich bin schließlich erwachsen.
„Ich kaufe mir drinnen eines. Sicher gibt es einen Lastminuteflug."
„Lass mich dir wenigsten helfen."
Chrissie springt aus dem Wagen und schnappt sich meinen Trolley. Harry bleibt sitzen.
„Nichts da, Harry. Du wartest draußen, bis ich zurückkomme."

Kleinlaut verlässt er den Transporter. Auf die Idee, dass er sich eine andere Fahrgelegenheit suchen sollte, nachdem er es war, der so viel Unfrieden verursacht hat, kommt er nicht.

Als ich mit Chrissie das große Flughafengebäude betrete, werde ich unsicher. Soll ich denn unsere lange Freundschaft einfach so hinwerfen? Ich habe mich doch selbst in eine Ecke gedrängt, aus der ich nicht mehr heraus kann. Klar, Chrissie hat ihren Teil dazu beigetragen. Sie hat sich die vergangenen Tage ziemlich egoistisch verhalten. Aber kam das nicht auch durch die anstrengende Fahrt? Und, ich gebe es ja zu, mit mir richtig umzugehen, ist auch nicht einfach. Ich bin eine Mimose und sehr empfindlich. Mir kann es Chrissie manchmal auch nicht recht machen. Ist sie lustig, finde ich es gerade unangebracht, will sie mich ablenken, halte ich sie für oberflächlich. Aber jeder hat seine Macken.

Nun allerdings will ich allein wegen diesem Harry nach Hause. Definitiv. Ja, ihn mitzunehmen war d e r Fehler. Chrissie hat nicht vorausgesehen, was wir uns mit ihm aufbürden, und ich habe mich nicht durchgesetzt. Eigentlich dürften wir uns gegenseitig keine Vorwürfe machen. Egal, jetzt ist es eben so gekommen.

Wir erreichen den Schalter von Air Berlin. Ich studiere die Angebote und entdecke tatsächlich einen Lastminuteflug nach München um 16.00 Uhr, also in einer halben Stunde, für 99 Euro. Es gibt noch Restplätze. Das ist die entgültige Entscheidung. Ich fliege zurück. Schnell kaufe ich das Ticket. Gerade wird Boarding angezeigt. Die anderen Passagiere sind bereits durch die Kontrolle gegangen. Ich bin die letzte.

„Mare, bitte bleib da. Wir lassen den Harry hier und fahren alleine weiter."

„Nein, Chrissie, lass mich. Ich will nach Hause."

Ich gebe der jungen Dame am Kontrollschalter das Ticket. Sie lächelt mich freundlich an und sagt:

„Your passport, please, Madame."

Sie will meinen Ausweis sehen. Meinen Ausweis! Den habe ich nicht dabei. Im weißen Kartenmäppchen, wo ich ihn vermutet hatte, war er nämlich nicht. Dass ich ihn zum Einchecken brauche, daran habe ich nicht gedacht. Ohne Pass kann ich nicht fliegen. Und was jetzt?

„Can I see your passport, please", sagt sie noch einmal.

„Sorry, I forgot it", antworte ich, hole meinen Trolley wieder vom Förderband und laufe zu Chrissie zurück. Die versteht sofort.
„Ohne Ausweis geht nichts, oder?"
„Nein."
Da fällt sie mir um den Hals, drückt mich an ihr Herz und küsst mich ab. Ich mag es mir kaum eingestehen, aber auch ich bin froh, dass mein Vorhaben geplatzt ist. Zum einen wegen meiner Flugangst, und zum anderen wegen meiner Befürchtung, ich hätte Chrissie dann als Freundin für immer verloren.
„Ich freu mich so, Mare. Das war jetzt einmal der Wink *meiner* guten Geister da oben."
„Ja, Chrissie, du kannst es auch. Danke."
„Verzeih mir Mare. Ich verhalte mich manchmal richtig bescheuert dir gegenüber. Tut mir leid. Du bist doch meine beste Freundin. Ich weiß auch nicht, warum mich ab und zu der Teufel reitet." Sie ist richtig zerknirscht. „Unsere Freundschaft ist mir sehr wichtig. Ich möchte nicht, dass sie durch mein egoistisches Verhalten in die Brüche geht. Und ich wünsche mir so sehr, dass wir uns wieder vertragen." Sie meint es ehrlich. „Verzeihst du mir? Sag ja."
„Ja, Chrissie, Schwamm drüber, alles ist wieder gut."
Gemeinsam gehen wir zum Ausgang.

Harry wartet noch vor dem Transporter. Konzentriert tippt er gerade eine Sms in sein Handy. Er schaut kurz auf, wundert sich aber nicht, dass ich mit Chrissie zurückkomme. Ich denke, ihm ist das gleich. Ihm ist es allein wichtig, dass er bis Alicante mitfahren kann.
Wenn ich ihn so vor mir sehe, finde ich es ihm gegenüber eigentlich auch nicht fair, wenn ich nun darauf bestehe, dass er hier bleiben muss. Er hat mir ja nichts getan, außer, dass er ist, wie er ist. An dem letzten Streit mit Chrissie war er jedenfalls nicht schuld. Ja, er hatte sogar versucht, unseren Streit zu schlichten.
Und er hat uns seine Hilfe angeboten, als Obelix in den Pyrenäen stehen geblieben war. Obwohl mir diese Entscheidung schon recht schwer fällt, werde ich ihm sagen, dass er weiter mitfahren kann. Ich denke dabei vor allem an das, was ich mir am Gardasee vorgenommen hatte. An den kommenden Urlaubstagen wollte ich immer positiv denken, egal was passiert. Es fällt mir nicht leicht,

mir die Weiterfahrt mit Harry schön zu reden, aber ich versuche es. „Je eher ich jetzt weiterfahre, umso eher bin ich ihn los."
Ja, dieser Gedanke ist hilfreich.
„Und, Chrissie freut sich so auf den Urlaub mit mir, den hätte ich ihr beinahe kaputt gemacht. Wir müssen zusammen halten. Irgendwie kriegen wir die Episode Harry auch noch herum."
Ja, auch das ist gut.
Ich habe es tatsächlich geschafft, über meinen Schatten zu springen. Jetzt geht es mir besser. Doch wenn ich den Harry nun akzeptiere und weiter ertrage, dann sollte Chrissie auch ihren Vorschlag wahr machen und die restliche Fahrt bis Alicante übernehmen. Dann könnte ich einmal schlau daher reden. Halt, stopp. Jetzt bin ich schon wieder in die Negativschiene geraten. Aber ich bin auch nur ein Mensch. Keine Heilige. Und im Grunde genommen, muss ich das auch Chrissie zugestehen.

Harry ist hocherfreut, dass er uns weiter begleiten darf. Wir steigen ein. Ich habe mich umentschieden und fahre jetzt doch. Das muss ich, denn ich habe schließlich das ganze Durcheinander gerade eben verursacht. Ab Alicante soll sich dann Chrissie ans Steuer setzen. Eigentlich war von mir ein Stadtrundgang durch Barcelona und zu den Bauten von Gaudino geplant gewesen. Und dann wollte ich auch einen Abstecher nach Denia und Benidorm machen. Mein Exschwager hatte dort ein Ferienhaus und immer in höchsten Tönen davon geschwärmt.
Aber das erübrigt sich jetzt.
Es darf keine unnötigen Verzögerungen mehr geben. Mein Besichtigungsplan ist gerade Nebensache. Auf ihn kann ich ja später wieder zurückgreifen. Ohne weiter nach rechts und links zu schauen, brumme ich also ganze vier Stunden lang auf der E15 über Barcelona und Valencia in Richtung Alicante.
Schon muss ich mich wieder ärgern. Harry taddelt ununterbrochen auf seinem Iphone herum. Ja, der „arme, hilfsbedürftige" Hiker kann sich eines leisten. Ich habe keines. Mir fehlt dafür das nötige Kleingeld. Aber eigentlich wollte ich mich nicht mehr ärgern. Ich versuche ihn zu ignorieren.
Chrissie liest nun konzentriert in einem dicken Sommer-Sonne-Frauen-Roman. Der handelt wahrscheinlich wie immer von der Männersuche und der großen Liebe. Das ist nämlich Chrissies

Lieblingslesestoff. Nach mehreren prüfenden Seitenblicken auf sie ist mir klar, dass sie ganz offensichtlich nicht dabei gestört werden möchte. Ich kann sie verstehen. Sie muss den Schock, über meinen Entschluss nach Hause zu fliegen, noch verdauen. Außerdem strengt es mich nicht an, Obelix zu steuern. Es geht ja jetzt immer geradeaus. Die Aussicht auf die baldige Wiederherstellung der trauten Zweisamkeit mit meiner besten Freundin macht mich glücklich und scheint die Fahrt zu beschleunigen. Sage und schreibe 400 Kilometer rase ich insgesamt gen Süden. Und dann ist sie da, die Autobahnausfahrt Alicante.

Auch Harry erkennt, dass sich seine Reise mit uns ihrem Ende zuneigt, will es aber nicht wahrhaben.

„He, Mare, das war aber mal zügig, guut, guut ", stellt er fest. Dann konzentriert er sich wieder auf sein Handy. „Ich weiß, wie es weitergeht. Hab den Navi an. Also, du fährst an Alicante auf der Stadtautobahn rechts vorbei, und dann hältst du dich in Richtung Santa Pola. Oder warte, es gibt noch eine Möglichkeit. Wir fahren direkt durch die Stadt hindurch und dann am Meer entlang bis Santa Pola. Würde ich sogar empfehlen. Die Altstadt von Alicante ist echt sehenswert."

Das habe ich jetzt von meiner Gutmütigkeit. Er macht den Reiseleiter und will bestimmen, wie und wohin die Reise geht? Nein, mein Lieber, nicht mit mir! Ich fahre umgehend rechts ran.

„Ausgemacht war Raststätte Alicante. Und da sind wir jetzt. Endstation."

„Ja, aber mein Freund wartet doch in Santa Pola auf mich. Und bis dahin ist es noch ein ganzes Stück."

„Geht mich nichts mehr an. So war es abgemacht. Aussteigen!" Harry ignoriert meinen Befehl. Er wendet sich demonstrativ von mir ab und Chrissie zu. „He, Chrissie, ich kenne eine kleine, gemütliche Bodega etwa zwanzig Kilometer von hier. Die gehört Freunden von mir." Chrissie legt ihr Buch weg. „Hast du gerade etwas gesagt, Harry?"

„Dass ich 'n tolles Quartier für dich weiß." Aha, für sie! „Garnicht weit von Alicante weg. Mein Vorschlag wäre, wir fahren jetzt direkt dorthin. Die haben nämlich zwei nette Zimmer zum Übernachten. In Spanien ist das mit dem Wohnmobil so 'ne Sache. Da darf man nirgendwo länger stehen bleiben. Dort aber kannst du den Obelix parken, und 'ne kühle Dusche wartet auch auf dich. Das ist doch die beste Lösung. Was sagst du dazu, Schätzchen?"

Harry schaut Chrissie erwartungsvoll an. Schon steigt wieder die Wut in mir hoch. Es war doch ein Fehler, ihn weiter mitzunehmen. Er drängt sich schon wieder zwischen uns. Also, ich möchte von so einem abgewrackten Typen nicht Schätzchen genannt werden. Äbäh!

„Du denkst wirklich mit, Harry. Das ist doch eine super Idee. Was sagst du dazu, Mare?" Chrissie bezieht mich mit ein, das ist ein guten Zeichen. „Ich denke, Mare, er hat völlig recht. Wir sind ganz schön groggy von der langen Fahrt, oder? Wir sollten wirklich eine längere Rast machen. Gut essen, gut trinken, Spaß haben und ungestört schlafen. Wie heißt der Ort nochmal, Harry?"

„Santa Pola. Super Lage, direkt am Meer, ruhig und sauber."

Chrissie wartet auf meine Entscheidung. Ich nicke.

„Was überlegen wir dann noch? Weiter geht's nach Santa Pola!"

Auch ich sehne mich nach einer ausgiebigen Ruhepause. Aber den Harry will ich eigentlich nicht mehr dabei haben.

Er kennt wie so oft meine Gedanken.

„Dann bin ich auch gleich weg, versprochen, Mare. Ich will nur euer Bestes!"

Ich überlege und komme dann zu dem Schluss, dass es richtig ist, seiner Empfehlung zu folgen. Ja, sein Angebot ist gut. Ewig nach einem geeigneten Schlafplatz und einem passenden Restaurant herumsuchen, nein, das will ich nun auch nicht mehr. Die halbe Stunde Fahrt mit ihm werde ich noch überstehen. Aber dann ist für ihn das Ende der Reise gekommen.

„Und du weißt, wo es lang geht?"

„Ja logo! Bin ja nicht das erste Mal hier. Hab doch Freunde da, die auf mich warten." Ich weiß, ich weiß. „Und zur Sicherheit den Navi im Iphone." Überzeugt. Ich betätige den Anlasser und fahre in Richtung Nachtquartier weiter. Ab einem gewissen Level der Erschöpfung ist einem sowieso alles egal.

Die restliche Fahrt wird sogar angenehmer als erwartet, und meine Laune bessert sich. Alicante ist der größte und lebhafteste Urlaubsort an der Costa Blanca. Die Innenstadt hat sich einen gewissen Charme erhalten. Sie wirkt bei weitem nicht so anonym wie der Außenbereich mit seinen hässlichen Betonburgen. Ein wahres Schmuckstück ist die Promenade von Alicante. Sie führt neben unserer Straße am Meer entlang. Ihr Pflaster setzt sich aus einzelnen, kunstvoll aneinandergefügten Marmorsplittern zusammen. Dieser Promenadenweg ist von hohen Palmen gesäumt. Besonders jetzt in den Abendstunden herrscht auf Alicantes Flaniermeile eine stimmungsvolle Atmosphäre. Einwohner und Urlauber treffen sich hier. Und auch im daran anschließenden Park El Palmeral sehe ich viele Menschen. Gerne wäre ich ausgestiegen, mit Chrissie an der Promenade entlang gelaufen, und durch die alten Gässchen geschlendert.

Aber, Harry hat es eilig.

Also verlassen wir Alicante wieder und erreichen kurz darauf Elche. Auch hier ist reges Leben. Einige Minuten lang fahren wir durch den berühmten Palmenhain. Der umfasst laut Reiseführer über tausend Palmen aus der ganzen Welt auf 13.000 m², einem riesigen Areal. Imposant! Ich bin beeindruckt, denn ich kannte bisher nur den Palmengarten in Frankfurt. In Spanien war ich noch nie. Chrissie ist nicht so interessiert wie ich, aber sie hat ja auch bereits mehrere Reisen in den Süden unternommen.

Im Palmenhain von Elche steht übrigens die berühmte achtarmige „palmera imperial", die Kaiserpalme, die von der Kaiserin Elisabeth „Sissy" bei ihrem Besuch 1894 so benannt wurde, und da schon 200 Jahre alt gewesen sein soll.

All mein angelesenes Wissen hätte ich gerne an Chrissie weitergegeben. Aber die ist für so etwas nicht empfänglich. Wenn ich es mir genau überlege, dann war sie schon immer eher der Macher, und ich der Beobachter. Chrissie setzt andere Prioritäten als ich. Eigentlich hat dieser Gegensatz unsere Beziehung stets bereichert. Wir lernen voneinander, auch heute noch.

Die uralten, hohen Palmen werfen Schatten auf Obelix. Es wird kühler im Wageninneren. Die sinkende Temperatur lässt mich endlich wieder durchatmen. Nun tauchen rechts und links Flussläufe, Seen und Spielplätze auf. Ein wahres Freizeitparadies. Dann führt uns die Straße aus dem Ort hinaus auf eine Halbinsel. Wir sind in Santa Pola angekommen.

Und jetzt muss ich dem Harry sogar einmal recht geben. Hier ist es wirklich schön. Eigentlich so, wie ich mir Spaniens Küste immer vorgestellt habe. Direkt vor uns liegt ein großer Fischereihafen mit pittoresken, bunten Fischerbooten. Eine alte massige Steinkirche steht in der Mitte des Ortes. Um sie herum sind unzählige Fischlokale und Bodegas gruppiert.

Chrissie starrt wieder einmal nach draußen. Nein, dieses Mal ist sie nicht sauer. Es gibt einen anderen Grund dafür. Äußerst attraktive, junge Spanier überqueren vor uns die kleine Hafenstraße. Einer davon winkt uns freundlich zu. Ich weiß genau, was jetzt kommt. Und da ist er auch schon, Chrissies altbekannter Spruch. Den gibt sie jedes Mal beim Anblick eines männlichen Schnittchens von sich: „Ui, was ä lecker Kerlsche. Den würde ich nicht von der Bettkante stoßen!"

Chrissie fühlt sich gerade in Jugendzeiten zurückversetzt, und Harry schaut beleidigt. Soll er doch! Sie hat ja recht. Nette, symphatische Menschen gibt es hier. So auf den ersten Blick jedenfalls. Ich für meinen Teil muss mich weiter auf die Straße konzentrieren, denn ich möchte keinen der hier freilaufenden Hundemischlinge überfahren. Tut mir leid, Chrissie, aber für ein Schäkern mit hübschen Spaniern haben wir keine Zeit.

Harry leitet uns nun mit Hilfe seines Navis einen kleinen Anstieg hinauf. Also, so oft kann er nicht hier gewesen sein, sonst würde er den Weg auch ohne elektronische Hilfe finden. Wie gesagt, ich bin nach wie vor davon überzeugt, dass Harry etwas zu verbergen hat. Das Märchen mit dem Besuch bei guten Freunden nehme ich ihm nicht ab. Da steckt etwas anderes dahinter. Was es ist, ist aber im Moment unwichtig. Viel wichtiger ist es, dass wir endlich am Ziel ankommen. Chrissie ist ebenso erschöpft und müde wie ich. Das sehe ich ihr an.

Doch dann entdecke ich rechts der Straße einen Aussichtsparkplatz. Ich fahre darauf und halte an. Mir ist es gleich, ob das diesem Harry genehm ist. Mich begeistert die Aussicht, die man von hier oben aus hat, und ich will jetzt einfach nur diesen Augenblick genießen. Einige Minuten lang lasse ich dieses Bild von Santa Pola und dem ruhigen, abendlichen Meer auf mich wirken. Im Dunst erkenne ich am Ende der weiten Bucht das ferne Alicante. Bei diesem Anblick vergesse ich alle meine Strapazen und auch den Streit.

„Wirklich traumhaft schön hier, Harry," sage ich. Da ich keine Antwort erhalte, drehe ich mich um und schaue nach hinten. Harry ist übernervös. Er rutscht unruhig auf der Matratze hin und her.

Ihn interessiert die Aussicht nicht, ihm brennt etwas anderes auf den Nägeln.

„Will nich´ hetzen, aber mein Date wartet," unterbricht er meine Bewunderung für das unbeschreibliche Panorama. „Jetzt sind wir auch gleich da. Nur noch ´n paar Meter."

Seine aufgeregt hervorgehaspelten Worte bringen mich wieder in die Realität zurück. Mich überfällt genau in diesem Augenblick ein ungutes Gefühl. Ich befürchte, dass ein weiteres Abenteuer auf uns wartet. Das mit meinen sich so oft erfüllenden Vorahnungen habe ich ja bereits mehrmals erwähnt.

Zunächst jedoch scheint erst einmal alles in bester Ordnung zu sein. Die kleine Bodega befindet sich in einem sauberen Wohnviertel, oberhalb des Fischereihafens von Santa Pola. Auch von hier aus hat man einen fantastischen Blick über das Mittelmeer. Die umliegenden Häuser sind einstöckig und gepflegt. Im Gegensatz zum quirligen Ortszentrum ist es hier ruhig und beschaulich. Demnach scheinen ja auch Harrys Freunde ordentliche Menschen zu sein, denke ich. Ich parke Obelix in der großen Hofeinfahrt links neben dem Haus ein.

20.

Durch ein offenes Fenster höre ich Stimmengewirr, Geschirrgeklapper und Gelächter, untermalt von spanischen Gitarrenklängen. Zugleich nehme ich einen Geruch von gebratenem Fleisch, gegrilltem Fisch und mediterranen Gewürzen wahr. Dadurch angeregt merke ich erst, wie hungrig ich bin. Auf der Fahrt hierher war ich zu angespannt, um an Essen und Trinken zu denken.

Chrissie ist auch wieder lebendig geworden.

Sie richtet sich die Haare, überprüft im Taschenspiegel ihr Make-up und rückt ihren Busen zurecht.

„Auf zu neuen Ufern, Mare. Ole, ole!"

Ja, da ist sie wieder, meine optimistische, fröhliche Chrissie. Und das soll sie auch bleiben. Genau so mag ich sie nämlich. Wir steigen vorne aus, Harry klettert aus der Seitentüre und ich schließe ab. Chrissie und ich gehen auf die niedrige Eingangstüre der Bodega zu. Harry hält sich im Hintergrund. Als wir direkt

172

davor stehen, wird sie von innen aufgemacht. Eine zierliche, dunkelhaarige Frau mit wilden Locken lacht uns an.

„Ich habe euch schon kommen sehen!"

Sie spricht deutsch mit einem leichten, spanischen Akzent und strahlt über das ganze Gesicht. Dabei hält sie die Türe weit für uns auf. Ihre herzliche Begrüßung tut gut nach all den Streitigkeiten. Ich habe das Gefühl, der Einladung einer guten Bekannten gefolgt zu sein. So, als wäre ich hierher gekommen, um in ihrem Haus meinen Urlaub zu verbringen. Auf der anderen Seite ist ihr Verhalten sehr eigentümlich. Wir kennen uns doch garnicht.

„Ich bin Mercedes," stellt sich die hübsche Spanierin vor. „Herzlich willkommen in meiner kleinen Bodega. Immer herein, immer herein!"

Chrissie und ich sind total überwältigt von ihrer Gastfreundschaft.

„Danke," antworten wir gleichzeitig.

Ich bin ziemlich verwirrt. Wieso hat sie uns kommen sehen? Warum hat sie überhaupt auf uns gewartet? Natürlich, jetzt weiß ich es, Harry hat ihr ganz sicher eine Sms geschrieben. Ja, so wird es gewesen sein. Wo ist der denn eigentlich? Wieso begrüßt er seine Freundin nicht?

Harry steht ganzes Stück von uns entfernt und drückt sich an die Gartenmauer. So, als wolle er sich hinter ihr und unseren Rücken verstecken. Er betonte doch während der gesamten Fahrt, dass das hier seine Freunde sind. Mein Eindruck ist aber ein ganz anderer. Und, was auch nicht dazu passt, ist, dass Mercedes nicht nach ihm fragt, ihn garnicht wahrzunehmen scheint. Oder hat sie ihn ganz einfach noch nicht gesehen? Jedenfalls beachtet sie ihn nicht, und schließt, nachdem Chrissie und ich ihrer Aufforderung gefolgt sind, hinter uns die Türe. Harry bleibt draußen.

Irgendetwas stimmt an seiner Erzählung nicht. Das ist schon einmal klar. Was kommt wohl noch? Sicher nichts Angenehmes. Der Gastraum ist klein und urgemütlich. An den weißgekalkten Wänden hängen Fotos von Santa Pola, Familienfotos und Aufnahmen von zahlreichen Gruppen. Diese gutgelaunten und braungebrannten Menschen scheinen Gäste von Mercedes gewesen zu sein, denn auf jedem Foto erkenne ich die hübsche Spanierin in deren Mitte.

Mercedes sagt zunächst nichts. Sie wartet, bis ich die Bilder angeschaut habe. „Alles meine Gäste," bestätigt sie dann stolz meine Vermutung. „Und liebe Gäste sind meine Freunde."

Chrissie konzentriert sich gerade auf ein großes Gruppenfoto. „Übrigens, der Harry hat uns hierher geführt. Der ist auch schon öfter hier gewesen. Allerdings kann ich ihn auf den Fotos nirgendwo entdeckt."

Mercedes schaut mich fragend an. „Wen meint sie?"

„Einen gewissen Harry. Der hat gesagt, dass er ein Freund von Ihnen ist", erkläre ich ihr.

„Ein ganz ein lieber Kerl, dieser Harry." Nach diesen Worten dreht sich Chrissie um. „Wo bleibt er denn eigentlich? Er ist wohl immer noch draußen."

Stimmt, Harry ist uns noch immer nicht gefolgt.

„Wer ist Harry?", fragt Mercedes jetzt noch erstaunter. „Ich kenne keinen Harry."

Wie, sie kennt Harry nicht? Interessant. Obwohl ich von Anfang an überzeugt war, dass Harry nicht sein richtiger Name ist, kommt Mercedes Verwunderung doch überraschend.

„Harry, das ist der junge Mann, der uns empfohlen hat, bei Ihnen zu übernachten. Ohne ihn wären wir doch garnicht hier. Den müssen Sie doch kennen!" Chrissie wartet auf eine Erklärung. Mercedes geht zur Eingangstüre zurück, öffnet sie weit und schaut nach draußen. „Aber da ist keiner. Ich habe auch nur euch gesehen. Wenn ich es euch doch sage, ich kenne keinen Harry."

Ich trete neben sie. Sie hat recht, Harry ist nicht mehr da.

„Harry hin, Harry her! Jetzt gibt es erst einmal etwas zu trinken für euch. Ihr habt sicher Durst nach der langen Fahrt." Mercedes schließt die Türe und eilt hinter die Theke aus grobbehauenen weißen Steinen, die den Raum unterteilt. Im hohen Steinregal dahinter stehen in einzelnen, kleinen Höhlen verschiedene Flaschen.

„Welchen Wein soll ich für euch aufmachen?"

Sie wartet auf unsere Antwort.

„Ich würde gerne einen spanischen Rotwein trinken."

Chrissie hat keine Hemmungen ihre Wünsche frei zu äußern. Das hat sie mir voraus. Ich zögere noch.

„Den Rioja dort, den könnte ich empfehlen. Den habe ich von einem Weinbauern aus der Region."

Mercedes stellt sich auf die Zehenspitzen und versucht eine Flasche aus dem obersten Regal herunter zu holen. Bevor ich ihr aber zu Hilfe kommen kann, hat sie die Flasche bereits in der Hand und öffnet sie routiniert. Dann gießt sie den Wein in zwei dickbauchige Rotweingläser und stellt diese mit Schwung vor uns hin. „Servido, bitte schön!"

„Vielen Dank." Mir ist nach wie vor schleierhaft, warum diese Frau so freundlich zu uns ist.

„Nichts zu danken. Übrigens, nur zu eurer Information: Freunde wie ihr müssen am Tag der Ankunft nichts bezahlen. Ihr seid also eingeladen! Das ist ein alter Brauch."

Irgendetwas läuft hier völlig verkehrt. Wir sehen Mercedes zum ersten Mal, sie jedoch bezeichnet uns als gute Freunde. Da liegt sicher ein Irrtum vor. Sie scheint uns für zwei ihrer langjährigen Gäste zu halten.

„Wieso nennen Sie uns Freunde, Mercedes? Wir waren noch nie hier. Sie verwechseln uns."

„Na sicher warst du schon hier! Dich habe ich gleich wieder erkannt." Sie deutet auf mich. „An nette Gäste kann ich mich immer erinnern. Deine Freundin allerdings kenne ich noch nicht."

„Sie täuschen sich, ganz sicher."

Mercedes stutzt und mustert mich eindringlich.

„Nein, nein, ich täusche mich nicht. Ich kenne dich, du warst schon hier." Sie lässt sich nicht beirren.

Chrissie blickt mich erstaunt an.

„Das ist ja etwas ganz Neues. Davon hast du mir aber nichts erzählt, Mare."

„Ich war noch nie in Spanien, Chrissie, das weißt du doch. Das ist ein Missverständnis."

„Seltsam."

Ich erinnere mich plötzlich, dass ich schon oft in meinem Leben von wildfremden Menschen angesprochen wurde, die meinten mich zu kennen. Es scheint wohl überall Frauen zu geben, die mir sehr ähnlich sehen. Sogar hier in Spanien gibt es eine Doppelgängerin von mir. Der Gedanke, dass so viele Kopien von mir herumlaufen, gefällt mir überhaupt nicht. Ich versuche mir die ganze Sache wieder einmal esoterisch zu erklären: Man kennt sich aus früheren Leben. Aber dann scheine ich ja schon sehr oft auf diesem Planeten unterwegs gewesen zu sein und weiß nichts davon. Das finde ich schade.

„Jetzt setzt euch erst einmal hin!", fordert uns Mercedes auf. „Ich bringe euch gleich die Speisekarte."

Oja, das ist eine gute Idee. Ich verzichte darauf, weiter mit Mercedes zu diskutieren und blicke mich um. Es gibt keinen freien Tisch mehr. Allerdings stehen hier drinnen sowieso nur zwei Tische, und fünf Barhocker am Tresen. Wir müssen uns zu anderen Gästen dazusetzen.

Chrissie deutet auf einen der Tische, an dem zwei leere Stühle stehen. Hier sitzt ein Pärchen mittleren Alters. Die beiden lächeln uns freundlich an.

„Da vielleicht?"

„Gerne."

„Darf ich?"

Während ich noch frage, sitzt Chrissie schon.

Gerade wird mir klar, warum sie ausgerechnet diesen Tisch gewählt hat, obwohl am anderen Tisch auch noch drei Stühle frei sind. Dem Paar gegenüber sitzt nämlich ein attraktiver Mann. Ich schätze sein Alter auf Anfang, Mitte Fünfzig. Seine Miene ist ernst. Er lächelt nicht, macht aber eine einladende Geste.

Ja, Chrissie ist bereits beim Männerangeln.

Ich nehme zwischen der älteren Dame und ihr Platz. Mercedes kommt mit den Weingläsern an unseren Tisch.

„Darf ich vorstellen? Ricardo und Maria. Die beiden sind Nachbarn von mir. Und der schöne Mann daneben ist Rafael, Rechtsanwalt aus Alicante, auch ein Nachbar."

„Christina," stellt sich Chrissie sofort bei ihm vor.

Christina? Wusste nicht, dass sie so heißt. Christina. Aber logo, sie wandelt ihren deutschen Namen zu einem spanischen Frauennamen ab, um gleich eine Gesprächsbasis mit dem Spanier neben sich zu schaffen. Raffiniert, raffiniert.

„Bienvenido. Rafael Lopez, angenehm", sagt er daraufhin.

„Und ich bin die Marion," schließe ich mich an.

„Oh, Maria heißt du, wie meine Freundin." Mercedes zeigt auf die Frau, die neben mir sitzt. Sie freut sich. „Maria ist der älteste spanische Name, den es hier gibt. Meine Großmutter hieß auch Maria."

„Der Name Marion kommt ursprünglich aus Frankreich. Marion ist die französische Verkleinerungsform von Maria", erkläre ich ihr.

„Pues bien, na dann. Pequeña María und Christina, herzlich willkommen bei uns."

Ich bin von der Gastfreundschaft dieser Spanierin überwältigt. Mercedes eilt in die Küche und kommt gleich darauf mit einer großen Platte zurück. Sie stellt diese in die Mitte unseres Tisches.

„Das ist für euch alle. Nehmt euch so viel ihr wollt, ich habe noch mehr, wenn es nicht reicht!"

Mediterranes Gemüse, Tapas, Seafood, … ungewohnte aber köstliche Leckereien aus der spanischen Küche türmen sich vor uns auf. Mercedes holt einen Stapel bunter Keramikteller von der Theke und gibt sie an Maria weiter.

„Bitte, verteile du sie, Maria."

Wie selbstverständlich überreicht diese jedem von uns einen Teller. Wir warten. Keiner der Spanier macht Anstalten, sich zu bedienen. Erst als uns der ernste Anwalt wiederum mit einer Geste auffordert, etwas zu nehmen, greife ich zu. Dieser Rafael scheint kaum Deutsch zu sprechen.

„Danke."

Wir werden hier wie in eine große Familie aufgenommen, obwohl ich Mercedes ganz sicher noch nie zuvor gesehen habe. Auch wenn es nur aufgrund einer Verwechslung ist, ich fühle mich hier sofort zu Hause und genieße es, in dieser Runde zu sein.

Nun bedienen sich alle von der gemeinsamen Platte. Während wir essen, ist es ziemlich ruhig im Raum. Nur vom Nachbartisch kommt leises Gemurmel. Die Männer dort scheinen etwas Wichtiges, etwas das nicht alle hören sollen, zu besprechen.

Chrissie durchbricht als erste die Stille.

„Do you speak German?", fragt sie Rafael laut.

„Only a little bit, nur ein bisschen", antwortet dieser mit spanischem Akzent.

„Oh, aber you speak English! I too, I too a little bit."

Hurra, Chrissie hat bereits eine Möglichkeit gefunden, sich mit diesem attraktiven Mann zu verständigen. Und sie will Näheres über ihn erfahren. Daher stellt sie ihm eine Frage nach der anderen. Er antwortet nicht. Wahrscheinlich kann er sie nicht verstehen, denn ihr Englisch ist grottenschlecht. Sie aber gibt nicht auf und fragt weiter und weiter. Doch an einem längeren Gespräch mit ihr scheint dieser Rafael nicht sonderlich interessiert zu sein. Wenn überhaupt, beantwortet er nur kurz ihre Fragen und beugt sich dann wieder über seinen Teller.

Chrissie startet einen neuen Versuch. Sie wirft ihre blonde Mähne nach hinten und legt ihren großen Busen auffordernd auf die Tischplatte. Mir ist das schon etwas peinlich. Wir sind hier im katholischen Spanien! Maria und Ricardo schauen sich vielsagend an. Rafael erhebt jetzt sein Weinglas und prostet allen zu.

„Salud!"

Als er mit Chrissie anstößt, schaut er ihr zuerst tief in den Ausschnitt und dann tief in die Augen. So wie es aussieht, hat er angebissen. Ich für meinen Teil habe keinerlei Interesse am Männerangeln und versuche mich auf Englisch mit Maria und Ricardo zu unterhalten. Sie hören aufmerksam zu, als ich von unserer Reise mit Obelix berichte. Dann überschütten sie mich mit Namen von Sehenswürdigkeiten, die wir ihrer Meinung nach unbedingt noch anfahren müssen.

Ist es nun der Rioja oder die Lockerheit der Spanier hier? Ich fühle mich auf alle Fälle von Minute zu Minute wohler in dieser Bodega. Das ist wirklich der schönste Abend unserer bisherigen Reise. Und den haben wir ausgerechnet Harry zu verdanken. Dem Harry, den ich partout nicht mitnehmen wollte, und den ich fortwährend verdächtigt hatte, kriminell zu sein. Wer so liebe Freunde hat, der kann kein schlechter Kerl sein.

Salud!

Jetzt, als ich an ihn denke, mache ich mir direkt Sorgen um ihn. Wo ist er denn nur? Er hat doch auch noch nichts gegessen und getrunken. Genau in diesem Augenblick streift ein Luftzug meinen Rücken, und durch die geöffnete Türe kommt der Harry mit einem jungen, dunkelhaarigen Mann. Das ist sicherlich der Freund, den er hier treffen wollte.

Der Spanier geht ohne Mercedes zu begrüßen auf die zwei Männer an unserem Nachbartisch zu. Er zieht sich einen Stuhl heran, fordert Harry auf das Gleiche zu tun, und setzt sich dann hin. Harry schleicht regelrecht zu ihm hinüber und lässt sich, ohne einen Blick auf die anderen Gäste geworfen zu haben, auf dem vierten Stuhl nieder. Hat er uns denn nicht gesehen? Er weiß doch, dass wir hier drinnen sind. Jetzt schaut er kurz zu mir herüber. Ich winke ihm zu, er aber reagiert nicht. Schnell dreht er den Kopf weg. Es scheint so, als wäre ihm meine Gegenwart unangenehm. Schweigend und mit gesenktem Kopf verfolgt Harry das Gespräch seiner Tischnachbarn. Die Debatte wird immer hitziger. Bald diskutieren die drei Spanier lautstark miteinander. Ich verstehe nur: „No, no" und „Si, si". Worüber sie genau reden, weiß ich nicht.

Chrissie hat nicht mitbekommen, dass Harry herein gekommen ist. Sie ist zu beschäftigt. Was interessiert sie jetzt noch der Harry. Sie versucht gerade, diesen hübschen Rafael herumzukriegen. Und sie ist ihm bereits ein ganzes Stück näher gekommen. Rafael und sie schäkern und flirten mittlerweile miteinander. Die Sprachbarrieren haben sie wohl schon beiseite geräumt. Ja, jetzt höre ich es, sie unterhalten sich auf deutsch-englisch-spanisch. Chrissie ist in ihrem Element. Mir bleibt wieder einmal die Rolle der stillen Beobachterin. Ach, soll sie doch angeln, ich bin sowieso hundemüde.
Ricardo und Maria versuchen immer wieder, ein Gespräch mit mir in Gang zu bringen. Ich nicke ihnen höflich zu, verstehen kann ich sie leider schlecht. Außerdem habe ich große Probleme damit, die Augen offen zu halten. Der schwere Rotwein hat mich noch müder gemacht.
Über was sich die da drüben wohl streiten? Freundschaftlich klingt das nicht. Der Ton wird immer rauer und aggressiver. Harry beteiligt sich nicht am Gespräch. Stumm und blass sitzt er daneben.
„Du, Mare, wir gehen schnell mal nach draußen. Rafael möchte mir seine Villa zeigen. Ich hoffe, du hast nichts dagegen." Chrissie holt mich aus meinem Dämmerzustand. „Aber wenn du möchtest, dass ich bei dir bleibe, dann mache ich das."
Das ist lieb gemeint von ihr, aber an ihren leuchtenden Augen sehe ich, wie gerne sie mit Rafael mitgehen möchte. Da ist sie wieder, meine abenteuerlustige Chrissie. „Sie können gerne mitkommen", fügt der smarte Anwalt hinzu. Ich erkenne an seinem Tonfall, dass er nur höflich sein möchte. Seiner Miene nach hofft er jedoch auf

meine Absage. Die kann er gerne haben. Ich ziehe es vor, in dieser gemütlichen Bodega zu bleiben.

Die beiden stehen auf, Chrissie schaut mich noch einmal fragend an, ich nicke ihr aufmunternd zu, und sie geht mit Rafael in Richtung Türe. „Wir sind gleich zurück!"

So, Chrissie ist erst einmal weg, Harry sitzt schweigend am Nebentisch und kennt mich nicht, und Maria und Ricardo haben ihre Mahlzeit beendet. Sie sind im Begriff nach Hause zu gehen, und verabschieden sich gerade mit engen Umarmungen von Mercedes.

„Adios, por ahora!" Maria beugt sich noch schnell über mich und drückt mir ein Küsschen auf die Backe. Ich glaube nicht, dass wir uns bald wiedersehen.

„Adios", antworte ich.

Dann sind auch die beiden gegangen. Mercedes ist bereits wieder in der Küche. Ich höre das Klappern von Geschirr. Sie räumt die Spülmaschine ein.

21.

„Mercedes, vamos de nuevo! Noch eine Flasche Rotwein", ruft der dickste und dem Aussehen nach älteste Mann vom Nebentisch in Richtung Küche. Mercedes hat ihn gehört.

„Inmediatamente, Carlos!", ruft sie zurück.

Die hitzigen Diskussionen gehen weiter. Plötzlich beginnt die Auseinandersetzung zu eskalieren. Der Dunkelhaarige, mit dem Harry gekommen ist, steht auf, schiebt seinen Stuhl nach hinten und boxt auf den Mann ein, der mit dem Dicken von Beginn an am Tisch saß. Der hält die Hände abwehrend vor sein Gesicht. Der Angreifer trifft ihn dennoch mehrmals am Kopf. Mercedes kommt aus der Küche gestürmt und versucht dazwischen zu gehen.

„Ahora se está cerrando", schreit sie. „Jetzt ist aber Schluss!"

Da fällt ihr Blick auf Harry. Sie hält inne. Der Angreifer lässt nun die Fäuste fallen und setzt sich wieder hin. Interessiert verfolgt er, wie es weitergeht. Mercedes' momentane, offensichtliche Fassungslosigkeit wird innerhalb von Sekunden von Wut abgelöst.

„Was willst du hier, Roland?", kreischt sie. „Hast du vergessen, dass ich dir das letzte Mal Hausverbot erteilt habe?"

Jetzt wird es spannend.

„Carlos hat uns hierher bestellt, Mercedes. Ich bleibe nur ganz kurz. Ich bin gleich wieder weg!" Mercedes setzt zu einer Antwort an. „Bitte, ruf nicht die Polizei, bitte nicht. Ich mache ja alles, was du willst, aber keine Polizei, Mercedes", bettelt Harry. Stopp, Roland heißt er in Wirklichkeit, der ganz Liebe. Und Angst vor der Polizei hat er. Na, das ist ja nichts Neues.

„Ihr verlasst sofort mein Lokal. Alle vier. Auf der Stelle. Und du, Roland, lässt dich nie mehr wieder hier blicken, hörst du. Oder ich rufe sehr wohl die policia!" Mercedes ist völlig aufgebracht. „Mit euren Machenschaften will ich nichts zu tun haben, entendido, verstanden? Also desaparecerá de inmediato, verschwindet, auf der Stelle!"

Carlos berührt sie beschwichtigend am Arm. Mercedes schüttelt ihn ab. „Was soll das, Carlos? Du hast mir versprochen, dass dieser Deutsche nie mehr hier auftaucht. Und du hast mir geschworen, dass du nichts mehr mit Drogen zu tun hast. Nur deshalb durftet ihr hier sein."

„Tranquilo, Mercedes, tranquilo!"

„Nein, ich bin nicht ruhig. Und jetzt raus aus meiner Bodega. Alle vier. Pronto, wird's bald! Bei mir werden keine Drogengeschäfte abgewickelt. Wegen euch verderbe ich mir nicht meinen guten Ruf hier in Santa Pola."

Also doch. Ich hatte recht. Es ist fast eine Genugtuung für mich. Erstens, er hat sich einen anderen Namen gesucht, der Harry, deshalb wusste Mercedes nicht, wen ich vorhin meinte. Und zweitens, mit Drogen hat er auch zu tun. Das hat sich ja gerade eben bestätigt. Ich kann mich auf meine Intuition also doch verlassen. Zu dumm, dass Chrissie jetzt nicht da ist.

Sie ist übrigens schon recht lange weg. Ich weiß nicht einmal, wo dieser Rafael wohnt, und wie weit entfernt sein Haus von hier ist. Sie ist schon sehr leichtsinnig. Es ist nicht überlegt von ihr, mit diesem, ihr doch völlig fremden Mann einfach mitgehen. Aber so ist sie halt, die Chrissie. No risk, no fun!

Hier in der Bodega ist die Stimmung mittlerweile alles andere als lustig. Eigentlich sollte ich mich schnellstens zurückziehen. Aber ich habe keine Ahnung, wohin ich gehen soll, also bleibe ich.

Mir werden sie schon nichts antun.

„Gut, Mercedes, ya lo entendido." Harry steht auf. Halt, er heißt ja nicht Harry. Die Umstellung auf seinen „Zweitnamen" fällt mir schwer. Er ist leichenblass geworden und seine Augenringe wirken dadurch noch schwärzer. „Ich möchte nicht, dass es wegen mir Probleme gibt."

„Probleme gibt? Genau vor einem Monat war die policia hier und hat mir angedroht, mein Lokal zu schließen. Ich wurde aufgefordert, Leute wie dich nicht mehr bei mir zu dulden. Wenn ich mich nicht daran halten würde, wäre hier Schluss. Das ginge ganz schnell. Ich denke, daran kannst du dich noch sehr gut erinnern. Schließlich warst du dabei." Mercedes ist immer noch außer sich. „Ich bin aus allen Wolken gefallen, als die Polizei hier vorgefahren ist. Ich wusste nichts davon, dass ihr hier in meiner Bodega eure Drogengeschäfte abwickelt. Ich habe dir vertraut, Roland. Aber du hast meine Gutmütigkeit ausgenutzt." Sie stützt sich auf der Tischplatte ab und zeigt mit dem Finger reihum. „Probleme? Ihr alle hier am Tisch habt meine Existenz aufs Spiel gesetzt. Estás criminales. Das seid Ihr!"

Nun erst atmet Mercedes tief durch. Roland greift nach seinem Rucksack und will aufstehen. „Alto, mi amigo, halt, mein Freund," sie drückt ihn zurück auf den Stuhl, „noch bin ich nicht fertig. Wenn sich Carlos neulich nicht für dich eingesetzt hätte, hätten sie dich gleich mitgenommen. Aber der braucht dich noch für seine dreckigen Geschäfte. Nur dafür. Was meinst du, wie schnell du en la cárcel, im Gefängnis bist, wenn du nicht mehr machst, was er sagt. Mit deutschen Drogendealern macht die spanische Polizei kurzen Prozess." Sie lacht verächtlich. „Wenn ich gewusst hätte, wie verlogen du bist, hätte ich dich an sie ausgeliefert."

Harry-Roland sitzt wieder schweigend und mit gesenktem Kopf vor ihr. Er schaut zu ihr auf. Oh ja, diesen Hundeblick kenne ich. „Bitte, Mercedes, ruf nicht die Polizei. Ich bin unschuldig. Schau mich an! Sieht so ein Drogendealer aus?" Die gleiche Masche wie am Strand von Argèles-sur-mer. Da hatte er geschworen, kein Verbrecher zu sein. „Das wirst du doch jetzt nicht tun?"

„Du hattest deine Chance, Roland. Du hast mir einmal versprochen, dass du dich hier nie mehr blicken lässt. Und, hast du dich dran gehalten? Nein, hast du nicht. Ein zweites Mal gibt es nicht." Mercedes ereifert sich immer mehr. „Aber ich bin ja auch wirklich zu naiv. Deinem Freund Felipe habe ich es auch abgenommen, dass er aus dem Drogengeschäft ausgestiegen ist.

Bis gerade eben, als du mit ihm hier herein kamst. Da war mir klar, dass auch er mich angelogen hat. Lügen, Lügen, Lügen!"

Der dicke Carlos schaut sie nun streng an, und bedeutet ihr mit der Hand zu schweigen. Sie verstummt. Mit Carlos schreit sie nicht. Warum nur kann der so über sie bestimmen? Sie ist doch eine taffe Frau und keineswegs auf den Mund gefallen. Dieser Carlos ist ganz offensichtlich der Boss dieser Drogenbande. Es scheint mir, sie hat großen Respekt vor ihm. Mercedes dreht sich zu mir um. Ich sehe Angst in ihren Augen.

Carlos legt väterlich die Hand auf Harry-Rolands Schulter. Dann sagt er zu ihm in einem erstaunlich guten Deutsch: „No, no amigo. Wenn sie die policia ruft, dann bekommt sie selbst ein Problem! No te preocupes, mach dir keine Sorgen! Ich werde bezeugen, puedo testificar, dass du nichts mehr mit Drogen zu tun hast. Dann ist sie dran, wenn sie hier etwas finden."

Lügen, Lügen, Lügen!

Mercedes verstummt, verlässt den Tisch und kommt auf mich zu. Die vier Männer beginnen wieder zu diskutieren. Sie nehmen die Androhungen von Mercedes nicht ernst.

So, und ich werde jetzt gehen.

Als ich aufstehe und meine Tasche von der Stuhllehne nehme, hält mich Mercedes am Arm fest.

„Marion, ich brauche deine Hilfe", sagt sie leise. „Du hast sicher mitbekommen, was hier gespielt wird. Bitte geh nach draußen, und rufe du die Polizei. Das ist der einzige Weg, wie wir den Roland heute noch ausliefern können. Das willst du doch auch, oder?".

„Ja, schon."

„Eben habe ich mich zu weit aus dem Fenster gelehnt. Du hast gehört, was Carlos gesagt hat. Er erpresst mich. Ja, er hat großen Einfluss in unserem Ort. Ich denke, er hat unseren örtlichen Polizisten eine größere Summe gezahlt, damit er und seine Freunde in Ruhe gelassen werden. Leider ist das hier so üblich. Gegen den komme ich nicht an. Er hat recht, wenn ich anrufe, wird er den Spieß umdrehen. Deshalb mache du es. Nur so bekommt dieser Roland das, was er verdient hat, ohne dass ich mit drin hänge."

Ich soll also die Polizei rufen? Nein, das werde ich nicht tun. So nett und sympathisch mir Mercedes auch ist, eigentlich kenne ich sie nicht. Wie soll ich reagieren? Ich werde gerade erneut in etwas hineingezogen, was ich absolut nicht will. Und wieder ist dieser Harry-Roland daran schuld. Hätte ich mich nur gegen Chrissie durchgesetzt und ihn nicht mitgenommen. Sie ist übrigens schon sehr lange weg, und weiß nicht, was hier gerade abgeht. Aber sie konnte ja nicht ahnen, was sich an diesem Abend noch entwickelt. Sie hatte mich immerhin gefragt. Jetzt stehe ich mit dem ganzen Drogenmist hier alleine da. Das Beste wird sein, ich gehe jetzt hinaus zu Obelix und verstecke mich, bis sie zurückkommt. Genau, wieso bin ich denn nicht schon eher darauf gekommen? Ich schließe mich im Obelix ein. Ja, das ist die Lösung.

Andererseits ist niemand außer mir da, der Mercedes helfen kann. Der Verdacht darf nicht auf sie fallen, dem Roland muss das Handwerk gelegt wird. Aber ich sitze in der Zwickmühle. Weiß ich denn, wie die spanischen Polizisten auf mich reagieren werden? Ich habe schließlich den Roland-Harry über die Grenze geschmuggelt und hierher gebracht. Wenn er ihnen das sagt, dann bin ich mitschuldig. Der muss schon ein großes Drogen- und Geldproblem haben, sonst hätte er es sich nach seiner letzten Beinaheverhaftung nicht gewagt, noch einmal bei Mercedes aufzutauchen. Was mache ich nur?

„Marion, bitte! Er bringt die Drogen immer hierher. Jetzt habe ich endlich die Gelegenheit, ihn für immer los zu werden."

Mercedes klingt verzweifelt. Gut, ich werde die Polizei rufen.

„Und was soll ich sagen, Mercedes. Mir ist ja bis jetzt nichts passiert?"

„Sag nichts von deinem Verdacht. Wenn du Drogen erwähnst, dann machst du dich selbst verdächtig. Sag einfach, du wärst von diesem Roland dort angegriffen worden. Das muss von dir ausgehen." Sie überlegt. „Oder sag, dass er dir deine Tasche gestohlen hat. Dir wird schon etwas einfallen. Sag irgendetwas, aber ruf an, por favor. Bitte! Noch einmal, falls Carlos die policia hierher beordert, dann bin ich dran, denn nach dem letzten Vorfall werden sie ganz sicher nach Drogen suchen. Und wenn sie welche finden, wie ich es vermute, dann werden sie mein Bistro schließen. Aber wenn du aus einem anderen Grund anrufst, dann bin ich außen vor. Ich werde alles bezeugen, was du gegen den Roland vorbringst und ihn so ans Messer liefern."

„Meinst du, sie werden mir glauben?"

„Ja, ja, sicher doch. Ich habe doch gesagt, dass ich deine Zeugin bin. Und der Carlos wird sich heraushalten. Den Roland, den nehmen sie mit. Der ist Deutscher."

„Aber Carlos sagte doch, er werde ihn schützen."

„Ja, glaubst du das vielleicht? Garnichts wird der tun. Im Gegenteil, er ist froh, wenn er die Schuld auf ihn schieben kann, denn dann ist er fein raus. So beliebt ist der Carlos bei der policia auch nicht. Sie machen nur immer noch gute Miene zum bösen Spiel. Soviel ich weiß, ist sein Polizistenfreund bald nicht mehr da, den er immer bestechen konnte. Es ist nur eine Frage der Zeit, bis er selbst wegen Drogen verhaftet wird."

„Gut, wenn das so ist, dann mache ich es. Aber du musst bezeugen, dass ich den Roland zuvor nicht gekannt habe."

Mercedes drückt mir die Hand und ich verlasse das Lokal. Alles, was sie gesagt hat, klingt logisch. Aber ich bin mehr denn je unschlüssig, wie ich jetzt handeln soll. Am sinnvollsten wäre es, Chrissie zu suchen und möglichst schnell diesen Ort zu verlassen. In meinem ganzen bisherigen Leben bin ich noch nie in so ungute Situationen geraten, wie auf dieser Reise. Hätten wir diesen Harry doch nie mitgenommen!

Auf der anderen Seite kann ich Mercedes doch nicht einfach ihrem Schicksal überlassen. Sie ist eine so liebe, hilfsbereite Person. Und sie steht jetzt da drinnen gerade völlig allein diesen Männern gegenüber. Aber ist es meine Aufgabe, sie aus dieser misslichen Lage zu befreien? Ich müsste lügen, und das will ich nicht.

Ratlos stehe ich vor der Eingangstüre, mit meinem Handy in der Hand. In diesem Augenblick kommen zwei Personen die steile Straße mir gegenüber herunter und nähern sich der Bodega. Die beiden hat der Himmel geschickt! Meine Rettung.

Als sie näherkommen, sehe ich, dass es sich um einen älteren Herrn und eine ebenso alte Dame handelt. Beide machen einen gutsituierten Einruck. Das Paar kommt nun direkt auf mich zu, und unsere Blicke treffen sich. Ich muss sehr verzweifelt aussehen, denn der Mann spricht mich sofort an.

„Can I help you?"

Engländer. Gut, denn Englisch beherrsche ich.

„Yes, I got a problem."

Während ich in meinem Kopf den nächsten Satz in Englisch zusammenstelle, sagt die Frau auf deutsch: „Ich gehe schon hinein, Andreas, wenn du nichts dagegen hast." Deutsche. Noch besser.

„Wir können deutsch sprechen. Ich komme aus Mühldorf am Inn." Der ältere Herr lächelt. „Ja, gerne! Brinkmann, angenehm."

Brinkmann? Moment mal, den Namen kenne ich doch irgendwoher. „Genau wie der aus der Schwarzwaldklinik", kommt er mir zuvor. Frau Brinkmann steht bereits an der Türe und scheint nun doch auf ihn zu warten.

„Bestell schon einmal einen Hauswein für mich, Anita. Ich helfe schnell der Dame hier. Dann komme ich nach."

Sie nickt und öffnet die Türe.

„Oh, bitte nicht hineingehen," rufe ich ihr hinterher. Aber da ist sie schon fort. Der Mann lacht.

„Warum denn nicht? Zu viele borrachos?"

„Entschuldigen Sie, aber ich verstehe kein spanisch."

„Gut, dann reden wir in unserer gemeinsamen Landessprache weiter. Das ist mir auch bedeutend lieber. Wissen Sie, mein Spanisch ist auch nicht mehr das beste".

Guter Mann, das interessiert mich im Moment überhaupt nicht.

„Dass man sich hier auf Englisch oder Spanisch unterhält, obwohl beide Gesprächspartner Deutsche sind, erlebe ich übrigens häufig. Aber jetzt will ich Sie aufklären. Ich habe gerade gefragt, ob da drinnen wieder einmal zu viel „Besoffene", auf spanisch „borrachos" sind."

Er lacht erneut.

„Nein, es geht nicht um Besoffene, sondern um ...

„Ich weiß, ich weiß!"

Nichts weiß er. Warum sagt er das.

„Ich sehe doch, dass Sie ein Problem mit Ihrem Handy haben. Ich kann Ihnen gerne meines ausleihen, wenn Sie dringend telefonieren müssen."

„Nein, nein, mein Handy funktioniert einwandfrei. Die Wirtin dieser Bodega hat mich darum gebeten, die Polizei anzurufen. Sie hat Probleme mit unerwünschten Gästen."

„Wie üblich."

Wie üblich? Der nette Herr Brinkmann weiß Bescheid, und dennoch lässt seine Frau ohne Bedenken allein da hinein gehen? Na ja, soo gefährlich können die Typen dann auch nicht sein. Aber wie gut, dass er da ist, denn jetzt kann er das Telefonat mit der Polizei übernehmen. Ich möchte mich wirklich heraushalten. Ich weiß ja nicht einmal, ob das stimmt, was Mercedes mir da erzählt hat. Ich denke an ihre Reaktion auf diesen Carlos.

„Nein, nein, Mercedes ist in Ordnung." Herr Brinkmann scheint meine Gedanken lesen zu können. „Wir kennen sie gut und wissen auch, was sie in letzter Zeit hier durchgemacht hat."

Er deutet zu einem großen, herrschaftlichen Haus hinauf. Es ist, wie so viele hier, im maurischen Stil erbaut.

„Wissen Sie, wir wohnen gleich dort oben. Wir wohnen seit nunmehr fünfzehn Jahren hier in Santa Pola, unserem Altersruhesitz. Aber es wird hier immer schwieriger, in Ruhe leben zu können. Die Kriminalität ist in den letzten Jahren enorm angestiegen. Glauben Sie mir, wenn einer weiß, was hier gespielt wird, dann ich!"

Er blickt mich vielsagend an.

„Und daher rate ich Ihnen dringend davon ab, als Touristin die ortsansässige Polizei zu rufen." Ganz in meinem Sinne. „Zum einen unternimmt die Polizei hier nichts gegen Einheimische, schon garnicht, wenn sie von Touristen angezeigt werden. Und zum anderen sind zu viele Polizisten hier, sagen wir mal, involviert." Damit deutet er Korruption an. Das sagte Mercedes vorhin auch schon. „So ganz verstehe ich Mercedes aber auch nicht. Sie hat doch unsere Nummer und kann mich jederzeit kontaktieren. Ich bin sofort hier unten und kann ihr helfen. Touristen werden, wie schon gesagt, von der spanischen Polizei nicht ernst genommen. Das weiß sie doch. Touristen werden höchstens von den vermeintlichen Gesetzeshütern abkassiert. Einen Grund dafür findet diese policia immer." Er macht eine kleine Pause und wartet wohl darauf, dass ich nachfrage, welche Gründe das sind. Aber ich will hier keine Vorträge hören, ich brauche Unterstützung. „Hierzulande inspizieren die Polizisten, wenn sie von Touristen gerufen werden, zu allererst deren Autos", er wartet auf meine Reaktion. Hallo, da drinnen braucht jemand Hilfe? Ich werde mit ihm jetzt nicht über Urlauber und Autos reden. „Und sie finden dabei immer etwas, was zu beanstanden ist.

Das dürfen Sie mir glauben. Die hilflosen Urlauber zahlen dann eine hohe Strafe. Unter zweihundert Euro geht da nichts."

Stopp, halt, das interessiert mich jetzt doch. Ich werfe einen Blick auf unseren alten Transporter. Bei ihm wird die spanische Polizei genau hinschauen. Das glaube ich ihm.

„Das heißt jetzt konkret, als Tourist sollte man prinzipiell nicht die Polizei rufen, oder?"

„Ja, genau das wollte ich Ihnen sagen. Machen Sie es nicht. In Ihrem eigenen Interesse. So, aber jetzt werde ich die Gesellschaft da drinnen einmal genauer unter die Lupe nehmen. Sie müssen wissen, ich war vor meiner Pensionierung Kriminalhauptkommissar in München. Ich habe ein Auge für Straftäter. Ich denke, die da drinnen kenne ich sowieso."

„Nur eine Frage noch, Herr Brinkmann. Wenn Sie von der deutschen Polizei sind, ist Ihnen da ein gewisser Roland bekannt? Er nennt sich allerdings jetzt Harry."

Brinkmann überlegt.

„Nein, einem Roland bin ich bei Mercedes noch nicht begegnet. Was ist mit ihm?"

„Ich vermute, dass er auf Drogen ist und auch damit handelt."

„Ja, das ist gut möglich. Überall in den südlichen Ländern ist der Drogenhandel ein großes Problem. Leider. Erzählen Sie mir Näheres über ihn!"

Ich berichte kurz von unserer bisherigen Reise, wann und wo wir diesen Harry mitgenommen haben, und von seinem auffälligen Verhalten beim Grenzübertritt. Und, dass ich von Anfang an kein gutes Gefühl dabei hatte.

„Sie wissen schon, dass es sehr leichtsinnig war, diesen Mann einsteigen zu lassen?" Brinkmann richtet sich zu voller Größe auf. „Hier in Spanien gibt es immer wieder Übergriffe von Trampern auf ahnungslose Urlauber. Sie haben großes Glück gehabt, dass dieser Harry scheinbar eher harmlos ist."

Da hat er wohl recht. Unsere Fahrt hätte ganz anders enden können. Das ist mir bereits vorhin in der Bodega klar geworden. Aber nicht ich, Chrissie hatte ihn eingeladen. Das nächste Mal, wenn es ein solches überhaupt geben sollte, werde ich mich gegen sie ganz bestimmt durchsetzen. Auch wenn sie dann wieder verschnupft sein sollte. Die Vernünftigere von uns beiden bin auf alle Fälle ich. Apropos Chrissie. Sie wollte doch gleich wieder zurück sein? Egal, sie muss selbst wissen, was sie tut. Ich habe jetzt keine Zeit, mich auch noch um sie zu sorgen.

Brinkmann setzt sich in Bewegung.

„Na, um das hier zu regeln, brauche ich keine spanische Polizei. Das haben wir gleich. Gehen Sie bitte wieder mit mir hinein. Ich brauche Sie für die Gegenüberstellung."

Dieser deutsche Exkommissar strahlt eine derartige Souveränität aus, dass ich ihm bereitwillig folge.

Als wir eintreten, schaut Mercedes auf.

Sie steht hinter ihrer Theke und spült Gläser. Sie will etwas sagen, doch Brinkmann gibt ihr ein Zeichen zu schweigen. Sie nickt kurz. Dann zeigt sie mit dem Kopf in Richtung des Tisches, an dem Roland mit dem Rücken zu uns sitzt. Brinkmann deutet mit fragendem Blick auf ihn. Ich nicke zustimmend, und er tritt von hinten an Roland heran.

„Kriminalpolizei München, Ihre Papiere bitte."

Roland schrickt heftigst zusammen und wirbelt herum. Auf seinem Gesicht spiegelt sich blankes Entsetzen. Die Spanier an seinem Tisch jedoch verziehen keine Miene. Es sieht nicht danach aus, dass sie ihm irgendwie zur Seite stehen werden.

„Ihren Ausweis bitte," wiederholt Brinkmann in scharfem Ton. „Falls Sie sich nicht sofort ausweisen, bin ich gezwungen, Sie zu verhaften."

Mit angstvoller Miene beginnt Roland in der Vordertasche seines Rucksacks zu kramen. Dann steht er unvermittelt auf, packt blitzschnell die Träger seines Rucksackes und wirft ihn sich über die Schulter. Als er zitternd vor uns steht, fällt mein Blick zufällig auf seine Hosenbeine.

Nach und nach verfärben sich diese von oben nach unten immer dunkler, und auf dem Fußboden bildet sich eine kleine Lache.

Mir wird bei diesem Anblick klar, welch eine Panik dieser Mann vor der deutschen Polizei hat.

Brinkmann erkennt die Sachlage und greift in die Innentasche seines Saccos, so, als wolle er seine Waffe ziehen. In diesem Augenblick stürzt Roland in Richtung Eingangstüre, reißt diese auf und verschwindet im Dunkel der Nacht.

„So, das war´s. Den sehen wir hier nicht wieder. Gut, dass er nicht wusste, dass ich außer Dienst bin. Aber gelernt ist gelernt." Brinkmann ist sichtlich stolz auf seinen Auftritt. „Und Sie, meine Herren, fordere ich auf, umgehend dieses Lokal zu verlassen. Ich habe gute Verbindungen zur hiesigen policia."

Ich glaube, er blufft. Oder sollte ein pensionierter Kriminalhauptkommissar hier in Spanien doch etwas zu sagen haben?

Die Spanier scheinen ihn zu kennen und nehmen auf alle Fälle seine Androhung ernst. Sie erheben sich mit reglosen Mienen. Der Älteste wirft einige Geldscheine auf den Tisch und sie verlassen wortlos hintereinander den Raum.

„Muchas gracias, Andreas. Mi mejor amigo! Du bist ein echter Freund." Mercedes ist erleichtert und dankbar.

„De nada, immer gerne. Das nächste Mal denkst Du bitte gleich an mich."

„Ich war so aufgeregt. Tienes razon, ich werde an Dich denken, wenn es wieder einmal Probleme gibt."

„Ich bin nicht überzeugt, dass mein Eingreifen immer so wirkungsvoll ist, wie es gerade eben bei diesem Roland war. Aber ich denke, die nächste Zeit wirst du erst einmal Ruhe vor ihnen allen haben."

„Sollten Sie nicht die deutsche Polizei über diesen Roland informieren?", frage ich ihn.

„Nein, nein, er ist nur ein kleines Licht. Groß mit Drogen handeln tut der nicht. Er ist nur ein Bote."

„Ein Bote?"

„Ja, schauen Sie einmal unter seinen Stuhl. Sehen sie das kleine Päckchen?"

„Ja."

„Das sollte er mit nach Deutschland nehmen."

Brinkmann bückt sich und hebt eine rechteckige Schachtel hoch. „Natürlich. Wieder die Masche mit den Blütenpollen. Sehen Sie. Marihuana, deklariert als Propolis von einem Naturladen in Alicante. Kenne ich schon."

Er nimmt neben seiner Frau Platz. Die hatte sich bisher im Hintergrund gehalten.

„Mir wäre es lieber, du würdest nicht immer den Helden spielen, Andreas. Irgendwann einmal geht das schief."

Brinkmann nimmt ihre Hand.

„Du weißt doch, einmal Cop, immer Cop.“

Jetzt, da alles so glimpflich abgelaufen ist, überfällt mich wieder bleierne Müdigkeit.

„So, ich für meinen Teil hatte genug Aufregung für heute. Ich würde mich jetzt gerne zurückziehen. Mercedes, würdest du mir bitte das Zimmer zeigen?“

„Por favor, kleine Maria, bleib noch ein wenig hier,“ bittet sie mich. „Lasst uns auf unsere Freundschaft anstoßen.“ Sie schenkt die Gläser voll. „Wann kommt denn eigentlich deine Freundin Christina zurück?“, fragt sie so ganz nebenbei.

Ach Gott, ja, Chrissie, genau. Die könnte jetzt auch langsam wieder erscheinen.

„Ich denke, sie ist noch bei Rafael.“

Mercedes lacht.

„Ja, ja, unser kleiner Anwalt ist schon so ein rompecorazones. Wie sagt man auf deutsch? Ein Herzensbrecher.“

Warum fragt sie dann, wenn sie genau weiß, mit welcher Absicht er Chrissie mitgenommen hat. Mercedes zwinkert mir zu.

„No se preocupe, keine Sorge. Deiner Freundin passiert bei ihm nichts. Im Gegenteil, es geht ihr sicher sehr, sehr gut. Seguramente. Rafael ist halt immer offen für eine kleine amor aventura, ein kleines Liebesabenteuer.“

Und Chrissie ist on tour zum Männerangeln. Na, das passt doch.

22.

Chrissie hat von der prekären Situation in der Bodega natürlich nichts mitbekommen. Als sie ging, schien ja alles noch in bester Ordnung zu sein. Sie ist in der Zwischenzeit mit Rafael in den Ort zurückgekehrt. Nun gehen sie auf der anderen Seite von Santa Pola wieder bergan. Rafael wohnt ein ganzes Stück von der Bodega entfernt.

Wenn Chrissie das gewusst hätte, wäre sie bei Mare geblieben. Sie ist müde und kann sich nur schlecht mit Rafael unterhalten. Sie spricht kein Spanisch und ihre Englischkenntnisse sind schon im Normalzustand nicht ausreichend, um damit ein Gespräch zu führen. Jetzt, wo sie so müde ist, fallen ihr überhaupt keine Wörter mehr ein. Rafael wird dadurch gezwungen, seine Deutschkenntnisse anzuwenden. Und damit hat er große Probleme. Daher schweigen sie einen Großteil der Wegstrecke. Sie einigen sich lediglich darauf, einander zu duzen.

„Bist du eigentlich hier geboren, in Santa Pola, Rafael?" unterbricht Chrissie das momentane Schweigen

„Nein, ich komme ursprünglich aus Barcelona. Dort habe ich auch meine Anwaltskanzlei."

Nach diesen wenigen Worten verstummt er wieder. Chrissie fragt nicht weiter. Endlich bleibt er vor einer großen Villa stehen.

„Das hier ist nun mein Ferienhaus, Christina."

Sein Ferienhaus. Wow. Rafael scheint sehr vermögend zu sein. Solch einen Prachtbau kann sich nicht jeder als Feriendomizil leisten.

Die Einfahrt zur Villa mit den terracottafarbenen Wänden ist von haushohen Ölpalmen gesäumt. Ein Kiesweg führt bis zum Eingangsportal. Das Vordach ruht auf mehreren Säulen aus weißem Marmor. Sie gehen gemeinsam die breite Vortreppe hinauf, und Rafael öffnet die schwere Eingangstüre.

„Bitte nach dir, por favor, escribe!"

Er fordert sie auf, vor ihm das Haus zu betreten.

Sie kommen in einen riesigen Vorraum. Hier drinnen ist es recht dunkel. Schwere, spanische Möbel aus dunklem Mahagoniholz verstärken diesen Eindruck noch. Linkerhand führt eine Wendeltreppe in die oberen Stockwerke. An den Wänden hängen Ölgemälde in düsteren Farben. Sie zeigen die Portraits von, so vermutet sie, Rafaels Vorfahren. Aus dem Vorraum führen drei Türen in weitere Räume.

„Darf ich dir nun mein Haus zeigen, Christina?"

„Ja gerne, deshalb bin ich ja hier!"

Aber nicht nur deswegen, ergänzt sie in Gedanken.

Rafael lächelt und öffnet die Türe des ersten Zimmers. Chrissies Blick fällt in einen sechseckigen Salon. Auch hier dominieren die dunklen Möbel. Ein massiges Sofa und drei schwere Sessel sind um einen offenen Kamin gruppiert. An den großen Fenstern hängen sandfarbene Stores, die von groben Häkelborten gesäumt und rechts und links mit runden Wandhaltern gerafft sind.

Gegenüber ihres jetzigen Standortes führt eine große Doppeltüre hinaus in den Garten. Es ist zu dunkel, um ihn in seiner ganzen Größe zu erkennen.

Rafael schließt die Türe zum Salon wieder und geht zur nächsten. Hinter dieser verbirgt sich eine Küche aus ebenso dunklem Holz, in das zahllose Hightech-Küchengeräte integriert sind. Doch es sieht nicht so aus, als wenn sie in Gebrauch wären. Die ganze Küche ist penibel aufgeräumt und wirkt steril. Hier wird sicher nicht regelmäßig gekocht.

„Diese Küche hat meine Frau ausgesucht," erklärt Rafael.

Oh. Seine Frau. Folglich ist er verheiratet.

Rafael sieht ihren Blick.

„Ich lebe getrennt. Schon seit sechs Jahren."

Chrissie wartet.

„Können wir weitergehen?", fügt er schnell hinzu, so, als wolle er weiteren Fragen ausweichen. Das nun folgende Bad ist ein Traum. Den großen Raum füllt eine auf gebogenen, goldenen Füßen stehende, große Badewanne vor königsblauen, glänzenden Fliesen. Goldene Armaturen ergänzen das Ensemble.

„Das hier ist nur das Gästebad. An die drei Schlafzimmer dieses Hauses schließt sich jeweils ein eigenes Bad an. Jedes Bad habe ich anders gestaltet. In meinem Bad zum Beispiel bestehen die Wände aus kleinsten Mosaiksteinchen. Handarbeit. Da kommen wir dann noch hin."

Das klingt schon einmal sehr vielversprechend, denn sein Bad ist folglich neben seinem Schlafzimmer.

„Außerdem hat jedes Schlafzimmer noch einen begehbaren Kleiderschrank. Den wirst du auch gleich sehen."

„Und du wohnst ganz allein hier? Schon etwas groß für eine Person, oder?"

„Ja, im Moment wohne ich allein."

Diese Aussage verrät nicht, mit wem Rafael seine sonstige Zeit hier verbringt. Aber das ist Chrissie im Moment auch egal. Mehr will sie über sein Privatleben garnicht wissen. Er hat sie eingeladen, und sie ist mit ihm gegangen.

„Mir wäre es hier schon etwas unheimlich. Allein hätte ich Angst. Alle Zimmer sind so dunkel und groß."

„Ach, da gewöhnt man sich dran. Während des Tages sind hier meine Bediensteten und meine zwei Bodyguards. Und nachts bin ich geschützt durch ein perfektes Alarmsystem."

„Aha."

Mehr fällt Chrissie dazu nicht ein. Rafael ist sicher Millionär, sonst hätte er keine Bediensteten und Bodyguards. Da ist ihr ganz offensichtlich ein großer Fisch ins Netz gegangen.

Sie folgt Rafael über die weite Wendeltreppe nach oben. Die übrigen Räume öffnet er nur ganz kurz. Alle sind edel eingerichtet. Chrissie gefällt dieser protzige Stil nicht, aber das wird sie ihm nicht sagen. Im zweiten Stockwerk verjüngt sich die Treppe. Sie führt in ein kleines Türmchen hinauf.

„Das ist meine Kommandozentrale. Eine kleine Spielerei. Als Kind wollte ich immer Kapitän werden. Hier habe ich mir meinen Traum in etwa verwirklicht."

Rafael steht an einem Steuerrad. In den runden Tisch davor hat er die Entfernungen zu allen Kontinenten und Ländern mit den jeweiligen Hauptstädten eingravieren lassen.

„Damit ich ganz genau weiß, wie weit die größten Städte der Welt von hier entfernt sind. Cada hombre puso un niño pequeño. In jedem kleinen Mann steckt ein Kind." Rafael lacht.

„Andersherum!", bemerkt Chrissie trocken.

Die ganze Kommunikation mit ihm ist furchtbar anstrengend.

Raffael lacht nicht mehr.

„Ich glaube, das interessiert dich jetzt nicht so sehr. Lass uns nach unten gehen, dann zeige ich dir das absolute Highlight dieses Hauses. Sei vorsichtig, damit du nicht stolperst. Wie du schon sagtest, hier ist es sehr dunkel."

Rafael geht wieder voraus.

„Na gut, dann gehen wir eben wieder hinunter".

Chrissie ist enttäuscht und ziemlich genervt. So hatte sie sich den weiteren Verlauf der Nacht nicht vorgestellt. Rafael ist sehr distanziert und überhöflich. Sie kann sich nicht vorstellen, dass sich nach dieser Hausbesichtigung noch etwas anderes anbahnen könnte. Er wollte ihr scheinbar wirklich nur sein Haus zeigen, so wie er es auch gesagt hatte, nichts anderes.

Im Parterre angekommen tritt Chrissie hinter Rafael auf die weite Terrasse hinaus und folgt ihm dann in eine offene Halle. Raffael öffnet dort einen Schaltkasten an der Wand und betätigt einige Hebel. Zahllose Lichter flammen auf.

Der pure Wahnsinn.

Vor ihnen liegt ein riesiger Swimmingpool. Dieser wird von den Seitenwänden und auch im Wasser von mehreren Spots in verschiedenen Farben angestrahlt. So etwas hat Chrissie noch nie gesehen. Nicht in diesen Dimensionen. Gegenüber an der rechten Hallenwand steht ein langer Bartresen mit mehreren Barhockern.

„Das hier ist speziell für meine Gäste. Hier haben wir schon viele, fröhliche Poolpartys gefeiert", sagt er, und fügt dann leise und fast wehmütig hinzu, „früher."

Chrissie wird es bei diesen Worten unbehaglich. Sie ist nicht mit ihm hierher gekommen, um sich seine traurige Lebensgeschichte anzuhören. Rafael merkt an ihrer ablehnenden Haltung, dass er nicht weiter über die Vergangenheit reden sollte.

„Den Pool kann ich total überdachen, falls das Wetter einmal nicht so gut ist." Er berührt leicht ihren Arm und dirigiert sie in Richtung Bar. „So, mehr habe ich nicht vorzuweisen. Jetzt sollten wir erst einmal etwas trinken. Einen Caipirinha vielleicht, Christina?"

„Gerne."

Chrissie beobachtet ihn, während er den Drink gekonnt zusammenmixt. Mit seinem fein geschnittenen Gesicht wirkt er wie ein spanischer Adliger. Sein leicht gebräunter Teint harmoniert mit seinen ausdrucksvollen, tiefbraunen Augen. An den Schläfen ist er ergraut, und auch sein kurzgeschnittener, gepflegter Bart ist mit weißen Haaren durchzogen. Was Chrissie aber am meisten an ihm fasziniert, ist dieses leicht arrogante Lächeln, das stets seine vollen Lippen umspielt.

Dieser Spanier hat etwas Geheimnisvolles an sich, und genau das zieht sie ungemein an!

Raffael kommt nun mit den vollen Gläsern um die Thekenecke. Er stellt die Drinks ab. Dabei berühren sich ihre Schultern. Diese erste körperliche Berührung mit ihm fährt wie ein Stromstoß durch ihren Körper. Sie kann sein dezentes Parfüm wahrnehmen. Der leichte Körperkontakt, gekoppelt mit diesem männlichen Duft erregt sie. Bei diesem Mann passt einfach alles zusammen.

Diese Nacht ist noch lange nicht vorbei.

Chrissie hofft, dass dieser spanische Advokat ihr noch weitere Vorzüge offenbart. Für einen kurzen Augenblick wünscht sie sich sogar, mit ihm in Zukunft diese extravagante Villa zu teilen. Dieser Gedanke erschreckt sie. Einem One-Night-Stand war sie seit ihrer Scheidung nie abgeneigt. Aber, dass sie so kurz nach dem ersten Kennenlernen von einer gemeinsamen Zukunft träumt, das ist ihr seither noch nie passiert.

Der nicht so ganz ernst gemeinte Entschluss mit Mare zum „Männerangeln" zu fahren, scheint sich gerade zu verselbstständigen und Realität zu werden.

Chrissie muss an ihre Freundin denken. Mare wäre sicherlich empört über das, was sich gerade in Chrissies Kopf und Körper abspielt. Mare ist auf sexuellen Gebiet eher schüchtern und übervorsichtig. Das weiß sie aus den langen Gesprächen, die sie mit ihrer besten Freundin geführt hat. Mares Einstellung ist konservativ. Sie hält nichts von Sex ohne Gefühle.

Ja, Mare hofft insgeheim immer noch auf eine neue, große Liebe. In diesem Punkt sind sie sehr verschieden. Schon oft wollte sie Mare davon überzeugen, sich doch auch sexuell auszuleben. Umsonst. Sie konnte ihrer besten Freundin nie vermitteln, wie viele Höhepunkte sich diese, aufgrund ihrer überholten, romantischen Illusionen, entgehen lässt. Mare sieht das definitiv anders als sie Und sie lässt sich auch nicht vom Gegenteil überzeugen.

Schade, aber nicht zu ändern.

Na gut, vielleicht ist sie, Chrissie, etwas zu leichtlebig. Aber, wenn sie nicht jetzt das pralle Vergnügen an der Sexualität auskostet, wann dann? Gerade in diesem Stadium des Älterwerdens muss eine Frau doch noch einmal aus dem Vollen schöpfen. Das jedenfalls ist ihre Einstellung zur körperlichen Liebe mit knapp über Fünfzig.

Rafael räuspert sich und holt sie dadurch aus ihren Gedanken. Sie prostet ihm zu. Eine Weile stehen sie schweigend nebeneinander. Sollte es das schon gewesen sein? Chrissie kämpft mit einem Gefühl der Enttäuschung. Nein, mein Hübscher, so kommst du mir nicht davon!

„Darf ich?", fragt er jetzt.

„Natürlich darfst du!", denkt Chrissie. „Alles, was du möchtest."

Aber Raffael nimmt ihr lediglich das leere Glas aus der Hand. Er wendet sich kurz ab und stellt die Gläser in die Spüle. Chrissie nutzt den Augenblick seines Wegsehens und öffnet hastig die oberen Knöpfe ihrer engen Bluse. Sie möchte, dass er freien Blick auf ihre vollen Brüste hat. Mit diesem Argument hat sie bisher noch jeden Mann überzeugt.

Doch Rafael ist weiterhin sehr zurückhaltend. Er hat Chrissies Angebot sehr wohl wahrgenommen, nimmt es aber im Moment nicht an. Ja, er bleibt sich selbst treu und übt weiterhin vornehme Zurückhaltung. Chrissie ist verunsichert. Ihre Anmache passt so garnicht zu seinen überaus guten Manieren. Und ihr „offenherziges" Angebot ist ihr nun direkt peinlich. Sie hat da wohl irgendetwas falsch verstanden. Im Gegensatz zu ihr scheint er nicht auf eine schnelle Nummer aus zu sein. Möglicherweise endet diese Nacht mit diesem lockeren Gespräch an der Bar.

Gefällt ihr das? Ja und nein.

Ja, weil er nicht so schnell zu haben ist. Chrissie liebt es, einen Mann erobern zu müssen. Nein, weil sie darauf brennt, mit diesem attraktiven Spanier mehr als nur Händchen zu halten. Schließlich überwiegt eindeutig das Nein. Chrissie würde es sehr bedauern, wenn sie ihm nicht näher käme. Ja, sie will Sex mit ihm haben. Stille Wasser sind bekanntlich tief. Und sie versteht sich auf's Männerangeln. Also, wozu noch warten.

Chrissie drückt sich kurzentschlossen an seinen Körper und bewegt sich fordernd. Doch Rafael hält sie zurück und schüttelt den Kopf. Sie stoppt ab. Er lächelt und legt dann einen Arm um ihre Taille. Was will er denn jetzt? Erst stößt er sie weg und dann will er doch weitermachen. Er zeigt Dominanz.

Nein, so geht das jedenfalls nicht. Chrissie ist verwirrt und versucht sich seinem Griff zu entwinden. Da beginnt er mit seiner freien Hand ganz langsam ihre Bluse weiter zu öffnen. Mit jedem Knopf steigt Chrissies Erregung.

Sein sanftes Streicheln hat eine elektrisierende Wirkung, die sich auf ihren ganzen Körper überträgt. Unter seinen, wie von ihm nicht beabsichtigten Berührungen, werden ihre Brustwarzen hart. Hastig will sie ihm entgegenkommen, er jedoch schüttelt erneut nur stumm den Kopf. Seine Hände fliegen nun über ihre erogenen Zonen. Sie sind kaum spürbar. Wie der Hauch von

Schmetterlingsflügeln. Und sie sind überall. Chrissie kann sie kaum mehr orten.

Solch ein außergewöhnlich erregendes Vorspiel hat Chrissie, trotz ihrer umfassenden sexuellen Erfahrungen, noch nie erlebt. Dieser Mann hat Erfahrung mit der weiblichen Physis.

Mit leichtem Druck dirigiert Rafael sie nun in Richtung einer groß ausladenden Poolliege. Ja, das ist die richtige Spielwiese für das, was jetzt kommt.

Chrissie lässt sich führen. Sie hat alle Gegenwehr eingestellt und ergibt sich diesem, den Verstand vernebelndem Auf und Ab der Wellen, die ihren Körper überwältigen. Rafael unterbricht seine Liebkosungen nicht einmal, als er sich selbst nach und nach entkleidet.

Chrissie ist es gewohnt, die dominante Rolle im Liebesspiel zu übernehmen. Doch bei ihm ist es anders. Sie fühlt sich nicht mehr in der Lage, auch nur für einen Augenblick durch ihr Zutun seine Lust zu steigern. Daher gibt sie sich seinem nun spürbaren Drängen völlig hin. Sie hat kein Zeitempfinden mehr.

Es gibt kein Gestern und kein Morgen. Es gibt nur noch das Jetzt. Und das ist abgekoppelt von Rationalität und Realität. Diesem Zustand der scheinbaren Schwerelosigkeit folgt ein Gefühl von Unendlichkeit.

In einem nie da gewesenen, körperlichen und gleichzeitig spirituellen Empfinden steht sie kurz vor dem intensivsten sexuellen Höhepunkt, ihres Lebens. Ihr Herzschlag scheint auszusetzen.

Rafael intensiviert seine Bewegungen weiter.

Dann überlässt auch er sich der unzähmbaren Gewaltigkeit dieses Momentes. Seine Zurückhaltung schwindet und seine Männlichkeit ergreift den sich steigernden Rhythmus, bis sie gemeinsam zu einem nicht enden wollenden Höhepunkt kommen.

Le petit mort, der kleine Tod.

Ja, diese französische Umschreibung für einen Orgasmus ist genau das, was Chrissie gerade durchlebt.

Ich habe schon gefühlte acht Stunden geschlafen, als ich Chrissie kommen höre. Sie versucht, sich so leise wie möglich ins Zimmer zu schleichen. So leise wie möglich heißt bei Chrissie, dass sie gerade die Türe mit einem Ruck aufgerissen und ebenso geräuschvoll hinter sich zugezogen hat. Dann trippelt sie zu ihrer Bettseite und knipst die Nachtischlampe an. Mit einem genussvollen Stöhnen lässt sie sich auf die Matratze fallen.

Die Erschütterung unseres gemeinsamen Bettes lässt mich auf meiner Seite in die Höhe hüpfen. Wenn ich nicht schon zuvor wach geworden wäre, hätte mich spätestens das unsanft aus meinen Träumen geholt. Och, Chrissie, sei doch bitte etwas rücksichtsvoller.

Aber Chrissie schwebt gerade in anderen Sphären. Sie hat scheinbar völlig vergessen, dass wir uns ein Zimmer teilen. Nachvollziehbar, denn es ist ja auch das erste Mal in unserer langjährigen Beziehung. Sie kickt ihre Highheels von den Füßen, klack, klack, und trampelt ins Bad. Sie vergisst natürlich auch, die Badtüre hinter sich zu schießen. Das scheint ja ein heißer Abend gewesen zu sein. Dermaßen entrückt kenne ich sie garnicht.

Kurz darauf höre ich das Quietschen des verkalkten Wasserhahnes. Sie dreht ihn bis zum Anschlag auf und lässt dann den Wasserstrahl eine halbe Ewigkeit, auf ihren Körper prasseln. Dabei summt sie fortwährend die gleiche Melodie vor sich hin. Aus den Liedfetzen, und trotz ihres Unvermögens auch nur einen Ton richtig zu treffen, erkenne ich den Ansatz von "You are so beautiful tonight".

Ja, Chrissie ist verdammt gut drauf.

Ich dagegen bin todmüde und völlig fertig von den Ereignissen des schon lange vergangenen Abends. Aber ich will ihre Euphorie nicht ausbremsen, so spät es auch ist. Dann ist sie auch morgen gut drauf. Endlich hat sie ihre überaus gründliche Säuberung beendet. Ich kann mir den Grund dafür nur zu gut vorstellen. Rafael hat ganze Arbeit geleistet. Chrissie, Chrissie!

Sie kommt aus dem Bad. Ich beobachte sie aus kaum geöffneten Augenlidern. Sie sieht es.

„Oh, du bist noch wach? Das ist aber lieb, dass du auf mich gewartet hast!"

Ich bin nicht noch wach, sondern wieder wach!

Chrissie ist in unseren gemeinsamen Urlauben des öfteren eine ganze Nacht weggeblieben. Anfangs hatte ich mir tatsächlich große Sorgen um sie gemacht, wenn sie nicht zur verabredeten Zeit zurückgekommen war. Aber mittlerweile weiß ich, dass sie den "One-Night-Stand" liebt. Warum sollte ich mir daher immer noch die halbe Nacht um die Ohren schlagen, nur um auf sie zu warten. Das habe ich mir schon lange abgewöhnt, und ihre kleinen Eskapaden toleriert. Toleranz ist sehr wichtig in einer Frauenfreundschaft. Und es liegt ausschließlich an mir, es ihr gleich zu tun. Ich selbst habe noch nie einen One-Night-Stand gehabt, hatte aber auch noch nie das Bedürfnis danach. Mir ist es nach wie vor schleierhaft, warum das so toll sein soll. Ohne Liebe, oder wenigstens Verliebtsein, gibt es bei mir keinen Sex. Frau braucht doch dazu keinen Mann. Es gibt vielfältige Möglichkeiten sich selbst gut zu tun. Okay, Chrissie mag es, dann soll sie es auch haben. Wie sagte meine Oma immer: Jedem Tierchen sein Plaisierchen. Ich schließe meine Augen wieder und hoffe, dass Chrissie endlich Ruhe gibt. Ich will nur schlafen!

Sie schweigt eine Weile, doch dann sprudelt es aus ihr heraus. „Mei, Mare, wenn du wüsstest, was ich gerade erlebt habe." Liebe Chrissie, ich will es jetzt auch nicht wissen, ich bin einfach nur müde. „Schaust ganz schön fertig und kaputt aus, du Arme." Ist das ein Wunder? „Du, ich fühle mich gerade so was von guuuut! Und müde bin ich auch nicht, nur befriedigt, so was von befriedigt, Mare." Auch das interessiert mich gerade nicht, gähn. „Sorry, Mare, ich wollte dich nicht aufwecken. Aber ich hatte einen so was von intensiven Höhe ..., sorry, ich weiß, dass du nicht magst, wenn ich darüber rede ..."
„Nein, Chrissie, ich will's wirklich nicht wissen!" Ich rolle mich als Signal an sie zur Seite, weg von ihrer grellen Nachtischlampe.
„Mei, Mare, gönne mir doch diesen kleinen Spaß. Ich kann doch nichts dafür, dass du so verkl ..., so übervorsichtig bist?"
„Bitte nicht, Chrissie. Nicht mitten in der Nacht. Diese Diskussion hatten wir schon so oft."
Immer wieder fängt Chrissie damit an. Sie fühlt sich berufen, mich über mein Unvermögen in sexueller Hinsicht aufzuklären, und eine Veränderung meines Verhaltens zu erreichen. Nein, heute nicht. Nicht hier und nicht jetzt! Ich nehme mein Kopfkissen, lege es demonstrativ über mein Gesicht und drücke es auf meine beiden Ohren. „Gute Nacht, Chrissie."
Chrissie gibt keine Antwort. Sie schlüpft unter ihre Zudecke und dreht sich demonstrativ von mir weg. Na, das kann ja eine tolle

Weiterfahrt geben. Noch liegen einige hundert Kilometer vor uns. Aber wenigstens ist nun endlich Ruhe.

„Mare, bist du noch wach?"

Chrissie hat es sich jetzt doch noch einmal anders überlegt. So schnell gibt sie nicht auf. Sie dreht sich zurück in Rückenlage. „Wahrscheinlich bleibe ich sowieso hier, Mare." Pause ... Ich reagiere nicht. „Ich habe nämlich meinen Traummann bereits gefunden. Was sagst du jetzt?"

„Nichts, Chrissie, nichts sage ich dazu", murmele ich in mein Kopfkissen. Heute ist sie mal wieder eine extreme Nervensäge! Und das mit dem Traummann kenne ich zur Genüge. Wie oft hat sie schon ihren Überflieger gefunden. Leider ist bisher keiner nach einer „supergeilen" Nacht, wie sie das auszudrücken pflegt, bei ihr geblieben. Und meistens leidet sie dann wieder. Und wie die Chrissie leiden kann. Ich bekomme ihren heftigen Liebeskummer immer hautnah mit. Allein durch ihre Erfahrungen ist mir klar geworden, dass ein One-Night-Stand offensichtlich keine Garantie dafür ist, einen Mann dauerhaft an der Angel zu haben. Daher bleibe ich auch bei meinem strikten Nein zu diesem Thema. Selbst wenn ich in ihren Augen unsexy und frigide bin. Also, darüber bitte keine Diskussionen mehr!

Da ich nicht auf Chrissies Steilvorlage eingehe, knipst sie, gottlob, schließlich das Licht aus, legt dann aber gleich nochmals nach. „Wirst wohl alleine weiterfahren müssen", bohrt sie weiter. Jetzt wird sie kindisch. Ja, Chrissie, auch gut. Im Augenblick ist mir alles egal. Ich will einfach nur schlafen und antworte nicht.

„Und, was sagst du dazu?" Sie versucht mein Kissen wegzuziehen. Na gut, dann eine passende Antwort, damit sie endlich schweigt. „Dann fahre ich halt alleine weiter, Chrissie. Aber jetzt lass mich schlafen, bitte!"

„Du würdest wirklich ohne mich weiterfahren? Das glaub ich dir jetzt nicht!"

Ich erobere mein Kissen zurück und drücke es mir noch fester auf die Ohren. Sie gibt auf und verstummt.

Endlich Ruhe.

23.

Ich habe den Rest der Nacht dann doch noch gut geschlafen und fühle mich beim Aufwachen ausgeruht. Ich rechne damit, dass

Chrissie noch erschöpft neben mir liegt. Denn für sie war ja der Abend sicher sehr anstrengend gewesen, wenn auch wahrscheinlich weit angenehmer als für mich. Hat sie sich also doch mit diesem Rafael eingelassen. Nein, ich verurteile sie deswegen nicht. Jeder ist so, wie er ist. Und sie ist halt einmal eine „Lebefrau". Ich muss an den hübschen Franzosen in Monte Carlo denken. Manchmal wünsche ich mir auch, meinen vernünftigen Kopf einmal ausschalten zu können. Noch gelingt mir das nicht. Das hat sie mir voraus.

Als ich jetzt zu ihrer Bettseite hinüber spitze, sehe ich nur eine zurückgeworfene Bettdecke. Wie, Chrissie ist schon auf? Mir kommen ihre letzten Worte vor dem Einschlafen wieder in den Sinn. „Vielleicht musst du alleine weiterfahren." Sollte sie wirklich mit all ihren Sachen auf dem Weg zu Rafael sein?

Ich bin hellwach.

Da höre ich die Toilettenspülung. Und kurz darauf kommt Chrissie putzmunter und gut gelaunt aus dem Badezimmer.

„He, du alte Schlafhaube! Auch schon wach? Hopp, hopp, raus aus den Federn. Wir sollten uns so bald wie möglich auf den weiteren Weg machen. Spätestens morgen will ich in Portugal sein."

„Und Rafael ...? Wolltest du nicht ...?"

„Was soll mit dem sein?" Sie lacht mir in mein ernstes Gesicht. „Mei, Mauserl, das habe ich doch nur so daher gesagt. Kennst mich doch. Tolle Nacht, toller Mann. Aber jetzt geht's wieder auf zu neuen Ufern! Der ist doch nicht der Typ für was Ernstes."

„Hat er das zu dir gesagt?"

„Nein, gesagt hat er es nicht. Aber wenn man so viel Erfahrung mit Männern hat wie ich, dann weiß man, ob daraus etwas Festes werden könnte, oder ob es bei einer einzigen, geilen Nacht bleibt."

Sie stopft ihre Utensilien in die Reisetasche und setzt sich wartend auf den kleinen Sessel vor meinem Bett.

„Ich wollte mich noch bei dir entschuldigen für die Störung heute Nacht. Ich weiß, manchmal bin ich schon nervig."

„Ja, Chrissie, das bist du."

Sie blickt ehrlich betroffen auf den Boden.

Na, so schlimm war es jetzt auch wieder nicht. Ich bin erleichtert, dass sie sich gegen ihr Vorhaben hier zu bleiben entschieden hat. Bei Chrissie weiß man nie. Sie ist oft zu spontan. Was hätte ich denn dann gemacht? Ich denke, ich wäre umgekehrt.

„Ok, Chrissie, dann beeil ich mich mal!"
Sie kommt zu mir her und wir drücken uns. Alles gesagt, alles in
Ordnung. Als wir schließlich nach unten in den Gastraum
kommen, werden wir schon erwartet. Mercedes schreibt gerade die
Rechnung und legt sie dann vor uns auf den Tresen.
„Einmal Übernachtung für zwei Personen."
Ich hole meinen Geldbeutel aus der Handtasche, doch Chrissie hält
mich zurück.
„Lass mal, das bezahle ich. Hab dich ja auch gestern einfach sitzen
lassen."
„Dem Rafael kann kaum eine deutsche Frau widerstehen, das
kenne ich schon." Mercedes betont das Wort „deutsche".
Schweigend nimmt sie Chrissies Geld entgegen und würdigt sie
keines Blickes. Als Spanierin hat sie wohl eine eigene Meinung
über „gewisse" deutsche Frauen. Dann kommt sie zu mir, umarmt
mich herzlich und drückt mir einen Kuss auf die Backe.
„Schön, dass du da warst, Mare. Ich würde mich freuen, wenn du
wieder einmal vorbei schauen würdest. Und vielen, vielen Dank
für deine Hilfe. Das war kein angenehmer Abend für dich."
Chrissie gibt sie nur kurz die Hand. „Adios."
Dann dreht sie sich um und lässt uns stehen.
„Gut, dass wir weiterfahren. Die hat ein Problem mit mir!"
Ich habe gerade keine Lust, näher darauf einzugehen.
„So, jetzt schaun wir mal, ob unser Obelix noch da ist," sage ich
stattdessen zu ihr und gehe schnell nach draußen.
Ja, da steht er noch und wartet auf uns.

Irgendwie fühle ich mich erleichtert, als ich wieder auf dem
Beifahrersitz Platz genommen habe. Chrissie kommt mir nach,
wirft ihre Tasche nach hinten, setzt sich auf den Fahrersitz und
schließt die Türe. Dann lässt sie den Motor an und gibt Gas.
„So, weiter geht's! Wo wollten wir jetzt nochmal hin?"
Ich krusche meinen Reiseplan aus dem Handschuhfach. Denn da
war er die ganze Zeit. Unter dem alten Straßenatlas.
„Unser nächstes Ziel ist die Alhambra!"
„Soll ich das so in mein Handy eingeben?"
Die Begegnung mit Harry-Roland hatte ein Gutes. Ohne ihn
wüssten wir bis heute nicht, dass es auch einen Navi im

Smartphone gibt. Das ist jetzt ein ganz großer Fortschritt und eine große Hilfe für die Weiterfahrt.

Gerade überlege ich, ob ich Chrissie von den Ereignissen der gestrigen Nacht in der Bodega erzählen soll. Ich entscheide mich dagegen, weil ich mich selbst nicht mehr damit belasten will. Also sage ich nur zu ihr:

„Ja, gib´s ein. Wenn wir dort sind, sehn wir weiter."

Ich weiß nicht so recht, wie ich jetzt mit Chrissie umgehen soll. Mir hat es nicht gefallen, dass Mercedes deutsche Frauen so einschätzt. Gut, sie hat angedeutet, dass ihre Meinung sich nicht auf alle bezieht. Aber Chrissie ist nun mal meine beste Freundin. So ganz in Ordnung war es nicht, so lange wegzubleiben. Da hat Mercedes schon recht! Aber ich habe Chrissie ja auch nicht gehindert zu gehen, als sie mich gefragt hatte.

Chrissie sagt nichts mehr. Und so frisst unser Transporter wieder einmal einen Kilometer nach dem anderen in Richtung Portugal.

Nach einer Stunde fragt Chrissie plötzlich:

„Mare, hältst du mich auch für eine Schlampe?"

„Na ja, Schlampe würde ich nicht sagen ..."

„Was würdest du sagen?"

„Na ja, eher zu impulsiv. Du verstehst, was ich meine? Und manchmal nicht sehr einfühlsam."

„Ach Mare, manchmal bist du schon ein Moralapostel!"

„Du hast mich doch gefragt."

„Hätte mir ja denken können, dass du mich jetzt verurteilst."

Das klingt ziemlich enttäuscht. Was will sie hören? Nein, verurteilen ist das falsche Wort. Ich denke anders als sie. Und ja, ich hatte nicht angenommen, dass sie schon bei der ersten Gelegenheit mit einem fremden Mann ins Bett steigen wird. Nicht, wenn wir gemeinsam mit einem Auto unterwegs sind. Das war einfach leichtsinnig, hat aber nichts mit meinen Moralvorstellungen zu tun. Wir sind beide erwachsen, und Chrissie hat nun mal ein ganz anderes Naturell als ich. Solange es ihr und mir gut geht, ist doch alles in Ordnung. Und mir geht es heute nicht schlecht.

Diese Situation, zusammen in einem Wohnmobil, ist völlig neu und ungewohnt für uns. Und ich bin immer ängstlich. Meine Angst um sie ist zumeist größer als andere Bedenken. Bei unseren bisherigen Hotelurlauben hatte ich nie ein Problem, wenn sie eine

Nacht weggeblieben ist. Ich bin ja in einem Hotel sicher untergebracht, egal, was kommt. Dieses Mal aber war es ganz anders. Sie hat noch auf dem Weg in den Urlaub, mitten in einem fremden Land, dessen Sprache ich nicht beherrsche, angedeutet, dass sie nicht mehr weiter mitfährt. Natürlich war das ein unüberlegtes Gerede, gemacht hätte sie das nicht, aber verunsichert hat sie mich damit schon. Ich kann ihr Verhalten nicht immer für gut heißen, das stimmt. Sie redet und handelt oft, bevor sie denkt. Tja, was soll ich jetzt sagen. Am besten nichts.

„Mare, ich bin, wie ich bin. Aber ich will doch, dass dir diese Reise mit mir Spaß macht, das musst du mir glauben."

Ich schweige.

„Jetzt rede schon. Ich hab gedacht, wir wollen unseren Spaß haben. Männerangeln. Damit warst du doch einverstanden."

Männerangeln. Stimmt, das hatte sie gesagt. Oh, ich hasse solche Situationen, in denen man nichts sagen kann, weil jedes Wort alles nur verschlimmern würde.

„Na gut, dann bin ich halt eine Schlampe. Jetzt zufrieden?"

Hilfe, wie kommen wir aus dieser Nummer nur wieder heraus! Das wird nichts mehr mit einem unbeschwerten Urlaub. Ich schaue aus dem Seitenfenster hinaus auf die Straße. Und da ist sie wieder einmal, die Hilfe von oben. Wir steuern gerade auf ein großes Werbeplakat zu. Auf diesem steht in Riesenbuchstaben „RESET". Mehr kann ich nicht lesen, denn schon sind wir vorbei. Aber genau das ist es! Das ist die Lösung.

„Weißt du was, Chrissie? Wir drücken jetzt ganz einfach auf RESET! Alles auf Anfang, ok?"

„Ich weiß zwar nicht, wie du jetzt darauf kommst, Mare", Chrissie atmet tief durch, „aber gut, dann machen wir das. Alles auf Anfang. Und du bist ...

„Reset, Chrissie."

„Ok, reset, Mare."

Puh, danke, meine lieben Schutzgeister dort oben, dass ihr uns wieder einmal geholfen habt.

Die Weiterreise ist anstrengender, als ich mir das beim Planen der Fahrt vorgestellt hatte. Die heutige Etappe führt stundenlang durch trostlose Wüsten mit kahlen Felsen. Diese Gleichförmigkeit der Landschaft ist ermüdend. Hin und wieder grüßt ein einsamer, großer, schwarzer Stier von einer Erhebung auf uns herunter. Er ist das Reklamesymbol einer spanischen Schnapsfabrik. Ansonsten sind wir völlig allein auf dieser breiten Straße. Und dann fängt es auch noch an heftig zu regnen. Die Scheibenwischer unseres alten Wohnmobils bewegen sich schwerfällig und ächzend von links nach rechts, von rechts nach links. Chrissie hängt mit der Nase beinahe an der Windschutzscheibe, um im verschmierten Intervall der Scheibenwischer die Straße zu erkennen. Noch packen sie die Regenmassen. Mir scheint aber, dass sie mit jedem Hin und Her langsamer werden. Ja, und dann kann man überhaupt nichts mehr erkennen.

„Ich mach jetzt mal 'n Stopp. Wir sollten warten, bis der Regen nachlässt. Einverstanden?"

„Natürlich, Chrissie, hast eh tapfer durchgehalten."

Chrissie bremst, der Ducato schlingert und rutscht wie auf einer Eisfläche ein ganzes Stück weiter. „Oh, oh, hier ist es aber sauglatt!" Sie lenkt dagegen. „Das habe ich garnicht mitbekommen. Woher kommt das? So kalt kann es doch nicht sein, oder?"

„Nein, nein, das ist sicher kein Glatteis. Ich denke, das Regenwasser bildet mit dem Sand auf der Straße einen Schmierfilm. Auf dem können die Reifen nicht greifen. Kein Wunder, hier gibt es ja auch keinen Baum und keinen Strauch, der das Wasser halten kann! Daher gibt es Aquaplaning."

„Mare, Mare, was du alles weißt. Darauf wäre ich nie gekommen. Aquaplaning durch Sand auf der Fahrbahn. Eine ganz neue Erfahrung." Veräppelt sie mich gerade wieder einmal? Nein, sie schaut mich aus ehrlichen Augen bewundernd an. „Es ist gut, dass einer von uns beiden der Kopf, und der andere das Herz ist."

Aha, und wer ist jetzt der Kopf und wer das Herz, liebste Freundin? Soll ich etwa nur der Kopf sein? Wer hat sich denn den halben Abend um dich Sorgen gemacht? Und wer hat sich ohne Rücksicht auf mich bestens vergnügt? Du oder ich? Ich bin Kopf und Herz! Und Du bist nur Körper. Du mit deinen Sexabenteuern. Wo bleibt da Dein Kopf? Und viel Herz zeigst Du dabei auch nicht. Nur Lust. Stopp Mare, reset! Reset war ausgemacht. Ok. Solche sinnlosen Diskussionen, wie die über Kopf und Herz, werde ich in Zukunft vermeiden.

„Weißt du, was wir jetzt machen, Chrissie? Wir sehen schnellstens zu, dass wir etwas zu essen und einen starken Kaffee bekommen. Dann sind wir auch wieder besser drauf."

„Ja, Mare, das ist eine gute Idee. So lange es in Strömen regnet, können wir unseren Weg sowieso nicht fortzusetzen. Genau, wir gönnen uns jetzt erst einmal ein spätes Frühstück.

Gerade fällt mir ein, dass Mercedes uns kein Frühstück angeboten hatte. Sie konnte Chrissie nicht leiden. Warum eigentlich nicht? Aah, könnte es vielleicht sein, dass sie auf Chrissie eifersüchtig war? Warum komme ich denn jetzt erst darauf. Natürlich, sie hat ein Auge auf Rafael geworfen. Daher auch ihre Feststellung, dass spanische Frauen anständiger sind. Ach, warum mache ich mir überhaupt noch Gedanken darüber. Santa Pola liegt bereits weit hinter uns.

Ich ziehe die Kühlbox ein Stück weiter nach vorne und öffne den Deckel. Puuh, igitt, die Lebensmittel darin beginnen streng zu riechen. Die leicht schmierige Aufschnittswurst sollten wir nicht mehr essen, und auch nicht die leicht grünlichen, hart gekochten Eier. Obwohl die ja angeblich mehrere Tage halten sollen. Wir werden alles in der nächsten Ortschaft entsorgen und uns neu eindecken. Ich klappe den Deckel schnell wieder zu.

Beinahe hätte ich die zwei Croissants von gestern vergessen, die obenauf lagen. Bei einem Marmeladencroissant kann eigentlich nichts verdorben sein. Und auch die H-Milch ist noch ungeöffnet. Aber auf Kaffee müssen wir verzichten. Ich weiß nicht, wann wir zu einer Raststätte kommen. Und ich habe jetzt Hunger. Also schmiere ich die Marmeladencroissants und schenke die H-Milch in die zwei Edelstahlbecher.

Der Regen lässt immer noch nicht nach. Wir können uns Zeit lassen. Eine längere Pause tut uns beiden gut. Chrissie sieht müde aus. Und auch ich blicke mir nicht mehr taufrisch aus dem Autospiegel entgegen. Die letzten Tage zeigen ihre Spuren. Auch wenn man es anfangs nicht so wahrnimmt, solch eine Reise ist doch recht anstrengend. Ich wäre wirklich froh, wenn wir heute noch Granada erreichen würden.

„Du, was mir gerade auffällt. Den Harry haben wir nicht mehr dabei. Direkt unheimlich diese Ruhe. Weißt du, was aus dem geworden ist?" fragt Chrissie zwischen zwei Bissen. Ach, genau, sie hat ja das ganze Tamtam im Lokal nicht mitbekommen. Ich hatte mir zwar vorgenommen, diesen Abend schnellstmöglich zu vergessen, aber wissen sollte sie es schon. Für die Zukunft.

„Nur zur Information, ich hatte recht. Der heißt in Wirklichkeit Roland, nicht Harry. Und wie zu vermuten war, hat er Angst vor der Polizei bekommen und ist getürmt."

„Die Polizei war da?"

„Nein, nicht direkt. Ich sollte sie im Auftrag von Mercedes anrufen. Die Typen am Nebentisch hatten eine Schlägerei angezettelt. Aber dann kam dieser nette, pensionierte Kriminialhauptkommissar aus München und hat das gemanagt.

„Versteh ich das richtig? Ein Kriminaler aus München? Wie ist der denn so schnell nach Spanien gekommen? War er attraktiv?"

Ach, Chrissie, das war ganz sicher nicht das Thema.

„Ja, war er. Aber seine Frau war auch dabei."

„Ach so." Chrissie hat genug gehört. „Da hast du ja einen spannenden Abend gehabt."

„Zweifelsohne. Aber auf diesen Vorfall hätte ich liebend gerne verzichtet. Ich bin nur froh, dass wir diesen Roland los geworden sind. Es war knapp davor, dass wir mit in Verdacht geraten. Der hatte mehr Dreck am Stecken, als du gedacht hast. Ich wusste es."

„Echt? Er war doch eigentlich ganz nett."

Chrissie will sich ihren Fehler immer noch nicht eingestehen.

„Ein Drogenkurier ist er. Und so jemanden findest du nett?"

Chrissie richtet sich im Sitz auf. „Ui, spannend. Erzähl weiter!"

„Da gibt's nicht viel zu erzählen. Erst hat er sich vor Angst in die Hose gepiselt ...

„Wie bitte? ... Schade, da wäre ich gerne dabei gewesen!"

... und dann ist er geflüchtet. Die drei anderen Typen haben übrigens zu einem Drogenkartell gehört."

„Irre, wie in einem Krimi! Genau, ich habe eine super Idee. Damit machen wir eine Menge Kohle. Nachdem es in Monaco ja nicht so optimal lief, wie wir erwartet hatten."

Hilfe, Chrissie hat mal wieder eine Superidee.

„Merk dir das mal alles, Mare. Ich bin sicher, über unsere Reise lohnt es sich einen Krimi zu schreiben. Du kannst das doch." Sie lässt sich wieder zurück fallen. „Und ich steure meinen Teil dazu bei. Das mit Rafael und der geilen Nacht. Sexpassagen müssen

unbedingt mit hinein! Dann verkauft sich das Buch besser. He, Mare, das wird der Bestseller!"
Die Idee ein Buch zu schreiben, ist an sich interessant. Aber nur Sex and Crime? Nein, das ist nicht mein Stil.
„Ich finde, da gehört auch Romantik mit hinein. Unbedingt. Ein Frauenroman muss das werden. Ein romantischer Frauenroman."
„Nein, Romantik ist langweilig. Und mit Romantik kann ich nicht dienen. Du kennst mich doch. Ich stehe auf das Körperliche."
„Ja, ich weiß, Chrissie. Apropos körperlich. Dein Kloabenteuer muss unbedingt auch mit hinein. Dann hat der Roman witzige Passagen. Humor ist sehr wichtig."
„Untersteh Dich! Das interessiert doch wirklich niemanden."
„Doch, doch, gerade das macht die Würze dieses Romans aus."
Wir kauen eine Weile schweigend weiter.

Da erscheint plötzlich vor unseren Augen ein überdimensionaler Regenbogen. Nein, nicht nur einer: zwei, ja sogar drei bilden eine Kuppel aus bunten Farben über uns.
„Schau mal, drei Regenbogen übereinander! So etwas habe ich noch nie gesehen!" Chrissie ist überwältigt. „Mare, wenn das nicht wieder einmal deine Himmelszeichen sind. Du wirst sehen, auf uns wartet das Paradies!"
„Das Paradies?" wiederhole ich erschrocken. „Meinst du, uns passiert etwas, Chrissie? So schnell will ich noch nicht dahin."
„Ach Quatsch. Ich wollte damit sagen, dass unser Urlaub paradiesisch wird. Die Vorzeichen dafür sind schon mal da."
Oja, wenn diese Regenbogen ein Zeichen für eine glückliche Zukunft sind, dann bin ich ihr vielleicht näher, als ich glaube. Das wäre schön. Ich wünsche mir, Chrissie behielte recht.
Der Regen lässt nach, und die Regenbogen verblassen. Dann ist dieses beeindruckende Naturschauspiel zu Ende.
„Das war einfach gewaltig, gewaltig schön."
„Das finde ich auch. Aber, Mare, trotz alledem, könntest du bitte weiterfahren. Ich muss mich ein wenig ausruhen."
„Ja sowieso, Chrissie. Selbstverständlich. Ich übernehme die restlichen dreihundert Kilometer bis Granada."
Wir verräumen die Kühltruhe wieder unter dem Sitz und wechseln die Plätze. Dann nimmt Chrissie meine rechte Hand in ihre.
„Auf eine glückliche Zukunft und weniger Streit, Mare?"

„Ja, auf eine glückliche Zukunft und weniger Streit. Wir werden dennoch ab und zu verschiedener Meinung sein, denn wir haben beide unsere Macken, obwohl ...", und dann sagen wir wie aus einem Mund, „ich habe eigentlich keine." Wir lachen. Ich starte den Motor.

Die Straße führt weiter durch Wüsten- und Felslandschaften. Aber sie ist gut zu fahren. Uns begegnet kaum ein anderes Auto. Doch die Fahrt nach Granada zieht sich in die Länge. Das liegt wohl zum Teil daran, dass wir wenig miteinander reden. Jeder hängt seinen eigenen Gedanken nach. Aus dem urzeitlichen Radio unseres Wagens kommt auch schon lange keine Musik mehr. Hier haben wir keinerlei Empfang. Bereits vor unserer Frühstückspause hatte ich festgestellt, dass Handysurfen auch keinen Sinn macht, denn meines hat fast keinen Akku mehr. Aber solange ich fahre, geht das sowieso nicht. Und aufladen kann ich es erst am Zielort. Chrissie ist wieder einmal eingedöst. Auch mir fällt es schwer, die Augen offen zu halten. Ich denke, wir werden heute im Auto übernachten. Ich habe keinerlei Lust dazu, in Granada nach einem geeigneten Hotel suchen zu müssen. Dafür sind wir nicht mit einem „Wohnmobil" unterwegs.
Für mich war der letzte Stopp in Santa Pola wenig erholsam, auch wenn wir uns dort ein Zimmer genommen hatten. Mir wäre viel erspart geblieben, wenn ich auf dem Aussichtspunkt stehen geblieben wäre und im Auto übernachtet hätte.
Außerdem, wer garantiert mir denn, dass Chrissie ihren Slogan „auf zu neuen Ufern" nicht auch im nächsten Hotel in die Tat umsetzt. Nein, ich schlafe im Transporter. Obelix ist meine Trutzburg.

Am Nachmittag erreichen wir endlich das Ortsschild von Granada. Und wo ist sie jetzt, die berühmte Alhambra? Man müsste sie doch von hier unten sehen können. Es gibt kein Hinweisschild, das uns die Richtung zeigt. Und schon sind wir mitten drin in der verkehrsreichen Innenstadt. Chrissie meinte zwar gerade, ihr wäre es lieber, wenn wir uns die Alhambra sparen könnten, sie will gleich weiterreisen, aber das kommt für mich nicht in Frage. Habe ich schon das Mausoleum von Dali nicht besichtigen können, dann muss es zumindest die Alhambra sein. Solch eine Reise ist ja auch in kultureller Hinsicht lohnenswert, auch wenn das eine Chrissie nicht so sieht. Ja, sie hat eher Interesse an der Physiologie eines attraktiven Mannes. Aber nur an einem potenten Lebenden. Zur Ausstellung „Körperwelten" wollte sie mich nämlich auch nicht begleiten.

Die heiße Sonne Spaniens brennt ohne Gnade auf unser Autodach und durch unsere Windschutzscheibe. Ich bin nahe daran, meine guten Vorsätze zu vergessen und Kunst, Kunst bleiben zu lassen. Ehrlich gesagt, auch ich habe keine Lust bei dieser Hitze durch die Gegend zu wanken. Aber, nein, ich werde jetzt nicht schwach werden. Zumal gerade in diesem Augenblick ein Wegweiser zur maurischen Burg vor meinen Augen auftaucht. Das war knapp. Beinahe hätte ich die Besichtigung gestrichen.
„Mare, komm sei vernünftig! Kein Mensch steigt zu dieser Tageszeit nur wegen ein paar alten Gemäuern aus seinem Auto," versucht mich Chrissie umzustimmen. „Wir schaun uns zuhause ein tolles Reisevideo an. Erstens ist es dann angenehm kühl, zweitens sehen wir alles, ohne stundenlang herumlatschen zu müssen, und drittens interessiert mich diese Alhambra prinzipiell nicht. Du kannst gerne hineingehen. Ich jedenfalls bleibe hier und warte auf dich. Punkt, aus."

Ich glaube, ich höre nicht richtig. Hatten wir uns nicht darauf geeinigt, weiteren Differenzen aus dem Weg zu gehen? Schon wieder will sie ihren Kopf durchsetzen und mich alleine meiner Wege gehen lassen. Nein, diesmal nicht!
„Chrissie, heute kommst du bitte mit. Wenigstens dieses eine, letzte Mal. Danach kannst du machen, was du willst. Aber jetzt begleitest du mich!"
Ich meine es ernst. Warum soll ich mich immer ihr anpassen? Das habe ich jetzt die ganze Fahrt lang schon gemacht. Nein, dieses eine Mal bleibe ich hart. Jawoll!
Chrissie blickt mich völlig entgeistert an.
„Hallo, geht es schon wieder los? Du müsstest mal deinen aggressiven Tonfall hören. Du hast mir gar nichts zu befehlen, Süße. Jeder macht das, was ihm gut tut. So haben wir es abgesprochen. Und diese blöde Zwangsbesichtigung tut mir nicht gut. Ende."

Und jetzt?

„Dann bleibst du eben hier unten, Christiane." Wenn ich sauer bin, nenne ich sie immer Christiane. „Du steigst jetzt aus, und ich fahre mit dem Obelix ohne dich da hinauf. Wenn du Glück hast, hole ich dich dann hier wieder ab."

„Ach Mare. Ich bin diese Streitigkeiten leid. Mach, was du nicht lassen kannst. Von mir aus. Ich such mir 'ne kühle Tapas-Bar und trinke in der Zwischenzeit einen leckeren Sangria. Null problemo!"

Die Aussicht auf ein kühles Getränk in einer klimatisierten Bar lässt mich beinahe schwach werden. Nein, nein, und nochmal nein. Ich fahre da hinauf. Chrissie versucht weiter einzulenken.

„Du, Mare, besser wäre es doch, ich bringe dich hin und hole dich auch wieder ab. Schau mal, wie viele Autos und Reisebusse sich dort den Berg hinaufquälen!"

Ich folge ihrem ausgestreckten Zeigefinger.

Tatsächlich. Eine nicht enden wollende Schlange aus Fahrzeugen bewegt sich auf der einzigen Zugangsstraße zur Alhambra nach oben. Da werde ich ganz sicher keinen Parkplatz mehr finden.

„Schau, Mare, ich würde mich dir zuliebe sogar dazu bereit erklären, mich in diese lange Warteschlange einzureihen. Das ist doch ein Entgegenkommen, oder nicht?"

Ich überlege kurz und muss ihr recht geben. Ihre Idee ist die bessere.

„Einverstanden. So machen wir das jetzt. Danke."

Wenige Minuten später haben wir uns der Fahrzeugkolonne angefügt. Nach einer weiteren halben Stunde sind wir am Ziel. Es gibt zwar Riesenparkplätze mit den Zuordnungsbuchstaben von A bis G, aber Chrissie hatte absolut recht. Alle diese Parkflächen sind bereits mit Pkws und Reisebussen dicht vollgestellt. Ich zähle allein zwanzig Busse, die hier auf ihre Mitfahrer warten.

„Schau dir mal die Warteschlange an der Kasse an, Mare. Du willst dich da wirklich anstellen? Bevor du vorne bist, hast du einen Hitzschlag! Komm, lass es. Wir fahren zurück."

„Nein. Ich packe das schon."

Ich versuche Zuversicht in mein Vorhaben auszustrahlen. Es gelingt mir leidlich. Ich schnappe meine Handtasche und öffne die Wagentüre.

„Nimm dir wenigsten ein Wasser mit. Du wirst Flüssigkeit brauchen bei der Hitze." Chrissie angelt eine kühle Flasche Mineralwasser aus unserer Tiefkühlbox.

„Ja, danke." Ich verstaue die Flasche seitlich in der Tasche. „Wann holst du mich wieder ab?"

Chrissie schaut auf ihre Uhr. „Ok, jetzt ist es 15.30 Uhr. Ich denke, drei Stunden musst du schon veranschlagen. Ich komme um 18.30 Uhr genau hierher zurück."

„Abgemacht, in drei Stunden, genau hier!"

24.

Ich warte bis Chrissie auf den Fahrersitz gerutscht ist, und mache mich dann auf den Weg in Richtung Haupteingang. Bereits nach wenigen Metern wird mir schwindelig und leicht übel im Magen. Es ist wahnsinnig heiß, und mein Kreislauf beginnt sich bereits jetzt dagegen zu wehren. Nein, das ist ja blanker Selbstmord. Das schaffe ich nie! Als ich mich jedoch umdrehe, um zum Transporter zurückzukehren, sehe ich ihn gerade in einer ockerfarbenen Sandwolke entschwinden. Das habe ich nun von meinem Wissensdurst. Oder, besser gesagt, von meinem Starrsinn.

Und jetzt?

Da fällt mir gottlob ein, dass wir heutzutage ja jederzeit per Handy Kontakt miteinander aufnehmen können. Ich hole es also aus meiner Tasche, um Chrissie schnellstens darüber zu informieren, dass ich mich nun doch anders entschieden habe. Noch wird sie nicht so weit weg sein. Dabei stelle ich fest, dass die Wasserflasche in diesen wenigen Minuten bereits schon ihre Kühle verloren hat. Als ich die Hülle des Handys öffne, macht dieses laut: düüüt- düüüt und die Startseite verschwindet. Akku leer! Das wusste ich doch bereits vorhin im Auto. Schon da war er auf Minimum. Das hatte ich nur leider in der Eile vergessen. Ich spüre, wie mir der Schweiß ausbricht. So, jetzt habe ich den Salat. Mir wird jetzt nichts anderes übrigbleiben, als mein Vorhaben durchzuziehen. Chrissie kommt erst in drei Stunden zurück.

Ich erreiche das Ende der geduldig Wartenden, und stelle mich hinten an. Die anderen Besucher haben ähnliche Probleme wie ich. Sie fächeln sich gegenseitig mit ihren Eintrittskarten Luft zu. Mit ihren Eintrittskarten? Wieso haben die denn schon Eintrittskarten in der Hand? Wir sind doch noch meterweit von der Kasse entfernt? Eigenartig.

„Entschuldigen Sie bitte, ich hätte da eine Frage," spreche ich die zierliche Frau vor mir an. „Woher haben Sie denn diese Eintrittskarte? Muss ich mich da woanders anstellen?"
Sie schaut mich fragend an.
„Please?"
Ach so, sie spricht kein Deutsch. Dann werde ich es auf Englisch versuchen.
„Where do I get an entrance card?"
„You have no ticket? Oh, that´s a problem!"
Warum soll das ein Problem sein? „Why?"
„Because we already ordered our tickets in January. You had to order them nearly half a year before your visit."
Waas? Ich hätte mir vor einem halben Jahr schon eine besorgen müssen? Da wusste ich doch noch garnicht, dass ich hierher kommen würde. Der Mann hinter mir hat unseren Dialog mitgehört und schaltet sich ins Gespräch ein.
„Ich mache eine Busreise. Die Busgesellschaft hat die Karten für uns gekauft. Für Reiseanbieter gibt es Kontingente, die jedes Jahr zurückgelegt werden. Ich glaube kaum, dass heute für Privatpersonen noch Tickets da sind. Aber vielleicht haben Sie ja Glück und können sich irgendeiner Gruppe anschließen."

Ich merke gerade, dass sich meine Beine in Wackelpudding verwandeln. Panikattacke im Anmarsch. Bitte nicht schon wieder! Aber ist es denn ein Wunder? Ich stehe in dieser brütenden Hitze auf heißem Asphalt, in einer nicht enden wollenden Schlange. Mit der Aussicht darauf, zurückgewiesen zu werden, falls ich es überhaupt bis ganz nach vorne schaffe. Jetzt wird mir furchtbar schwindelig. Sei es von der Hitze oder von der Aufregung, ich muss so schnell wie möglich in den Schatten gehen. Den gibt es aber nur in der kleine Eingangshalle, ganz da vorne am Kopf der Warteschlange.

Gute zwei Stunden noch muss ich überhaupt hier bleiben. Chrissie wird nicht vor 18.30 Uhr zurückkommen. Darauf haben wir uns geeinigt. Wer würde da nicht in Panik verfallen. Aber was nützt sie mir? Nichts. Also, erstes Etappenziel: Die Eingangshalle erreichen, um Schatten für meinen Kopf zu haben. So oder so muss ich da hin. Was bleibt mir denn sonst übrig?

Dann geht es doch relativ schnell vorwärts. Die Reisegruppen werden zügig abgefertigt. Nahezu alle Wartenden gehören einer an. Nur ich nicht. Ich bin allein. Oh, jetzt bin ich an der Reihe. Falls es keine Karte mehr für mich gibt, werde ich verhandeln.

„Your ticket, please."

Der kleine Spanier mit Pokerface hält mir seine Hand entgegen.

„Ich habe keines! I don´t have one!", antworte ich wahrheitsgetreu.

Er versucht mich beiseite zu schieben.

„The next, please!"

„I want to buy one!"

Ich bleibe an seiner Seite. Er geht darauf nicht ein.

„The next one!"

Unbeirrt reißt er eine Karte nach der anderen in der Mitte durch. Die Schlange schiebt sich an mir vorbei. Nein, so schnell gebe ich nicht auf.

„Only one?"

Der Kartenabreisser ignoriert mich.

Ein älterer, fülliger Spanier mit einem Besen in der Hand kommt freundlich lächelnd auf mich zu. Meine Rettung! Er wird mir helfen, das sehe ich. Aber was er zu mir sagt, ist enttäuschend.

„Gnädige Frau, verstehen Sie doch, es gibt keine Karten mehr!"

Na wenigstens spricht er deutsch, wenn auch etwas holprig. So schnell gebe ich nicht auf. Den werde ich weich klopfen.

„Bitte lassen Sie mich ausnahmsweise trotzdem hinein," flehe ich ihn an.

„Das darf ich nicht," antwortet er mir.

„Nur das eine Mal?"

„Tut mir sehr leid." Er lässt sich nicht erweichen. „Sie können sich aber gerne auf den Stuhl in der Ecke dort setzen. Sie sind ja ganz blass. In diesem Zustand dürfen Sie erst einmal kein Auto fahren."

„Ich habe auch keines."

„Wie, Sie haben keines. Gehören Sie dann doch zu einer Busreisegruppe?"

„Nein."

„Wie sind Sie denn dann hierher gekommen?"

„Schon mit einem Auto. Aber das ist jetzt weg."

Er blickt mich erst irritiert, dann mitfühlend an.

„Kommen Sie. Sie reden ja schon ganz wirres Zeug. Völlig dehydriert."

Sein Mitleid löst in mir ein emotionales Chaos aus. Seine wirklich nett gemeinten Worte werden von mir mit einem Heulkrampf beantwortet. Ich wundere mich, dass ich noch so viel Wasser zum Weinen in mir habe, denn meine Zunge klebt mittlerweile am ausgetrockneten Gaumen.

„Meine Freundin holt mich erst in knapp drei Stunden wieder ab," erkläre ich ihm schluchzend.

„Na, na, das ist doch kein Grund zum Weinen. Alles halb so wild!" Er geleitet mich fürsorglich zu einem klapprigen Campingstuhl, und ich setze mich darauf. „So, und da warten Sie jetzt, bis Sie abgeholt werden."

„Das geht nicht! Chrissie weiß ja nicht, wo ich bin? Ich muss zum abgesprochenen Treffpunkt zurück, nach ganz dort hinten."

Ich zeige in die Ferne. Dann stehe ich auf.

„Sie bleiben jetzt sitzen und erholen sich erst einmal. Ich habe ein Auge auf Sie. Nach einer ausreichenden Erholungspause im Schatten sind Sie auch wieder fähig, zurück zum Parkplatz zu gehen. Aber jetzt erst einmal Ruhe, Ruhe. Sie haben jede Menge Zeit." Er ist wirklich ganz besorgt. „Und schauen Sie mal, durch die Gitterstäbe hindurch können Sie auch einen Teil der Alhambra sehen. Einen kleinen Eindruck bekommen Sie auch von hier aus."

Er hat recht.

Was bleibt mir denn auch anderes übrig, als hier im Schatten zu warten. Ich schaue durch die Gitterstäbe. Jenseits der Absperrung erkenne ich ein rotes Gebäude. Davor sprudelt ein Springbrunnen. Um ihn herum ist ein großes Beet mit wunderschönen Blumen angelegt.

Das Bild kommt mir bekannt vor. In einem Reisevideo habe ich den Eingangsbereich der Alhambra schon einmal gesehen. Mehr von ihr werde ich heute leider nicht zu Gesicht bekommen. Schade. Jetzt bin ich schon einmal hier, direkt davor sogar, und komme nicht hinein. Tja, über die Vorbestellung der tut mir gut und beruhigt meinen Puls. Hin und wieder nehme ich einen Schluck aus der Wasserflasche. Oh nein, erst eineinhalb Eintrittskarten hatte ich im Internet nichts gelesen. Oder ich habe es übersehen.

Im Schatten zu sitzen Stunden sind vergangen, seit mich Chrissie hier abgesetzt hat. Die Zeiger meiner Uhr scheinen sich nicht weiterbewegen zu wollen.

Jetzt hat sich wieder eine lange Schlange an Wartenden gebildet. Immer nur hier zu sitzen, ohne etwas zu tun, ist mir echt zu langweilig. Na gut, dann werde ich mir die Zeit mit der Beobachtung der hereindrängenden Besucher vertreiben. Sie kommen offenbar aus der ganzen Welt. Die meisten von ihnen sind Japaner.

Der liebe Gott hat sich wirklich sehr viel Mühe damit gegeben, möglichst verschiedene Typen Mensch zu erschaffen. Nicht bei jedem ist ihm das gut gelungen. Halt, stopp, ich hatte mir doch vorgenommen, nicht mehr über andere zu lästern. Aber was soll ich denn sonst hier machen? Weiter geht´s.

Durch meine Studien der menschlichen Vielfalt ist es mir dann zumindest gelungen, eine weitere Stunde zu überbrücken. Nun wird die Hitze auch hier im Schatten langsam unerträglich. Der Pulk von anstehenden Besuchern hat sich mittlerweile wieder aufgelöst. Die glücklichen Besitzer einer Eintrittskarte sind alle hinter den hohen Gitterabsperrungen verschwunden. Nur ich sitze immer noch auf meinem Stühlchen und warte. Der Kontrolleur lässt sich auch nicht mehr blicken. Er ist in seinem kleinen Steinhäuschen verschwunden und hält wahrscheinlich Siesta.

Doch auch der heißeste Nachmittag meines bisherigen Lebens hat einmal ein Ende. Endlich ist es achtzehn Uhr. Ich werde nun langsam zu dem Parkplatz schleichen, an dem mich Chrissie abgesetzt hatte. Sogar das vor mich hin Dösen auf dem Klappstuhl hat mich derart erschöpft, dass ich ganze zwanzig Minuten dafür benötige, um an den verabredeten Ausgangspunkt zurückzugelangen. Aber in meiner jetzigen Verfassung ist das eine Riesenleistung.

Also, ganz ehrlich, für ein Leben hier in Spanien bin ich nicht geschaffen. Ich hasse diese brütende Hitze! Durch sie fällt es mir gerade furchtbar schwer durchzuatmen. Ich habe das Gefühl in einem luftdichten Ganzkörperanzug zu stecken.

Oh nein, das hier ist nichts für mich!

Als ich dann endlich auf dem menschenleeren Parkplatz G stehe, brennt die Sonne wieder ungehindert auf meinen Kopf. Dass ich mir aber auch keinen Hut aufgesetzt habe. Schwarze Haare ziehen die Sonne an. Mein Scheitel glüht. Die stechenden Strahlen werden scheinbar direkt in mein Hirninneres weitergeleitet. Es fällt mir jetzt nämlich zunehmend schwerer, einen klaren Gedanken zu fassen. „Bitte, Chrissie, sei pünktlich, denn lange halte ich es hier nicht mehr durch!", flehe ich inständig.

Große Hoffnung habe ich nicht, dass sie rechtzeitig hier vorfährt. Chrissie kommt generell immer zu spät. In meiner Verzweiflung lege ich mir jetzt meine Handtasche auf den Kopf und versuche mich so vor den sengenden Strahlen zu schützen. Nein, das ist zu anstrengend und bringt nicht wirklich was. Ich lasse die Arme wieder fallen.

Doch, was sehe ich da?

In einer Sandwolke, ähnlich der vor drei Stunden, rast Obelix auf mich zu. Mein Flehen wurde erhört. Danke, danke, danke.

Chrissie legt eine zackige Vollbremsung hin. Der aufgewirbelte feine Sand rieselt auf mich nieder und dringt in jeden Ritz meiner Kleidung. So verkehrt ist das aber nicht. Meine Haare sind jetzt nicht mehr schwarz, und ich glaube zu spüren, dass die Sonnenglut auf meinem Kopf nachgelassen hat.

Hinter der vom Sand bedeckten Windschutzscheibe erkenne ich Chrissies verschwitztes Gesicht. Glücklich und zufrieden sieht anders aus. Sie lässt die Scheiben herunter, ich atme Sand ein. „Dass war jetzt der absolute Reinfall. Du und deine Extrawürste!"

Ich komme nicht dazu, mich zu verteidigen. Schon redet sie weiter. „Erst bin ich eine geschlagene Stunde im Stau bergabwärts in Richtung Stadt gestanden. Eine weitere Stunde habe ich damit verbracht, einen Parkplatz zu suchen. Da ich Angst hatte in dieser Hitze zu kollabieren, habe ich mich dann schnellstens auf einen Großparkplatz gestellt. Beim Lidl. Mitten in einem hässlichen Industriegebiet. Ja, genau so habe ich mir Granada vorgestellt."

Chrissie holt kurz Luft. Wie es mir gerade geht, interessiert sie nicht. „Ich dachte, dass der Discounter mit Sicherheit über eine Klimaanlage verfügt. Aber denkste, Fritzchen. Drinnen war es fast noch heißer. Und total stickig dazu. Menschenmassen schoben sich durch den Verkaufsraum. Die Cola, die ich mir kaufen wollte, war allein durch die lange Wartezeit an der Kasse warm wie Pipi geworden."

Auch Chrissie ist fix und fertig.

„Und super, als ich endlich draußen war, konnte ich mich direkt wieder auf den Rückweg machen ..." Ihr Gesicht hat mittlerweile die Farbe einer reifen Himbeere angenommen. „Was guckst du denn jetzt so komisch. Ich hatte keinen Spaß. Ich bin nämlich nicht wie du in den kühlen Mauern der Alhambra lustgewandelt."

Ich will etwas sagen, aber sie lässt mich nicht zu Wort kommen. „Noch einmal werde ich nicht machen, was du vorschlägst. Ja bin ich denn deppert!"

Sie wartet auf eine Reaktion, aber ich bin nicht fähig, irgendetwas Hilfreiches zu ihr zu sagen. Ich starre sie nur an.

„Waaaas?", fragt sie schließlich.

Nein, ich halte es jetzt nicht für sinnvoll, Chrissie meine Pein zu schildern. Das wäre ja noch weiteres Wasser auf ihre Mühle. Ok, ich geb's ja zu, ich bin daran schuld, dass wir volle drei Stunden verplempert haben. Wir könnten bereits an der portugiesischen Grenze sein.

„Das tut mir leid, Chrissie," versuche ich sie zu beruhigen.

Sie atmet schwer.

„Tut mir leid, tut mir leid", sie greift sich ans Herz, „mir auch!"

Oh Hilfe, sie wird doch keine Kreislaufkrise bekommen. Wir müssen sofort weg von diesem staubigen, schattenlosen Parkplatz. Bevor ich aber handeln kann, bekomme ich nun die Kreislaufprobleme, die ich bei Chrissie vermute. Und so höre ich ihre nächsten Worte von ganz weit weg, verzerrt und schrill. Die Umgebung verschwimmt vor meinen Augen und sieht nun so aus wie ein Luftspiegelung. Auch mir geht es richtig, richtig schlecht.

„Du musst weiterfahren," sagt Chrissie aus der Fata Morgana zu mir. „Mir ist so elend. Ich ertrage diese Hitze nicht, Mare."

Na bravo. Da habe ich uns mit diesem vermaledeiten Alhambrabesuch wieder einmal mitten in ein Desaster hineinmanövriert. Chrissie kann nichts dafür. Sie wollte ja nicht hierher.

Ich versuche verzweifelt wieder ein klares Bild zu bekommen. Nur nicht in Panik geraten, ich schaffe das! Nach mehrmaligem, heftigem Zwinkern mit den Augen kann ich unseren Transporter mit der gestressten Chrissie darin wieder klar sehen.

„Gut, mache ich. Aber dazu musst du erst einmal aussteigen." Chrissie öffnet sofort die Fahrertüre, klettert unsicher heraus und geht langsam auf mich zu. Rieche ich da etwa Alkohol? Es ist also nicht nur die Hitze, die ihr so zu schaffen macht. Ihr labiler Kreislauf hängt auch mit der konsumierten Menge Alkohol zusammen. Ja, das erklärt natürlich ihren derart beunruhigenden Allgemeinzustand.

Sie erkennt an meiner Miene, was ich gerade denke.

„Ja, ja, reg dich nicht auf. War wirklich nur ein Glas Sangria."

Ach so, während ich enttäuscht und verzweifelt auf sie gewartet habe, hat sie die freie Zeit dazu genutzt, einzukehren. Mit ihrem Märchen vom lauwarmen Cola wollte sie mich nur geschickt ablenken.

Aber das ist jetzt auch egal.

Ich bin auf alle Fälle nüchtern, wenn auch überhitzt. Ich hoffe sehr, dass uns der Fahrtwind, der gleich durch die geöffneten Scheiben blasen wird, wieder herunterkühlt. Chrissie sitzt bereits auf der Beifahrerseite und fächelt sich mit meiner Reiseplanungsmappe Luft zu. Riskant ist es schon, wenn ich in meinem Zustand das Steuer übernehme. Aber es gibt keine andere Lösung. Wenn ich hier noch lange warte, dann garantiere ich für gar nichts mehr. Und dass Chrissie eventuell ihren Führerschein abgeben muss, das wäre ganz fatal.

25.

In diesem Moment tippt mir jemand von hinten auf die rechte Schulter. Ich habe niemanden kommen hören und schrecke dementsprechend heftig zusammen. Langsam drehe ich mich um. Zwei kleine, schmächtige Zigeunerinnen stehen vor mir. Sie tragen staubbedeckte, altmodische Kleider und grinsen mich falsch an. Es scheinen Mutter und Tochter zu sein. Die ältere der beiden drückt mir einen Büschel Rosmarin in die Hand.

„Du nehmen, du nehmen!"

Bei der Bewegung ihres Armes klimpern Münzen in der schmutzigen Stofftasche, die quer über ihrer Brust hängt.

„Quiere, Senora."

Oh, das Gleiche hatten wir doch schon einmal in der Toskana. Allerdings war die alte Frau dort nett und ehrlich gewesen. Sie hatte nichts für die Kirschen verlangt. Und sie hatte uns gesegnet. Die beiden Zigeunerinnen hier machen einen verschlagenen Eindruck. Nein, die haben nicht vor, mir den Rosmarin zu schenken. Sie werden für das mickrige, selbstgepflückte Sträußchen ganz sicher einen unangemessenen Preis fordern.

Als ich verstehe, was da auf mich zukommt, versuche ich den Rosmarin an die zurückzugeben, die ihn mir aufgedrängt hat. Sie schüttelt heftig den Kopf und hält mir ihre Hände abwehrend entgegen. Ich soll ihn behalten.

Ich bin überzeugt, dass sie damit Geld erbetteln will und werfe ihr das kleine Gebinde zurück. Es fällt auf den Boden. Die Alte flucht und bückt sich, um es aufzuheben. Das ist die Gelegenheit. Nun habe ich Zeit genug, um auf die andere Fahrzeugseite zu gelangen. Als ich jedoch losspurten will, hält mich die Junge an den Schultern zurück. Die Alte hat nun das Sträußchen wieder in der Hand, überlegt nicht lange und steckt mir den Rosmarin in den Ausschnitt. Dann schnappt sie sich blitzschnell meine rechte Hand und sagt in gebrochenem Deutsch:

„Ich dir lesen Zukunft aus Hand."

Sie lächelt mich hinterlistig an und entblößt dabei ihre schwarzen Stummelzähne.

Ich versuche ihr meine Hand zu entziehen.

„Nein, ich will das nicht!"

Schon beginnt sie spanische Wörter zu murmeln.

„Ich kann Sie nicht verstehen," sage ich.

Doch sie beachtet meinen Einwurf nicht, hält meine Hand weiter wie mit einer Eisenzange fest, und bramselt ununterbrochen vor sich hin. Plötzlich klopft sie dazu mit ihrem schmutzigen Zeigefinger gegen meine Stirn.

„Una mente lucida".

Das hat sicher etwas mit meinem Verstand zu tun. Dann klatscht sie mir mit der flachen Hand auf die Brust und sagt dazu:

„Un corazon de oro!"

Sie meint, ich habe ein goldenes Herz. Na, wenn sie sich da nur mal nicht täuscht. Ich schaue zu Chrissie hin. Die hatte gerade noch das Geschehen beobachtet und war wohl auch schon dabei, wieder auszusteigen, aber nun übergibt sie sich gerade in eine leere Plastiktüte. Nein, sie kann mir im Moment wirklich nicht beistehen.

Jetzt hat die Zigeunerin ihr gebetsmühlenartige Palaver beendet und schaut mich auffordernd an. Ich kann ihr meine Finger entwinden und drehe mich schnell um. Da steht schon die andere zwischen mir und der Wagentüre.

„No, no, no! Geld, Geld!", kreischt sie auf deutsch.

Nein, von mir bekommen die keinen Cent. Ich lasse mich doch nicht zwingen, für etwas zu bezahlen, was ich garnicht wollte. Da kommt mir eine Idee.

In meiner rechten Hosentasche habe ich immer ein altes Fünfzigpfennigstück aus der guten alten D-Mark Zeit stecken. Das ist seit Jahren mein Talisman. Ich greife hinein, finde die Münze und drehe sie zwischen Daumen und Zeigefinger hin und her. Soll ich sie wirklich weggeben? Nicht, dass mich dann mein Glück verlässt.

„Welches Glück meinst du?", fragt mich meine innere Stimme. Da hat sie wieder einmal vollkommen recht. Welches Glück? Auf dieser Reise hatte ich bisher eher Pech.

Also, was soll's!

Egal was noch kommt, ich werde jetzt meine Glücksmünze opfern, damit ich von diesen beiden Weibern hier in Ruhe gelassen werde. Langsam ziehe ich meine Hand mit dem Fünfzigpfennigstück heraus und drücke es der Jungen blitzschnell in die aufgehaltene Hand. Sie starrt darauf. Diesen Überraschungsmoment nutze ich dazu, mich um sie herumzuwinden, die Wagentüre zu öffnen und mich auf den Fahrersitz hinaufzuschwingen. Bevor sie sich dazwischendrängen kann, schlage ich die Türe hinter mir zu und drücke das Knöpfchen herunter. Ach du je, ich habe vergessen das Fenster zu schließen. Schon steckt die Zigeunerin ihre Finger durch die Öffnung und kreischt in höchsten Tönen.

„Nix Scheiss alte Münze, nix wert, S ch e i n e e, - S c h e i n e e!"
Die andere droht mir mit der Faust.

Entschlossen drehe ich an der Kurbel. Die Scheibe geht nach oben und mit ihr die schmutzige Hand der verwahrlosten Bettlerin. Das ist mir jetzt völlig schnurz. Wenn sie ihre Finger nicht rechtzeitig wegnimmt, dann klemme ich sie eben ein. Erst im letzten

Augenblick zieht sie ihre Hand zurück. Ich lasse sofort den Motor an und gebe Gas. Obelix bäumt sich aufgrund der hohen Drehzahl kurz auf und schießt dann nach vorne.

Geschafft!

Chrissie ist immer noch blass um die Nase. Sie schaut mich von der Seite prüfend an und klatscht dann in die Hände.

„Hey, bravo, bravo, Mare! Das war jetzt direkt filmreif."

„Filmreif vielleicht, aber ich hätte Unterstützung gebraucht."

„Nein, das war doch nicht nötig. Ich wusste, dass du es auch ohne mich schaffst, Mare. Du bist stärker, als du denkst."

„Ja, langsam aber sicher, stimmt."

Chrissie richtet sich auf und dreht ihren Oberkörper zu mir hin. Was wird das jetzt? Mit ernstem Gesicht klopft sie mit dem Knöchel ihres Zeigefingers gegen meine Stirn und klatscht mir dann, wie die Zigeunerin gerade eben, ihre rechten Hand auf den Busen.

„Kluger Kopf, Herz aus Gold!"

Alle Achtung, sie hat die Alte verstanden. Möglicherweise hat sie die Wörter vom Italienischen abgeleitet. Es könnte aber auch sein, dass sie sich das gerade ausgedacht hat.

Ich gehe auf das Rollenspiel ein und kreische wie die junge Zigeunerin: „Nix Scheiss alte Münze, Scheinee, Scheinee!"

Chrissie bricht in lautes Lachen aus. Dann hält sie kurz inne.

„Du Mare, ich glaube jetzt wird alles gut. War schon 'ne schwere Geburt mit uns beiden."

„Ja, da magst du wohl recht haben, Chrissie."

Ich strecke ihr meine Hand hin und sie schlägt ein. Wir sind wieder gut drauf. Das war mir der „Spaß" mit den Zigeunerinnen wert. Chrissies Gesicht hat auch wieder eine normale Tönung angenommen. Das Schlimmste scheint überstanden zu sein..

So, und nun sind wir zurück auf der Autobahn. Das ging ganz zügig, da wir aufgrund der fortgeschrittenen Stunde als letzte den Parkplatz verlassen hatten. Ich bedaure insgeheim sehr, dass ich die Alhambra ungesehen hinter mir lassen muss, aber Chrissie zuliebe wärme ich meine Negativerfahrung nicht noch einmal auf. Meine Freundin tippt, seit wir Granada verlassen haben, auf ihrem Handy herum. Mit wem sie sich gerade schreibt, kann ich nicht erkennen, denn ich muss mich auf den Verkehr konzentrieren.

Im Auto ist es jetzt etwas kühler geworden. Dennoch ist es hier am frühen Abend immer noch heißer als an einem Hochsommertag in Deutschland. Ich bin erschöpft. Kurz vor Huelva schlage ich daher vor, noch einmal eine kurze Pause zu machen. Chrissie ist einverstanden.

Ich verlasse die Autobahn und fahre einen Landgasthof an, der rechts vor uns an der Straße liegt. Der flache Holzbau sieht aus wie eine Baracke. Aber auch hier täuscht, genau wie in Frankreich, der äußere Schein. Das Innere des einfachen Holzhauses ist sehr sauber. Als ich durch den blickdichten Vorhang trete, der den Vorraum vom Gastraum trennt, stoße ich mir den Kopf an. Erstaunt blicke ich nach oben. Es ist schon außergewöhnlich, was da von der Decke hängt. Riesige Schweineschinken sind hier hintereinander aufgereiht. Das muss der berühmte spanische Seranoschinken sein, den meine Nachbar Max jedes Jahr aus seinem Spanienurlaub mitbringt und uns stückweise verkauft. Chrissie und ich bestellen uns je ein Getränk und wählen dazu kleine Häppchen, sogenannte Tapas, die uns die junge Wirtin auf einem Holzbrett anbietet. Mmmmh, die sind richtig lecker. Ich habe meine Reisemappe aus dem Auto mitgenommen und blättere darin. „Jetzt sind wir bald am Ziel, Chrissie."

„Wie lange denn noch?"

„Laut Karte nur noch 111km bis Faro."

Ja, das Ende unserer langen Fahrt liegt nun in greifbarer Nähe. Nach all diesen positiven und negativen Erfahrungen auf meiner ersten Reise in einem alten Transporter sehne ich mich nur noch nach Ruhe und Erholung. Ich werde Chrissie daher dazu überreden, einen angenehm ruhigen Campingplatz zu suchen. Einen mit sauberen Duschen, kleinem Restaurant, Standplatz unter schattigen Pinien, wenig Betrieb und günstigen Preisen.

Als wir nach weiteren zwei Stunden Fahrt den lebhaften Ort Faro hinter uns lassen, ist die portugiesische Sonne bereits am Untergehen. Wir fahren nun auf einer Küstenstraße direkt am Atlantik entlang in Richtung Carvoeiro. Uns bietet sich dabei ein grandioser Blick über den unendlich weiten Atlantik.

Der erster Sonnenuntergang an der Algarve fasziniert mich, denn hier gibt es keine Dämmerung und auch kein Abendrot. Eben noch steht die Sonne gleißend am Horizont, und im nächsten

Augenblick ist sie verschwunden. Für nur wenige Minuten glänzt die Meeresoberfläche silbern, und der Himmel ist zartrosa gepudert, dann ist es auch schon dunkel.

Diese Abendstimmung ist ergreifend schön, ruhig und friedlich. In der Ferne sind einige Fischerboote auf dem Meer unterwegs. Man erkennt sie an ihren Laternen. Wie kleine Irrlichter bewegt sich deren Lichtschein über die dunkle Meeresoberfläche.

Über dem Meer erkenne ich am nächtlichen Himmel die unzähligen Sterne der Milchstraße. So deutlich habe ich sie noch nie gesehen. Wie schön wird es sein, wenn ich gleich von meiner Matratze aus durch die Dachluke in diesen sternenklaren Himmel schauen kann.

Bei diesem Gedanken überfällt mich eine große Müdigkeit, und ich sehne mich nach der alten, unbequemen Matratze, die hinter mir liegt. Mir ist es mittlerweile völlig egal geworden, worauf ich schlafe. Bei der Abfahrt in Kraiburg hätte ich nie und nimmer geglaubt, dass ich derart bescheiden werde, und mich mit dieser alten Schlafunterlage auf Dauer zufrieden gebe.

Doch bevor ich mich zur Nachtruhe begebe, muss ich erst noch einen passenden Stellplatz für Obelix finden. Ich hoffe sehr, dass die Suche nicht zu lange dauert, denn ich möchte mich so bald wie möglich niederlegen. Chrissie hat es besser, denn sie kann bereits ein wenig vor sich hin dösen. Wie ich hofft sie darauf, dass die lange Fahrt endlich zuende geht.

Der erste Campingplatz, den ich auf meiner Liste stehen habe, liegt zwanzig Kilometer vor Carvoeiro. Als ich dort ankomme, bin ich geschockt. Der Platz ist völlig überfüllt. Wohnmobile und Campingwägen stehen Stoßstange an Stoßstange. Meinen Wunsch nach einem Standplatz, der all meinen Vorgaben entspricht, kann ich mir wohl abschminken. Wir können froh sein, wenn irgendwo überhaupt noch ein Plätzchen für uns frei ist.

Ich parke Obelix vor dem Haupteingang des Platzes und gehe in das kleine Gebäude, in dem man sich anmelden muss. Der Verwalter des Campingplatzes spricht ein gutes Englisch. Wie erwartet ist hier kein Stellplatz mehr frei. Ich erfahre von ihm, dass man für diese Haupturlaubszeit im Voraus fest buchen muss. Das wusste ich nicht. Ich hatte mich zwar über die Preise informiert, aber nicht darüber, ob auch noch Kapazitäten frei sind.

Glücklicherweise habe ich noch die Namen von drei weiteren Plätzen auf meiner Liste. Vielleicht haben wir ja dort mehr Glück. Der hilfsbereite Portugiese zeigt mir auf der Karte, wo sich der Nächstliegende befindet. Ich danke ihm für seine Empfehlung und gehe zurück zum Transporter. Dann wende ich und fahre zurück auf die gut ausgebaute Landstraße. Noch bin ich guten Mutes.

Kurz darauf nähere ich mich der Einfahrt des nächsten Platzes. Als ich ihn sehe, denke ich zuerst, ich hätte mich verfahren und wäre in einem Autofriedhof oder an einer Müllumladestation gelandet, so schmutzig und verwahrlost ist er. Einen Standplatz würden wir hier schon noch bekommen, aber wenn das Äußere des Platzes schon so schrecklich ist, wie mögen dann die Sanitäranlagen aussehen. Nein, hier bleibe ich nicht.

Chrissie ist anderer Meinung und möchte hier Station machen.

„Es ist ja nur für eine Nacht, Mare. Morgen können wir in Ruhe weitersuchen. Das überlebst du schon."

Gerade tritt der Einweiser des Platzes neben unseren Obelix. Ungeduldig klopft er an mein Fenster. Er möchte, dass wir ihm folgen, ich aber lege den Rückwärtsgang ein und fahre ihm davon.

„Oh, Mann, was machst du denn jetzt?" Chrissie dreht sich noch einmal um. „Warum bleiben wir denn nicht hier? Wie lange willst du noch hier im Dunkeln herumfahren? Ich bin so müde." Sie gähnt. „Weißt du, mit dir ist es wirklich nicht immer einfach. Momentan habe ich das Gefühl, alles muss nach Deinem Kopf gehen."

Ich schreibe diese Aussage ihrer Erschöpfung zu. Die lange Fahrt war strapaziös, und die Hitze hat ihr Übriges getan. Dennoch komme ich ins Grübeln. Ich habe gerade das Gefühl, dass sich während dieser Fahrt so eine Art Hassliebe zwischen Chrissie und mir entwickelt hat. Wir denken und handeln in vielem schon sehr unterschiedlich. Was uns im Moment eint, ist lediglich der Hang zur Rechthaberei. Das ist nicht gerade positiv und macht mir Sorgen. Diese Reise ist nicht nur eine ganz neue Erfahrung für uns beide, sondern auch eine wirkliche Belastung für unsere Freundschaft.

Doch noch habe ich Hoffnung. So hart die vergangenen Tage für uns auch gewesen waren, so oft wir uns immer wieder gezofft hatten, um so schöner war jedes Mal die Versöhnung. Und wenn wir diesen Urlaub zu Ende bringen, ohne uns für immer zerkriegt zu haben, dann hat unsere Freundschaft die Nagelprobe bestanden. Ja, es ist schon bemerkenswert. Nach all den Jahren raufen wir uns erst jetzt so richtig zusammen. Ganz im Innern spüre ich aber doch, dass unsere gegenseitige Zuneigung überlebt hat, ja, durch die Extremsituationen vielleicht sogar noch gewachsen ist.

So, genug philosophiert.

„Ich suche uns jetzt einen Parkplatz mit Blick über das Meer, und da bleiben wir bis morgen früh. Ich sehe ein, dass es keinen Sinn mehr hat, weitere Campingplätze anzufahren. Mittlerweile haben die wahrscheinlich sowieso schon alle geschlossen."

„Aber bitte, bitte, entscheide dich schnell. Ich bin mit allem einverstanden, denn so kaputt war ich schon lange nicht mehr. Ich will nur noch schlafen!" Sie mustert mich. „Sag mir, wenn ich den Rest fahren soll. Du bist auch am Ende, das sehe ich doch."

„Lieb von ihr, aber das halte ich auch noch durch!"

Chrissie legt sich daraufhin zurück und schließt die Augen.

Nach weiteren zehn Kilometern auf der Küstenstraße passiere ich das Ortsschild von Carvoeiro. Kurz darauf sehe ich links am Straßenrand eine Schautafel mit der Aufschrift „Miradouro". Übersetzen kann ich das portugiesische Wort zwar nicht, aber ich sehe darauf eine Aussichtsplattform mit Sonnenschirm. Da fahre ich jetzt hin. Und meine Intuition erweist sich als richtig. Voilà, schon habe ich den idealen Schlafplatz für uns gefunden. Der Parkplatz vor einer kleinen Steinkirche, hoch oben über dem Meer ist genau das, was ich gesucht habe. Ja, hier bleibe ich jetzt.

Ich berühre vorsichtig Chrissies Schulter.

„Wir sind da."

Sie brummt etwas Unverständliches und dreht sich zur Seite. Na gut, dann soll sie auf ihrem Sitz weiterschlafen.

Ich steige aus. Ein warmes Lüftchen weht mir entgegen. Ich gehe vor bis zur Begrenzungsmauer und schaue hinunter. Wir stehen direkt oberhalb der Steilküste. Am Hochplateau gegenüber sehe ich beleuchtete Häuser, aber hier sind wir ganz allein. Wie gut die Ruhe nach diesen anstrengenden Tagen tut.

Ich bleibe noch eine Weile stehen und inhaliere die würzige Nachtluft. Dann wird es auch für mich Zeit, schlafen zu gehen. Müde klettere ich hinten in den Transporter hinein, verriegele die Türen und lege mich hin. Es ist angenehm warm und ich brauche keinen Schlafsack. Durch die Dachluke sehe ich über mir wieder die Milchstraße. Genau so hatte ich mir das vorgestellt. Doch noch bevor ich einzelne Sternbilder lokalisieren kann, bin ich eingeschlafen. Meine Erleichterung darüber endlich am Ziel zu sein, war wirksamer als jede Schlaftablette.

Als ich am folgenden Morgen die Augen aufschlage, blicke ich durch das Dachfenster in einen wolkenlosen, strahlendblauen Himmel. Chrissie liegt ruhig atmend neben mir. Sie hat die Nacht wohl doch nicht auf dem Autositz verbracht. Irgendwann muss sie sich neben mich gelegt haben. Davon habe ich allerdings nichts mitbekommen. So tief und fest habe ich schon lange nicht mehr geschlafen. Als ich mich aufsetze und aus dem Seitenfenster schaue, fällt mein Blick auf die sandfarbenen Felsen der Steilküste und auf die Häuser, deren Lichter ich in der Nacht gesehen hatte. Es dauert noch ein Weilchen, bis ich realisiere, wo wir gerade sind. Dann weiß ich es wieder. Wir sind endlich an der Algarve angekommen.

Hier oben auf dem Parkplatz vor der Kirche sind wir noch immer die einzigen Parkenden, aber auf dem Sandstrand tief unter mir wuseln schon Touristen herum. Bepackt mit Strandtasche und Sonnenschirm suchen sich einige davon gerade einen geeigneten Liegeplatz. Andere stehen am Meer und baden ihre Füße in den auslaufenden Wellen.

An den Strand zwischen den hohen Klippen schließt sich ein größerer Platz an. Er wird von flachen, weißen Häuschen eingerahmt. In der Mitte des Platzes stehen Verkaufsstände mit den üblichen Angeboten für Badeurlauber. Wie in den meisten Touristenorten am Meer kann man hier Schwimmnudeln, Badematten, Sonnenhüte und sonstigen Urlaubsbedarf erwerben. Wer hier kein Urlaubsfeeling bekommt, dem ist nicht mehr zu helfen. In natura ist Carvoeiro nämlich noch viel malerischer, als auf den Bildern im Internet. Ich für meinen Teil bin rundum zufrieden und schon sehr darauf gespannt, was Chrissie sagen wird. Noch schläft sie.

Vorsichtig schiebe ich die Seitentüre auf. Der Duft von Orangenblüten strömt ins Wageninnere. Das Aroma von mediterranen Bäumen, wildwachsenden Kräutern und der Kiefer, unter der wir stehen, vermischt sich mit dem leicht süßlichen

Geruch der Meeresalgen. Dieser Potpourri an südlichen Düften ist einfach betörend. Dazu streicht ein warmer Südwind durch die Zweige der Kiefer. Die Luft ist mild und angenehm. Sie lässt mich die schreckliche Hitze, der ich gestern auf dem spanischen Festland ausgesetzt war, vergessen.

Ich bin überglücklich.

Die lange Fahrt liegt hinter uns. Der erste wirkliche Urlaubstag hat begonnen. Doch ja, die Reise hierher hat sich wirklich gelohnt, auch wenn ich zwischenzeitlich meine Zweifel gehabt hatte. Gerade ist Chrissie wach geworden und zupft mich von hinten am T- shirt.

„Wie lange bist du schon auf?"

„Seit zehn Minuten."

„Und, was siehst du?"

„Den schönsten Urlaubsort, an dem ich je war!"

Chrissie setzt sich neben mich und wir schauen gemeinsam hinaus.

„Ist das toll hier, Mare!"

„Sage ich doch."

„Den Ort hast du wirklich gut ausgewählt, Mare. Auf dich kann man sich halt verlassen. Jetzt geht unser Urlaub erst richtig los. Ich bin schon gespannt, was alles auf uns zukommt."

Dass sie sich auf mich verlassen kann, hatte sie vor unserer Abfahrt bereits gesagt. Da hatte mich das noch belastet, aber heute freue ich mich darüber.

„Sag mal, geht es dir auch so? Ich bräuchte jetzt zu allererst einmal eine Tasse Hallowach Kaffee."

„Das ist eine gute Idee, Chrissie. Schau mal, da unten am Strand gibt es mehrere Lokale. Scheinbar ist das aber eine Fußgängerzone mit Parkverbot, denn ich sehe keine Autos. Was hältst du davon, wenn wir uns schnell fertig machen, Obelix hier oben stehen lassen und zu Fuß hinunter gehen?"

„Einverstanden, Süße."

Unsere Welt ist wieder in Ordnung, der Streit der vergangenen Tage vergessen. Ich ziehe eins der letzten wisch, wisch Babyreinigungstücher aus der Dose. Ja, auch die Zeit der Katzenwäsche ist jetzt gottlob bald vorbei. Wenn wir nun noch einen Campingplatz finden, der einigermaßen komfortabel ist, bin ich restlos zufrieden.

Kurz darauf steigen wir in locker luftiger Sommerkleidung auf ausgetretenen Steinstufen zum Strand hinunter. Sie führen uns direkt zu einem Café mit kleinen, hübschen Sitzgruppen. Die zierlichen, künstlerisch verschnörkelten Stühlchen sind aus grün gestrichenem Eisen geschmiedet, und die kleinen Tische haben runde Platten aus Mosaiksteinchen, die in Ornamenten angeordnet sind. Ich lasse meine Finger darüber gleiten.

„Solche Sitzgruppen gibt es bei uns nicht, oder Chrissie? Die sind richtig hübsch."

„Ja, ich finde die auch toll. So ähnliche habe ich mal im Internet gesehen. Aber die waren ziemlich teuer." Sie prüft den Stand der Sonne. „Wo magst du denn sitzen, Mare?"

„So, dass ich auf's Meer schauen kann."

Wir rücken zwei Stühle nebeneinander, setzen uns hin und genießen eine ganze Weile schweigend den Blick auf den weiten Atlantik.

„Was heißt denn eigentlich Kaffee auf portugiesisch?", fragt Chrissie, als sich ein Kellner nähert.

„Warte kurz ..." Ich krame mein Miniwörterbuch Deutsch-Portugiesisch aus der Handtasche.

„Ach, Mare, dafür gibt es doch eine Handyapp."

Chrissie sucht bereits in ihrem Smartphone. Ich klappe mein altes Büchlein zu. An diese Apps kann ich mich einfach nicht gewöhnen. Für mich tut's auch ein gewöhnliches Wörterbuch.

„Hab's schon, Mare. Hier steht: um café. Magst du auch einen?"

„Lieber wäre mir ein Milchkaffee."

Ich hole mir den Aufsteller her und lese darin.

„Café com leite, das müsste ein Milchkaffee sein."

„Ja sicher ist er das, denn in Italien heißt Milchkaffe café latte, und das ist dem portugiesischen Wort sehr ähnlich."

Das glaube ich ihr jetzt, denn am Gardasee hatte sie bewiesen, dass sie gut italienisch kann. Der Kellner steht nun an unserem Tisch. Ich bestelle „due café com leite". Er nickt nur und blickt ernst auf seinen kleinen Computer.

„Dois galeao," wiederholt er, tippt und geht davon.

„Huch, was war das denn?", fragt Chrissie verblüfft. „Mögen die hier auch keine Deutschen?" Sie erinnert sich wohl gerade an den deutschfeindlichen Franzosen. „Oder reden die hier prinzipiell nicht mit jedem. Was sagt denn dein schlaues Buch?"

Nein, das hole ich jetzt nicht noch einmal hervor. Stattdessen beobachte ich den jungen Portugiesen und seine weibliche Kollegin dabei, wie sie die Bestellungen der anderen Gäste aufnehmen. Beide sind dabei sehr ernst und kurz angebunden.

„Ich glaube, sein Verhalten hat nichts damit zu tun, dass wir Deutsche sind, Chrissie. Die andere Bedienung ist den Gästen gegenüber genauso distanziert. Ehrlich gesagt, sind mir die beiden dort viel sympathischer als der aufdringliche Italiener in Malcesine und der unfreundliche Franzose an der Cote d´ Azur."

„Da hast du wohl recht! Erinnere mich bloß nicht an die beiden. Ob mir diese portugiesische Mentalität allerdings gefällt, kann ich dir im Moment noch nicht sagen. Aber es wird sich ja bald herausstellen, ob die portugiesischen Männer mit einem spanischen Rafael mithalten können oder nicht."

Aha, Chrissie ist schon wieder bereit für ein neues Abenteuer. Eigentlich habe ich insgeheim gehofft, dass sie nun mit mir allein die nächsten Tage verbringt. Ein wenig Zweisamkeit mit ihrer besten Freundin sollte schon auch drinnen sein. Dann kann sie von mir aus wieder auf die Piste gehen. Aber das kann ich ja noch mit ihr abklären.

26.

Während wir auf unseren „galeao" warten, schlendert ein Mann über den Platz, sieht uns und hält dann direkt Kurs auf uns zu.

„Wetten, dass der sich an den Nebentisch setzt?", raunt Chrissie mir zu. „Ich glaube, du gefällst ihm."

„Schmarrn! Wie kommst du denn darauf?"

„Das sieht man doch. Wie der dich anstarrt! Der lässt dich ja gar nicht mehr aus den Augen. Na ja, mein Typ ist der nicht."

Ich kann nicht nachvollziehen, woran Chrissie festmacht, dass ich ihm gefalle. Aber in einem soll sie recht behalten. Er setzt sich tatsächlich an den Nachbartisch, und zwar genau so, dass er mir, nicht ihr, in die Augen schauen kann. Das ist ungewöhnlich.

Wie ein Portugiese sieht er nicht aus, eher wie ein Ire oder Engländer, denn er ist blass und rotblond. Nein, attraktiv ist er nicht. Daher kommt er für Chrissie wohl auch nicht in Frage. Er hat keine schlechte Figur, macht aber gar nichts aus sich. Die

Kleidung, die er trägt, ist gelinde ausgedrückt das Gegenteil von modisch. Wobei sein verwaschenes T-shirt noch nicht einmal so schlimm ist, aber seine viel zu weite, buntgeblümte, knielange Shorts ist einfach unmöglich. Billig, aber geschmacklos, sagten wir früher zu solch einem Kleidungsstil.

Jetzt lächelt er mich an.

Auf alle Fälle ist er jünger als ich. Ich schätze ihn auf Anfang, Mitte vierzig. Er hat ein dominantes Kinn, etwas schüttere Haare und kleine Äuglein mit Schlupflidern. Nein, er ist absolut kein Frauentyp. Mir macht das aber nichts aus, denn ich suche ja keinen Mann. Ich habe einen anderen Plan. Vielleicht kennt er sich ja hier aus, und kann uns einen schönen Stellplatz in der Nähe von Carvoeiro empfehlen.

Ich lächle zurück.

Chrissie hat uns beobachtet.

„So, den ersten Scheich hast du schon erobert."

„Was hast du gesagt?"

„... dass du schon bei deinem ersten Versuch in Portugal einen an der Angel hast. Du hast ihn gerade angelacht. Ich hab´s genau gesehen! "

„Mei, Chrissie, so ein Quatsch. Ich habe ihn nicht angelacht, ich habe zurückgelacht."

„Das ist doch egal. Du flirtest mit ihm. Siehst du, so schnell geht das."

„Nein, tue ich nicht! Du weißt genau, dass ich meine Ruhe vor Männern haben will. Aber das ist noch lange kein Grund, unfreundlich zu ihm zu sein. Und bitte rede nicht immer so laut, Chrissie, er hat gehört, was du gesagt hast."

„Na, und wenn schon. Ich hoffe nur, dass wir den wieder los werden. Ich hoffe nicht, dass er weiterhin so an uns klebt, denn damit verdirbt er mir hier alle Chancen. Aber das überlasse ich dir, du wirst schon wissen, was du tust."

„Ja, das weiß ich. Ich werde ihn nach Campingplätzen fragen."

Mir ist schon klar, warum Chrissie kein Interesse an ihm hat. Sie steht nur auf schöne Männer. Er ist absolut nicht ihr Typ, sie aber offensichtlich auch nicht seiner, denn er lächelt nur mich an. Als der Kellner die Milchkaffees bringt, bestellt unser Nachbar auf deutsch.

„Für mich bitte auch so einen galeao."

Oh, ein Landsmann, wie praktisch.

„Du, der spricht deutsch", sage ich leise zu Chrissie. „Ich werde ihn jetzt einfach fragen, ob er uns einen schönen Platz empfehlen kann. Vielleicht kennt er einen, der unseren Wünschen entspricht."

„Mach nur, mach, ich halte mich da raus."

Manchmal ist sie schon komisch.

Ach, mir ist es im Augenblick egal, was sie denkt. Ich will doch nichts anderes von ihm haben, als die Adresse eines geeigneten Campingplatzes. Gut, sie hat mir gerade grünes Licht dafür gegeben, dann nehme ich das Heft jetzt in die Hand.

„Sie sprechen deutsch," wende ich mich an ihn.

„Ja, Wunder, oh Wunder, ich spreche deutsch. Sehe ich etwa wie ein Portugiese aus?"

Ich habe höflich angefragt, und er gibt mir so eine doofe Antwort. Chrissie hat recht. Ein komischer Vogel. Er bemerkt seinen Fehler sofort und entschuldigt sich.

„Sorry, tut mir leid. Ich wollte nicht unhöflich sein. Ich hätte mich anders ausdrücken müssen. Ich bin deutscher Resident, wohne seit fünf Jahren hier und werde immer sofort als Deutscher erkannt."

Aha, er ist ein deutscher Resident. Sehr gut. Dann kennt er sich hier aus.

„Ich bin übrigens der Tom."

Er streckt mir seine Hand hin. Ich ergreife sie.

„Mare, angenehm," antworte ich.

„Ihr seid offensichtlich neu hier?"

Chrissie sieht über ihn hinweg in die Ferne. Er bemerkt das.

„Deine Freundin hat doch nichts dagegen, wenn wir uns duzen, oder?"

„Nein, überhaupt nicht!".

Chrissie wirft mir einen überraschten Blick zu.

„Wir sind heute nacht erst angekommen."

„Aha, Frischfleisch."

Dieser Mann hat wirklich eine sehr gewöhnungsbedürftige Art mit älteren Frauen umzugehen. Aber ich muss ihn ja nicht heiraten, ich will lediglich eine Auskunft von ihm bekommen, mehr nicht. Doch noch bevor ich meine Frage formulieren kann, steht er auf, geht zu uns hin und lässt sich auf dem freien Stuhl rechts von mir nieder.

„Ihr habt doch nichts dagegen, wenn ich mich zu euch setze? Da redet sich's leichter als über drei Tische hinweg."

„Nein, überhaupt nicht," sage ich. Außerdem sitzt er ja schon. Chrissie zieht eine Augenbraue hoch. Sie ist damit nicht so ganz einverstanden. Dem Tom ist das egal.

„In welchem Hotel seid ihr denn untergebracht?"

„Wir haben kein Hotel gebucht. Wir sind mit einem Wohnmobil hierher gekommen," beantworte ich seine Frage wahrheitsgemäß.

„He super! Mit einem Wohnmobil. Habt ihr denn auch schon einen Stellplatz?"

„Nein, noch nicht. Wir haben dort oben auf dem Parkplatz vor der Kirche übernachtet." Ich zeige die Treppen hinauf. „Genau das wollte ich dich nämlich fragen. Kennst du vielleicht einen netten Campingplatz für uns hier in der Nähe?"

Tom schüttelt den Kopf.

„Nein, hier gibt es keinen. Leider. Und frei campen darf man in Portugal nicht. Das ist verboten. Da habt ihr echt Glück gehabt heute Nacht, denn dort oben darf man auch nicht länger als eine Stunde stehen. Freunde von mir haben neulich bei einer Stunde Überschreitung schon fünfzig Euro Strafe gezahlt. Die sind hier knallhart."

Chrissie mustert ihn wortlos. Ich bin enttäuscht.

„Hier in Carvoeiro gibt es keinen Campingplatz? Wie schade. Wo ich mich doch gerade erst in diesen Ort verliebt habe."

„Aha, in den Ort, nicht in mich?", fragt Tom flapsig und beugt sich zu mir hin. Jetzt kommt er mir aber zu nahe. Oje, das läuft in die falsche Richtung. Ich schweige.

„Keine Angst, ich beiße nicht", fügt Tom hinzu und lehnt sich wieder zurück, „war nur ein Spaß."

Ich bin verlegen.

Jetzt schaltet sich Chrissie ein. Sie will mich wohl unterstützen und versucht das Gespräch wieder auf eine sachliche Ebene zu bringen.

„Wie sieht es mit Privatvermietern aus?"

„Ja, da kenne ich einen ganz netten." Tom grinst. „Der hat ein tolles Haus, garnicht weit von hier. In einem kleinen Fischerdorf ganz in der Nähe. In Benagil, direkt am Meer. Der vermietet Stellplätze."

Das klingt sehr gut. Die Aussicht auf einen ruhigen, beschaulichen Ort am Meer lässt mich wieder zuversichtlicher werden.

„Wenn ihr wollt, bringe ich euch dorthin."

Chrissie mustert ihn mit abschätzigem Blick und stellt ihm dann mehrere Fragen, ohne wirklich an einer Antwort interessiert zu sein. Sie will ihn offensichtlich in die Enge treiben, damit ich nicht in Versuchung komme, auf sein Angebot einzugehen.

„Und was verlangt der für einen Nacht? Gibt es da Wasser- und Stromanschluss und eine saubere Sanitäranlage? Wir suchen nämlich keinen heruntergekommenen Platz. Wir legen Wert auf einen gewissen Luxus."

Sie wartet auf Toms Reaktion.

Das klang jetzt aber arrogant. Etwas freundlicher sollte Chrissie schon zu ihm sein. Schließlich könnte er uns weiterhelfen. Ich glaube, der ganze Tom passt ihr nicht. Ansonsten ist sie nämlich immer sehr charmant zu Männern.

Ja, so ist sie halt. Bei ihr muss es prickeln. Sie ist zwar zum Männerangeln hierher gekommen, aber sie sucht andere Männer als ihn, Machotypen. Den langweiligen Tom überlässt sie gerne mir. An und für sich finde ich es gut, dass unser Männergeschmack so verschieden ist, denn so kommen wir uns nicht in die Quere.

Ach, was rede ich denn da. Ich tue ja gerade so, als wenn dieser Tom ein Typ für mich wäre. Nein, das ist er wirklich nicht. Aber er ist nett.

Ich habe eigentlich nie ein Problem damit, dass Chrissie die erste Geige spielt. Die Schönlinge, die sie anspinnen sind für mich sowieso uninteressant. Ich wünsche mir einen Mann, der intelligent ist, über Humor verfügt und ehrlich ist.

Chrissie ist es gewohnt, immer im Mittelpunkt stehen und mag es einfach nicht, wenn Männer in ihrem Beisein auf andere Frauen abfahren. Bei mir verhält sie sich allerdings anders. Sie würde mir nie einen Freund ausspannen. Na ja, das ist eigentlich selbstverständlich. Eine allerbeste Freundin muss sich einfach zurücknehmen können. Und das macht sie.

Außerdem, warum mache ich mir denn darüber Gedanken?

Eine Liebelei mit Tom ist jetzt garnicht das Thema. Er hat uns einen Platz in Aussicht gestellt. Das allein zählt. Und zu diesem ganzen Kuddelmuddel mit flirten und nicht flirten, kommt ein noch viel größeres Problem hinzu. Offensichtlich sind Chrissie und ich unterschiedlicher Meinung, wie der optimale Campingplatz auszusehen hat.

Ich gebe offen zu, an diesem drohenden Konflikt bin ich schuld. Ich habe im Vorfeld nicht mit ihr abgeklärt, wie ich mir den geeigneten Standplatz vorstelle. Dass es darüber Diskussionen geben wird, ist vorauszusehen.

Sie bevorzugt einen Campingplatz mit Action und Animation, denn sie liebt es, Menschen um sich zu haben. Und sie wünscht sich natürlich eine Auswahl an flirtwilligen Typen. Ich habe da ganz andere Vorstellungen. In den nächsten zwei Wochen will ich nur noch meine Ruhe haben. Action hatten wir auf der Herfahrt schon genug. Aber wie soll das zusammengehen? Ich überlege.

Tom beachtet Chrissies Einwand nicht.

„Über den Preis werden wir uns sicher einig."

Er sieht mich erwartungsvoll an. Ich stehe gerade auf der Leitung. „Sagtest du „werden ... wir ... uns einig?"

„Richtig. Ich mache euch einen Sonderpreis, weil ihr so nett seid. Seid ihr mit dreißig Euro pro Nacht einverstanden, alles inklusive?"

Jetzt erst wird es mir klar. Der nette Vermieter, von dem er gerade gesprochen hat, ist er selbst! Das ist nicht gut, denn es erschwert die ganze Angelegenheit erheblich. Ob Chrissie damit einverstanden ist? Ich weiß gerade nicht, was ich antworten soll. Ich möchte mir die Option mit Toms Grundstück offen lassen, aber auch nicht über Chrissies Wünsche hinweggehen. Tom deutet mein Zögern verkehrt.

„Ist euch der Preis etwa zu hoch?", fragt er jetzt.

Und schon trifft das ein, was ich befürchtet habe. Ich schüttele den Kopf, Chrissie nickt.

Sie lehnt sein Angebot, wie von mir erwartet, energisch ab.

„Ja, das ist uns wirklich zu teuer. Da bekommen wir ja schon einen Standplatz in der ersten Reihe auf einem Luxuscampingplatz mit allem Pipapo, Animation und so."

Sie spricht immer von wir, dabei haben wir uns noch garnicht abgesprochen. Ich hoffe auf einen Kompromiss.

„Da täuscht du dich aber, Chrissie", antwortet Tom. „Der nächste Wohnmobilstellplatz ist in Lagos, circa zwanzig Kilometer von hier. Die verlangen in der Hauptsaison, und Pfingsten zählt hier dazu, fünfundvierzig Euro aufwärts, plus Strom. Und das ist nur ein asphaltierter Platz ohne Schatten. Sonst nichts."

Tom kennt sich hier aus, und daher glaube ich ihm. Chrissie setzt natürlich sofort zum Widerspruch an. Um zu verhindern, dass sie seine Hilfe auch in meinem Namen ausschlägt, sage ich schnell: „Danke, Tom, für dein Angebot. Ich finde es gut."

„Und ich halte sein Angebot schon für überteuert!"

Chrissies Meinung dazu interessiert mich gerade überhaupt nicht. „Nein, überteuert ist es nicht. Das sehe ich anders. Dieses Angebot ist reell. Tom hat es dir doch gerade erklärt."

Ich sage jetzt zu, bevor Tom es sich anders überlegt.

„Natürlich nehmen wir Dein Angebot an. Danke dafür."

Chrissie bläst die Backen auf. Aber dann schweigt sie. Dieses Mal scheint sie Respekt vor mir zu haben. Diesen bestimmten Ton kennt sie nicht von mir.

Oja, ich lerne dazu! Ich bin dabei, mich zu emanzipieren.

„Ok, das freut mich jetzt sehr, Mare. Wirst es wirklich nicht bereuen. Wenn ich ausgetrunken habe, können wir los. Ich komme zu euch auf den Parkplatz hoch, und ihr könnt mir dann nachfahren. Bin schon gespannt auf euer Luxusmobil!"

Als Luxusmobil würde ich den guten, alten Obelix gerade nicht bezeichnen. Da liegt Tom völlig falsch.

„Ein richtiges Wohnmobil haben wir eigentlich nicht, nur einen älteren Fiat Ducato Kastenwagen," versuche ich vorzubeugen. Tom soll keinen schlechten Eindruck von uns bekommen. Chrissie hat bis dahin schweigend neben mir gesessen, aber jetzt kann sie nicht mehr an sich halten und fällt mir ins Wort.

„Nur um das klarzustellen: Dass wir in einem alten Transporter angereist sind, sagt nichts über unseren Finanzstatus aus. Diese Fahrt nach Portugal ist lediglich ein Test für meine Freundin und mich. Wenn uns der Urlaub im Wohnmobil gefällt, kaufen wir uns selbstverständlich ein neues, richtig edles, teures. Und, damit du keinen falschen Eindruck von uns hast, das Geld für einen anständigen Campingplatz haben wir selbstverständlich auch."

Klar, Chrissie hat möglicherweise das nötige Kleingeld für ein Luxuswohnmobil, ich jedoch nicht. Doch Tom hört sowieso nicht auf sie. Er wartet auf meine Antwort.

Chrissie steht auf.

„Ich denke, Mare, wir machen uns jetzt weiter auf die Suche. Ich finde schon einen Campingplatz, der dir und mir gefällt. Danke für deine Bemühungen, Tom."

Ich suche nach den richtigen Worten. Chrissie geht es garnicht ums Geld. Ich weiß, warum sie den Stellplatz bei Tom nicht gut findet. Sie hat Bedenken, dass sie ihren Plan dort Männer zu angeln nicht umsetzen kann. Immer wieder hatte sie ja betont, dass sie sich an der Algarve einen Reichen angeln will. Da passt ein farbloser, wenn auch netter Tom mit seinem Privatgrundstück natürlich nicht in ihr Konzept. Noch dazu, wenn es in einem kleinen, armen Fischerdorf liegt, weit ab der Touristenströme und der portugiesischen Golfplätze. Wie soll sie denn abseits der High Society einen wohlhabenden Mann kennenlernen?

Ich sehe das ganz anders als sie.

Tom könnte für sie durchaus nützlich sein. Denn, wenn er wirklich hier wohnt, dann hat er mit Sicherheit jede Menge Kontakte zu den anderen Residenten. Ich denke, nur Vermögende haben das Geld, sich hier niederzulassen. Außerdem finde ich es gerade sehr ungerecht von ihr, dass sie unseren alten Obelix als Notbehelf bezeichnet. Er hat uns immerhin wohlbehalten hierher gebracht, und ist für mich zu einer Art Familienmitglied geworden.

„Ich stehe auf ältere Semester."

Wie bitte, ich habe mich wohl verhört? Was hat dieser Tom da eben gesagt? Er bezeichnet uns als ältere Semester? Das hat er doch nicht ernst gemeint, oder? Das war jetzt aber völlig daneben. Und jetzt blinzelt er mir auch noch zu.

Chrissie sieht es natürlich.

Damit wird er sie schon garnicht für sich gewinnen! Allerdings finde auch ich sein Verhalten unangebracht. Wenn er nicht sofort aufhört mich anzumachen, dann überlege ich es mir auch noch anders. Langsam wird er wirklich zu aufdringlich.

„Je älter desto besser! Euer Ducato wird wenigstens nicht aufgebrochen. Ich hatte auch mal so eine alte Rostlaube, die habe ich geliebt. Mehr als jedes Auto danach. Solch eine alte Karre hat Charakter, habe ich recht?"

Ach so, Tom spricht von Obelix. Er hat meinen Gesichtsausdruck bei Chrissies Worten richtig gedeutet und verteidigt gerade unseren alten Ducato. Das gefällt mir. Ja, ich finde ihn nett. Er ist unkompliziert, offen, humorvoll, ein Kumpeltyp. Aber, dass ich mit ihm jetzt etwas anfangen werde, wie mir Chrissie vorhin unterstellt hat, ist völlig abwegig für mich. Das habe ich ganz gewiss nicht vor.

Tom steht nun auf und geht an die Theke. Dann kommt er zu uns zurück.

„So, meine Damen, alles paletti. Ich habe eure galeao schon gezahlt. Wir können also starten."

„Danke, Tom."

„Aber gerne doch." Er blinzelt mir erneut anzüglich zu. „Die Rechnung kannst du später bei mir zu Hause begleichen!"

Ich senke den Kopf. Er merkt sofort, dass sein Witzchen wieder einmal nicht gut bei mir angekommen ist und ergänzt:

„Nein, natürlich nicht. Keine Angst, Mare, im Normalzustand bin ich ganz zahm. Also, ich bin gleich oben bei euch. See you later, alligator."

Er geht.

Chrissie setzt sich wieder hin.

„Mal ganz ehrlich, Mare? Du willst da wirklich hin? Dieser Tom ist schon sehr eigenartig. Wenn das nur eine gute Idee ist."

„Kannst dich ruhig einmal auf meine Menschenkenntnis verlassen. Denk bloß mal an deinen Harry. Also, im Gegensatz zu dem ist dieser Tom völlig harmlos. Der Tom ist ein Sprücheklopper, sonst nichts. Wir fahren jetzt dahin. Anschauen kostet doch nichts!"

„Ich sag dir, der Typ wird uns ununterbrochen am Rockzipfel hängen und uns mit seiner blöden Art nerven."

Ein wenig recht hat sie schon, die Chrissie. Aber wir haben ja keinen Mietvertrag mit ihm abgeschlossen. Wir können uns jederzeit einen anderen Standplatz suchen, wenn er wirklich zu aufdringlich sein sollte.

Ich stehe neben ihr. Sie bleibt sitzen.

„Jetzt auf, Chrissie. Er wartet."

Chrissie kämpft mit sich.

„Du weißt schon, dass ich mir als Urlaubsort etwas anderes vorgestellt habe als ein einsames Fischerdorf."

„Ja, ich weiß. Aber vielleicht ist es so toll dort, dass du garnicht mehr weg willst. Und jetzt lass uns gehen."

„Versprich mir, dass wir nicht dort bleiben, wenn es mir nicht gefällt."

„Versprochen."

Chrissie steht auf und wir laufen gemeinsam zur Treppe. Ich steige vor Chrissie die steilen Stufen hinauf und bin als erste oben auf dem Parkplatz. Neben unserem alten Transporter steht jetzt ein noch älterer, roter Mercedes Kombi.

Chrissie ist gerade angekommen. Sie atmet schwer.

„Deshalb hat er alte Autos so gerne. Weil er sich wahrscheinlich kein neues leisten kann. Wer weiß, in welcher Bruchbude der wohnt ..."

Tom lässt gerade den Motor an. Wir steigen in unser Auto ein. Während ich mir den Sicherheitsgurt anlege, gibt Tom Gas, dreht eine Runde über den Parkplatz, kommt auf uns zugeschossen und bremst mit quietschenden Reifen knapp vor unserer Kühlerhaube ab. Chrissie beobachtet seine Fahrkünste mit spöttischem Blick.

„So ein Angeber! Aber du findest es sicher ganz toll, was er veranstaltet, um dir zu imponieren. Ich sage nur, lass die Finger von ihm!"

Ich starte wortlos den Motor, lege den ersten Gang ein und fahre dem roten Mercedes hinterher.

„Gut, keine Antwort ist auch eine Antwort. Aber jammere mir dann bloß nichts vor. Ich habe dich gewarnt."

27.

Zunächst führt uns Tom auf die Straße zurück, auf der wir gekommen sind und fährt dann eine Weile an der schroffen Steilküste entlang. Dann biegt er rechts in einen unbefestigten Sandweg ein. Er wirbelt dabei jede Menge roten Sand auf, der sich sofort wie ein dichter Schleier auf unsere Windschutzscheibe legt. Ich schalte die Scheibenwischer ein. Quietsch, quietsch, auf der Scheibe bildet sich nun ein Gemisch aus rotem Sand und feuchter Meeresluft. Ich sehe wenig, habe aber keine Zeit dazu, die Scheibe von außen zu säubern. Ich muss an Tom dranbleiben. Gerade fahren wir durch ein unbebautes Gebiet.

„Du Mare, schau mal nach rechts," fordert mich Chrissie auf. „Da hinten stehen Wohnmobile. Von wegen, das freie Campen ist hier

verboten. Der verarscht uns doch! Der will nur an unsere Kohle."
Tatsächlich, in einem kleinen Kiefernwald erkenne ich mehrere geparkte Fahrzeuge.

„Da können wir immer noch hin, Chrissie. Denk dran, wir haben weder Strom, noch Wasser."

So, und jetzt habe ich Tom doch aus den Augen verloren. Aber er wartet glücklicherweise an der nächsten Kreuzung auf uns. Kurz darauf biegen wir in eine asphaltierte Straße ein. Bei dem fantastischen Ausblick, der sich uns nun bietet, bleibt sogar Chrissies Mund vor Staunen offen stehen.

Wir befinden uns wieder auf einem Hochplateau. Die Straße führt steil hinunter an einen kleinen Strand, der an beiden Seiten von hohen Klippen eingerahmt wird. Sie passiert eine kleine Brücke, macht einen engen Bogen und schlängelt sich auf der anderen Talseite wieder bis zum höchsten Punkt bergan. Nach einer scharfen Rechtskurve entschwindet sie den Blicken. Es ist schwer vorstellbar, dass der kleine, schmale Bach da unten dieses tiefe Tal geformt hat. Vor uns liegt der unendlich weite, tiefblaue Atlantik, der sich am Horizont mit dem wolkenlosen Himmel vereinigt. Touristen sehe ich keine. Der Strand ist menschenleer. Nur einige Fischer sitzen vor ihren Hütten und bessern ihre Netze aus. Genau so habe ich mir das gewünscht. Hier ist es wunderbar ruhig. Wir sind weit ab vom Touristentrubel.

Tom steht bereits vor dem großen Eingangstor eines weißen Hauses mit hellen, terracottafarbenen Dachziegeln. Wie hübsch es ist! Die Dachterrasse und der Erker in einem Türmchen lassen es wie eine kleine, maurische Burg wirken. Das Haus liegt in einem großen, üppig bewachsenen Hanggrundstück, das bis zum Bach hinunterreicht,

Tom macht die beiden Torflügel weit auf. Dann setzt er sich wieder in seinen Mercedes, fährt hinein und parkt unter einer mit Weinreben bewachsenen Pergola. Nachdem er ausgestiegen ist, weist er mich auf den zweiten Parkplatz ein. Wir klettern aus unserem Auto.

„So, meine Damen, da wären wir."

„Soll das der Stellplatz für dreißig Euro die Nacht sein?", frage ich ihn. „Ich sehe weder einen Wasser-, noch einen Stromanschluss.

Chrissie nickt mir zu. Sie hat die gleichen Zweifel wie ich.

„Nein, natürlich nicht. Kommt einfach mal mit mir mit."

Wir gehen mit Tom durch das Atrium des Hauses und folgen ihm dann auf einem kleinen Fußweg bergab. Die Begrenzungsmauer zur Straße hin ist mit einer Hecke aus dichtem, grünem Laub und handtellergroßen, hellblauen Blüten bewachsen. Diese Pflanze kenne ich nicht und habe sie auch zuvor noch nie gesehen. Von der oberen Terrasse des Hauses hängen dicht an dicht dunkelrot blühende Zweige. Sie gehören zu einer riesigen Bougainevillea. Die Winter sind hier sicher frostfrei, nur so kann ich mir ihre Größe erklären.

Tom bleibt auf einer kleineren Terrasse unterhalb der Blütenpracht stehen. Wir befinden uns vor dem Souterrain des Hauses. Ich bin irritiert. Mit einem Auto kann man doch garnicht hierher fahren. Wo soll denn hier ein Stellplatz sein? Tom schließt die Haustüre vor uns auf und öffnet sie weit. Er bittet uns, vor ihm einzutreten.
„So, und das ist meine Ferienwohnung. Hier gibt es selbstverständlich einen Stromanschluss und Wasser", klärt er uns auf, als er neben uns steht. „Na, habe ich zu viel versprochen?"
Ich bin erst einmal sprachlos. Wir befinden uns in einer schnuckeligen, kleinen Wohnung. Mein erster Blick fällt auf die zartgelbe Küchenzeile uns gegenüber. Rechts von ihr führt ein schmaler Gang nach hinten.
„Da geht's zur Dusche und Toilette," erklärt Tom.
In einer Nische links von uns steht ein breites, französisches Bett. Der kleine Raum kann mit einem fröhlich bunten Vorhang abgetrennt werden. Ein rundes, weißes Tischchen mit zwei einfachen Stühlen und ein Einbaukleiderschrank vervollständigen die Einrichtung.

„Und der Preis bleibt gleich?", frage ich ungläubig.
„Wie ausgemacht, dreißig Euro die Nacht, alles inklusive."
„Oh, das ist für diese hübsche Wohnung und die traumhafte Lage sehr, sehr günstig, Tom."
Chrissie nickt stumm zu meinen Worten. Ja, das hier hat auch sie nicht erwartet. Wie gut, dass ich mich dieses Mal nicht von meinem Entschluss habe abbringen lassen.
Tom geht wieder hinaus. Wir folgen ihm.
„Hier seid ihr ganz für euch. Niemand kann hier einsehen. Also tut euch keinen Zwang an. FKK ist erlaubt."

Oh ja, tatsächlich, es gibt keine Nachbarn. Wir haben einen freien, unverbauten Blick aufs Meer. Ein Traum.

„So, ich lasse euch jetzt allein. Wenn ihr mich braucht, ich bin oben. Einen schönen Aufenthalt wünsche ich euch."

„Vielen, vielen Dank, Tom. Den werden wir haben."

Er dreht sich um und geht den Weg zurück.

„Na, was sagst du jetzt, Chrissie."

„Ich bin sprachlos. Eine kleine Wohnung! Das konnte ich ja nicht ahnen. Du hast mal wieder den richtigen Riecher gehabt, Mare. Nichts gegen unseren Obelix, aber diese Ferienwohnung ist wirklich das Beste, was uns passieren konnte. Dafür ertrage ich sogar diesen Tom. Der kann übrigens von der oberen Terrasse auf uns herunterschauen. Klar, dem würde es gefallen, wenn wir hüllenlos vor seinen Augen herumhüpfen."

„Ach, Chrissie. In unserem Alter muss es ja auch nicht mehr sein, dass wir uns oben ohne präsentieren."

„Ich schäme mich nicht. Ich habe immer noch einen guten Körper."

„Ja, ja, ist ja gut. Lass uns jetzt lieber das Auto ausräumen."

Nachdem wir das meiste Gepäck nach unten in die Ferienwohnung getragen haben, entschließen wir uns, gleich hinunter zum Strand zu gehen. So einig waren wir uns schon lange nicht mehr. Schnell packen wir unsere Strandtaschen und fünf Minuten später liegen wir schon im weichen, weißen Sand. Es ist wirklich nur ein Katzensprung vom Haus hier herunter. Möwen kreischen über uns, das Meer rauscht, die Sonne strahlt.

„Na, wenn das mal kein Traumurlaub wird, Chrissie."

„Ja Mare, und den hast du ganz allein mir zu verdanken."

„Na ja, wer hat denn mit Tom verhandelt?"

„Das warst du, stimmt." Sie nickt. „Aber wenn ich nicht neulich in Waldkraiburg den Segeltörn mit Angeln an der Algarve entdeckt hätte, dann wären wir jetzt nicht hier."

„Ja, da hast du auch wieder recht. Ich wollte nicht mit, aber du hast nicht locker gelassen."

„Ganz genau, du wolltest nicht mit zum Männerangeln."

Dazu sage ich jetzt lieber nichts. Nein, nun wird nicht mehr diskutiert. Ich will Frieden. Endlich, endlich sind wir angekommen, und der Urlaub hat für mich gerade eben so richtig begonnen. Ich werfe noch einen letzten Blick über zwei Füße mit knallroten, und zwei Füße mit zartrosa Zehennägeln auf das Meer hinaus,. Dann schließe ich die Augen und genieße die wohltuende Wärme der portugiesischen Sonne auf meinem Körper.

Ich hoffe inständig, dass Chrissie ihre ganz andere Vorstellung vom Urlaubsverlauf nun auch erst einmal ad acta gelegt hat und zufrieden ist. Vorsichtig schiele ich noch einmal zu ihr hin und erwarte eigentlich, eine glückliche, entspannte Chrissie neben mir zu haben. Doch was sehe ich statt dessen?

Chrissie hat bereits wieder ihr Handy in der Hand und googelt. Während ich ausruhen und genießen will, schmiedet sie bereits neue Pläne. Auch wenn ich mich nun teilweise ausklinken kann, der Urlaubsstress geht weiter. Gerade wird mir klar, dass Chrissie ihren Plan nicht aufgeben wird. Ja, sie wird ihr Vorhaben sich einen reichen Mann zu angeln, weiter verfolgen. Wie recht ich mit meiner Annahme habe, beweist sie mir postwendend.

„Du, Mare, ich habe gerade entdeckt, dass wir hier doch nicht am Arsch der Welt sind. Heute Abend fahren wir nach Portimao. Das ist der nächste große Ort hier in der Nähe. Erst können wir am Strand lecker essen gehen, und dann geht's nichts wie ab ins Nachtleben. Schau her, dort gibt es eine große Disko und mehrere Nachlokale. Wäre doch gelacht, wenn wir uns da nicht zwei nette Urlaubsbegleiter angeln."

Oh nein, hört das denn nie auf! Warum kann die Ruhe, die ich so herbeigesehnt habe, nicht wenigsten ein paar Tage lang anhalten. Ich möchte mich jetzt erst einmal von den Strapazen der langen Fahrt erholen. Nichts anderes.

Eigentlich hätte ich wissen müssen, dass Chrissie mir wenig Zeit zum Verschnaufen lässt, denn kein Urlaub mit ihr war bisher nur ruhig und erholsam. Dennoch habe mich auf einen weiteren mit ihr eingelassen. Aber ganz gleich wie sich unser Aufenthalt hier entwickelt, eines steht fest, ich für meinen Teil werde das Männerangeln auf später verschieben. Nein, noch besser ist, ich streiche es ganz von meiner Urlaubsliste. Ja, das mache ich.

Doch was ist das? Plötzlich und unerwartet habe ich die Worte des Losverkäufers vom Kraiburger Volksfest in meinem Ohr, „neue Chance, neues Glück, wer nicht wagt, der nicht gewinnt", und Tom erscheint vor meinem inneren Auge. Wie um Himmels willen komme ich denn jetzt auf den? Das soll doch wohl nicht heißen, dass sich zwischen Tom und mir etwas anbahnt? Nein, das kann nicht stimmen. Normalerweise glaube ich ja an meine Vorahnungen, aber dieses Mal wehre ich mich ganz entschieden dagegen. Selbst wenn das jetzt eine neue vorausschauende Prophezeiung sein sollte, und auch wenn sich schon viele davon erfüllt haben, dieses Mal hat sich das Schicksal ganz sicher geirrt.

Tom und ich. Niemals!

ENDE

Weitere Bücher von Marion Schnackig,
erhältlich bei Amazon als Taschenbuch und als Kindle Edition,
im Buchhandel auf Bestellung:

50plus – das letzte Gefecht
Roman
ISBN 978 3000446139

Sonnenuntergänge: Begegnung – Liebe – Vollendung
Lyrik und Prosa
ISBN 9783000459139